ullstein

LUISE BASTIN ist das Pseudonym der bekannten Bestseller-Autorin Eva-Maria Bast, die zusammen mit Jörn Precht auch unter den Pseudonymen Charlotte Jacobi und Romy Herold schreibt. Ihre Bücher wurden in zahlreiche Sprachen übersetzt.

LUISE BASTIN

Träume aus KARAMELL

DIE BONBON-SAGA

Roman

Ullstein

Besuchen Sie uns im Internet:
www.ullstein.de

Wir verpflichten uns zu Nachhaltigkeit
• Papiere aus nachhaltiger Waldwirtschaft und anderen kontrollierten Quellen
• ullstein.de/nachhaltigkeit

MIX
Papier
FSC® C021394

Originalausgabe im Ullstein Taschenbuch
1. Auflage Januar 2024

Umschlaggestaltung: bürosüd° GmbH, München
Titelabbildung: www.buerosued.de (Hintergrund);
© Sarah Davis / Arcangel (Frau)
Gesetzt aus der Albertina powered by *pepyrus*
Druck und Bindearbeiten: ScandBook, Litauen
ISBN 978-3-548-06731-5

Prolog

Werther, Oktober 1900

»Da seid ihr ja!«

Die alte Dame mit dem weißen Haar, das sich in ordentlichen Wellen um ihren Kopf legte, beugte sich zu dem kleinen Mädchen hinunter und zog es in ihre Arme. Glücklich schmiegte sich Anne an Maria Dunst, ihre Großmutter. Es war wie immer, es war alles, wie es sein sollte: Die Großmutter sagte genau die richtigen Worte, wenn sie die Tür öffnete – sie sagte sie immer, wenn Anne, ihre Mutter, ihr Bruder und manchmal auch ihr Vater nach der fast einen Tag lang dauernden Fahrt endlich bei ihr ankamen, und sie sagte sie auch immer in genau dem gleichen Tonfall: »Da seid ihr ja.«

Dann folgte die Umarmung, die Anne regelrecht einhüllte und die immer ein wenig nach Lavendel duftete. Wenn Oma Maria sie aus ihren Armen entließ, um nun zuerst ihren Bruder und dann Margarethe, Annes Mutter, mit ihrer Zuneigung zu überschütten, trat Anne schon ins Haus, sog den so typischen Geruch tief in sich ein, und dann intensivierte sich das Lächeln auf ihrem Gesicht.

Streuselkuchen! Wie immer hatte die Großmutter Streuselkuchen für sie gebacken, und Anne wusste auch genau, wo dieser stand: im »Loch« neben der Küche. Das »Loch« war eine Art kleine Höhle, die in die Mauer unter der Treppe gehauen war und in der ein einzelner erwachsener Mensch kaum gerade stehen, geschweige denn sich um die eigene Achse drehen konnte. Anne und ihr Bruder Fritz gruselten sich immer ein wenig vor dem dunklen »Loch«, das ihrer Großmutter als Speisekammer diente – und gleichzeitig liebten sie es, weil es der Ort war, an dem die Großmutter ihren guten Streuselkuchen versteckte, dessen verführerischer Duft bereits durch das ganze Haus wehte. Flink schob Anne den Vorhang aus dickem Tuch zurück, schlüpfte ins »Loch« und stibitzte sich einen besonders dicken Streusel vom Kuchen. Sie wartete eine Sekunde, und da erklang auch schon die mahnende Stimme ihrer Großmutter von der Eingangstür her. »Finger weg von meinen Streuseln, Ännchen.«

Sie kicherte leise, während ihre Lippen den Dialog formten, der nun folgte, wie bei jedem Besuch: »Gibst du meinen Enkeln etwa nie etwas zu essen, mein Kind?«

Darauf das ein wenig tiefe, fröhliche Lachen ihrer Mutter: »Nein, Mutti, deshalb besuche ich dich ja regelmäßig, damit sie wenigstens ab und an etwas Festes in den Magen bekommen.«

Anne nahm sich noch einen Streusel, steckte ihn aber nicht in den Mund, sondern zählte leise von zehn rückwärts. Und als sie bei fünf angekommen war, wurde erwartungsgemäß der Vorhang aufgerissen, ihre Großmutter stand vor ihr, stemmte die linke Hand in die Hüfte, bemühte sich um eine empörte Miene und hob dann den rechten Zeigefinger. »Hab ich dich erwischt.«

Anne schickte sich an, den Streusel wieder zurückzulegen, was ihre Großmutter jedoch verhinderte. »Nun iss ihn schon«, sagte sie wie jedes Mal. »Ist ja nicht wie bei armen Leuten.« Um sodann die große graue Schüssel mit dem blauen Muster aus dem Regal zu ziehen, das ordentlich gestärkte weiße Leinentuch, das darüber lag, zu lüften und ihr und Fritz mit einem strahlenden Lächeln den Inhalt zu präsentieren. Eine ganze Schüssel Streusel. Nur für sie. »Streuselbonbons« nannte die Großmutter sie immer.

»Aber die gibt es erst nach ordentlich Kaffee und Kuchen und einem schönen Spaziergang«, mahnte sie dann wie stets, deckte die Schüssel wieder zu, griff nach dem Streuselkuchen und scheuchte sie die Treppe hinauf, wo im Kamin schon ein gemütliches Feuer flackerte und die Tafel anlässlich ihres Besuchs festlich gedeckt war. Anne und Fritz saßen wie immer auf dem Sofa unter dem Bild mit der großen Sonnenblume. Und auch wie immer fanden sie es herrlich, dass man bei der Großmutter auf einem Sofa am Tisch sitzen konnte. Während Mutti und Großmutter sich leise unterhielten – über diesen oder jenen Verwandten, Annes Vater Hans, der bei Stollwerck Maschinen entwickelte und ständig so viel Arbeit hatte, dass er selten die Zeit fand, sie zu seinen Eltern zu begleiten, und über Großmutters Nachbarinnen, bei denen es sich ebenfalls um zwei ältere Damen handelte –, kauten Anne und Fritz mit vollen Wangen und warfen sich dann und wann zufriedene Blicke zu. Ja, bei der Großmutter ließ es sich aushalten.

»Und nun, auf zum Spaziergang!«, rief Oma Maria exakt eine Stunde, nachdem das Kaffeekränzchen begonnen hatte – auch das war wie immer, und die Uhrzeit behielt sie stets dank der Standuhr in der Ecke, die immer so heimelig tickte, genauestens im Blick.

Wenn es Herbst war, so wie jetzt, dann liebte Anne diese Spaziergänge besonders. Der Weg führte vom Haus ihrer Großmutter an einer Weide vorbei in einen kleinen, lichten Laubwald auf einem Hügel. Wenn die Sonne schien, so wie heute, dann tauchten ihre Strahlen die roten und gelben Blätter an den Bäumen in ein nahezu magisches Licht. Anne hob den Kopf, um ihr Gesicht in den Sonnenstrahlen zu baden, da fühlte sie eine Hand auf ihrem Haar. Blinzelnd hob sie die Lider und blickte in die gütigen Augen ihrer Großmutter. »Wie wundervoll dein Haar in der Sonne leuchtet, mein Kind«, sagte die beinahe andächtig. Dann bückte sie sich flink, um eine Kastanie aufzuheben, die inmitten des Herbstlaubs auf dem Boden lag und verlockend schimmerte. »Dein Haar hat die gleiche Farbe wie diese Kastanie«, sagte sie. »Denk daran, die Kastanie ist die Königin des Herbstes. Und du bist meine kleine Herbstprinzessin.«

Sie bückte sich, um ihre Enkeltochter mit ihren stets ein wenig zu trockenen Lippen auf die Stirn zu küssen, dann nahm sie Annes Hand, legte die Kastanie hinein und schloss ihre Finger darum. »Das ist dein ganz persönlicher Schatz«, sagte sie. »Am besten hast du sie immer dabei. Wenn dir kalt ist, kannst du deine Finger daran wärmen. Wenn du wütend bist, umklammerst du sie ganz fest und presst all deinen Ärger in sie hinein. Und wenn du traurig bist, nimm sie heraus, und halte sie ins Licht. Erfreu dich an ihrem wunderschönen Glanz.«

»Und wenn ich glücklich bin?«, fragte Anne fasziniert.

»Wenn du glücklich bist«, sagte Maria, »wenn du glücklich bist, dann gibst du ihr einen Kuss, so wie ich dir eben.«

Dann lächelte sie ihre Enkeltochter an. »Dadurch speicherst du dein Glück in der Kastanie für Zeiten, in denen du es mal brauchst.«

»Wirklich?«, fragte Anne staunend.

»Ich glaube jedenfalls ganz fest daran«, erwiderte die Großmutter. »Und wenn man ganz fest an etwas glaubt, dann wird es auch wahr.«

Ernst drückte Anne ihre kleine Faust mit der kostbaren Kastanie an ihre Brust. »Ich werde sie immer aufbewahren, Großmutter«, sagte sie feierlich.

»Das ist fein.« Oma Maria lächelte, und ihr Gesicht legte sich dabei in unzählige Falten. »Wollen wir dann jetzt nach Hause gehen und Streuselbonbons essen?« Sie deutete auf Fritz, der mit der Mutter schon vorausgegangen war. »Sonst futtert dir dein Bruder alles weg.«

»Der kommt ja gar nicht ins Haus«, lachte Anne.

»Wenn du dich da mal nicht täuschst«, widersprach ihre Großmutter. »Inzwischen ist dein Großvater bestimmt vom Holzmachen nach Hause gekommen. Und du weißt ja …«

» … seinem Enkel kann er nichts abschlagen«, ergänzte

Anne mit einem Grinsen. »Dann sollten wir uns besser beeilen.«

Schelmisch sah sie ihre Großmutter an. »Kannst du rennen?«

»Na, hör mal«, sagte Maria Dunst empört. »Auch wenn ich eine Großmutter bin, bin ich doch noch lange keine alte Frau. Lass uns sehen, wer schneller ist.«

Teil 1
1909–1910

Kapitel 1

Werther, Oktober 1909

Anne Dunst stieß ein tiefes Seufzen aus, als sie an der Seite ihres Bruders Fritz die Gemeindegrenze des kleinen Städtchens Werther in Westfalen passierte. Wie altvertraut die Wege doch noch waren, obwohl sie jetzt mit der Bahn anreisten – 1901 war der Bahnhof eröffnet worden –, während sie früher mit der Postkutsche gekommen waren.

Ein merkwürdiges Gefühl stieg in ihr auf. Eine Mischung aus … Anne spürte nach … ja, aus tiefer Trauer und großer Freude. Keine unbändige, jubelnde Freude war das, wie sie sie zum letzten Mal empfunden hatte, als ihr Vater ihr das ersehnte Veloziped zum Geburtstag geschenkt hatte, von dem sie so lange geträumt hatte. Eher die warme, satte Freude, die aus der Geborgenheit geboren wurde, die ihr die Großeltern immer geschenkt hatten. Die Großeltern, die nun tot waren, ebenso wie der Vater und die Mutter. Mit einem Mal spürte sie wieder den altbekannten Kloß im Hals und musterte verstohlen den Mann, der ihr im Abteil gegenübersaß und angespannt zum Fenster hinaussah.

Fritz. Ihr Bruder. An seiner Miene konnte sie erkennen, dass er von der Rückkehr in die kleine Stadt ihrer Großeltern mindestens ebenso angerührt war wie sie. Ihre Stimmung schlug schon wieder um. Der Kloß im Hals wich unbändiger Liebe für diesen Mann mit seinem eckigen Backenbart, seinem hellen rotbraunen Haar und den gütigen grauen Augen. Er war der Einzige, den sie noch hatte. Und sie war die Einzige, die er noch hatte. Nun würden sie ein gemeinsames Leben beginnen, in dem Haus, das ihre Großeltern ihnen vermacht und in dem sie so viele glückliche Kindertage verbracht hatten.

Als habe er ihren Blick gespürt, wandte er den Kopf, um ihr zuzulächeln, und deutete dann hinaus. »Siehst du die Rauchschwaden?«, fragte er.

Sie folgte seinem Blick und war von der prachtvollen Herbstlandschaft, die sich ihr eröffnete, wie verzaubert. Die Blätter an den Bäumen leuchteten gelb und rot, und wieder verschränkte sich das äußere Bild mit einem inneren, das tief aus der Kammer des Vergessens aufstieg. Eine kleine Kinderhand – ihre Hand –, die sich um den größten Schatz des Herbstes schloss: eine Kastanie! Die Sonne auf ihrem Gesicht, eine andere Hand, eine zärtliche, liebevolle, runzlige Hand auf ihrem Haar. Die Stimme der Großmutter. »Meine kleine Herbstprinzessin« hatte sie sie damals genannt.

Mit fahrigen Händen tastete Anne in ihrer Jackentasche nach der Kastanie. Sie wusste, dass das, was sie ertasten würde, nicht mehr so glatt und glänzend war wie der Schatz, den ihre Großmutter damals aufgelesen hatte. Und deswegen schimmerte die Kastanie auch nicht mehr im Licht. Ganz schrumpelig war sie inzwischen, so, wie es auch die Haut ihrer Großmutter mit den Jahren geworden war. Viel schrumpeliger noch als zu jener Zeit, als sie gemeinsam die Kastanie gefunden hatten. Aber genau deshalb liebte Anne sie so. Sie hatte das Gefühl, dass sich die Königin der Herbstfrüchte ihrer Großmutter angepasst hatte, um die Erinnerung in Anne noch lebendiger zu halten.

»Anne?«, fragte Fritz in ihre Gedanken hinein. »Siehst du den Rauch?«

»Was?«, fragte sie und sah ihn wie erwachend an.

»Den Rauch«, wiederholte er geduldig.

Wieder sah sie hinaus. »Stimmt«, sagte sie. »Ist mir gar nicht aufgefallen. Ich habe nur die leuchtenden Blätter gesehen und an Großmutter gedacht. Weißt du noch, wie wir immer mit ihr durch den Herbstwald gegangen sind?«

»Natürlich«, erwiderte er, und ein zärtliches Lächeln überzog sein Gesicht. »Der Rauch kommt übrigens von der Zuckerwarenfabrik von Anton Leyen.«

»Ach so«, murmelte Anne abwesend. Was interessierte sie die Zuckerwarenfabrik? Als diese vor sechs Jahren gegründet worden war, hatte ihre Großmutter das zwar am Rande erwähnt, sich aber nicht weiter darüber ausgelassen. Und sie, Anne, hatte es auch nicht interessiert. Im Gegensatz zu Fritz. Schließlich war er Zuckerbäcker.

»Anton Leyen versteht offenbar etwas von seinem Geschäft«, begeisterte sich ihr Bruder weiter. »Angefangen hat er seinerzeit mit drei Arbeitern und einem Dragee-Kessel, jetzt hat er schon ein Dutzend Arbeiter, einen Dampfkessel und eine Dampfmaschine und liefert seine Bonbons nach ganz

Westfalen. Auf der Rückseite seines Wohnhauses sind riesige Werkshallen entstanden.«

Anne zwang sich, ihrem Bruder etwas Aufmerksamkeit zu schenken. Seit dem Tod ihrer Eltern hatten seine Augen nicht mehr so geleuchtet wie jetzt, wo er von den Erfolgen dieses Mannes sprach. Kein Wunder: Schließlich hatte er von jeher davon geträumt, einmal eine eigene Fabrikation oder eine Konditorei zu besitzen. Seine Ausbildung hatte er bei Stollwerck im heimischen Köln gemacht, dann hatte ihn sein Weg zu Oetker nach Bielefeld geführt – das ganz in der Nähe ihrer Großeltern gelegen war –, und schließlich war er durch die ganze Welt gereist, um von den Besten der Besten zu lernen. In Paris hatte er die Kunst der Herstellung von feinen Fondants erlernt und in England seine Kenntnisse verfeinert.

Aufmunternd lächelte sie ihm zu. »Dann lass uns diesem Anton Leyen doch mal einen Besuch abstatten. Vielleicht kann er ja Unterstützung gebrauchen.«

»Ich weiß nicht«, entgegnete Fritz zweifelnd.

»Warum nicht?«, fragte Anne ermutigend.

In diesem Moment kam der Zug mit einem lauten Quietschen am Bahnhof von Werther zum Stehen, einem zweistöckigen Gebäude mit Erker und kleinem, niederem Anbau. *WERTHER* stand in großen schwarzen Lettern zwischen dem ersten und dem zweiten Stockwerk auf die Mauer geschrieben. Der etwas brummige Schaffner riss die Tür auf, um sie, seine einzigen Fahrgäste, aussteigen zu lassen. Fritz trat zuerst hinaus, dann reichte er Anne den Arm und griff nach den beiden großen Koffern. Einer von ihm, einer von ihr. Darin befand sich ihr ganzes Leben, oder vielmehr das, was davon übrig geblieben war seit jenem schrecklichen Tag, und das nun im Haus ihrer Großeltern fortgesetzt werden würde.

Anne seufzte. Seit dem Tod des Großvaters vor fünf Jahren war nichts mehr gewesen wie zuvor. Ihre Großmutter hatte sehr um ihren Mann getrauert und dabei auch körperlich stark abgebaut. Als dann im Januar dieses Jahres Kaiser Wilhelm der Zweite seinen fünfzigsten Geburtstag gefeiert hatte, hatte die sehr um ihre Großmutter besorgte Anne endlich einen Lichtblick gesehen. Gemeinsam mit ihren Eltern und der Oma waren sie nach Berlin gefahren, wo die Straßen um das Hohenzollern-Schloss sich in ein wahres Fahnenmeer verwandelt hatten. Als Maria Dunst sogar einen kurzen Blick auf den Kaiser hatte erhaschen können, war sie vollkommen im Glück gewesen. Für einen kurzen Moment hatte Anne gehofft, es gehe wieder aufwärts.

»Wenn mein Karl das noch erlebt hätte«, hatte Oma Maria ein ums andere Mal selig gerufen, und zu Annes Freude hatte dabei keinerlei Trauer oder Bitterkeit in ihrer Stimme gelegen. In diesen Tagen hatte Anne ihre Oma zum ersten Mal seit dem Tod ihres Opas wieder lächeln sehen.

Annes Mutter, die niemals zuvor in Berlin gewesen war, hatte sich bei dieser Reise derart in die Stadt an der Spree verliebt, dass sie ihren Gatten dazu überredet hatte, den Sommerurlaub dort zu verbringen. Obwohl der lieber ans Meer gereist wäre, hatte er etwas widerwillig zugestimmt, und so waren sie im Juli nach Berlin gefahren. Sie hatten in einer schmucken Pension Unterkunft gefunden und die Stadt jetzt, ohne den Aufruhr um den Kaiser, noch einmal ganz neu kennengelernt. Als sie das zwei Jahre zuvor eröffnete KaDeWe besucht hatten, waren Anne beinahe die Augen übergegangen. Ihr Vater allerdings hatte diesem Einkaufsbummel nur sehr wenig abgewinnen können, und um seine Laune etwas zu bessern, hatte sich seine Frau bereit erklärt, ihn am achtzehnten Juli zum Steherrennen im Botanischen Garten zu begleiten, das anlässlich der feierlichen Eröffnung der neuen Rennbahn stattfand, und darauf bestanden, dass Anne mitkam.

Und dann war das Unfassbare geschehen: Der schweizerische Berufsfahrer Fritz Ryser war bei rasender Geschwindigkeit ins Schlingern gekommen, sein Motorrad fuhr mitten auf die Haupttribüne, wo mit einem lauten Knall der Tank explodierte und für eine gewaltige Stichflamme sorgte. Genau da, wo Anne und ihre Eltern gesessen hatten.

Als Anne drei Tage später erwachte, fand sie sich in der Charité wieder. An ihrem Bett saß ein völlig verzweifelter Fritz, der soeben aus Paris zurückgekehrt war und ihr erklärte, die Eltern seien unter den Todesopfern des Unglücks. Die Großmutter habe aufgrund der Nachricht einen Herzanfall erlitten und liege ebenfalls im Krankenhaus. Sie gebe sich die Schuld am Tod ihres Sohnes und ihrer Schwiegertochter. »Wäre mir der Kaisergeburtstag nicht so wichtig gewesen, wäre die Margarethe doch nie auf die Idee gekommen, in Berlin Urlaub zu machen«, sollte sie noch gejammert haben, bevor sie zusammengebrochen war.

Anne hatte die Nachricht kaum glauben können, doch während sie sich schnell von ihren Verletzungen erholte, gab es für ihre Großmutter keine Genesung mehr. Mit jeder Woche war es ihr schlechter gegangen, und so war sie wenige

Monate nach ihrem Sohn und ihrer Schwiegertochter verstorben. An gebrochenem Herzen, da war sich Anne sicher.

Am liebsten wäre sie ihr gefolgt – dann hätte sie diesen unerträglichen Schmerz nicht aushalten müssen, der ihr beinah den Verstand geraubt hatte. Aber da war Fritz gewesen. Der ebenfalls fast wahnsinnig wurde vor Trauer und Kummer. Für ihn musste sie da sein, ihm musste sie Halt und Kraft geben. Die Geschwister hatten sich aneinandergeklammert, und als sie erfahren hatten, dass die Großmutter ihnen ihr Haus und etwas Geld vermacht hatte, hatten sie nicht lange gezögert. In Werther waren sie stets glücklich gewesen. Wenn es einen Ort gab, an dem sie ihr verlorenes Glück wiederfinden konnten, dann war es hier, auch, wenn die Erinnerungen sicherlich schmerzhaft waren, so versprachen sie doch auch einen gewissen Trost.

»Bereit?«, fragte ihr Bruder nun und schenkte ihr ein aufmunterndes Lächeln.

Sie atmete einmal tief ein und wieder aus. »Bereit«, sagte sie dann. Und folgte ihm über die altvertrauten Wege in Richtung des Hauses ihrer Großeltern. Das nun das ihre war.

Kapitel 2

Werther, Oktober 1909

Als das Haus ihrer Großeltern vor ihnen auftauchte, traf Anne der Schmerz mit solcher Wucht, dass sie aufkeuchte. Zitternd stieg sie die beiden grauen Steinstufen hinauf, zitternd hob sie ihre Hand, um die Klingel zu betätigen. Zitternd lauschte sie dem Klang der Glocke, der hohl durch das leere Gebäude dröhnte. Da spürte sie zwei Hände auf ihrer Schulter. »Sie wird nicht öffnen, Liebes«, sagte ihr Bruder und zog sie an sich.

»Natürlich nicht«, schluchzte sie. »Das weiß ich doch. Aber ich habe sie noch nie so sehr vermisst wie in diesem Moment. Sie hat doch immer die Tür aufgemacht. Und immer gesagt: ›Da seid ihr ja.‹ Und dann gab es Streuselkuchen, und …«

Er zog sie fester an sich. »Ich weiß«, sagte er und wiegte sie wie ein Kind. »Ich weiß.«

Dann kramte er in seiner Hosentasche nach dem Schlüssel, den der Notar ihm übermittelt hatte. »Aber ich verspreche dir, dass das Haus bald wieder vom Duft von Streuselkuchen erfüllt sein wird. Und wenn ich dann eines Tages meine eigene Patisserie habe, dann werde ich dort Streuselkuchen *Oma Maria* verkaufen – und Streuselbonbons.«

Seine Worte trösteten Anne, und sie löste sich sanft aus seinen Armen, während er den Schlüssel ins Schloss steckte.

»Ich bin ja nur wegen Omas Streuselkuchen Zuckerbäcker geworden«, sagte er und schob sie nach drinnen in die ungewohnt staubige Dunkelheit. Mit geübten Händen entzündete er die kleine Öllampe – die Großmutter hatte noch kein elektrisches Licht installieren lassen –, die immer auf der Kommode neben dem Eingangsbereich stand, schloss die Haustür, drehte seine Schwester dann zu sich herum und sah ihr ernst in die Augen. »Und wir beide geben uns jetzt ein Versprechen«, sagte er.

Sie schluckte mit Mühe die aufsteigenden Tränen hinunter. »Welches?«

»Oma hätte nicht gewollt, dass wir hier Trübsal blasen. Im Gegenteil. Sie hätte uns ziemlich was erzählt.«

Wider Willen musste Anne lächeln. »Da hast du wohl recht«, sagte sie.

»Und deshalb versprechen wir uns nun, dass wir gemeinsam das Beste aus dieser Situation machen«, fuhr ihr Bruder fort. »Wir gehen jetzt zusammen einholen. Dann backe ich uns einen schönen Streuselkuchen, und du kochst uns etwas Leckeres.«

»Das ist eine gute Idee. Aber nur, wenn du mir Streuselbonbons machst.«

»Natürlich mache ich dir Streuselbonbons«, versicherte Fritz und drückte seiner Schwester einen Kuss auf die Stirn.

»Und nun lass uns losgehen – sonst bekommen wir nichts mehr.«

Satt und zufrieden saßen sich Anne und Fritz mehrere Stunden später am Küchentisch gegenüber. Zwischen ihnen stand eine große Schüssel Streusel – Fritz hatte spontan auf den Kuchen verzichtet und nur die Streusel hergestellt. Nun naschten sie abwechselnd davon. Es war ihnen gelungen, ihre Trauer in den Griff zu bekommen.

»Ich finde sogar«, sagte Anne nachdenklich in die zufriedene Stille hinein, »dass es hilft, hier zu sein. Großmutters Haus mit Leben zu füllen und es liebevoll weiterzuführen fühlt sich gut an.«

»Ja«, bestätigte Fritz und steckte sich noch ein Streuselbonbon in den Mund. »Ja, das finde ich auch.«

»Vielleicht solltest du wirklich zu diesem Anton Leyen gehen«, sagte Anne nachdenklich. »Du könntest ihm unsere Streuselbonbons anbieten.«

»Ich weiß nicht«, murmelte Fritz. »Ich bin ja kein Bonbonkocher. Eher sollte ich mich vielleicht bei Bäcker und Gastwirt Wöhrmann bewerben, wo Großmutter manchmal Backwaren geholt hat, wenn sie selbst nicht dazu kam. Oder auch bei der Bäckerei und Kolonialwarenhandlung Heinrich Hartwig. Leyen würde mich schon reizen, einfach, weil ich das Bonbonkochen gerne lernen würde. Aber vermutlich würde er mich nur auslachen, wenn ich ihn als Zuckerbäcker um eine Anstellung ersuche.«

»Oder auch nicht«, sagte Anne. »Schließlich hast du auch

bei Stollwerck und Oetker gearbeitet, und das sind ja auch keine Zuckerbäcker.«

»Bei Stollwerck habe ich aber Kuchen für das Café gebacken«, widersprach er, doch sie schob nur die Hand über den Tisch und drückte ihrem Bruder ermutigend die Hand.

»Wenn du es nicht probierst, wirst du es nie erfahren.«

Binnen Sekunden hatten sie wieder die Rollen getauscht: Auch wenn Fritz in den letzten Monaten für sie da gewesen, sie gestützt und gehalten hatte, auch wenn er im Innenverhältnis der Geschwister der Stärkere, der Erwachsenere war: Nach außen hin litt der Dreiundzwanzigjährige unter enormer Schüchternheit, und seine resolute jüngere Schwester hatte ihm schon über manch eine unangenehme Situation hinweggeholfen. Wobei sich Fritz, wie sie fand, auf seiner zweijährigen Wanderschaft, die ihn in die Metropolen Europas und zu deren Rezepten geführt hatte, schon verändert hatte und offener geworden war.

»Weißt du was?«, sagte sie und lächelte ihrem großen Bruder ermutigend zu. »Ich komme einfach mit. Wir machen morgen früh einen Spaziergang zu dieser Fabrik. Und dann schauen wir mal, ob wir Anton Leyen finden.«

• • •

Anne hatte sich ein wenig vor der Nacht gefürchtet – der ersten, die sie nach deren Tod im Haus ihrer Großmutter verbrachte. Doch als sie sich spätabends in das Bett kuschelte, in dem sie schon als kleines Mädchen immer geschlafen hatte, fühlte sie sich herrlich geborgen und fiel in einen tiefen, traumlosen Schlaf.

Als sie früh am nächsten Morgen erwachte, war sie ausgeruht wie schon lange nicht mehr. Beschwingt schlug sie die Decke zurück, kleidete sich an – die Koffer hatte sie gestern bereits ausgepackt und sowohl ihre als auch Fritz' Kleider fein säuberlich in die Kleiderschränke gehängt – und ging hinunter in die Küche, um das Frühstück für sich und ihren Bruder vorzubereiten. Sie hatten von gestern noch frische Eier übrig, die sie kurz entschlossen zu Rührei verarbeitete, dazu gab es Butter, das frische Brot, das Fritz gestern Abend statt des Streuselkuchens noch gebacken hatte, und ein Glas von Großmutter Marias guter Erdbeermarmelade, die sie im »Loch« gefunden hatte.

»Das riecht ja köstlich«, sagte in diesem Moment ihr Bruder von der Tür her.

Lächelnd wandte sie sich um. »Fritz. Hast du gut geschlafen?«

Er reckte sich gähnend. »Das will ich meinen«, bestätigte er. »Und du?«

»Ich auch«, erwiderte sie und deutete auf den Tisch, den sie bereits liebevoll eingedeckt hatte. »Setz dich. Du brauchst eine Stärkung, bevor wir uns auf den Weg zu Leyen machen.«

Unbehaglich nahm Fritz einen Schluck Tee. »Ich weiß nicht recht«, murmelte er.

»Aber ich«, erklärte Anne resolut. »Irgendwo wirst du arbeiten müssen, also wirst du um ein Bewerbungsgespräch ohnehin nicht herumkommen. Und ob das nun mit diesem Anton Leyen ist oder bei irgendjemand anderem, macht doch keinen Unterschied. Und was soll schon passieren. Mehr als Nein sagen, kann er doch nicht tun.«

Sie griff nach dem Brotmesser, schnitt beherzt zwei Scheiben herunter, bestrich sie dick mit Butter und dann mit Marmelade und schob ihrem Bruder eines der Brettchen zu, die seinerzeit ihr Großvater für ihre Großmutter gefertigt hatte und die je eine Aussparung für ein Glas oder eine Tasse besaßen. Als Kind hatten sie und Fritz es immer geliebt, ihre Tassen in die Aussparung zu stellen. Und als ihr Bruder das auch jetzt tat, fühlte Anne ein tiefes Gefühl der Befriedigung in sich aufsteigen. Es war alles so, wie es sein sollte.

»Jetzt iss, und dann lass uns gehen«, bat sie ihn.

Er seufzte, griff nach seiner Stulle und nickte seiner Schwester zu. »Ich habe wohl keine andere Wahl«, mümmelte er. »Wenn du dir mal was in den Kopf gesetzt hast …«

Sie lächelte und beobachtete ihn genau, während er in seine Brotscheibe biss. Und sie tat es ihm gleich. Schloss die Augen und schmeckte. Himmlisch, dachte sie. Das luftige Brot, die milde Süße der Erdbeermarmelade, die dicke Butterschicht …

Sie öffnete die Augen wieder und blickte direkt in die ihres Bruders. »Als würde Großmutter noch leben«, sagte er.

»Ja«, bestätigte sie. »Als würde Großmutter noch leben.« Nachdenklich sah sie ihren Bruder an. »Kannst du dir erklären, warum bestimmte Dinge in bestimmten Umgebungen ganz anders schmecken?«

»Du meinst dieses Brot?«, riet er.

Sie nickte. »Dieses Brot hast du zu Hause in Köln so oft für uns gebacken. Wir haben es gegessen, dick mit Butter bestrichen und mit der Marmelade, die Großmutter uns immer mitgegeben hat. Und doch hat es nie so geschmeckt wie hier.«

»Ich denke, das kommt auf vieles an«, überlegte er zwischen zwei Bissen. »Auf die Luft, die wir beim Essen atmen, auf den Ofen, in dem das Brot gebacken wird. Aber ich glaube fest daran, dass wir auch die Erinnerungen schmecken können. So, wie uns Düfte ja auch an Situationen erinnern.«

Anne nickte gerührt. Das war eine schöne Erklärung. Und wenn sie die Erinnerung an ihre Oma wirklich schmecken konnte, dann war diese wunderbar süß und tröstlich.

Kapitel 3

Werther, Oktober 1909

Je näher sie der Zuckerwarenfabrik Werther kamen, desto zögernder wurden Fritz' Schritte. Anne an seiner Seite jedoch schritt kräftig aus und genoss es, mit den Füßen durch das bunte Herbstlaub zu streifen. Schon als Kind hatte sie das geliebt!

Ungeduldig drehte sie sich zu ihrem Bruder um, der, wie sie fand, regelrecht durch die Straßen schlich. »Nun komm schon«, mahnte sie. »Es wird nicht einfacher, je weiter du es hinauszögerst.«

»Es sei denn, ich gehe gar nicht hin!«, murmelte Fritz und starrte auf seine Schuhspitzen. So tief hielt er den Kopf gesenkt, dass sie sein Gesicht unter seinem zeitgemäßen Hut kaum sehen konnte.

»Also, jetzt hör mir mal zu.« Durch das Herbstlaub fegte sie auf ihren Bruder zu und stemmte die Hände in die Hüften. »Ich weiß wirklich nicht, wie du es geschafft hast, bei den Besten dieser Welt zu lernen, wenn du so furchtbare Angst vor einem Vorstellungsgespräch hast.«

»Nun ja«, murmelte Fritz. »Offen gestanden hat sich meine Abneigung gegen diese Gespräche bei meiner Europareise erst noch verstärkt. Die Besten der Besten sind nämlich manchmal ziemlich herablassend. Sie halten sich für etwas Besonderes – und das zeigen sie auch.«

»Ein Fritz Dunst muss sich gewiss nicht herablassend behandeln lassen«, sagte Anne empört. »Und überhaupt: Jetzt bin ich ja bei dir. Wenn dieser Leyen nicht nett zu dir ist, dann werde ich ihm die Meinung sagen.«

Unwillkürlich musste Fritz lachen. »Wenn ich dich so anschaue, dann rate ich ihm, sich besser nicht mit dir anzulegen«, sagte er. »Du siehst wirklich bedrohlich aus.«

»Tatsächlich?«, fragte Anne und musste nun ebenfalls lachen.

»Tatsächlich!«, bestätigte er. »In dem Sonnenlicht funkeln deine Augen beinahe unnatürlich gelb, und deine Haare leuchten rot. Wenn du dann noch so finster dreinblickst, siehst du aus wie eine Hexe.«

»Danke für das Kompliment«, rief Anne mit gespielter Empörung.

»Du weißt, dass du eine Schönheit bist«, erwiderte er mit ernstem Blick. »Und es ist entzückend, dass du dich so für mich einsetzen willst. Aber eigentlich bin ich doch der große Bruder und sollte dich beschützen.«

Sie legte ihre Hand in die seine. »Und das tust du auch. Ohne dich wäre ich verloren. Aber ist es nicht viel schöner, wenn wir gegenseitig füreinander da sein können?«

»Ja«, bestätigte er. »Ja, das ist es.«

Da sah Anne im bunten Herbstlaub etwas Braunes

schimmern. Sie bückte sich, hob es auf und legte ihrem Bruder die Kastanie in die Hand. »Bitte schön.«

»Eine Kastanie.« Er lächelte und schloss die Finger darum.

»Du weißt, was Großmutter immer gesagt hat?«

»Ja. Ich weiß.«

Nach kurzem Zögern fuhr sie mit ihrer freien Hand in ihre Jackentasche und holte die kleine, verschrumpelte Kastanie heraus, die ihr ihre Großmutter vor so vielen Jahren zugesteckt hatte. »Hier.« Sie legte sie zu der großen, frischen Kastanie. »Für das Gespräch.«

Fassungslos sah er sie an. »Dein Glücksbringer!«

»Großmutter würde wollen, dass ich ihn dir leihe«, sagte sie ernst. »Mit diesen beiden Kastanien in deiner Tasche kann nichts mehr schiefgehen.«

Kurz darauf stiegen die Geschwister Seite an Seite die Steinstufen zur Eingangstür des imposanten Fachwerkhauses hinauf, in dem die Bonbonfabrik beheimatet war. An der doppelflügeligen, hölzernen, in dunklem Grün gestrichenen Tür hing ein großer Klopfer aus Messing. Beherzt griff Anne danach und betätigte ihn laut und deutlich. Nichts regte sich. Sie versuchte es noch einmal, und als sich immer noch nichts tat, sahen die Geschwister einander ratlos an.

Anne legte ihr Ohr an die Tür, um zu lauschen. Just in diesem Moment wurde diese von innen aufgerissen, und Anne fiel in die Arme eines Mannes. Trotz ihres Schrecks war das Erste, was Anne wahrnahm, sein Geruch. Dieser Mann duftete nach Zucker! Dann bemerkte sie, dass er ziemlich knochig, wenn nicht gar dünn war. Im nächsten Moment befreite sie sich auch schon verlegen aus der Umarmung des Herrn, der sie geistesgegenwärtig aufgefangen hatte, und bemerkte, dass dieser Mitte zwanzig sein mochte und dass sein braunes, wild lockiges Haar derart wirr vom Kopf abstand, dass er beinahe absurd aussah. Sie unterdrückte ein Kichern und schob sich hinter Fritz.

»Guten Tag«, brachte der heraus. »Wir möchten gerne zu Anton Leyen. Ich bin Zuckerbäcker und auf der Suche nach Arbeit.«

Der Wildgelockte schmiss die Hände in die Luft und stieß einen Laut aus, der halb nach einem Jubelschrei, halb nach einem Ächzen klang. Dann strahlte er über das ganze Gesicht und machte einen großen Schritt auf Fritz zu, der eher einem Sprung glich, sodass dieser erschrocken zusammenzuckte. Für einen Moment hatte Anne das Gefühl, der Dürre wolle ihrem Bruder um den Hals fallen. Doch der Mann begnügte sich damit, Fritz' Rechte zu packen, sie begeistert zu schütteln – wobei er seine Linke auf die ineinander verschlungenen Hände legte – und zu beteuern: »Sie schickt der Himmel. Ich weiß nicht, wo mir der Kopf steht. Ich habe viel zu wenige Arbeiter. Es ist ganz wunderbar. Alle wollen meine Bonbons. Und gleichzeitig ist es ganz furchtbar, weil ich nicht hinterherkomme mit dem Produzieren. Das bedeutet unzählige gebrochene Kinderherzen. Sie müssen sich das einmal vorstellen, liebe junge Dame«, wandte sich der Herr nun an die verblüffte Anne. »Da sparen Kinder jeden Groschen ihres Taschengeldes auf, um unsere Bonbons kaufen zu können, gehen in aufgeregter Erwartung ins Geschäft, und was finden sie da vor?«

Fragend starrte er Anne an, die verwirrt feststellte, dass seine Augen beinahe schwarz waren und sich wie Dolche in ihren Blick bohrten.

»Äh …«, machte sie hilflos.

»Ganz richtig!«, rief der Herr. »Bonbongläser!«

Der Blick in ihre Augen intensivierte sich, dann stieß er hervor: »*Leere* Bonbongläser.« Dabei warf er wieder die Hände in die Luft und machte einen Schritt zurück, was Fritz mit offensichtlicher Erleichterung quittierte.

»Können Sie sich die Enttäuschung der Kinder vorstellen?«, fragte der Herr traurig – und sah dabei nach wie vor Anne an.

»Äh, ja, das ist ja ganz furchtbar«, stieß sie hervor.

»Furchtbar, Sie sagen es«, bekräftigte der Mann, von dem Anne vermutete, dass es sich um den Fabrikdirektor handelte. Ein Arbeiter, selbst in leitender Position, hätte niemals so mit ihnen gesprochen! Außerdem war der Herr ausgesprochen elegant gekleidet. Dann erhellte ein Lächeln sein Gesicht wieder. »Aber jetzt sind Sie ja da, um mir zu helfen.« Nun galt sein Strahlen Fritz. »Wann können Sie anfangen? Jetzt gleich? Haben Sie schon gefrühstückt? Sie können unmöglich mit leerem Magen arbeiten. Ich lasse Ihnen etwas Kuchen bringen. Und …« Er ließ den Finger durch die Luft kreisen. »Filterkaffee. Wunderbaren krümellosen Filterkaffee. Haben Sie schon einmal von Melitta Bentz gehört? Eine patente Frau«, sprudelte er weiter. »Sie hatte eine ganz fantastische Idee, um diese lästigen Kaffeekrümel zu vermeiden. Ein paar Löcher in den Boden einer Blechdose, Löschpapier hineingelegt – schon ist die Sache erledigt. Und nun hat sie mit ihrem Mann eine Fabrikation gegründet, und seit Anfang des Jahres sind die Kaffeefilter zu haben. Frau Schnakenwinkel schwört darauf.«

»Das … äh …«, machte Fritz überfordert, während Anne zwischen Amüsement über den seltsamen Namen dieser Frau Schnakenwinkel und der Flut von Informationen, die hier auf sie niederprasselten, hin- und hergerissen war. Und da richtete sich die Aufmerksamkeit des Unternehmers auch schon wieder auf Anne. »Sind Sie auch Zuckerbäckerin?«, fragte er.

Anne kam aus der Verwunderung gar nicht mehr heraus. Sie hatte noch nie einen derart redseligen Menschen erlebt. Aber es war eigentlich gar nicht Anton Leyens Redseligkeit, die sie so faszinierte, sondern seine ganze Art. Dieser Mann strahlte eine derartige Energie und Begeisterung aus, dass Anne das Gefühl hatte, es sei viel zu viel für seinen zierlichen Körper. Wahrscheinlich machte Anton Leyen deshalb ständig so weit ausholende Bewegungen. Weil er irgendwo hinmusste mit seiner Energie. Dass er sie nun fragte, ob sie ebenfalls Zuckerbäckerin war, brachte sie vollends aus der Fassung. Gab es das überhaupt? Frauen, die Zuckerbäckerinnen waren? Sie hatte zumindest noch keine gesehen, nahm sich aber vor, Fritz später danach zu fragen.

Sie stellte sich vor, was ihre Eltern gesagt hätten, wenn sie, Anne, ihnen vorgeschlagen hätte, Zuckerbäckerin zu werden. Die Vorstellung war so absurd, dass sie ein leises Kichern ausstieß – was ihr Gegenüber als Zustimmung zu werten schien.

»Wunderbar«, rief er. »Dann fangen Sie also auch bei mir

an. Ihr Mann hat sicher nichts dagegen?« Er warf dem inzwischen völlig verdatterten Fritz einen kurzen Blick zu, und bevor eines der Geschwister ansetzen konnte zu erklären, dass sie keineswegs Eheleute waren, hatte Anton Leyen schon auf dem Absatz kehrtgemacht und eilte – oder hüpfte – davon, den breiten Flur entlang, um sich nach einigen Schritten umzudrehen und die Geschwister, die wie vom Donner gerührt dastanden, zu fragen: »Na, wo bleiben Sie denn? Wir haben keine Zeit zu verlieren. Ich zeige Ihnen alles. Um den Papierkram kümmern wir uns später. Jetzt müssen wir Bonbons kochen.«

Er klatschte zweimal kräftig in die Hände, Anne und Fritz wechselten einen verwunderten Blick und folgten dem engagierten Fabrikdirektor dann durch einen auf der Rückseite des Gebäudes befindlichen Durchgang in dessen Produktionshallen.

»Das kommt nicht infrage«, zischte Fritz auf dem Weg dorthin, als er seine Sprache wiedergefunden hatte. »Auch wenn ich nicht dein Mann bin, so erlaube ich keineswegs, dass du arbeitest. Du bist meine kleine Schwester, und ich werde selbstverständlich für dich sorgen.«

»Fritz«, flüsterte Anne, der regelrecht der Kopf schwirrte von all dem, was die letzten Minuten auf sie eingeprasselt war, »dazu ist jetzt keine Zeit. Lass uns erst mal alles ansehen, und dann können wir das dem Herrn Leyen immer noch sagen, wenn wir nachher das Vertragliche mit ihm regeln.«

»Wenn *ich* das Vertragliche mit ihm regle«, korrigierte Fritz ärgerlich. »Das ist nun wirklich keine Frauensache.«

»Natürlich«, murmelte Anne verstimmt. Manchmal verstand sie ihren Bruder nicht. So gut sie sich auf der einen Seite vertrugen – gelegentlich war er einfach fürchterlich rückständig. Aber so war ihr Vater auch gewesen. Und leider orientierte sich ihr Bruder an ihm.

Zum Glück blieb ihnen jedoch keine Zeit mehr, ihren Disput fortzusetzen, denn in diesem Moment hatten sie die Fertigungshalle erreicht, deren Tür Anton Leyen mit einer triumphierenden Geste aufriss. »Willkommen im Reich der süßen Träume«, sagte er und ließ die Geschwister an sich vorbeigehen.

Drinnen war es etwas dunstig, und der süße Geruch, den Anne schon an Anton Leyen wahrgenommen hatte, waberte hier als Dunst durch den Raum. Sie erkannte einen langen Tisch, an dem einige weiß gekleidete Gestalten standen und konzentriert eine Masse bearbeiteten, die vor ihnen auf dem Tisch lag. In der Ecke stand ein großer Kessel, in dem zwei kräftig wirkende Männer mit großen Löffeln rührten.

Leyen schoss jedoch auf einen schlanken Mann mittleren Alters zu, der im Begriff war, eine klebrige Masse zwischen zwei Haken, die automatisch angetrieben wurden, zu bewegen, und dabei sehr routiniert wirkte. Wild gestikulierend redete er auf den Mann ein, der daraufhin einige Male zu den Geschwistern hinübersah und nickte. Sodann entschwand Anton Leyen mit einem »Das wird schon« wieder nach draußen, während der Mann an den Haken seine Tätigkeit unterbrach, sich die Hände an einem Tuch abwischte und mit einem Lächeln auf sie zuging.

»Willkommen«, sagte er und schüttelte erst Anne, dann

Fritz die Hand. »Ich bin Hinner Tombroke, der Leiter der Bonbonkocherei. Ich werde Ihnen alles zeigen.«

»Danke«, sagte Anne. »Offen gestanden sind wir etwas überrumpelt. Wir kamen gar nicht richtig zu Wort, und ...«

Hinner lachte auf, und seine grünen Augen funkelten amüsiert. »Mir müssen Sie nichts erzählen«, sagte er. »Ich kann mir lebhaft vorstellen, wie Ihr Gespräch vonstattenging. Unser Direktor hat ein sehr einnehmendes Wesen. Er ist ein kreativer Geist.«

»Eigentlich bin ich Zuckerbäcker«, sagte Fritz. »Ich bin schon gekommen, um einmal vorsichtig anzufragen, ob Herr Leyen vielleicht eine Beschäftigung für mich hat – ob das überhaupt vorstellbar ist. Aber damit, dass er mich sofort einstellen würde, habe ich nicht gerechnet. Denn ich bin kein Bonbonkocher.«

»Da machen Sie sich mal keine Sorgen«, sagte Hinner freundlich. »Ich bin ebenfalls Zuckerbäcker. So sehr unterscheiden sich die beiden Berufe gar nicht voneinander. Es geht um ein feines Gespür für Geschmack, um den sauberen Umgang mit Lebensmitteln, um korrektes Abmessen und natürlich um ganz viel Liebe. Denn wenn Sie nicht lieben, was Sie tun, schmeckt man das.«

Anne musste bei Tombrokes Worten daran denken, dass sie noch am Morgen mit ihrem Bruder darüber gesprochen hatte, warum gewisse Dinge an gewissen Orten anders schmecken. Wahrscheinlich schmeckte sie im Haus ihrer Großmutter einfach noch deren Liebe.

»Dass meine Schwester hier arbeitet, damit bin ich allerdings nicht einverstanden«, fuhr der eigentlich so schüchterne Fritz, der Zutrauen zu dem Bonbonkocher zu fassen schien, fort. »Sie wollte mich heute nur zu meiner Unterstützung begleiten, aber ich finde es nicht richtig, dass eine Frau arbeitet. Ich kann sehr wohl für sie sorgen.«

Es klang fast beleidigt.

»Schauen Sie mal«, sagte Hinner und deutete auf zwei junge Frauen, die an dem langen Holztisch standen. »Ihre Schwester wäre nicht die Einzige. Und so ungewöhnlich ist es nun auch wieder nicht, dass Frauen einer Erwerbstätigkeit nachgehen.«

»Ach, bitte, Fritz«, mischte sich Anne ins Gespräch. »Ich würde so gern …«

»Ich lasse Sie beide einmal kurz allein, dann können Sie sich darüber austauschen«, sagte Hinner höflich. »Ich gehe davon aus, dass unser Direktor einfach bestimmt hat, dass Sie hier arbeiten?«

»Ja«, sagte Anne betreten.

Hinner lachte auf. »Das passt zu ihm. Aber er ist ein lieber Kerl. Seine Fabrik ist sein Ein und Alles, und Bonbons, das hat er einmal so gesagt, sind zuckergewordene Träume.«

Zuckergewordene Träume, dachte Anne, während sie dem Leiter der Bonbonküche nachsah, der eine kurze Runde durch den lang gestreckten Raum begann, vermutlich, um sich zu überzeugen, dass alles seinen Gang ging. Wie wundervoll.

»Fritz«, sagte sie eindringlich. »Ich weiß, dass du für mich sorgen kannst, wirklich. Und ich rechne es dir hoch an, dass du das tun willst. Aber … Die Vorstellung, jeden Tag in

Großmutters Haus zu sitzen, während du bei der Arbeit bist, die ist … die ist für mich ganz schrecklich.«

»Es ist ja nicht so, als hättest du nichts zu tun«, beharrte er. »Du musst dich um den Haushalt kümmern und einholen, kochen …«

»Das kann ich alles trotzdem machen«, begehrte Anne auf. »Das füllt doch keinen Tag aus. Und ich will wirklich nicht die ganze Zeit ohne dich sein.« Flehend sah sie ihn an. »Sieh es doch nicht so, dass du deine Schwester zum Arbeiten schickst, sondern dass du sie mitnimmst, damit sie nicht allein ist.«

Fritz lachte auf und fuhr sich durchs Haar. »Du wusstest schon immer, wie du deinen großen Bruder einwickelst.«

»Ist das ein Ja?«, fragte Anne atemlos.

»Das ist ein Wir-versuchen-es-mal«, erwiderte er und fügte dann leise hinzu: »Ich bin ja auch froh, dich an meiner Seite zu haben. Denn so, wie du nicht allein im Haus sein willst, will ich nicht allein unter all diesen Leuten sein.«

»Die scheinen mir aber alle sehr nett zu sein«, murmelte Anne und sah sich um. Ihr Blick traf den einer der Arbeiterinnen. Sie hatte blond gelocktes Haar, und die beiden Frauen lächelten einander freundlich zu. Dann schweiften ihre Augen weiter durch den Raum, blieben an den konzentriert arbeitenden Menschen hängen, an den glänzenden Massen, die in verschiedenen Formen und Trögen bereitstanden, an dem langen, schimmernden Band, das über die Haken gezogen wurde, über die ebenfalls automatisch laufenden Walzen, durch die die Bonbonmasse lief, und sie fühlte sich wie in einem Märchen. Bonbons sind zuckergewordene Träume, kam ihr der Satz des Fabrikdirektors wieder in den Sinn. Ja, dachte sie, hier war sie genau richtig. Und dieser Anton Leyen war in der Tat ungemein faszinierend. So einen Menschen, derart angefüllt von Begeisterung für das, was er tat, hatte sie noch nie kennengelernt!

Kapitel 4

Werther, Oktober 1909

Der Kaffee! Und der Kuchen! Anton wollte gerade sein Büro betreten, um endlich etwas Ordnung in seine Papierberge zu bringen, als es ihm siedend heiß einfiel! Er hatte dem ausgesprochen sympathischen Ehepaar Kaffee und Kuchen angeboten – und sie dann einfach in der Bonbonkocherei stehen lassen. Wo war er nur mit seinen Gedanken?

Er machte auf dem Absatz kehrt, um nach oben zu gehen und Frau Schnakenwinkel zu bitten, einen kleinen Imbiss für die Neuankömmlinge vorzubereiten, als ihm klar wurde, dass er ihnen schlecht Kaffee und Kuchen servieren lassen konnte. Schon gar nicht in der Bonbonkocherei, vor allen anderen. Sie waren seine Arbeiter! Manchmal sprudelte es einfach so aus ihm heraus, und er redete, ohne darüber nachzudenken. Vor allem dann, wenn er derart unter Strom stand wie zurzeit.

Das hohe Bestellaufkommen machte ihn unfassbar nervös – und zugleich verlieh es ihm ungeahnte Kräfte! Er schlief kaum noch, hatte Mühe, still zu sitzen, und manchmal überkam ihn das Gefühl, dass seine Füße den Boden beim Gehen gar nicht mehr berührten, weil er regelrecht schwebte vor Glück darüber, dass alle seine Bonbons wollten.

Sein Vater, bei dem er einst seine Ausbildung zum Feinbäcker gemacht hatte, wäre stolz auf ihn gewesen! Zu Recht: Schließlich hatte er vor zwei Jahren die riesigen Fabrikhallen hinter seinem Elternhaus errichten lassen. In der Halle, die sich dem Wohnbereich direkt anschloss, befand sich die Bonbonkocherei, in dem kleineren Gebäude ganz am Ende waren Dampfmaschine und Dampfkessel untergebracht.

In diesem Moment wurde die Tür aufgerissen, was ihn aus seinen Gedanken holte, und eine junge, blonde Frau stand vor ihm. Anton starrte sie an.

»Was?«, rief sie. »Was schaust du so?«

»Ach, Käthchen«, sagte er und strich seiner sechs Jahre jüngeren Schwester über die Wange, »ich kann mich einfach nicht an deine neue Frisur gewöhnen.«

Die einundzwanzigjährige Käthe war ausgesprochen modebewusst und hatte sich vor Kurzem zum Entsetzen ihrer Mutter von ihrem lockigen Nackenknoten getrennt. Nun trug sie das Haar nur noch kinnlang und onduliert. Anton fand zwar, dass ihr das gut stand, etwas ungewohnt war es aber dennoch.

»Und deshalb stehst du hier herum und traust dich nicht herein?«, lachte sie.

Er erwiderte ihr Lachen. »Nein«, sagte er. »Ich wollte mir eigentlich einen Kaffee holen.«

Streng schüttelte sie den Kopf und hob den Finger, um

ihn ihrem großen Bruder gegen die Brust zu stechen. »Das lasse ich nicht zu«, erklärte sie ihm. »Kaffee macht dich noch aufgeregter, als du ohnehin schon bist. Außerdem hattest du heute mindestens schon sechs Tassen.«

»Kaffee verleiht mir Energie«, widersprach er. »Und die kann ich gebrauchen. Du weißt, alle wollen meine Bonbons.«

»Viel mehr könntest du meine Hilfe gebrauchen«, sagte sie und wirkte nun ein wenig verärgert. »Du suchst händeringend nach Leuten, aber mich lässt du nicht mit anpacken.«

»Weil du meine Schwester bist und es meine Aufgabe ist, für dich zu sorgen«, sagte er. »Außerdem hast du doch mit deiner Malerei genug zu tun.«

Sie schüttelte den Kopf und sah ihm ernst in die Augen. »Natürlich liebe ich die Malerei«, sagte sie. »Aber dennoch kann ich nicht zusehen, wie du arbeitest und arbeitest und ich mich dem süßen Nichtstun hingebe.«

»So ist das nun mal«, sagte er und gab ihr einen Kuss auf die Stirn. »Wir Männer verdienen das Geld, ihr Frauen sorgt für ein behagliches Heim.«

»Für ein behagliches Heim sorgen schon Frau Schnakenwinkel und Mutter«, sagte Käthe Leyen und wirkte frustriert. »Und außerdem ist es ja nicht so, als würden nicht auch Frauen in deiner Fabrik arbeiten.« Anton musste ihr insgeheim recht geben. Weder Käthe noch seine Mutter waren ausgelastet. Sie hatten einander – aber ansonsten wenig zu tun. Früher, als sein Vater noch die Zuckerbäckerei besessen hatte, hatte seine Mutter oft hinter der Verkaufstheke gestanden, und es hatte ihr Freude bereitet. Doch dann war der Vater krank geworden, die Mutter hatte sich seiner Pflege gewidmet und Anton die Zuckerbäckerei mit dem Segen seines Vaters in eine Bonbonkocherei umgewandelt.

Er hatte sein Bestes gegeben, um seiner Familie ihren Lebensstandard zu erhalten, das war ihm gelungen, und darauf war er stolz. Er war im Grunde in die Fußstapfen seines Vaters getreten. Es war Ehrensache, dass Mutter und Schwester nicht arbeiten mussten. Aber dass das Leben seiner Schwester nicht ausgefüllt war, das verstand er. Dennoch verbot ihm sein Stolz, ihre Hilfe anzunehmen.

Vielleicht war es an der Zeit, in eine neue Richtung zu denken. Zumal Käthe recht hatte: Er beschäftigte ja bereits Frauen in seiner Fabrik.

Zwar widmete Käthe sich mit großer Leidenschaft der Malerei und der Mode, was dazu führte, dass sie für ihre kleine Stadt immer viel zu fein angezogen war, aber Käthe hatte auch eine Sekretärinnenschule besucht. Sie könnte ihm wirklich helfen.

»Also gut«, sagte er, um vom Thema abzulenken. »Kein Kaffee.«

Er lächelte ihr zu, machte auf dem Absatz kehrt und eilte wieder nach unten. Als er nun endlich und tatsächlich seine Bürotür öffnete, legte sich ein Lächeln auf sein Gesicht. Die Vorstellung, dass Käthe hier sitzen und alles für ihn erledigen würde, war sehr charmant. Diesen Gedanken würde er weiterverfolgen. Aber dazu musste er erst einmal Ordnung schaffen. Niemals könnte er ihr ein solches Chaos hinterlassen!

• • •

»Warum ziehen Sie diese Masse immer über die Haken?«, fragte Anne neugierig. Sie hatten Hinner Tombroke soeben ihre Entscheidung mitgeteilt – nämlich, dass sie, Anne, ebenfalls in der Fabrik arbeiten würde –, und dieser hatte daraufhin erklärt, dass er ihnen beiden nun alles zeigen und die einzelnen Arbeitsabläufe erklären würde.

»Das verrate ich Ihnen später«, sagte er lächelnd. »Wir fangen erst einmal am Anfang an: beim Herstellen der Bonbongrundmasse.«

Er führte die Geschwister zu dem großen Kessel, der in der Ecke stand und der Anne schon gleich zu Beginn aufgefallen war. »Hier drin werden Zucker und Wasser auf hundertzwölf Grad erhitzt. Bei dieser Temperatur löst sich der Zucker auf. Dann geben wir den Glukosesirup dazu und erhitzen auf hundertzweiundvierzig Grad.« Er deutete auf ein Thermometer, das an dem Kessel hing und das der junge Mann, der die Masse ununterbrochen rührte, stets im Auge behielt. Momentan zeigte es nur hundertzwanzig Grad an, wie Anne erkennen konnte.

»Woraus wird denn der Sirup hergestellt?«, erkundigte sich Anne.

Hinner warf ihr einen anerkennenden Blick zu. Er schien sich über ihr Interesse zu freuen. »Aus Mais-, Kartoffel- oder Weizenstärke«, ließ er sie wissen. »Der Sirup wirkt kristallisationshemmend. Ohne ihn würden sich auf dem Bonbon kleine Punkte bilden, das Zuckerwasser würde kristallisieren.«

Anne nickte und beobachtete, dass das Thermometer immer weiter stieg. »Wir kommen im richtigen Moment«, sagte

Hinner, wartete noch einige Augenblicke und nickte dann zufrieden, als das Thermometer hundertzweiundvierzig Grad zeigte. »Nun können Sie gleich den nächsten Schritt sehen.«

Er zog einen Hebel. »Jetzt fällt die Masse nach unten in den Entnahmekessel. Dieser steht unter Vakuum und entzieht überflüssige Feuchtigkeit. Das Slurry, so nennen wir die Masse, hat jetzt noch hundertachtunddreißig Grad.«

Er unterbrach den jungen Mann, der offenbar gerade nach seinem Kollegen rufen wollte, und winkte Fritz heran. »Sie fassen mit an«, bestimmte er. »Dann lernen Sie es gleich.«

»Gut«, sagte Fritz konzentriert und gar nicht mehr unbeholfen. Anne hatte das schon immer bei ihrem Bruder beobachtet: Sobald Fritz Dunst in seinem Element war, fiel alle Schüchternheit von ihm ab. Und jetzt war das offenbar ganz und gar der Fall.

»Nehmen Sie die Griffe an der einen Seite«, wies ihn Hinner an. »Wilhelm hier«, er deutete auf den jungen Burschen, »nimmt die andere Seite. Dann tragen Sie den Kessel hinüber zum Kühltisch und gießen die Masse zum Auskühlen darauf.«

Mit einem leisen Ächzen taten die beiden Männer, wie ihnen geheißen. Der Kühltisch stand nur wenige Schritte von der Kochstelle entfernt und hatte an den Rändern eine Erhöhung, die Anne an einen Bilderrahmen erinnerte. Sie vermutete, dass sie verhindern sollte, dass die Bonbonmasse vom Tisch tropfte. Fasziniert sah sie zu, wie die zähe Flüssigkeit auf die Platte gegossen wurde und sich nach und nach bis zu den Rändern ausbreitete.

»Wie lange dauert es, bis das weiterverarbeitet werden kann?«, fragte Anne interessiert.

»Gar nicht lange«, sagte Hinner und begann, die Masse zu kneten. »Ich bewege den Teig nun so, dass immer die kalte Seite nach innen kommt. Man spürt, dass sich der Teig beim Abkühlen verändert und immer plastischer wird. Ich mache das nun, bis die Masse bis auf achtzig Grad runtergekühlt ist, dann muss es schnell gehen mit dem Einfärben. In diesem Fall sollen die Bonbons orangefarben werden.«

Er deutete auf die junge, blond gelockte Frau, die in diesem Moment zu ihnen trat.

»Hallo, ich bin Lotte«, sagte sie und lächelte die Geschwister an. »Ich färbe die Masse mit Paprikapulver ein.«

»Iiih«, Anne musste sich schütteln.

»Sie mögen keine Paprika?«, vermutete Lotte lachend.

»Ganz und gar nicht«, gestand Anne.

»Keine Sorge«, mischte sich nun wieder Hinner ins Gespräch. »Unsere Kunden würden uns etwas erzählen, wenn wir ihnen Bonbons mit Paprikageschmack verkaufen würden. Man schmeckt die Paprika nicht. Genauso wenig wie den Spinat, mit dem wir unsere Bonbons grün färben. Oder die Rote Bete oder die Karotten.«

Zweifelnd sah Anne ihn an.

»Glauben Sie ihm«, sagte Lotte und holte eine Bonbondose aus dem Regal, das voller orangefarbener Bonbons war. »Probieren Sie.«

Sie hielt Anne und Fritz das Glas hin, die Geschwister griffen zu, und Anne fühlte sich an die Streuselbonbons erinnert, die sie am gestrigen Abend gegessen hatten. Fritz schien es ebenso zu gehen. Still lächelten sie einander zu. »Das schmeckt ja nach Orange!«, rief Anne überrascht.

»Ganz genau«, bestätigte Lotte.

»Wie haben Sie das gemacht?«, wollte Anne wissen.

»Das erklären wir Ihnen später«, wiegelte Lotte ab. »Nun muss ich mich zunächst dem Färben der Masse widmen, sonst ist es zu spät. Oder wollen Sie?«

Auffordernd hielt sie Anne das Pulver hin. Die warf einen fragenden Blick auf Hinner, der jedoch nur bestätigend nickte. »So lernen Sie es am schnellsten«, wiederholte er, was er vorher zu Fritz gesagt hatte.

»Gern«, freute sich Anne. »Was muss ich tun?«

»Sie verteilen das Pulver über der ganzen Masse, als würden Sie einen Zuckerkuchen backen und das Pulver wäre der Zucker«, wies Lotte sie an. »Und nun verrühren Sie das Ganze mit dem Holzspatel, sehen Sie, so.« Anne sah zu, wie die andere das Orange unter die Masse rührte und diese zuerst meliert war und sich dann immer mehr einfärbte.

»Darf ich?«, fragte sie.

»Sicher.« Lotte reichte ihr den Spatel.

»Das ist ja ganz schön schwer«, sagte Anne überrascht. »Bei Ihnen sah das so einfach aus.«

»Natürlich, die Zuckermasse ist ja auch zäh«, ließ sich Fritz vernehmen.

»Und wird es immer mehr, je stärker sie abkühlt. Deshalb müssen wir uns beeilen«, sagte Lotte und drückte Fritz einen zweiten Spatel in die Hand. Einträchtig rührten die Geschwister, während die ursprünglich weiße Zuckermasse immer orangener wurde.

»Und nun kann ich Ihnen auch die Frage beantworten, warum die Bonbons nach Orange schmecken, obgleich sie mit Paprika eingefärbt wurden«, sagte Lotte. »Denn jetzt kommt der Geschmack dazu. Erst etwas Zitronensäure, damit das Bonbon seine typische Säure erhält, und dann das Orangenaroma.«

Diesmal goss Lotte beides selbst darauf, während Fritz und Anne fleißig weiterrührten.

»Und nun geht es weiter«, kündigte Hinner an. Er formte die noch warme orangefarbene Masse zu einem Ball, knetete sie mit geschickten Händen noch einmal gut durch und bat die Geschwister dann zu dem großen Arbeitstisch, der in der Mitte des Raumes stand und an dem Lotte neben einer zierlichen Brünetten stand, die sich als Ursula vorstellte. »Das hier ist der Wärmetisch«, erklärte er. »Wir ziehen die Bonbonmasse nun zu Bändern. Sechzig Zentimeter lang und zwanzig bis fünfundzwanzig Zentimeter breit. Und dann werden sie durch die Walzen gedreht.«

Er zeigte auf das eiserne Gerät, in das zwei Walzen eingehängt waren. Zwischen diese beiden Walzen wurde die Bonbonmasse nun geschoben und kam auf der anderen Seite gestanzt wieder heraus.

»Was ist das für ein Gerät?«, fragte Fritz und deutete auf die Vorrichtung über der Walze.

»Von dort wird kühle Luft zugeblasen, dadurch härtet die Masse schneller aus«, erklärte Hinner und sagte dann: »Wir können viele verschiedene Walzen einsetzen mit vielen verschiedenen Formen.« Er deutete auf einen Ständer, in dem übereinander mehrere Walzen hingen. »Auch die Dicke kann individuell eingestellt werden.«

Die Geschwister sahen zu, wie Ursula nach den gestanzten Platten griff, die auf der anderen Seite der Walze – inzwischen abgekühlt und ausgehärtet – herausgekommen waren. Ursula brach mit flinken Fingern die Bonbons an den Stanzkanten heraus. »Der Überschuss wird hier im nächsten Schritt ausgesiebt, sodass nur die Bonbons übrig bleiben«, erklärte Hinner. »Sie werden dafür in einem großen Sieb hin und her bewegt, die Krümel fallen nach unten durch.«

Anne nickte fasziniert und beobachtete das Vorgehen.

»Nun werden die Bonbons noch mit Läuterzucker überzogen.«

Fritz nickte wissend, während Anne fragte: »Und was ist das – Läuterzucker?«

»Das ist auch wieder ein Sirup, der allerdings nur aus Zucker und Wasser besteht.«

Ursula war soeben im Begriff, die Bonbons in eine Kupfertrommel zu geben, die sich fortwährend drehte. »Sie träufelt nun den Läuterzucker in die Trommel«, erläuterte der Bonbonkocher. »Und durch die Rotation werden die Bonbons mit dem Zuckerguss überzogen, der verhindert, dass die Bonbons Feuchtigkeit annehmen und klebrig werden.«

»Das ist wirklich faszinierend«, sagte Anne.

Hinner Tombroke lächelte ihr zu. »Oh ja«, entgegnete er. »Das ist es.«

»Und die andere Art und Weise, Bonbons zu machen?«, fragte Fritz.

Hinner schmunzelte. »Oh, alles auf einmal wäre zu viel«, antwortete er. »Das werden Sie nach und nach alles lernen.«

»Ich freue mich darauf«, beteuerte Anne. »Sehr. Aber erklären Sie mir noch, was es mit dem Haken auf sich hat?«

»Sicher«, schmunzelte Hinner. »So viel Zeit muss sein. Über den Haken ziehen wir den Bonbonteig, wenn wir ein weißes Bonbon herstellen wollen. Durch das Ziehen wird die Struktur immer heller, das Bonbon wird sozusagen belüftet.«

»Ich verstehe«, sagte Anne. »Das ist ein wenig wie Sahne schlagen.« Bittend sah sie ihn an. »Darf ich es einmal probieren?«

Er zögerte kurz, nickte dann aber und führte sie zu dem Haken. »Ich zeige es Ihnen einmal, schauen Sie, so.«

Aufmerksam sah Anne zu, wie der Teig wieder und wieder durch die geschickten Hände des Bonbonkochers glitt, dann übernahm sie.

»Sie machen das gut«, lobte er. »Ich kann Ihnen schon bald zeigen, wie man Rocks macht.«

»Rocks?«

»Die Königsdisziplin der Bonbonmacher«, sagte er. »Kein Wunder, dass die Zuckerbäcker am Hofe des Sonnenkönigs zu den bestbezahlten Dienern zählten. Man legt sozusagen Bilder aus verschiedenen Bonbonsträngen – ein Schachbrettmuster oder auch Blumen – und ummantelt sie mit einer andersfarbigen Masse. Dann werden diese Bilder, die beim Zusammensetzen recht groß sind, so lange gerollt und gezogen, bis der Durchmesser nur noch ganz klein ist. Und schließlich schneidet man sie in Scheiben, sodass das Bild, das ursprünglich im Inneren des Bonbonstrangs war, sichtbar wird.«

Das klang kompliziert – und er traute ihr zu, dass sie diese Kunst erlernte! Anne errötete vor Freude!

Kapitel 5

Werther, Oktober 1909

»Ah, da sind ja meine neuen Arbeiter!«, rief Anton Leyen, als Anne und Fritz zwei Stunden später das Büro des Fabrikdirektors im ersten Obergeschoss des Haupthauses betraten. Er schoss von seinem Stuhl empor, umrundete seinen Schreibtisch, auf dem sich unfassbar viele Papiere türmten, und schüttelte erst Anne, dann ihrem Bruder die Hand.

»Setzen Sie sich, setzen Sie sich«, sagte er und deutete auf die beiden Besucherstühle vor seinem Schreibtisch, auf denen sich allerdings ebenfalls unzählige Papiere stapelten.

»Die Stühle sind bereits belegt«, wagte Anne einen zaghaften Hinweis.

Anton sandte ihr einen irritierten Blick. »Belegt?«, fragte er. »Von wem?«

»Von Ihren Papieren«, klärte Anne ihn auf, während Fritz etwas verloren herumstand.

»Oh«, machte Anton, eilte wieder um seinen Schreibtisch herum, griff nach einem der Papierstapel, aber nur halb, sodass der Turm in sich zusammenkrachte und sich über den gesamten Boden ergoss.

»Ich helfe Ihnen«, bot Anne an und kniete schon nieder, um den Fabrikdirektor beim Aufsammeln zu unterstützen. Fritz tat es ihr gleich.

»Das ist mir ein wenig peinlich«, seufzte Anton. »Ich gestehe, ich bin kein Freund dieser Aktenberge.«

»Sie brauchen jemanden, der sich um Ihre Papiere und Ihre Buchhaltung kümmert«, stellte Anne fest.

»Stimmt«, erwiderte Anton stirnrunzelnd, griff nun auch nach dem zweiten Aktenberg und platzierte ihn auf der Kommode neben dem ersten, allerdings in derart bedrohlicher Schieflage, dass Anne im Stillen damit rechnete, dass die Papiere sich gleich wieder über den Boden ergießen würden.

»Sie erlauben?«, fragte sie, ging zur Kommode, räumte zwei angestaubte Vasen zur Seite und schob die Akten etwas nach hinten.

»Sie wären sonst gleich wieder hinuntergefallen«, ließ sie Anton wissen, als sie sich zu ihm umwandte.

»Sie sind erstaunlich«, sagte der anerkennend und deutete dann erneut auf die Besucherstühle. »Bitte, nehmen Sie Platz. Nun sind die Stühle für Sie frei.«

Als sie sich gesetzt hatten, sah Anton Leyen sie ungewohnt ernst an. »Sie müssen einen ziemlich chaotischen Eindruck von mir haben«, sagte er. »Vermutlich habe ich Sie vorhin ziemlich überfallen. Ich bin nur von dieser Situation selbst sehr … überrascht, oder besser: überrollt worden.«

»Das macht doch nichts«, sagte Fritz. »Wir – oder zumindest ich – sind ja gekommen, um uns bei Ihnen zu bewerben.

Allerdings bin ich kein Bonbonkocher, sondern Zuckerbäcker. Und meine Schwester ist keins von beidem.«

»Oh«, machte Anton verwirrt. »Ich dachte … bitte entschuldigen Sie, ich dachte, Sie wären ein Ehepaar.«

Fritz schüttelte den Kopf und deutete auf Anne. »Nein«, sagte er. »Das ist meine kleine Schwester.«

Anton nickte ihr freundlich zu. »Dass Sie keine Erfahrung haben, macht nichts«, erklärte er dann. »Herr Tombroke ist ebenfalls Zuckerbäcker, und ich bin es ursprünglich auch. Und Sie«, eindringlich sah er Anne an, »wirken so, als würden Sie schnell lernen.«

Überrascht stellte sie fest, dass sie unter seinem Blick zum zweiten Mal an diesem Tag etwas errötete. Dann sagte sie jedoch selbstbewusst: »In der Tat ist das, was man uns heute gezeigt hat, nicht allzu schwer.«

Anton nickte. »Damit Sie meine Not verstehen – und auch, wie es hier aussieht«, sagte er und machte eine weit ausholende Geste. »Als ich meine Fabrik vor sechs Jahren gründete, hätte ich mir nicht träumen lassen, dass die Nachfrage nach meinen Bonbons derart steigen würde. Der Fabrikbau hat mich sehr viel Zeit und Energie gekostet, ursprünglich hatte ich im Erdgeschoss dieses Hauses produziert, dort befindet sich jetzt die Packerei. Wir kommen mit dem Produzieren kaum nach, und da Werther nun nicht gerade der Mittelpunkt der Welt ist, ist es auch gar nicht so einfach, Arbeiter zu finden. Und wenn jemand hier in der Gegend ist, will er zu Oetker nach Bielefeld. Als Sie vorhin zur Tür hereinkamen, dachte ich: Sie schickt der Himmel.«

»Ich habe zunächst gezögert, ob es richtig ist zu gestatten, dass meine Schwester ebenfalls bei Ihnen arbeitet«, sagte Fritz in überraschender Offenheit. »Sie ist noch nicht volljährig.«

Anton konnte den anderen gut verstehen, schließlich hatte er hinsichtlich seiner Schwester die gleichen Gedanken. Doch er sagte: »Bei uns arbeiten, wie Sie gesehen haben, bereits Frauen. Wir setzen sie natürlich nicht für schwere Tätigkeiten wie das Kesselheben oder das Umschichten der Lagerware ein. Was sagen denn Ihre Eltern dazu?«

Ein Schatten glitt über Fritz' Gesicht, und Anne spürte den altbekannten Stich in der Brust. Zugleich schnürte sich ihr die Kehle zu, wie meistens, wenn die Sprache unerwartet auf den Tod ihrer Eltern kam.

»Sie sind bei einem Unglück ums Leben gekommen«, sagte Fritz steif. »Meine Schwester steht unter meiner Vormundschaft.«

Der Gesichtsausdruck ihres Gegenübers veränderte sich blitzschnell, und wieder dachte Anne, dass Anton Leyen eine sehr ausgeprägte Mimik hatte. Er beugte sich vor, streckte beide Hände über den Tisch und legte je eine auf Annes und Fritz' Hand. Die Geste war merkwürdig intim, viel zu intim dafür, dass sie sich gerade erst kennengelernt hatten und er obendrein der Direktor und sie seine Arbeiter waren. Und zugleich war sie ungemein tröstlich und genau richtig. Weil sie, wie Anne spürte, aus tiefstem Herzen kam.

»Das tut mir aufrichtig leid«, sagte Anton betroffen, während er seine Hände auch schon wieder von den ihren nahm und sich zurücklehnte. »Mein herzliches Beileid zu Ihrem großen Verlust. Ich weiß, wie Sie sich fühlen, auch ich habe meinen Vater vor zwei Jahren verloren. Doch ich habe noch meine Mutter und meine Schwester, sie leben mit mir im Haus.«

»Danke«, presste Fritz hervor, während Anne mit Mühe die Tränen hinunterschluckte.

»Und was führt Sie hierher?«, lenkte Anton Leyen, der ihre Nöte offenbar bemerkte, das Gespräch auf ein neutraleres Terrain. »Ich habe Sie hier noch nie gesehen – und bei zweitausend Einwohnern kennt beinahe jeder jeden.«

Anne dachte zwar, dass sie niemals die Namen und Gesichter von zweitausend Menschen auseinanderhalten können würde, wusste aber, dass Leyen das im übertragenen Sinne meinte. Sie hatte sich inzwischen wieder so weit gefangen, dass sie antworten konnte: »Unsere Großmutter hat den Tod unserer Eltern nicht verkraftet und ist ebenfalls verstorben. Sie hat uns ihr Haus vermacht, in dem wir viele glückliche Kindertage verbracht haben.«

Sie schluckte, als sie die erneute Betroffenheit in Anton Leyens Gesicht sah. »Meine Güte«, murmelte er. »Was Sie alles mitmachen mussten. Und in dieses Haus sind Sie jetzt gezogen?«

»Ja«, mischte sich nun wieder Fritz ein. »Ich war die Jahre zuvor als Zuckerbäcker auf Wanderschaft. Als unsere Eltern starben, kam ich zurück, um sesshaft zu werden, damit ich mich um meine kleine Schwester kümmern kann.«

»Sie können froh sein, dass Sie einander haben«, sagte Anton warmherzig, und Anne dachte, dass hinter dem auf den ersten Blick so impulsiven und etwas chaotischen Mann eine mitfühlende Seele steckte.

»Ja«, sagte sie und griff kurz nach Fritz' Hand, um sie zu drücken. »Ja, das sind wir auch.«

»Dann war Ihre Großmutter Maria Dunst?«, vermutete Anton.

»Ja«, bestätigte Anne überrascht. »Woher wissen Sie das?« Schließlich hatten sie dem anderen bisher noch gar nicht ihre Namen genannt. Weder die Vor- noch die Nachnamen. Dazu waren sie angesichts der Begeisterung Anton Leyens über ihr Erscheinen gar nicht gekommen.

Er lächelte. »Nun, wertes Fräulein Dunst. Wie ich Ihnen schon sagte: Hier kennt jeder jeden. Es gab im letzten halben Jahr glücklicherweise nicht allzu viele Todesfälle in unserem kleinen Städtchen.«

Anne nickte.

»Ich freue mich sehr, dass Sie den Weg nach Werther gefunden haben, auch wenn es unter derart tragischen Umständen war«, sagte Anton. »Ihre Großmutter wäre glücklich gewesen, dass Sie in ihrem Haus wohnen. Sie hat mir immer wieder von Ihnen erzählt.«

»Wirklich?«, rief Anne bewegt. »Sie kannten sie – also, mehr als nur vom Sehen?«

»Das will ich meinen«, sagte Anton. »Nicht sonderlich gut, aber dann und wann sind wir uns begegnet. Sie hat mir immer erzählt, wie sehr Sie ihre Streusel lieben. Streuselbonbons.«

Streuselbonbons! Anne wechselte einen gerührten Blick mit ihrem Bruder. Ja. Hier waren sie richtig!

»Also«, wandte sich Anton nun an Fritz, »ich kann Ihre Einwände gut verstehen, und Sie könnten sicherlich auch allein für Ihre Schwester sorgen. Aber das gnädige Fräulein macht mir nicht den Eindruck, als fände sie die Vorstellung, hier zu arbeiten, furchtbar.«

»Ja«, sagte Fritz nach kurzem Zögern. »Ja, da haben Sie recht.«

»Ich wäre überglücklich, wenn ich hier arbeiten dürfte«, fügte Anne hinzu.

»Na dann«, sagte Anton Leyen und grinste, »dann freue ich mich, Sie beide hochoffiziell in der Zuckerwarenfabrik Werther willkommen heißen zu dürfen.«

Kapitel 6

Werther, Oktober 1909

»Ach, Fritz«, rief Anne, als die Geschwister nebeneinander den kurzen Weg nach Hause nahmen. »Ich freue mich so! So, so, so, so, so!« Übermütig hüpfte sie in dem Herbstlaub auf und ab. »Wer hätte gedacht, dass heute Abend nicht nur du mit einer Arbeitsstelle in der Tasche nach Hause gehst, sondern auch ich? Und dieser Anton Leyen ist ja wirklich nett! Ein ganz ungewöhnlicher Mensch. Bonbons sind zuckergewordene Träume, hat er gesagt. Wie recht er hat.«

»Könntest du mal aufhören zu plappern?«, fuhr sie ihr Bruder ungewohnt harsch an.

Anne zuckte zusammen. Sie kannte diesen Ton an Fritz, aber er legte ihn äußerst selten an den Tag. Schon gar nicht ihr gegenüber. »Was ist denn los mit dir? Freust du dich denn gar nicht?«

»Nein, ich freue mich nicht«, sagte er und blieb stehen. Da es dunkel war, konnte sie seine Mimik nicht erkennen, aber sie ging davon aus, dass er so zornig aussah, wie er klang.

»Aber was ist denn nur los?«, fragte sie. »Was ist denn auf einmal in dich gefahren?«

»Kannst du dir das nicht denken?«, knurrte er.

»Nein«, sagte sie ehrlich ratlos. »Aber du könntest es mir erzählen.«

»Ich bin dein Vormund, Anne«, sagte er. »Ich bin jetzt das Familienoberhaupt, und Vater hätte gewollt, dass ich es in seinem Sinne bin.«

»Ach!«, rief sie. »Jetzt weiß ich, was dein Problem ist. Du möchtest doch nicht, dass ich in der Fabrik arbeite.«

»Nein, Anne«, bestätigte er. »Das möchte ich nicht.«

In diesem Moment setzte ein dünner, feiner Nieselregen ein, und Anne setzte ihre Schritte automatisch fort und zog den Mantel enger um sich. Tiefe Enttäuschung stieg in ihr auf. Aber auch Wut. Noch vor wenigen Sekunden war sie so glücklich gewesen, zum ersten Mal seit dem Tod ihrer Eltern hatte sie wieder Freude an etwas empfunden. Und nun drohte ihr Bruder, ihr all das wieder kaputt zu machen. Sie beschleunigte ihre Schritte. Um dem immer stärker werdenden Regen zu entkommen, aber auch, um ihrer Wut und ihrer Enttäuschung etwas entgegenzusetzen.

»Anne«, keuchte Fritz an ihrer Seite. »Warte doch.«

»Warten?«, fuhr sie ihn an. »Worauf denn?«

»Anne, nun versteh mich doch«, bat er.

»Nein, Fritz, ich verstehe dich nicht«, sagte sie wütend. »Denn erstens: Wenn du nicht einverstanden bist, dass ich in der Fabrik arbeite, warum hast du dann vorhin vor Herrn Leyen so getan, als seist du es? Als seist du so fortschrittlich wie er? Und zuvor in der Bonbonkocherei hast du es mir ja auch erlaubt.«

»Ich …«, setzte Fritz zu einer Erklärung an, doch Anne fiel ihm ins Wort.

»Ich war noch nicht fertig. Zweitens nämlich, zweitens ist es überhaupt nicht ungewöhnlich, dass Frauen einer Berufstätigkeit nachgehen. Ich wäre ja nicht einmal die Einzige!«

Inzwischen waren sie am Haus ihrer Großeltern angekommen, das jetzt das ihre war. Fritz kramte den Schlüssel heraus und schloss die Tür auf, während Anne die Lampe neben dem Eingang entzündete, um sie dann mit in die Küche zu nehmen. Anne stellte die Lampe auf dem Küchentisch ab und lehnte sich dann mit verschränkten Armen an die Wand. Inzwischen hatte auch ihr Bruder die Küche betreten. »Darf ich es dir nun erklären?«, fragte er.

»Bitte«, zischte Anne. »Ich warte.«

»Dass ich Herrn Leyen recht gegeben habe und es dir auch zuvor in der Bonbonküche erlaubt habe, obwohl ich es eigentlich nicht möchte, war falsch«, gestand Fritz ein. »Aber ich war einfach so … überrumpelt von all dem Neuen. Und nicht in der Lage, eine Entscheidung zu treffen, zumal ich dir ja so schlecht etwas abschlagen kann. Und dann Herr Leyen und seine freundliche, überschäumende Art. Ich habe ja versucht, ihm zu sagen, dass ich es eigentlich nicht will. Aber … ich habe mich einfach nicht getraut. Ich bin nicht gut und sicher im Umgang mit Menschen, die ich nicht kenne, wie du sehr wohl weißt.«

»Ach, und da ist es besser, diesen Menschen ins Gesicht zu lügen?«, rief Anne.

Kaum waren die Worte aus dem Mund, bereute sie sie auch schon. Lügen, das war bei ihnen zu Hause immer etwas ganz Schlimmes gewesen. Tatsächlich beobachtete sie im Schein der Öllampe, dass ihr Bruder erblasste.

»Und zweitens«, sagte er nun mit bebender Stimme, »zweitens bin ich es Vater schuldig, so für dich zu sorgen, wie er es getan hätte. Und er hätte es niemals gutgeheißen, dass aus dir eine Fabrikarbeiterin wird.«

»Eine Fabrikarbeiterin«, rief Anne empört. »Bonbons herstellen ist eine Kunst, und gerade du müsstest das wissen. Was wohl Anton Leyen zu deiner Einstellung sagen würde?«

»Du wirst keine Gelegenheit haben, sie ihm mitzuteilen«, beschied er ihr. »Ich werde nämlich morgen allein zur Fabrik gehen.«

»Das kannst du nicht machen!«, tobte Anne. »Wir haben Herrn Leyen unsere Zusage gegeben.«

»Aber noch keinen Vertrag unterschrieben.«

»Er rechnet doch mit uns.«

»Wenn ich morgen zur Arbeit erscheine, dann hat er immerhin einen Arbeiter mehr als heute«, sagte Fritz. »Und zwar einen ausgebildeten, keinen Laien wie dich.«

»Erstens«, schäumte Anne, »habe ich mich sehr geschickt angestellt. Und zweitens bist du ebenfalls kein Bonbonkocher, sondern ein Zuckerbäcker. Und überhaupt, wie willst du ihm das erklären?«

»Ich sage einfach, dass du es dir anders überlegt hast«, erwiderte Fritz kühl. »Frauen sind wankelmütig, man kennt das ja.«

»Du willst die Schuld auf mich schieben?«, rief Anne entsetzt. »Und was soll das heißen, Frauen sind wankelmütig? Ich bin nicht wankelmütig! Wenn das auf jemanden zutrifft, dann ja wohl auf dich. Ich komme morgen mit.«

»Das wirst du nicht!«, rief Fritz. »Ich bin dein Vormund, ich verbiete es dir.«

Annes Wut war inzwischen so groß, dass sie gar nicht wusste, wohin damit. Deshalb stieß sie nur einen lauten Schrei aus und drängelte sich dann an ihrem in der Tür stehenden Bruder vorbei. »Ich will dich nicht mehr sehen. Koch dir doch dein Abendessen allein, Herr Vormund.«

• • •

Anne hatte die ganze Nacht nicht geschlafen. Die Wut über das Verhalten ihres Bruders brodelte in ihr. Außerdem zerbrach sie sich den Kopf darüber, was Anton Leyen nun von ihr denken würde, wenn Fritz ihm wirklich weismachte, dass sie es sich anders überlegt hatte. Würde er nicht furchtbar enttäuscht sein? An ihrer Aufrichtigkeit zweifeln?

Was wäre, wenn sie einfach zu ihm ginge und ihm erklärte, dass keineswegs sie es war, die es sich anders überlegt hatte, sondern dass ihr Bruder ganz und gar nicht so aufgeschlossen war, wie er tat? Aber dann würde sie Fritz ja vor seinem Chef unmöglich machen, vielleicht würde er sogar seine neu gewonnene Arbeitsstelle verlieren, selbst wenn Anton ihn noch so dringend brauchte, und das wollte sie auf keinen Fall riskieren! Aber einfach so stehen lassen konnte sie das doch auch nicht! Und sie konnte, wollte und würde Fritz' Verhalten auch nicht einfach so hinnehmen! Bald wäre sie einundzwanzig, dann könnte sie ihre eigenen Entscheidungen treffen. Spätestens dann würde sie wieder bei Anton Leyen an die Tür klopfen. Aber was sollte er bis dahin von ihr denken? Würde er sie dann überhaupt noch wollen? Und wie sollte sie die Zeit bis dahin überstehen, in unerträglicher Einsamkeit ohne Fritz, der ihr auch dann kein Trost sein würde, wenn er abends nach Hause kam, denn dann würden sie sich, wie die Dinge nun lagen, wohl gegenseitig mürrisch anschweigen.

Als der Morgen anbrach, ging sie nicht hinunter, um ihm das Frühstück zuzubereiten, wie sie das seit dem Tod ihrer Eltern jeden Morgen getan hatte. Stattdessen lauschte sie auf die Geräusche, die ihr Bruder machte, hoffte, dass er noch einmal hereinkommen und ihr sagen würde, dass er seine Meinung revidiert hatte. Oder sich wenigstens verabschieden würde. Aber Fritz kam nicht, und als sie eine halbe Stunde später die Haustür ins Schloss fallen hörte, wandte sie den Kopf zur Wand und weinte sich wieder in den Schlaf.

Es war Mittag, als sie erneut aufwachte. Für einen kurzen Moment wusste sie nicht, wo sie war. Dann jedoch fiel ihr alles wieder ein. Anton Leyen. Fritz. Ihr Streit. Mit großen grauen Klauen griff die Einsamkeit nach ihr, und sie war versucht, sich die Decke über den Kopf zu ziehen und den ganzen Tag im Bett zu bleiben. Es vermisste sie ja keiner! Inzwischen wusste Anton Leyen schon, dass sie es sich angeblich anders überlegt hatte. Ob er sehr enttäuscht war?

Entschlossen schwang sie die Füße aus dem Bett. Nein, sie würde nicht den ganzen Tag Trübsal blasen. Sie musste irgendetwas tun, um ihren Bruder zu überzeugen. Und sie musste dafür sorgen, dass Anton Leyen die Wahrheit erfuhr, ohne dass sie Fritz damit bloßstellte.

Nachdenklich griff sie nach dem schlichten Bahnenrock, den sie gestern fein säuberlich auf den Stuhl gelegt hatte, und der Bluse mit dem feinen Spitzenkragen, die hervorragend dazu passte, kleidete sich an und betrachtete sich aufmerksam im Spiegel, während sie nach der Bürste griff und sich ihr hüftlanges rotbraunes gewelltes Haar bürstete.

Eigentlich fand sie sich recht hübsch. Der Rock und die Bluse waren schlicht, betonten aber ihre schmale Taille und wirkten irgendwie elegant. Plötzlich fragte sie sich, warum in aller Welt sie sich so genau musterte. Es sah sie doch keiner, und sie hatte nie allzu viel Wert auf ihr Äußeres gelegt. Ob es daran lag, dass sie sah, was *er* gestern gesehen hatte? Anton Leyen? Warum ging er ihr nicht mehr aus dem Kopf? Wirklich nur, weil sie nicht wollte, dass er schlecht von ihr dachte?

Sie zuckte zusammen, als plötzlich die Türglocke erklang. Wer mochte das sein? Vielleicht eine der Freundinnen ihrer verstorbenen Großmutter, die sie willkommen heißen wollte? Hastig legte sie ihre Haarbürste auf der Kommode ab und eilte nach unten. Zwar hatte sie ihr Haar noch nicht aufgesteckt, aber so kannten die Nachbarinnen sie noch aus Kindertagen: mit langem, wallendem Haar, in dem meistens eine kleine Blüte steckte.

Erwartungsvoll riss sie die Tür auf – und erstarrte. Vor ihr stand ein Mann. Ein großer, hagerer Mann mit kantigem Gesicht und wirrem Haar. Anton Leyen.

Kapitel 7

Werther, Oktober 1909

Sekundenlang starrten sie einander an. Anne fasste sich als Erste wieder. »Herr Leyen«, sagte sie. »Wie … was …«, verlegen fuhr sie sich über ihr offenes Haar.

»Fräulein Dunst«, sagte er und wirkte ebenfalls verlegen. »Ich hoffe, ich komme nicht ungelegen.«

»Aber nein«, versicherte Anne rasch. »Ganz und gar nicht, ich bin nur … bitte verzeihen Sie meinen Aufzug.« Wieder fuhr sie sich über die Haare. »Ich habe nicht mit Besuch gerechnet.«

»Sie sehen ganz reizend aus mit Ihrem offenen Haar«, entfuhr es Anton Leyen.

»Oh«, machte Anne. »Vi … vielen Dank.« Sie überlegte fieberhaft. Sollte sie ihn hereinbitten? Aber war das nicht furchtbar unschicklich? Schließlich war sie allein, und … aber sie konnten ja schlecht weiter so an der Haustür stehen und einander anstarren. Und er würde ihr gewiss nichts tun.

»Möchten … Sie hereinkommen?«, fragte sie zögerlich. »Ich wollte gerade eine Tasse Tee aufbrühen.« Innerlich betete sie, dass Fritz die Küche am Morgen einigermaßen ordentlich hinterlassen hatte. Wie peinlich es wäre, wenn sie ihren Gast nun in ein Schlachtfeld führen müsste.

»Tee wäre wunderbar«, sagte Anton Leyen, der sich ebenso unbehaglich zu fühlen schien wie sie. »Wenn es keine Umstände macht. Bitte entschuldigen Sie den Überfall.«

»Es gibt nichts zu entschuldigen«, versicherte Anne. »Ich freue mich, dass Sie gekommen sind.« Klang das nun so, als wolle sie ihm Avancen machen, fragte sie sich erschrocken, kaum, dass sie die Worte ausgesprochen hatte, und fügte hastig hinzu: »Ich muss Ihnen nämlich etwas erklären.«

Warum hatte sie das denn nun wieder gesagt! Ihm etwas zu erklären würde, wenn sie ihn nicht anlügen wollte, bedeuten, dass sie Fritz in den Rücken fallen musste. Und das wollte sie ja auch nicht.

Inzwischen waren sie in der Küche angelangt, und Anne erkannte, dass diese weder sonderlich ordentlich noch sonderlich unordentlich war. Offensichtlich hatte Fritz am Abend darauf verzichtet, sich etwas zu essen zu kochen, und sich nur ein Brot geschmiert. Gleiches galt für den heutigen Morgen. Der Tisch war voller Krümel, sein benutztes Geschirr stand auch noch auf dem Tisch. An dem Platz, an dem sie sonst immer saß, lag eine kleine verschrumpelte Kastanie. Ihr Glücksbringer. Wenigstens hatte er nicht vergessen, ihn ihr zurückzugeben. Hastig steckte sie die Kastanie in ihre Rocktasche.

»Bitte entschuldigen Sie«, sagte sie verlegen und platzte dann, erneut ohne nachzudenken, heraus: »Mein Bruder und ich haben uns gestern sehr gestritten, deshalb haben wir weder heute Morgen noch gestern Abend zusammen gegessen. Ich bin auf mein Zimmer gegangen und habe die Tür hinter mir zugeschlossen.«

»Der Grund für Ihren Streit war, dass Ihr Bruder nun plötzlich doch dagegen ist, dass Sie bei uns arbeiten.«

Es war keine Frage, sondern eine Feststellung.

Überrascht sah Anne ihn an. »Woher wissen Sie das?«

»Also habe ich recht?«

»Ja, aber …«

Anton nickte zufrieden. »Das dachte ich mir schon. Ihr Bruder kam heute Morgen zu mir und erklärte, dass *Sie* es sich anders überlegt haben. Mir war klar, dass das nicht stimmt. Dazu waren Sie gestern viel zu begeistert vom Bonbonmachen.«

In Annes Kopf drehte sich alles. Ohne es zu wollen und ohne es zu wissen, war sie Fritz nun doch in den Rücken gefallen. »Werden Sie ihn jetzt hinauswerfen?«, fragte sie bang.

Lachend schüttelte Anton den Kopf. »Wo denken Sie hin!«, sagte er. »Sie wissen doch, wie groß meine Not ist. Und ich schätze Unehrlichkeit zwar überhaupt nicht, aber ich verstehe, warum Ihr Bruder so gehandelt hat. Interessanterweise habe ich an dem Tag, an dem Sie beide sich bei mir vorgestellt haben, ein Gespräch mit meiner kleinen Schwester geführt, in dem sie mir vorwarf, rückständig zu sein, weil ich ihr nicht endlich gestatte, bei mir zu arbeiten. Wir großen Brüder scheinen da alle gleich zu sein. Wir wollen unseren kleinen Schwestern ein schönes Leben bieten und sie vor der Pflicht des Arbeitens bewahren.«

»Und wir kleinen Schwestern verstehen unter einem schönen Leben etwas anderes als Sie«, entgegnete Anne.

Ungefragt nahm er am Küchentisch Platz. Da fiel sein Blick auf die beiden Bücher, die dort lagen. »Königliche Hoheit« von Thomas Mann und »Die kleine Stadt« von seinem älteren Bruder Heinrich. Anton nahm die beiden Bücher zur Hand und betrachtete sie. »Die kenne ich noch gar nicht«, sagte er. »Interessieren Sie sich für Literatur?«

»Ja«, sagte Anne. »Sehr. Und diese Liebe wurde hier im Haus meiner Großmutter geboren. Sie hat mir die Brontë-Schwestern und Jane Austen zu lesen gegeben.«

»Dann würden Sie sich gut mit meiner Schwester verstehen«, sagte Anton lächelnd. »Sie hat die Werke dieser Autorinnen verschlungen. Ich selbst habe die Buddenbrooks sehr gerne gelesen. Diese Bücher sind mir hingegen fremd.«

»Sie sind auch gerade erst erschienen«, sagte Anne eifrig. Dass sich das Gespräch nun um Literatur drehte, ihre große Leidenschaft, gab ihr Sicherheit.

»Thomas und Heinrich liegen ja ein wenig im Wettstreit miteinander.« Er nickte. »Haben Sie schon beide gelesen?«

Sie schüttelte den Kopf. »Ich weiß nur, dass es in ›Königliche Hoheit‹ um einen deutschen Kleinstaaten-Fürsten geht, der eine Millionärstochter heiratet und damit aus seiner isolierten Welt des Adels ausbrechen kann. ›Kleine Stadt‹ habe ich schon angefangen.«

»Und, gefällt es Ihnen?«

Sie nickte. »Es spielt in einem kleinen italienischen Städtchen«, sagte sie. »Ich würde zu gerne einmal nach Italien reisen.«

»Das lohnt sich«, sagte er. »Ich war schon mehrfach dort.«

Da nun ein kurzes Schweigen eintrat, fragte sie hastig: »Und wer ist Ihr Lieblingsschriftsteller?«

»Ich komme leider kaum zum Lesen«, bedauerte er und fuhr sich durch die Haare, sodass sie schon wieder zu Berge standen. »Ich mag Karl May ganz gern, wie wohl jeder deutsche Junge.«

Er grinste etwas schief.

»Mein Bruder mag Karl May auch«, sagte Anne. »Aber über sein neuestes Buch, ›Ardistan und Dschinnistan‹, hat er sich so aufgeregt, dass er es beinahe weggeworfen hätte.«

»Auch das kenne ich nicht«, sagte er. »Um was geht es?«

Sie zuckte die Achseln. »Ich lese Karl May nicht. Aber ich glaube, um ein Reich des Guten und ein Reich des Bösen. Er leiht es Ihnen bestimmt.«

»Ich komme ohnehin nicht dazu«, winkte er ab.

In diesem Moment fiel Anne ein, dass sie ihm ja einen Tee versprochen hatte.

»Bitte entschuldigen Sie«, sagte sie hastig und sprang auf. »Ich wollte Ihnen doch einen Tee machen.«

Aber er schüttelte nur den Kopf. »Nein«, sagte er. »Bitte setzen Sie sich wieder zu mir.«

Sie tat, wie ihr geheißen.

»Ich mag vielleicht chaotisch wirken – und es auch sein«, sagte er. »Aber ich kann recht schnell hinter die Fassaden anderer blicken, und gestern wurde sehr schnell sehr deutlich, dass Ihr Bruder, auch wenn er zugestimmt hat, dass Sie bei uns arbeiten dürfen, ganz und gar nicht damit einverstanden ist, wohingegen Sie vollkommen begeistert von der Idee waren.«

»Und deshalb …«, setzte sie an und strich sich verlegen ihr langes offenes Haar über die Schulter.

»Und deshalb wusste ich sofort, dass etwas nicht stimmen kann, als Ihr Bruder heute Morgen vor mir stand und mir stammelnd erklärte, Sie hätten es sich anders überlegt.«

Sie nickte. Und sie war erleichtert. Wie einfach sich alles fügte. Da hatte sie die halbe Nacht wach gelegen und überlegt, wie sie dafür sorgen konnte, dass Anton Leyen die Wahrheit erfuhr, ohne ihren Bruder zu hintergehen – dabei hatte er die Wahrheit schon selbst erraten.

»Und nun?«, fragte er in diesem Moment in ihre Gedanken hinein.

Irritiert sah sie ihn an. »Was meinen Sie?«

»Was wollen Sie nun tun?«

Entschlossen erwiderte sie seinen Blick und sah ihm in die Augen. »Bald bin ich einundzwanzig Jahre alt, Herr Leyen«, sagte sie. »Dann kann mein Bruder mir nichts mehr vorschreiben.«

Er nickte. »Aber wollen Sie warten?«

Sie schüttelte den Kopf. »Nein. Aber habe ich eine andere Wahl?«

»Natürlich haben Sie eine Wahl«, erklärte er. »Man hat immer eine Wahl. Und man muss für seine Träume kämpfen.«

Er machte Anstalten, sich von seinem Stuhl zu erheben. Eilig sprang Anne ebenfalls auf.

»Ich fände es wundervoll, wenn Sie für mich arbeiten würden. Sie werden einen Weg finden – wenn Sie es wirklich wollen«, sagte er. »Auch noch vor Ihrem einundzwanzigsten Geburtstag.«

In der Tür wandte er sich noch einmal um und sah sie an. Die Morgensonne fiel herein und tauchte sie beide in helles Licht, das, wie sie sehr genau wusste, ihr Haar zum Leuchten brachte.

»Auf Wiedersehen, Anne«, sagte er. Und dann fügte er hinzu: »Sie sollten Ihr Haar öfter offen tragen. Und eines Tages werde ich ein Bonbon erfinden, das genau die Farbe Ihres Haars hat, wenn die Sonne daraufscheint.«

• • •

Die Tür war schon lange hinter Anton Leyen zugefallen, als Anne immer noch in dem hellen Sonnenstrahl stand, der in die Küche fiel, und auf den Stuhl starrte, auf dem er gesessen hatte. Hatte sie das alles nur geträumt? Anton Leyen *persönlich* war gekommen, um ihr zu sagen, wie gern er es hätte, wenn sie bei ihm arbeitete! Und sein letzter Satz hatte etwas tief in ihrem Innern angerührt.

Sie drehte sich zu dem Fenster, durch das der Sonnenstrahl hereinfiel, und wandte ihr Gesicht der Wärme zu. Und auf einmal war sie wieder ein kleines Mädchen, reckte ihr Gesicht der Sonne entgegen und spürte eine liebevolle Hand auf ihrer Haut. Die Hand ihrer Großmutter. Sie hatten Kastanien gesammelt und waren dann nach Hause gekommen und hatten Streuselbonbons gegessen.

Streuselbonbons. Ein anderes Bild schob sich vor ihr inneres Auge. Fritz und sie, eine Schüssel voller Streusel zwischen sich. Fritz und sie, wie sie gestern in der Bonbonfabrik ein Zitronenbonbon gelutscht hatten. Und auf einmal wusste sie, was sie zu tun hatte.

Bevor sie ihre Idee in die Tat umsetzte, zwang sich Anne, die Küche aufzuräumen. Sauberkeit ist das A und O in der Küche, wenn man backen will, hatte ihr Bruder ihr immer gepredigt, kaum, dass er seinerzeit die Bäckerslehre begonnen hatte. Nur schade, dass das nicht für sein eigenes Frühstück galt, dachte sie mürrisch, während sie sich daranmachte, sein schmutziges Geschirr wegzuräumen. Selbst auf dem Boden waren die Krümel verteilt! Ja, sie war immer noch wütend auf Fritz. Und diese Wut hatte sie gelähmt, denn sie wusste nicht, wie sie ihm am Abend begegnen, wie sie mit ihm weiterleben sollte, nachdem er ihr ihren Traum, von dem sie zugegebenermaßen selbst erst seit gestern wusste, direkt im Keim erstickt und sich als derart … rückschrittlich erwiesen hatte. Herr Leyen jedoch hatte ihr nun einen Ausweg eröffnet: Sie musste sich nicht in ihr Schicksal fügen, sie konnte sich dagegen zur Wehr setzen. Und das würde sie tun!

Allerdings nicht, indem sie Fritz mürrisch begegnete oder ihre Wut sogar zeigte. Das würde er nur erwarten und entsprechend reagieren. Schon als Kinder hatten sie sich bei Streit so verhalten, tagelang miteinander geschmollt und kein Wort gewechselt. Die ganze Familie hatte darunter gelitten. Sie selbst jedoch am allermeisten. Sicherlich rechnete Fritz damit, dass sie sich jetzt ebenso verhalten würde. Und wahrscheinlich fürchtete er sich vor der Begegnung genauso wie sie. Deshalb würde er bestimmt erleichtert sein, wenn sie ihn am Abend nicht abweisend und mit schlechter Laune, sondern mit einer Überraschung erwartete.

Lächelnd und auch ein wenig aufgeregt ging sie nach nebenan ins »Loch« ihrer Großmutter und fand, wie sie es gehofft hatte, noch einen großen Sack Zucker. Ein Blick ins Butterfass enttäuschte sie jedoch: Das würde niemals für ihr Vorhaben ausreichen. Ernüchtert schloss sie den Deckel wieder. Dann kam ihr eine Idee: Frau Wulfhorst, die alte Nachbarin ihrer Großmutter, betrieb noch immer ihren Bauernhof. Sie konnte ihr sicher weiterhelfen.

Kapitel 8

Werther, Oktober 1909

Mit einem Lächeln eilte Anton durch die Bielefelder Straße nach Hause. Vorbei an den Häusern der Zigarrenfabrikanten Paul Otte und Ludwig Wehmeier sowie Uhrmacher Franz Mohrmann. Anne Dunst war wirklich eine ganz besondere Frau! Wie sie da vorhin vor ihm gestanden hatte, mit ihrem rotbraunen Haar, das ihr offen über die Schultern fiel – das war einfach hinreißend gewesen. Und wie klug sie sich über die Literatur ausgelassen hatte!

Vor allem aber war ihm einiges klar geworden, als er mit ihr gesprochen hatte. Er war sich beinahe wie ein Verräter vorgekommen, dass er mit ihr Pläne schmiedete, ihr Mut machte, ihren Bruder zu überzeugen, das tun zu dürfen, was sie sich wünschte, während er seiner eigenen Schwester auf der anderen Seite genau dies untersagte. Und das, obwohl er sich ja innerlich schon längst mit dem Gedanken angefreundet hatte, dass sie in seinem Büro für Ordnung sorgte und sich um seine Buchhaltung kümmerte. Wenn er ehrlich war, konnte er ihm sogar einiges abgewinnen. Das Lächeln auf seinem Gesicht vertiefte sich. Gleich nachher, beim Mittagessen, würde er ihr mitteilen, dass er sich entschieden hatte, sie bei sich arbeiten zu lassen. In seinem Büro.

Zehn Minuten später öffnete er die Haustür und eilte die Treppe hinauf. Schon im Treppenhaus stieg ihm ein köstlicher Duft in die Nase. Zwiebeln und, konnte das sein, Fleisch? Wie alle im Deutschen Reich litten auch die Leyens unter der großen Fleischknappheit und hatten ihren Konsum drastisch reduzieren müssen. Derart knapp war das Fleisch in diesem Jahr, dass die Regierung sogar die Einfuhrverbote aufgehoben hatte. Oben angekommen, öffnete er hungrig die Tür, eilte ins Speisezimmer, küsste Mutter und Schwester, die schon auf dem Sofa neben dem Tisch saßen und sich unterhielten, auf die Wange und schleuderte ihnen dann seine Frage entgegen. »Rieche ich richtig? Es gibt Fleisch?«

Rose Leyen, eine zierliche Dame Ende vierzig, durch deren blondes Haar sich erste weiße Strähnen zogen, lächelte. »Ja«, sagte sie. »Ich konnte es auch kaum glauben, als Frau Schnakenwinkel es gestern vom Bauern mitbrachte.«

»Und dazu Kartoffelstampf und Erbsengemüse?«, fragte er hoffnungsvoll.

Rose lachte, erhob sich und strich ihm über die Wange. »Das hast du schon als kleiner Junge so gern gemocht.«

Sie setzte sich an den liebevoll gedeckten Tisch, Käthe nahm ebenfalls Platz, und gleich darauf servierte Frau Schnakenwinkel das Mittagessen. Es tat Anton immer ein wenig leid, dass die ältliche Haushälterin, die, seit er denken konnte, in Diensten seiner Familie stand, ihre Mahlzeiten einsam in der Küche einnehmen musste, aber seine Mutter bestand darauf, dass gewisse Formen gewahrt werden mussten, und sie hatte ja auch recht. Frau Schnakenwinkel hätte sich am Tisch ihrer Arbeitgeber vermutlich auch ausgesprochen unwohl gefühlt.

Sie stellte die Schüsseln mit dem verlockend dampfenden Inhalt auf den Tisch, wünschte einen guten Appetit und zog sich zurück. Anton nahm sich als Erster – so war es Brauch –, dann folgte die Mutter, dann die Schwester.

»Wie war es gestern im Kirchenchor?«, erkundigte sich Anton. Rose Leyen war dort seit dessen Gründung 1901 Mitglied und hatte – mit Ausnahme der schlimmen Zeit nach dem Tod ihres Mannes – noch nicht eine Probe verpasst. Sie lächelte.

»Schön«, sagte sie. »Wie immer.« Dann fügte sie hinzu: »Anton, deine Schwester und ich möchten dir etwas sagen.«

Überrascht sah er auf. »Das klingt ja ernst.«

»Ist es auch«, beschied ihn seine Mutter, während sie konzentriert ein Stück Fleisch herunterschnitt und es mit etwas Kartoffelstampf und dem Gemüse auf der Gabel platzierte. Anton hatte es schon immer fasziniert, dass die Mutter auf ihrer Gabel regelrechte Kreationen herstellte, während er selbst immer alles nacheinander aß. Erst das, was er am meisten mochte, in diesem Fall also das Fleisch, dann den Kartoffelstampf und dann das Gemüse.

»Anton, ich sehe mir das nicht länger an«, sagte Rose Leyen nun entschlossen. »Du arbeitest und arbeitest und kommst kaum je zur Ruhe. Und so wunderbar es ist, dass alle Welt deine Bonbons essen will: Nur, wenn du sie auch lieferst, wird die Nachfrage bestehen bleiben.«

Anton fühlte einen leisen Unwillen in sich aufsteigen. Eigentlich wollte er nur in Ruhe zu Mittag essen – und seiner Schwester danach sagen, dass er auf ihr Angebot zurückkommen wollte. »Das weiß ich doch alles«, sagte er und schob sich eine weitere Gabel Fleisch in den Mund.

»Und deshalb«, fuhr Rose Leyen unbeirrt fort, »möchten deine Schwester und ich im Betrieb mitarbeiten.«

»Du auch?«, fragte er und ließ erstaunt die Gabel sinken.

»Ja«, sagte sie. »Ich auch. Wie du weißt, habe ich auch deinen Vater im Geschäft unterstützt. Und ich mag zwar keine Zuckerbäckerin sein, aber Bonbons verpacken, das kann ich auch.«

In Antons Kopf fuhren die Gedanken Achterbahn. Er konnte Hilfe wirklich gebrauchen und hatte sich ja gerade auf dem Heimweg selbst gesagt, dass er sich ändern musste. Aber dass seine Mutter nun auch noch … Rose Leyen, die Mutter des Fabrikdirektors, am Verpackungstisch. War das nicht gewissermaßen würdelos? Oder würde es den Arbeitern im Gegenteil zeigen, dass sich die Direktorenfamilie nicht zu schade war, überall selbst mit anzupacken? Er selbst plante ja auch, wieder verstärkt in der Bonbonkocherei mitzuarbeiten, wenn seine Schwester das Büro übernahm.

»Du brauchst gar nicht so zu schauen«, sagte Rose und fügte dann hinzu: »Ehrlich gesagt würde es mir sogar guttun und mir helfen, die Leere zu füllen, die der Tod deines Vaters in mir hinterlassen hat.«

Anton schob sich den Bissen, der auf seiner Gabel wartete, in den Mund, kaute, schluckte und sagte dann: »Also schön. Zumal ich Käthe sowieso sagen wollte, dass ich ihr

Angebot gerne annehme. Aber erst, wenn ich aufgeräumt habe.«

Seine Schwester, die dem Gespräch bis dahin untypischerweise schweigend beigewohnt hatte, drohte ihm scherzhaft mit dem Finger.

»Solange das keine Verzögerungstaktik ist? Du hast eine Woche. Ansonsten räume ich auf.«

• • •

Gut gelaunt verließ Anne eine halbe Stunde später, den Henkel der verbeulten Blechmilchkanne ihrer Großmutter über dem Arm, das Haus. Sie hatte sich das Haar geflochten und im Nacken zu einem Knoten zusammengesteckt, und für den kurzen Weg zu Frau Wulfhorst brauchte sie nur wenige Minuten. Der Bauernhof war sehr in die Jahre gekommen – und genau das erfüllte Anne mit einem unendlichen Glücksgefühl: Vor der alten, wackeligen Scheune lag immer noch das riesige, verrostete landwirtschaftliche Gerät, von dem ihre Großmutter ihr nie hatte erklären können, was das eigentlich genau war, auf dem sie und Fritz als Kinder aber immer mit großem Vergnügen herumgeklettert waren. Auch jetzt konnte sie den Impuls hinaufzusteigen nur schwer unterdrücken. Stattdessen ging sie in den Stall, wo sie von den anwesenden Kühen mit lautem Muhen begrüßt wurde. Im Gang zwischen ihnen stand, eine Mistgabel in der Hand, eine alte Frau und sah ihr angestrengt entgegen. Als sie sie erkannte, zeichnete sich in ihrem Gesicht zunächst Unglauben und dann unbändige Freude ab.

»Ja, Ännchen«, rief sie ihr entgegen. »Bist du es wirklich?«

»Ja, Frau Wulfhorst«, nickte Anne und kam lächelnd näher. »Ich bin es wirklich. Wir wohnen jetzt im Haus meiner Großmutter, mein Bruder und ich.«

»Ach, Kind.« Frau Wulfhorst blinzelte gerührt, stellte die Mistgabel beiseite und nahm Annes Hände in die ihren. »Es tut mir so leid, was ihr durchmachen musstet, ihr beiden. Der Tod eurer Eltern hat eurer Großmutter das Herz gebrochen.«

Anne nickte und musste ebenfalls die Tränen wegblinzeln. Sie hatte ihre Trauer inzwischen zwar einigermaßen im Griff, aber wenn ihr jemand sein Mitleid zeigte …

»Danke«, stieß sie hervor.

Frau Wulfhorst schien ihre Not zu bemerken und wechselte geschickt das Thema. »Und jetzt brauchst du Milch?«, riet sie.

»Rahm, Frau Wulfhorst«, korrigierte Anne. »Ich will Butter machen.«

Zweifelnd sah Frau Wulfhorst sie an. »Ja, kannst du das denn?«

Anne hob die Schultern. »Großmutter hat es mir einmal gezeigt, als ich bei ihr war, aber das ist lange her.«

»Na, dann komm mal rein«, sagte Frau Wulfhorst. »Ich war hier gerade fertig und wollte ohnehin Butter herstellen. Dann kannst du mir ein wenig dabei zusehen.«

»Danke«, sagte Anne erleichtert und folgte der alten Frau über den schmutzigen Hof zu dem kleinen, etwas verfallenen Fachwerk-Bauernhaus, das sie durch die Hintertür, die direkt in die Küche führte, betraten. Schon oft hatte Anne hier gesessen, wenn ihre Großmutter und Frau Wulfhorst sich unterhalten hatten. Es war alles, wie es auch schon vor zehn Jahren gewesen war, einschließlich des Spitzendeckchens auf dem Tisch und der Jesusfigur vor dem Fenster.

»Nun setz dich«, wies Frau Wulfhorst sie an, und Anne schlüpfte auf die bequeme Eckbank. »Zunächst brauchen wir zwei Butterfässer«, erklärte die Bäuerin und holte zwei hohe Blechkannen aus dem Schrank, die oben eine Art Kragen hatten. »Und die Butterpaddel«, sagte Frau Wulfhorst und reichte Anne ein schweres Gerät aus Holz. Dann holte sie ein Gefäß hervor, in dem sich eine dicke weiße Masse befand. Als Frau Wulfhorst es auf den Tisch stellte, bemerkte Anne, dass die Masse sich bewegte. »Ich habe die Milch bereits gestern vorbereitet, daher schwimmt der Rahm oben.« Sie reichte Anne einen Löffel. »Damit schöpfst du den Rahm ab und gibst ihn ins Butterfass.«

Konzentriert machte sich Anne ans Werk und verteilte den Rahm gleichmäßig auf die beiden Fässer.

»Und nun geht es ans Rühren«, verkündete Frau Wulfhorst und reichte Anne den Schlegel. Einträchtig rührten die beiden Frauen eine Weile lang, dann sagte Anne enttäuscht: »Bei mir gelingt es nicht. Die Butter wird einfach nicht fest.«

Doch Frau Wulfhorst lächelte nur. »Hab Geduld, mein Kind«, sagte sie. »Butter machen braucht Zeit, wie alle Dinge in der Küche.«

Anne seufzte und rührte weiter. Geduld war noch nie ihre Stärke gewesen. Und dann, es waren fünfzehn Minuten vergangen, wie Anne ein Blick auf die Wanduhr sagte, bemerkte sie, dass die Masse unter ihrem Schlegel endlich fester wurde.

»Es tut sich was«, sagte sie begeistert.

Frau Wulfhorst nickte. »Bei mir auch«, bestätigte sie. »Und jetzt pass mal auf.«

Sie nahm ihre Kanne und goss die Masse durch ein Sieb, unter dem eine Schale stand. Anne beobachtete, wie die Flüssigkeit, die sich von der Butter getrennt hatte, durch das Sieb in die Schale floss, während die Butter selbst im Sieb hängen blieb. »Nun gieß deines auch dazu«, forderte Frau Wulfhorst sie auf.

Anne tat wie ihr geheißen und betrachtete zufrieden die ordentliche Buttermasse im Sieb.

»Sehr gut.« Mit geübten Händen nahm Frau Wulfhorst die Butter heraus und gab sie in eine schmale Holzschale, in der sie sie noch mal durchschlug. Anne sah, dass noch mehr Flüssigkeit austrat. Die Butter selbst war inzwischen wunderbar fest. Frau Wulfhorst holte nun etwas Eis hervor, gab es in eine Schüssel und bearbeitete die Butter darin. »Durch die Kälte wird die Butter fest«, erklärte sie. Die austretende Flüssigkeit goss sie in eine weitere Schüssel.

Als die Butter schön fest und wunderbar gelb vor ihnen lag, trennte sie die Hälfte ab und strich sie in ein kleines Butterfass. »Hier«, sagte sie. »Bringst es mir bei Gelegenheit wieder.«

Anne nickte. »Danke, Frau Wulfhorst«, sagte sie und kehrte, ihr Butterfass fest in den Händen, glücklich heim.

Mit Feuereifer machte sich Anne zu Hause ans Werk: Sie mischte die kühle Butter mit Zucker und Mehl, knetete kräftig und genoss das Gefühl, wie die Masse unter ihren Händen langsam zu einem dicken, krümeligen Teig wurde. Damit er nicht gar zu porös war – schließlich wollte sie keinen Streuselkuchen backen –, hatte sie etwas mehr Butter dazugegeben, als sie es von ihrer Großmutter gelernt hatte. Sie formte aus der Butter-Zucker-Mehl-Mischung kleine kugelartige Gebilde und legte sie nebeneinander auf ein Blech. Nun kam der nächste Schritt: Sie gab Wasser und Zucker in einen Topf und erhitzte beides miteinander. Fasziniert sah sie zu, wie sich der Zucker auflöste und zu einem gleichmäßigen flüssigen Brei wurde. Vorsichtig nahm sie einen der Streusel und gab ihn auf einen Löffel. Schon bevor sie diesen Löffel in die Zuckermasse tunkte, war ihr klar, dass dieses Vorhaben scheitern würde: Die Masse war viel zu klebrig und die Streuselkugel viel zu weich und zu krümelig, als dass ihr Unterfangen hätte glücken können. Dennoch wagte sie es – um ihre Befürchtung bestätigt zu sehen: Ihre Streuselkugel blieb in der braunen Masse kleben und zerkrümelte.

Stirnrunzelnd nahm sie den Topf von der Feuerstelle und klaubte, so gut es ging, die Reste des Streuselkrümels heraus. Dann ließ sie die Zuckermasse abkühlen, gab etwas Flüssigkeit dazu und erhitzte sie erneut. Es musste andersherum funktionieren: Sie würde die Zuckermasse über die auf dem Blech liegenden Streusel gießen. Sobald diese die richtige Konsistenz erreicht hatte, machte sie sich ans Werk – und zu ihrer Begeisterung funktionierte es dieses Mal. Hell und verlockend zog sich der Zucker über die Streusel. Nun musste es noch aushärten, dann wäre ihr Streuselbonbon perfekt. Einzig am Boden würde sich kein Zuckerguss befinden. Aber, überlegte sie, wäre der Zuckerguss erst einmal ausgehärtet, könnte sie die Kugeln umdrehen und selbige von unten, von der anderen Seite aus, begießen. Doch vorerst hieß es warten.

Zufrieden mit sich und ihrem Werk setzte sich Anne an den Küchentisch und gähnte laut und vernehmlich. Nun machte sich bemerkbar, dass sie die Nacht über gar nicht geschlafen hatte. Sie legte ihre Unterarme auf die Tischplatte, ließ ihre Stirn darauf sinken und war im nächsten Moment eingeschlafen.

Kapitel 9

Werther, Oktober 1909

Mitten in der Nacht fuhr Anne erschrocken hoch. Ihr Nacken schmerzte, die Arme kribbelten, und für einen Moment wusste sie nicht, wo sie war. Mit wild klopfendem Herzen sah sie sich um. Sie saß noch immer in der Küche! War sie wirklich beim Herstellen ihrer Streuselpralinen eingeschlafen?

Sie entzündete die kleine Lampe, die mitten auf dem Tisch stand. Ihr Schein tauchte den Raum sogleich in heimeliges Licht, dennoch war Anne unheimlich zumute. Die Uhr an der Wand tickte beinahe überlaut und zeigte zwei Uhr morgens an.

Fritz musste längst wieder zurück sein. Aber hätte er sie wirklich so liegen lassen, ohne auch nur ein einziges Wort zu sagen? Das konnte sie sich nicht vorstellen, Streit hin oder her. Sie würdigte ihre Pralinen keines Blickes und ging, die Lampe in der Hand, in den Flur. Auch hier war alles dunkel. *Natürlich* war alles dunkel, denn wenn Fritz ins Bett gegangen war, hatte er die Lampe im Flur nicht brennen lassen.

»Fritz?«, rief sie nach oben. »Bist du da?«

Keine Antwort. Er hat einen tiefen Schlaf, sprach sich Anne Mut zu. Er ist ganz sicher nach Hause gekommen und war dann doch zu verärgert über den Streit, um etwas zu sagen und sie zu wecken.

Doch wenn sie ehrlich war, glaubte sie selbst nicht an das, was sie sich da gerade weiszumachen versuchte.

Mit zitternden Beinen stieg sie die Treppen hinauf. Das Schlafzimmer ihres Bruders lag dem ihren gegenüber, links der Treppe. Laut klopfte sie an, doch nichts regte sich.

»Fritz?«, rief sie noch einmal, wusste jedoch bereits, dass sie keine Antwort erhalten würde. Sie drückte die Türklinke hinunter und trat ein. Und obwohl sie es erwartet hatte, erschrak sie gleich darauf entsetzlich: Fritz' Bett war leer.

• • •

Mit gerunzelter Stirn, den Kopf schwer auf die Hände gestützt, brütete Anton Leyen über seinen Unterlagen. Es war ihm unendlich peinlich gewesen, als er das Geschwisterpaar in seinem Büro empfangen hatte und ihm vor Annes Augen alles auf den Boden gefallen war. Eigentlich störten ihn solche Dinge nicht, er war, wie er war, und außerdem war er sich in diesem Haus der Bewunderung aller gewiss. Jedoch: Vor *ihr* hatte es ihn gestört. Wie sie ihn mit ihren bernsteinfarbenen Augen angesehen hatte, als sie ihm half, das Papier vom Boden zu klauben! Und wie sie dann kurzerhand die Vasen auf der Kommode beiseitegeschoben hatte, um die so mühevoll aufgehobenen Bögen vor einem erneuten Absturz zu bewahren! Seine anderen Arbeiter hätten das niemals gewagt, denn auch wenn sie einen freundlichen Umgangston miteinander pflegten, so hatten sie alle größten Respekt vor ihm – was er auch erwartete.

In Annes Augen jedoch hatte ein gewisser sanfter Spott gelegen, als sie ihn inmitten seines Chaos vorgefunden hatte. Er fühlte sich von ihr herausgefordert, wollte ihr beweisen, dass er Ordnung schaffen konnte. Sie in seinem aufgeräumten Büro empfangen und ihr dann sagen, dass er nicht zuletzt aufgeräumt hatte, um es an seine Schwester zu übergeben. Sie sollte nicht das Gefühl haben, dass seine kleine Schwester ihn aus seinem Chaos retten musste. Aber auch vor Käthe wäre es ihm peinlich gewesen, ihr eine derartige Unordnung zu übergeben.

Ein lautes Klopfen von der Eingangstür her riss ihn aus seinen Gedanken. Lauschend hob er den Kopf. Ja, er hatte sich nicht getäuscht! Dort unten war jemand, und er betätigte laut und vernehmlich den Türklopfer! Er warf einen Blick auf die Uhr, die auf seinem Schreibtisch stand und die, wie alles in diesem Raum, sein Vater ihm vererbt hatte. Halb drei Uhr morgens! Kurz entschlossen griff er sicherheitshalber nach dem schweren Brieföffner, der auf seinem Schreibtisch stand, und ging nach unten.

»Wer ist da?«, rief er, doch von draußen kam keine Antwort. Zögernd öffnete er – und im nächsten Moment traf ein harter, kalter Gegenstand seinen Kopf. Anton Leyen gab ein leises Ächzen von sich, bevor er auf dem Boden seiner Bonbonfabrik zusammensank.

• • •

Anne wusste nicht, was besser war: sich den Mantel enger um den Körper zu ziehen, um sich vor dem ekelhaft kalten Novemberregen zu schützen, dessen Tropfen so winzig waren, dass man sie gar nicht als solche wahrnehmen konnte, oder die Öllampe, die sie mitgenommen hatte, so zu halten, dass sie den Weg vor sich wenigstens ein bisschen erleuchten konnte.

Nachdem sie Fritz nicht in seinem Bett vorgefunden hatte, hatte sie keine Sekunde gezögert: Sie musste ihn suchen. Und sie würde bei Anton Leyen und seiner Zuckerwarenfabrik beginnen.

War der Weg gestern auch so lang gewesen? Hatte er sich wirklich derart in die Länge gezogen? Annes Herz raste, als sie durch die Straßen hastete. Hinter jedem Baum lauerte, so schien es ihr, eine Gefahr. Vor allem aber war es die Angst um Fritz, die sie umtrieb.

Ihr Streit war schlimm gewesen, aber dennoch würde Fritz nie so weit gehen, abends einfach nicht nach Hause zu kommen. Weil er wusste, wie sehr sie sich um ihn ängstigen würde, und weil er sie niemals allein lassen würde in dem großen, dunklen Haus. Ihm war etwas zugestoßen, da war Anne sich ganz sicher. Und wenn das etwas Schlimmes wäre, das wusste sie, dann würde sie das nicht überleben. Fritz war der letzte Mensch von all ihren Lieben, der ihr noch geblieben war. Seinen Verlust würde sie niemals verkraften.

So etwas darfst du gar nicht denken, schalt sie sich. Ihm *ist* nichts Schlimmes geschehen. Aber wenn nichts Schlimmes geschehen war, sagte sie sich, dann wäre er doch nach Hause gekommen!

»Hör sofort auf!«, rief sie sich energisch zur Ordnung. Da tauchte zu ihrer unendlichen Erleichterung endlich die evangelische Kirche am Ende der Bielefelder Straße auf, und kurz darauf erreichte sie das Gebäude der Zuckerwarenfabrik. Und, was noch erfreulicher war, in Anton Leyens Büro brannte Licht.

Bestimmt versuchte er, Ordnung in das Chaos seiner Papiere zu bringen, dachte sie und musste unwillkürlich lächeln. Zu wissen, dass er da war und ihr sicherlich gleich zur Seite stehen würde, war ein unendlicher Trost.

Eilig hastete sie die Stufen zum Eingang hinauf. Zu ihrer Verwunderung stand die Tür offen, sie wurde von etwas blockiert.

Verwirrt hob sie die Lampe so, dass sie sehen konnte, was da auf dem Boden lag. Und dann schrie sie erschrocken auf. Sekunden später spürte sie einen Schlag auf den Kopf und sank mit einem Ächzen über Anton Leyen zusammen.

Kapitel 10

Werther, Oktober 1909

Anton erwachte von einem stechenden Schmerz in seinem Kopf. Er stöhnte leise und wollte sich gerade hochrappeln, als er bemerkte, dass etwas auf ihm lag. Und dass Licht brannte.

Vorsichtig wandte er sich um und sah zu seinem Entsetzen eine Öllampe, die umgekippt neben der auf ihm kauernden Gestalt auf dem Boden lag. Hastig griff er danach, um sie aufzustellen, und atmete erleichtert auf. Ein Glück, dass das Glas der Lampe nicht zersprungen war und das auslaufende Öl so kein Feuer entfacht hatte. Das hätte auch schiefgehen können. Im nächsten Moment erkannte er die Frau, die auf ihm lag.

»Fräulein Dunst!«, stöhnte er und schüttelte sie leicht, voller Sorge und Angst. »Fräulein Dunst!«

Zu seiner unendlichen Erleichterung bewegte sie sich in diesem Moment. »Aua«, stöhnte sie. »Mein Kopf.«

Er konnte beobachten, wie sie sich der Situation bewusst wurde, in der sie sich befand. Sie fuhr hoch und starrte ihn entgeistert an, um gleich darauf wieder stöhnend in sich zusammenzusinken. »Es tut so weh.«

Das erinnerte Anton an seine eigenen Kopfschmerzen, die er vor lauter Sorge um Anne Dunst beinahe vergessen hatte, und er ließ sich ebenfalls wieder auf den Boden sinken. So lagen sie mitten im November nebeneinander auf dem grauen kalten Steinboden hinter der noch immer offen stehenden Haustür und starrten an die Decke des erhabenen Fachwerkhauses. Er konnte sich nicht aufraffen, die Tür zu schließen.

»Was ist passiert?«, fragte Anne schließlich.

»Ich kann es Ihnen nicht sagen«, erwiderte er und sah sich benommen um. »Es hat geklopft, ich bin hinuntergegangen, habe die Tür geöffnet und dann … einen Schlag auf den Kopf bekommen.«

In diesem Moment schien Anne einzufallen, warum sie hier war. »Fritz«, ächzte sie.

»Fritz?«

Anne nickte. »Mein Bruder! Er ist nicht nach Hause gekommen. Deshalb bin ich los, um ihn zu suchen. Und … um Sie um Hilfe zu bitten«, stieß sie hervor.

»Um mich um Hilfe zu bitten«, murmelte er gerührt und spürte, dass sich ein warmes Gefühl in seinem Magen ausbreitete. Sie kam zu ihm, wenn sie in Not war!

Andererseits: Wohin sollte sie auch sonst gehen? Sie kannte ja niemanden hier in Werther. Außerdem war jetzt wahrlich nicht die Zeit, sich übermäßig geschmeichelt zu fühlen. Sie waren niedergeschlagen worden, und das war im Moment auch das Thema, dem er seine Aufmerksamkeit widmen sollte, schalt er sich. Und ihr Bruder war ganz offensichtlich verschwunden!

»Und dann?«, fragte er und sah sie eindringlich an.

»Dann … dann …«, murmelte sie und dachte angestrengt nach. »Ich bin durch den Regen herübergekommen, und in Ihrem Arbeitszimmer brannte noch Licht, das hat mir Hoffnung gemacht. Also bin ich die Treppen hinaufgestiegen und habe zu meiner Verwunderung bemerkt, dass die Tür offen steht und dass sie etwas blockiert. Ich bin hineingetreten und habe gesehen, dass Sie dort am Boden liegen. Und dann …«, sie schauderte.

»Dann hat man auch Ihnen einen Schlag auf den Kopf gegeben, und Sie sind auf mir zusammengebrochen«, beschrieb er das Offensichtliche.

Sie nickte. »Ja«, murmelte sie. Dann sah sie ihn voller Angst an. »Ob Fritz auch irgendwo ohnmächtig im Straßengraben liegt? Wir müssen ihn suchen!«

»Anne«, versuchte er, die aufgeregte junge Frau zu beruhigen. »Ich verstehe Ihre Sorge. Aber es ist unmöglich, Ihren Bruder mitten in der Nacht zu finden. Dazu ist es viel zu dunkel.« Er deutete nach draußen.

»Aber wir können ihn doch nicht einfach im Stich lassen«, unterbrach Anne ihn voller Sorge. »Was ist, wenn er dort irgendwo liegt und ebenfalls Hilfe benötigt. Er könnte erfrieren oder verbluten.«

»Vielleicht ist er auch wegen Ihres Streits nicht nach Hause gekommen«, versuchte Anton weiterhin, sie zu beruhigen.

Anne schüttelte entschlossen den Kopf.

»Das würde er niemals tun«, widersprach sie überzeugt. »Er würde nach Hause kommen und mich anschweigen, vermutlich tagelang. Aber er würde nicht einfach verschwinden. Weil er weiß, welche Sorgen ich mir um ihn machen würde. Und auch, weil er mich nicht allein lassen würde.«

Anton nickte. »Sie haben ja recht«, sagte er. »Wir müssen ihn suchen. Oder besser gesagt: Die *Polizei* muss ihn suchen. Die kann mitten in der Nacht mehr ausrichten als wir. Wir müssen sie ja ohnehin informieren.«

In diesem Moment registrierte Anton aus dem Augenwinkel eine Bewegung auf den Treppenstufen. Jemand stieg zu ihnen herauf. Ängstlich schob sich Anne ein Stückchen näher an Anton heran, während er instinktiv nach dem Briefbeschwerer griff, der neben ihm auf dem Boden lag. Er wollte sich gerade aufrappeln, als der Neuankömmling schon in der Tür stand.

»Fritz«, keuchte Anne und wollte aufspringen, sank aber stöhnend wieder zurück. Der Schlag auf den Kopf war wohl doch heftiger gewesen, als sie gedacht hatte, doch Anton konnte nichts weiter tun, als sie mit einem besorgten Blick zu betrachten, denn auch er fühlte sich noch immer schwach und wackelig.

Sekunden später kniete Fritz schon vor seiner Schwester nieder. »Anne!«, rief er und zog sie in seine Arme. »Ich habe mir solche Sorgen gemacht!«

Jetzt brach Anne in Tränen aus. Nun, da ihr Bruder bei ihr und offenbar wohlauf war, brach sie zusammen und weinte hemmungslos. Die Sorge, die Angst, all die Gefühle, die sie versucht hatte zurückzuhalten, schienen nun aus ihr herauszubrechen. Anton fühlte sich hilflos und überflüssig.

»Wo warst du denn nur?«, fragte Anne ihren Bruder ein ums andere Mal.

»Und wo warst *du*?«, gab er die Frage zurück. »Als ich nach Hause gekommen bin und du nicht da warst …«

»Aber du warst doch auch nicht da, um zwei Uhr nachts warst du noch nicht zu Hause«, unterbrach sie ihn aufgebracht. »Nur deshalb bin ich überhaupt los!«

»Wenn ich mich kurz einmischen dürfte«, kam es leise von Anton. »Ich finde, wir sollten aus dieser Kälte heraus und die Tür schließen. Kommen Sie doch mit mir in meine Wohnung. Meine Haushälterin will ich nicht aufwecken, ebenso wenig meine Mutter und meine Schwester, aber eine Tasse heißen Tee bekomme ich schon gekocht – und für uns Männer habe ich sicherlich etwas Stärkeres auf den Schreck.« Er sah Fritz fragend an. »Dann können Sie alles Weitere klären.«

Der nickte dankbar und stand auf. Auch Anne erhob sich. »Sie haben recht«, sagte sie. »Wenn wir weiter hier sitzen bleiben, in dem kalten, zugigen Flur, kommt zu den Kopfschmerzen noch eine dicke Erkältung.«

»Kopfschmerzen?«, fragte Fritz alarmiert. »Wieso hast du Kopfschmerzen?«

»Das erzähle ich dir alles oben.«

Die Wohnung der Familie war sehr geräumig und nahm einen großen Teil des ersten Stocks und das Dachgeschoss des Hauses ein.

»Hoffentlich wecken wir Ihre Mutter und Ihre Schwester

nicht – und natürlich Ihre Haushälterin«, flüsterte Anne, doch Anton winkte ab. »Meine Schwester teilt sich mit mir das Dachgeschoss«, er deutete nach oben, »und bekommt daher ohnehin nichts mit. Meine Mutter hat einen seligen Schlaf, und Frau Schnakenwinkel hat ihre Räumlichkeiten hinter der Küche, also auch sehr abgelegen«, erklärte er den Geschwistern, als er die Tür öffnete und das Licht anknipste. »Bitte.«

Er führte sie durch den langen Flur, öffnete die Tür ganz am Ende und schaltete auch dort das Licht an. Staunend sah Anne sich in dem riesigen Raum um, der eine enorme Behaglichkeit ausstrahlte. »Es ist so ordentlich«, entfuhr es ihr. Gleich darauf schlug sie verlegen die Hand vor den Mund. »Ich meine … ich wollte sagen …«

Lächelnd drehte sich Anton Leyen zu ihr um. »Sie meinen, dass es im Vergleich *zu meinem Büro* sehr ordentlich ist«, riet er.

»Das …«, murmelte sie verlegen. »Ich wollte nicht …«

»Keine Sorge«, erwiderte er. »Ich weiß, dass es in meinem Kontor ganz entsetzlich aussieht. Übrigens saß ich dort bis gerade eben noch, um Ordnung zu machen. Sie sehen also, ich bin auf dem Weg der Besserung.«

Peinlich berührt starrte Anne auf ihre Schuhspitzen.

»Hier in der Wohnung sorgen drei Frauen für Ordnung. Vor allem Frau Schnakenwinkel«, sagte Anton derweil vergnügt.

»Ich habe ihren Namen also richtig verstanden, als wir uns bei Ihnen vorgestellt haben?«, erkundigte sich Fritz erstaunt.

Anton nickte. »So heißt sie wirklich«, bestätigte er. »Der Name kommt aus Ostwestfalen, und ja, sie findet jede Schnake in jedem Winkel und auch jedes Staubkorn.« Dann wandte er sich wieder an Anne. »Sie führt hier ein strenges Regiment, und mein Kontor ist der Ort ihrer Albträume. Sie würde dort so gerne einmal sauber machen. Aber ich lasse sie nicht.«

Er schenkte Anne noch ein Lächeln und wandte sich dann wieder dem Kamin zu.

»Am besten mache ich uns Feuer«, sagte er. Trotz der Kopfschmerzen, die er ziemlich sicher noch hatte, ihren eigenen nach zu urteilen, bewegte er sich schon wieder ungemein flink, und die Worte sprudelten nur so aus seinem Mund. Er legte ein Scheit in den Ofen, dann wirbelte er zu den Geschwistern herum, die etwas unbeholfen mitten im Raum standen. »Bitte, setzen Sie sich doch«, forderte er sie auf und deutete auf die beiden gemütlichen Sofas, die, einander gegenüber, vor dem großen Kamin standen. »Diesmal müssen Sie auch kein Papier wegräumen.«

Anne war es peinlich, dass er immer wieder das Chaos in seinem Büro ansprach, und sie setzte sich neben ihren Bruder auf das Sofa. Kurz darauf flackerte ein fröhliches Feuer im Ofen. »Möchten Sie einen Tee?«, fragte Anton an Anne gewandt und dann, zu Fritz: »Und Sie einen Schnaps?«

»Einen Schnaps könnte ich auf den Schreck tatsächlich gut vertragen«, stimmte Fritz zu, und auch Anne nahm das Angebot dankbar an.

»Bin gleich wieder da«, verkündete Anton und verließ das

Wohnzimmer. Kaum war er aus der Tür, wandte sich Anne an ihren Bruder.

»Wo warst du denn nur?«, fragte sie. »Ich habe mir solche Sorgen gemacht!«

»Das erzähle ich dir, wenn Herr Leyen wieder da ist«, versicherte er und nahm ihre Hand. »Dann muss ich nicht alles zweimal erklären. Viel wichtiger ist, dir zu sagen, wie leid mir unser Streit tut.«

»Mir auch«, murmelte Anne und musste gegen die aufsteigenden Tränen ankämpfen.

»Ich …«, setzte Fritz gerade an, doch da kam Anton Leyen schon wieder zurück. Auf einem Tablett trug er eine Kanne mit dampfendem Tee, eine Schale mit Zucker, Honig sowie drei Löffel und drei Tassen. Er stellte alles auf dem kleinen Tisch ab, der sich zwischen den Sofas befand, verteilte die Tassen und schenkte ein.

»Zucker?«, fragte er Anne, und sie nickte und gab dankbar drei Löffel in die große Tasse, die sie sodann zwischen ihre Hände nahm. Wie gut es tat, sich etwas zu wärmen.

»Wollen Sie auch zunächst eine Tasse Tee oder gleich etwas Stärkeres? Oder vielleicht Tee mit Schuss? Ich könnte etwas Rum hineingeben«, fuhr Anton an Fritz gewandt fort.

»Rum klingt gut«, sagte der etwas schüchtern und nahm gleich darauf ebenfalls eine Tasse entgegen.

»So«, sagte Anton, als er sich den Geschwistern gegenüber auf das Sofa setzte. »Dann wollen wir mal versuchen, die Dinge zu sortieren. Wo zur Hölle waren Sie, Herr Dunst? Ihre Schwester war außer sich vor Sorge.«

Fritz zuckte angesichts des Fluchs seines Direktors zwar

etwas zusammen, fing sich aber nach einem großen Schluck Tee wieder und setzte dann an zu erzählen: »Ich wurde niedergeschlagen.«

»Du auch?«, rief Anne entsetzt, während Anton Leyen im selben Moment das Gleiche rief – »Sie auch?« – und ein »Wo?« hinzufügte.

»Auf dem Nachhauseweg«, sagte er. »Am Straßenrand. Ich muss dort eine ganze Weile gelegen haben. Irgendwann bin ich aufgewacht, durchgefroren und völlig durchnässt. Ich hatte keine Ahnung, wie spät es war, es war ja alles dunkel, und ich konnte auch meine Taschenuhr nicht erkennen. Ich bin sofort nach Hause gerannt. Und nun kannst du dir mein Entsetzen vorstellen«, fuhr er an Anne gewandt fort, »als ich dich bei meiner Rückkehr nach Hause nicht vorfand. Wenn ich eure Reaktionen richtig gedeutet habe, wurdest auch du niedergeschlagen? Und Sie auch?«, fragte er voller Sorge und sah erst seine Schwester und dann den Fabrikdirektor an.

Beide nickten. »Aber es geht mir gut«, versicherte sie und drückte seine Hand.

»Bitte erzähle, was bei dir passiert ist. Geht es dir wirklich gut?«, versicherte er sich.

»Ja«, sagte sie. »Aber bitte erzähle nun.«

»Ich habe zuerst das ganze Haus durchsucht, und dann bin ich sofort wieder hierher. Und da fand ich euch beide auf dem Boden liegend.«

»Aber warum wurden wir alle niedergeschlagen?«, fragte Anne ratlos.

»Das würde ich auch gern wissen.« Schwungvoll setzte Anton seine Tasse ab. Anne war für einen Moment froh, dass er keine Untertassen aufgedeckt hatte. Vermutlich wäre seine unter diesem Schwung zerborsten. Allerdings schwappte dadurch Flüssigkeit auf den Holztisch. Sicherlich würde Frau Schnakenwinkel morgen recht empört sein, überlegte Anne und unterdrückte den Impuls, ihr Taschentuch hervorzuziehen und den Tee wegzuwischen.

Grübelnd sah der Direktor die Geschwister an. »Ich war zunächst sicher, dass es sich um einen gezielten Anschlag auf meine Fabrik handelt.«

»Warum?«, fragte Anne alarmiert.

»Nun, jemand hat an meine Tür geklopft und mich dann, als ich geöffnet habe, niedergeschlagen«, erklärte er. »Und Sie hat man erwischt, als Sie durch die Tür getreten sind und nach mir gesehen haben.«

»Und zwar von vorne«, sagte Anne in diesem Moment. »Ich erinnere mich jetzt auch daran, einen Schatten ausgemacht zu haben, der aus Richtung der Bonbonkocherei auf mich zukam.«

Anton sprang so hastig auf, dass er mit den Knien gegen den Tisch knallte und dabei seine Teetasse nun endgültig umstieß. Die Flüssigkeit ergoss sich über die Tischplatte.

»Aus der Fabrik?«, rief er und fuhr sich erregt durch die Haare. »Warum haben Sie das nicht gleich gesagt?«

»Weil es mir eben erst eingefallen ist«, erklärte Anne, die ebenfalls aufgestanden war.

Doch Anton reagierte nicht mehr auf ihre Antwort. Er hatte bereits die Tür aufgerissen und war im Begriff, nach unten zu stürmen. Anne und Fritz wechselten einen Blick und folgten ihm dann.

Sie betraten die Fabrik kurz nach Anton, der bereits die Lampen angeschaltet hatte und sich umsah.

»Es sieht alles ganz normal aus«, bemerkte Fritz, und auch Anne hatte nicht den Eindruck, dass hier eingebrochen worden war.

Anton ging nach nebenan ins Lager und stellte fest, dass auch hier nichts fehlte.

»Das ist wirklich merkwürdig«, sagte Anne. »Wenn, dann würde ein Einbrecher doch Lebensmittel stehlen.«

»Vielleicht wollte er das, und dein Erscheinen hat ihn unterbrochen?«, mutmaßte Fritz.

»Ich weiß nicht«, murmelte Anne. »Dann wäre er doch nicht durch den Haupteingang geflohen. Er hätte leicht durch eines der Fenster hinausklettern können. Wir sind hier schließlich im Erdgeschoss.«

»Stimmt.« Anton sah Fritz nachdenklich an. »Und es gibt noch etwas, das bei der ganzen Sache nicht ins Bild passt: dass auch Sie auf dem Nachhauseweg niedergeschlagen wurden. Deshalb konnte der Anschlag gar nicht uns direkt gelten, zumal ja noch niemand wusste, dass Sie einer meiner Arbeiter sind.«

»Außer allen, die hier gearbeitet haben«, schränkte Fritz ein. »Aber die werden ja nicht …«

»Nein«, sagte Anton sofort. »Für jeden Einzelnen lege ich meine Hand ins Feuer.«

Anne spürte mit einem Mal, dass ihr schwindelig wurde. Sie schwankte leicht. Sofort war Fritz neben ihr und nahm ihren Arm.

»Was ist mit dir?«, fragte er besorgt. »Ist es der Kopf? Vielleicht hast du eine Gehirnerschütterung.«

»Es geht schon«, sagte Anne. »Ich bin nur unendlich müde.«

»Es ist ja auch schon vier Uhr morgens«, stellte Anton mit einem Blick auf die Uhr fest. »Dann mache ich Ihnen einen Vorschlag: Ich habe mehr als genug Gästezimmer, die auch immer hergerichtet sind. Sie bleiben heute Nacht hier, und morgen lasse ich einen Arzt kommen, der uns alle untersucht.«

Anne wechselte einen Blick mit ihrem Bruder. Einerseits sehnte sie sich nach ihrem eigenen Bett und vor allem danach, aus ihren immer noch ein wenig feuchten Klamotten herauszukommen. Andererseits grauste es ihr bei dem Gedanken, noch einmal hinaus in die Kälte zu müssen. Also nahmen sie sein Angebot dankend an.

Kapitel 11

Werther, Oktober 1909

Der Arzt, Konrad Meissenhammer, war ein freundlicher, schon recht betagter Herr mit Nickelbrille und Vollbart. Er untersuchte die drei Patienten und vermutete bei allen eine leichte Gehirnerschütterung, weshalb er ihnen drei Tage Bettruhe verordnete. Als der Mediziner sich verabschiedet hatte, lernten die Geschwister auch Rose und Käthe Leyen kennen, und Anne fand beide Frauen, die wegen des Angriffs natürlich einen furchtbaren Schreck bekommen hatten, auf Anhieb sympathisch. Fast bedauerte sie, dass sie die Einladung zum Frühstück ablehnen mussten, aber sowohl Anne als auch Fritz sehnten sich nach frischer Kleidung und ihrem Bett – auch wenn Käthe Leyen ihr versicherte, ihr nur allzu gern etwas zu leihen. »Sie haben ja in etwa meine Figur«, sagte sie.

Bevor sie gehen durften, mussten sie allerdings noch ein Verhör eines recht desinteressiert und auch ein wenig unfähig wirkenden Polizisten über sich ergehen lassen, der ihnen mitteilte, es habe ansonsten am Abend keinerlei Vorfälle gegeben.

Zu Hause wollte Fritz gleich nach oben ins Bett gehen, doch Anne hielt ihn zurück. »Warte«, sagte sie. »Erst musst du etwas probieren.«

Sie ging in die Küche und holte zwei Streuselbonbons, von denen sie ihm eines reichte. »Hier«, sagte sie.

Neugierig sah er sie an. »Was ist das?«

»Probiere einfach mal«, empfahl sie ihm.

Während er sich das Bonbon in den Mund steckte, tat sie das Gleiche – und war dabei ziemlich aufgeregt. Schließlich hatte sie selbst noch nicht gekostet. Was, wenn es ganz furchtbar schmeckte?

Die Zuckerhülle erwies sich jedoch als köstlich. Anne genoss den süßen Geschmack, während sie das Bonbon in ihrem Mund bewegte.

Dann sah sie Fritz' überraschten Gesichtsausdruck, und im nächsten Moment wusste sie, warum. Auch in ihrem Mund hatte sich der Bonbon-Überzug inzwischen gelöst, und der altvertraute Geschmack der weichen Zuckerstreusel kam zum Vorschein, der so wunderbar an ihre Großmutter erinnerte! »Streuselbonbons. *Echte* Streuselbonbons«, sagte er begeistert.

Sie nickte. »Schmecken sie dir?«

»Und wie sie mir schmecken!«, rief er. »Bekomme ich noch eins?«, fragte er und sah sie treuherzig an.

Sie musste lachen. »Natürlich. Ich habe ein ganzes Blech voll.«

Sie ging in die Küche, er folgte ihr und nahm sich eines der vielen Bonbons. Sie tat es ihm nach.

»Ich habe die Bonbons nicht ohne Grund gemacht«, gestand sie. »Ich wollte dich damit davon überzeugen, dass ich eine begnadete Bonbonköchin bin und du deine Entscheidung deshalb noch mal überdenken solltest.«

Er lächelte. »Der Tag gestern hat viel verändert, Anne«, sagte er. »Aber lass uns dennoch später darüber reden. Wir sollten auf den Arzt hören und uns etwas ausruhen.«

»Gut.« Sie nickte, ebenfalls froh, in ihr Bett gehen zu können. Lächelnd beobachtete sie, wie Fritz sich noch einige Bonbons vom Blech nahm. »Krankenverpflegung«, erklärte er entschuldigend und schickte ein etwas schiefes Grinsen hinterher.

In stummer Eintracht stiegen die Geschwister nebeneinander die Treppe nach oben. Fritz ging als Erster in sein Zimmer, Anne musste noch die Diele durchqueren.

»Lass die Tür offen«, bat sie ihn. »Dann können wir uns von Bett zu Bett unterhalten.«

»Nichts lieber als das«, sagte er liebevoll. »Ruh dich gut aus, Schwesterlein.«

• • •

Anton hatte am Morgen noch seinen erschrockenen Arbeitern von den Ereignissen der Nacht berichtet und sich dann von seiner Mutter wieder ins Bett verfrachten lassen. Er sah ja ein, dass das besser für ihn war, denn der Schädel brummte ihm ganz schrecklich. Schlaf wollte er jedoch keinen finden.

Und eine bequeme Stellung auch nicht. Unruhig wälzte er sich in seinem Bett hin und her, während die Ereignisse der Nacht vor seinem inneren Auge vorbeizogen.

Wer hatte sie alle niedergeschlagen? Und warum? Er war überzeugt davon, dass es doch ein gezielter Angriff auf die Werther'schen Zuckerwerke gewesen war. Zumal es ja offenbar sonst keine Vorfälle gegeben hatte. Aber ihm fiel niemand ein, den er zu so etwas imstande hielt, und auch kein Grund für diese Tat. Außer …

Wieder und wieder sah er Fritz' Gesicht vor sich. Irgendetwas an seiner Geschichte und an seinem Verhalten war komisch gewesen. Anton konnte jedoch nicht sagen, woran er das festmachte, das war mehr ein unbestimmtes Gefühl.

Doch dann schüttelte er den Kopf. Unsinn, sagte er sich. Wie sollte Fritz etwas mit der ganzen Sache zu tun haben? Er würde ja wohl kaum vortäuschen, überwältigt worden zu sein, um zu vertuschen, dass er selbst seinen Direktor und seine Schwester niedergeschlagen hatte! Das war absurd. Vermutlich war ihm, Anton, der Schlag auf den Kopf nicht gut bekommen, dass er nun schon derartige Hirngespinste hatte.

Stöhnend fuhr er sich mit den Händen über seinen schmerzenden Kopf. Probleme dieser Art konnte er nun wirklich überhaupt nicht gebrauchen!

Er schloss die Augen in dem Versuch, sich etwas auszuruhen. Und da war sie. Anne Dunst. Mit ihren hellbraunen Augen und dem rötlich-braunen Haar. Lächelnd sah sie ihn an. Anton Leyen lächelte zurück. Dann schlief er endlich ein.

• • •

»Anne?«

Brummend drehte sie sich auf die andere Seite, als die Stimme ihres Bruders sich in ihr Bewusstsein drängte. Sie wollte nicht aufwachen, zu schön war ihr Traum, in dem sie neben Anton Leyen in dessen Versuchsküche stand und ihn mit Streuselbonbons fütterte, für die er sie ausdrücklich lobte.

»Anne!« Diesmal klang es entschiedener. »Wenn du jetzt nicht aufwachst, wirst du die ganze Nacht nicht schlafen können. Es ist schon fünf Uhr nachmittags.«

Seufzend gab sie nach, verabschiedete sich von Anton und den Streuselbonbons, öffnete die Augen und sah ihren Bruder, der auf ihrer Bettkante Platz genommen hatte, liebevoll an.

»Wie geht es dir?«

Er lächelte. »Viel besser«, versicherte er. »Ich spüre meinen Kopf kaum noch.«

»Das ist gut«, sagte sie. »Ich auch nicht.«

»Und offen gestanden habe ich ziemlichen Hunger«, murmelte er und sah sie mit seinem typischen treuherzigen Blick an.

Sie musste lachen. Fritz war zwar ein begnadeter Zuckerbäcker, aber Kochen war ihm ein Graus – und vor allem ganz klar Frauensache.

»Dann schaue ich mal, was ich dagegen tun kann.«

»Bist du dir sicher, dass dir das nicht zu viel wird?«, fragte er.

»Ganz sicher«, sagte sie. »Es muss ja nichts Großartiges sein. Ich mache einfach Kartoffeln mit Butter und Salz. Dazu muss ich lediglich die Kartoffeln aufsetzen und später schälen.«

»Das klingt gut«, schwärmte er. »Zumal ich Kartoffeln mit Butter und Salz liebe.«

»Ich weiß. Und bei Mutter hast du sie nie bekommen, weil ihr das viel zu einfach war.«

»Bei Großmutter hingegen schon.«

In stillem Einvernehmen sahen die beiden sich an. Es war das erste Mal, dass sie relativ unbefangen über die Mutter und die Großmutter hatten sprechen können. Anne stand auf und lehnte dabei sein Angebot ab, sie zu stützen. »Es geht schon«, versicherte sie ihm. »Ich bin ja keine alte Frau.«

• • •

»Ich wollte nur mal sehen, wie es dir geht«, sagte Käthe, als sie am späten Nachmittag in Antons Zimmer trat.

Anton stöhnte leise. »Mein Kopf tut offen gestanden noch ziemlich weh.«

Sie nickte. »Mutter macht sich schreckliche Sorgen«, sagte sie. »Und ich auch.«

»So schlimm ist es auch wieder nicht«, versicherte er. »In drei Tagen bin ich wieder auf der Höhe.«

»Nein«, korrigierte Käthe und setzte sich auf seine Bettkante. »Das meine ich nicht. Wir machen uns Sorgen, weil mitten in der Nacht jemand an der Tür klopft, dich niederschlägt, sich dann offensichtlich in unserem Haus aufhält und anschließend das ausgesprochen reizende Fräulein Dunst ebenfalls niederschlägt. Wir haben Angst, Anton.«

»Ja«, murmelte er. »Das verstehe ich. Ich lasse morgen einen Spezialisten kommen und überprüfen, wie man unser Haus besser sichern kann. Und ich werde natürlich nie wieder mitten in der Nacht die Tür öffnen. Außerdem hat die Polizei versprochen, dass die Ermittlungen laufen. Und dass sie häufiger hier patrouillieren wollen.«

»Trotzdem«, sagte Käthe. »Was, wenn etwas Schlimmes passiert? Da scheint es doch jemand gezielt auf uns abgesehen zu haben.«

»Ja«, murmelte Anton. »Das befürchte ich auch.«

»Hast du einen Verdacht?«, wollte Käthe wissen.

»Keinen konkreten«, erklärte er. »Vielleicht jemand, der neidisch auf meinen Erfolg ist?«

»Aber wer sollte das sein?«

»Ich weiß es nicht.« Anton zögerte.

Wachsam sah seine Schwester ihn an. »Was?«, fragte sie. »Da ist doch noch was.«

»Ich kann mir nicht helfen«, stieß er hervor, »aber ich finde Fritz Dunst irgendwie merkwürdig.«

»Inwiefern?«, erkundigte sich Käthe.

»Das kann ich dir gar nicht genau sagen«, erklärte er. »Zum Beispiel sieht er mir nie in die Augen, und wenn sich unsere Blicke begegnen, dann schaut er rasch weg, so, als hätte er etwas zu verbergen.«

»Er wurde doch selbst angegriffen.«

»Wurde er das wirklich?«

»Worauf willst du hinaus?«

»Irgendetwas stimmt da nicht, Käthe«, sagte er und richtete sich in seinem Eifer zu schnell auf, weshalb er gleich darauf mit einem Stöhnen zurück aufs Bett sank. »Er ist der Einzige, der außer Anne und mir niedergeschlagen wurde. Aber es gibt keine Zeugen. Außerdem: Er ist um acht Uhr nach Hause gegangen. Mich erwischte der Täter mitten in der Nacht. Wieso sollte er Fritz Dunst niederschlagen, dann sechs oder sieben Stunden warten und schließlich zu mir kommen, um mich ebenfalls zu attackieren?«

»Deshalb muss er noch lange nicht lügen.«

»Nein, das muss er nicht. Aber was, wenn ihm in Wirklichkeit gar nichts passiert ist, sondern er das nur behauptet hat, um nicht in Verdacht zu geraten?«

»Nicht in Verdacht wofür?«

»Dass er derjenige ist, der …«

»Der euch niedergeschlagen hat? Seine eigene Schwester? Das glaubst du doch nicht wirklich?«

»Nein«, gestand er ein. »Es klingt absurd, ich weiß. Ich suche nur nach Lösungen. Aber komisch ist dieser Fritz trotzdem. Anne und ich sind nach wenigen Minuten wieder zu uns gekommen, während er mehrere Stunden in Kälte und Nässe im Graben gelegen haben will? Müsste er nicht deutlich schlimmer verletzt und außerdem mit einer heftigen Erkältung gestraft sein?«

»Immerhin hat der Doktor seine Gehirnerschütterung bestätigt.«

»Was soll er auch anderes tun, wenn Fritz von den gleichen Symptomen berichtet, die wir auch haben? Er kann ja schlecht in ihn hineinsehen.«

»Stimmt«, gab ihm seine Schwester recht. »Dennoch bin ich sicher, dass du dich täuschst. Mit Fritz Dunst ist alles in Ordnung.«

• • •

Eine halbe Stunde, nachdem sie sich nach unten begeben hatten, saßen die Geschwister Dunst einander gegenüber in der Küche und schälten einträchtig Pellkartoffeln. Anne hatte die Reste von Frau Wulfhorsts Butter auf den Tisch gestellt und Salz in ein kleines Schälchen gegeben.

»Herrlich«, sagte Fritz genießerisch, nachdem er sich den ersten Bissen in den Mund geschoben hatte. »Ich wusste, dass es gut schmeckt. Aber *so* gut …«

»Wahrscheinlich liegt es an der Butter«, vermutete sie.

»An der Butter?«, fragte er erstaunt. »Warum das?«

»Weil ich sie selbst gemacht habe«, erklärte sie stolz und berichtete ihrem Bruder von ihrem Besuch auf Frau Wulfhorsts Hof.

»Die Frau Wulfhorst«, sagte er versonnen. »Die hatte ich ja ganz vergessen. Gibt es den alten Pflug noch, auf dem wir immer herumgeklettert sind?«

»Ja, den gibt es noch«, bestätigte sie. »Wieso denkst du, es war ein Pflug? Großmutter wusste es doch nie.«

»Aber ich«, sagte er lächelnd. »Kleine Jungs wissen so was.«

»Und große Männer auch.«

Sie sahen einander an.

»Die Butter hast du für die Streusel gebraucht?«, vermutete er.

»Ja«, bestätigte sie.

»Du hast dir ja schon ganz schön Mühe gegeben, um mich zu überzeugen.«

»Es ist mir ja auch wichtig.« Ihre Antwort klang wie eine Frage, und das war sie ja im Grunde auch.

Er atmete einmal tief ein und wieder aus, dann legte er sein Besteck zur Seite, sah sie an und sagte: »Ich habe meine Meinung geändert, Anne. Ich bin damit einverstanden, dass du in der Zuckerwarenfabrik arbeitest.«

Anne strahlte. »Dann haben dich meine Streusel überzeugt?«

Er nickte. »Die Streusel und das, was gestern Nacht passiert ist.«

Fragend sah sie ihn an.

»Weißt du«, sagte er, »ich bin ja nun für dich verantwortlich. Ob ich will oder nicht. Ich möchte meine Sache gut machen, und es ist meine Aufgabe, dich zu beschützen. Ich habe in diesen Dingen keine Erfahrung, auch deshalb habe ich mich an dem orientiert, was Vater für richtig halten würde. Aber ich bin eben nicht dein Vater, sondern dein Bruder. Ich will dir keine Steine in den Weg legen. Vor allem aber habe ich gelernt, dass ich dich nicht beschützen kann, wenn ich nicht bei dir bin. Mir ist nach allem, was gestern passiert ist, sehr viel wohler, wenn ich dich in meiner Nähe habe.«

Sie schob die Hände über den Tisch und ergriff die seinen. »Danke, Fritz«, sagte sie. »Das bedeutet mir unendlich viel.«

Kapitel 12

Werther, Oktober 1909

Anton Leyen fuhr hoch wie von der Tarantel gestochen, als es unten an der Tür klopfte. Die Situation war wie zwei Tage zuvor: Die Dunkelheit war bereits hereingebrochen, und er hatte sich – zur Empörung seiner Mutter, die fand, er müsse noch das Bett hüten – in sein Büro zurückgezogen. So schnell wollte er nicht aufgeben in seinem Versuch, Ordnung zu schaffen. Und im Bett zu liegen hielt er einfach nicht aus!

Er musste etwas tun, um nicht wahnsinnig zu werden. Zum einen spukte Anne die ganze Zeit in seinem Kopf herum, zum anderen dachte er ununterbrochen darüber nach, was es mit dem Überfall auf sich haben konnte.

Wie zwei Tage zuvor nahm er seinen Briefbeschwerer und ging nach unten. Diesmal öffnete er die Tür aber nicht gleich, sondern rief: »Wer ist da?«

»Anne«, erwiderte eine Stimme von draußen.

Lächelnd schob er den Riegel zurück, drehte den Schlüssel herum und öffnete. Da stand sie vor ihm. Und sie war, wie er fand, nie schöner gewesen. War es möglich, dass ein Mensch von Tag zu Tag schöner wurde?

»Fräulein Dunst«, sagte er und sah Fritz hinter ihr stehen. Er sah ihn, wie er fand, irgendwie merkwürdig an, und wieder beschlich Anton das Gefühl, dass mit Annes Bruder etwas nicht stimmte. »Und Herr Dunst«, fügte er höflich hinzu. »Ich freue mich, Sie beide wohlauf zu sehen.«

»Das können wir nur zurückgeben«, sagte Anne.

Für einen Moment trat verlegenes Schweigen ein, dann fragte Anton: »Möchten Sie hereinkommen?«

»Gern«, sagte Anne. »Ich möchte Ihnen etwas mitteilen.«

»Bitte.« Er trat zur Seite und ließ die Geschwister eintreten.

»Wenn Sie nichts dagegen haben, würde ich noch eben in die Bonbonküche gehen und sehen, ob es noch etwas zu tun gibt«, sagte Fritz. »Ich muss bei diesem Gespräch nicht dabei sein.«

Anton warf ihm einen misstrauischen Blick zu. Was wollte Fritz ganz allein in der Bonbonkocherei? Um diese Uhrzeit? Das ergab keinen Sinn. Andererseits gefiel ihm der Gedanke, mit Anne allein sein zu können, ausnehmend gut, und Schaden konnte Fritz in der Bonbonkocherei eigentlich keinen anrichten.

»Gut«, sagte er deshalb und machte eine einladende Geste zur Treppe hin, während er Anne zulächelte. »Bitte.«

Sie stieg vor ihm hinauf und wartete dann vor seiner angelehnten Bürotür, bis er zu ihr aufgeschlossen hatte. »Ich habe aufgeräumt«, sagte er und stieß die Tür auf. »Zumindest etwas. Bevor meine Schwester übernimmt.«

»Donnerwetter, das sieht man aber«, log Anne.

»Tatsächlich?«, fragte er und grinste sie an.

»Nein«, gestand sie, und beide brachen in Gelächter aus. »Aber immerhin, der Besucherstuhl ist frei«, ließ sich Anne zu einem Lob herab.

»Kein Wunder, den haben Sie ja auch freigeräumt«, sagte er und deutete auf den Stuhl. »Bitte.«

»Danke.« Sie setzte sich und ergänzte: »Immerhin haben Sie ihn nicht wieder vollgeräumt.«

»Dazu hatte ich keine Gelegenheit.« Seine Miene verfinsterte sich.

»Ich wüsste immer noch zu gern, was sich in dieser Nacht zugetragen hat«, fuhr er fort und fügte im Stillen hinzu: Und welche Rolle Ihr Bruder dabei gespielt hat.

»Ja«, sagte sie. »Ich auch.«

Dann atmete sie tief durch und stieß hervor: »Fritz ist einverstanden.«

Verwirrt sah er sie an. »Ihr Bruder ist einverstanden?«, hakte er nach. »Womit?«

»Dass ich hier arbeite«, erklärte sie und fühlte leise Unsicherheit in sich aufsteigen. Seine Reaktion hatte sie sich anders vorgestellt. Was, wenn er sie gar nicht mehr wollte?

Doch er schlug mit beiden Händen auf den Tisch, sprang von seinem Schreibtisch auf, wurde sich dann offenbar des Überschwangs der Geste bewusst, setzte sich hastig wieder und sagte: »Das ist ja großartig. Wie ich mich freue.«

»Nicht wahr?«, fragte Anne. »Ich freue mich auch.«

»Woher kommt denn der Sinneswandel Ihres Bruders?«, erkundigte er sich.

Sie lächelte, hob ihre Tasche auf den Schoß, öffnete sie und zog eine kleine Schachtel hervor, in die sie drei Streuselbonbons gelegt hatte. Es war der Rest ihrer Produktion, und sie hatte sie vor ihrem hungrigen Bruder verstecken müssen.

Er nahm die noch verschlossene Schachtel entgegen und sah sie überrascht an. »Was ist das?«

Sie lächelte. »Die Antwort auf Ihre Frage. Oder zumindest ein Teil davon.«

Neugierig öffnete er die kleine Schachtel. »Bonbons«, sagte er erstaunt.

Sie nickte. »Probieren Sie«, bat sie ihn.

Er tat, wie ihm geheißen, sie sah die gleiche Überraschung auf seinem Gesicht, wie sie auch in Fritz' Ausdruck gelegen hatte, als die Zuckerschicht sich auflöste und die Streusel zum Vorschein kamen, dann nickte er anerkennend. »Das ist köstlich.«

Sie strahlte. »Danke!«

»Haben Sie die gemacht?«

»Ja. Um meinen Bruder davon zu überzeugen, dass ich einfach Bonbonkocherin werden *muss*. Ich bin Ihrem Rat gefolgt.«

»Ein köstliches Argument«, sagte er doppeldeutig und schob sich die nächste Streuselpraline in den Mund. »Also, mich hätten Sie damit auch überzeugt. Wenn Sie das nicht ohnehin schon getan hätten. Ihre Bonbons sind außergewöhnlich gut. Verraten Sie mir das Rezept?«

»Natürlich. Wenn ich bei Ihnen anfangen darf?«

»Da fragen Sie noch?«

»Ist das ein Ja?«

»Natürlich ist das ein Ja!« Er wäre ihr am liebsten um den Hals gefallen. Doch das wäre äußerst unangemessen gewesen. Stattdessen strahlte er sie an und fragte: »Und der zweite Grund?«

»Der zweite Grund?«, fragte Anne verwirrt.

»Sie sagten, Ihr Bruder hätte zwei Gründe gehabt, aus denen er seine Meinung änderte?

»Ach so, ja. Der zweite Grund war, dass er mich gern in seiner Nähe haben will. So kann er besser auf mich aufpassen, als wenn er den ganzen Tag aus dem Haus ist.«

»Hm«, machte Anton. »Das ergibt Sinn. Ich freue mich sehr! Dann fangen Sie gleich morgen an?«

»Sehr gerne«, sagte sie. »Wobei ich hoffe, dass Sie keine allzu hohen Erwartungen an mich haben. Ich muss noch viel lernen und bin vollkommene Anfängerin.«

»Das hier«, er deutete auf das letzte Bonbon in der Schachtel, das er sich sodann genüsslich in den Mund schob, »ist nicht das Werk einer Anfängerin. Und wenn doch, sage ich dieser Anfängerin eine große Zukunft voraus.«

Anne errötete ob des Lobs und sagte dann: »Dennoch muss ich noch viel lernen. Ich weiß so gut wie gar nichts über Bonbons.«

»Ich will gern Ihr Lehrmeister sein.« Er lächelte sie an. »Wenn Sie möchten, kann ich Ihnen gleich noch einmal alles zeigen.«

Ihr Herz schlug schneller, und auf einmal ärgerte sie sich über den Gedanken, dass ihr Bruder ja unten in der Bonbonkocherei war. Sie wäre nur zu gerne mit dem charmanten

Herrn Leyen allein gewesen. Und zugleich war sie sehr froh, dass sie es nicht war.

»Was will denn Ihr Bruder eigentlich unten in der Bonbonkocherei?«, fragte er in diesem Moment, als hätte er ihre Gedanken gelesen.

»Er wollte uns nur die Möglichkeit geben, allein miteinander zu sprechen.«

»Das ist aber sehr aufmerksam von ihm.« Bei diesen Worten sah er sie so eindringlich an, dass ihr Herz zu rasen begann. »Ob uns etwas einfällt, ihn dazu zu bringen, uns auch in der Bonbonkocherei allein zu lassen?«

Sie schnappte nach Luft. Seine Frage war so ungehörig wie aufregend.

»Ich mache meine Lehrstunden immer nur mit einer Person«, fügte er rasch hinzu, um seine Worte zu entschärfen. »Ich kann mich dann besser konzentrieren. Ihrem Bruder würde ich eine solche Lehrstunde anschließend natürlich ebenfalls erteilen.«

»Darauf würde er sich gewiss einlassen.«

Er nickte. »Gut. Dann lassen Sie uns doch hinabgehen und Ihrem Bruder diesen Vorschlag unterbreiten.«

Wieder dieser eindringliche Blick.

»Fräulein Dunst?«, sagte er, während sie sich erhoben.

»Ja?«

»Ich freue mich. Sehr. Aber das sagte ich ja bereits. Mehrfach.«

Kapitel 13

Werther, Oktober 1909

Als sie die Bonbonkocherei betraten, war Fritz gerade dabei, die Gläser zu polieren, die fein aufgereiht in den Regalen standen. Er lächelte ihnen entgegen. »Sind Sie sich einig gewor …?«, setzte er an, wurde dann aber von einem heftigen Nieser unterbrochen. »Entschuldigung«, sagte er verlegen und zog ein Taschentuch hervor, um sich zu schnäuzen.

Prüfend sah Anne ihn an. »Fritz?«, fragte sie. »Ist alles in Ordnung? Deine Augen sind ganz glasig.«

»Offen gestanden, nein«, gab er zu. »Ich hätte nicht hinaus in die Kälte gehen dürfen. Mir war vorhin schon so komisch.«

»Du hast eine Erkältung«, rief Anne. »Kein Wunder, nachdem du die halbe Nacht draußen gelegen hast.«

»Vermutlich«, sagte Fritz.

»Dann schlage ich vor, Sie gehen schnell nach Hause und kurieren sich aus«, sagte Anton. »Das trifft sich gut, denn ich würde Fräulein Dunst ohnehin gerne persönlich in die Geheimnisse der Bonbonkocherei einführen. Im Gegensatz zu

Ihnen ist sie ja keine Zuckerbäckerin und bedarf einer ausführlicheren Einweisung.«

»Sicher«, stimmte Fritz zu, und seine Wangen röteten sich etwas, Anne vermutete, dass er verlegen war, weil sich die Aufmerksamkeit Antons so direkt auf ihn richtete. Er wich dessen Blick auch aus, aber das kannte sie schon von ihm. Fritz konnte niemandem in die Augen sehen, den er nicht sehr gut kannte.

»Ich mache meine Einführungen immer allein mit dem jeweiligen Arbeiter«, sagte Anton, und es klang, als wolle er sich verteidigen. »Die Bonbonkocherei ist Kunst und bedarf höchster Konzentration. Im Miteinander mit meinen Arbeitern entstehen auch oft neue Ideen. Mit Lotte habe ich zum Beispiel diesen Bonbon kreiert.« Er deutete auf ein Glas, in dem rot-orangene Bonbons leuchteten, und auf einmal fuhr Anne ein Stich in den Magen bei dem Gedanken, dass Herr Leyen und die schöne Lotte diese Süßigkeit gemeinsam erfunden hatten. Sei nicht albern, schalt sie sich.

»Ich schlage vor«, sagte Anton unterdessen zu Fritz, »dass ich Ihre Schwester in zwei Stunden nach Hause bringe, länger brauchen wir nicht. Allein will ich sie nicht durch die Nacht gehen lassen, und Ihnen in Ihrem Zustand will ich einen erneuten Spaziergang nicht zumuten.«

Es klang beinahe entschuldigend, und Anne sah den Direktor verwundert an. Er konnte doch nichts dafür, dass Fritz sich erkältet hatte? Dann wandte sie den Blick zu ihrem Bruder und bemerkte, dass dieser sich, wie sie es bereits vermutet hatte, bei dem Gedanken, Anne mit Herrn Leyen allein zu lassen, nicht ganz wohlfühlte. Wahrscheinlich überlegte er, wie ihr Vater in dieser Situation reagiert hätte. Doch ganz offensichtlich wollte er dem Fabrikdirektor nichts entgegensetzen und warf Anne einen fragenden Blick zu. Als sie fast schon ungeduldig nickte, sagte er: »Gut, dann erwarte ich meine Schwester gegen neun Uhr zu Hause.«

Als sich die Tür hinter ihm geschlossen hatte, blickten Anton und Anne sich an.

Er lächelte. »Als Erstes bereiten wir den Bonbonteig vor«, sagte er. »Das können Sie ja schon. Lassen Sie mich Ihnen dabei zusehen. Dann kann ich sehen, ob Sie an irgendeiner Stelle noch optimieren können.«

Anne war ein wenig nervös bei dem Gedanken, dass er nun jeden ihrer Handgriffe beobachten würde, versuchte aber, sich nichts anmerken zu lassen. Sie suchte sich die Zutaten zusammen, die in den großen Regalen an den Wänden standen, entzündete mit geschickten Händen das Feuer, gab Wasser und Zucker in den riesigen Topf und kontrollierte die Temperatur, während sie rührte.

»Man könnte meinen, Sie machen das schon Ihr Leben lang«, sagte Anton, der an dem großen Tisch in der Mitte des Raumes lehnte und ihr wach und interessiert dabei zusah, wie sie ihre Arbeit verrichtete.

»Wissen Sie eigentlich, dass es Bonbons schon seit über tausend Jahren gibt?«

Überrascht sah sie ihn an. »So lange?«, staunte sie.

Er nickte, offenbar zufrieden mit ihrer Reaktion. »So lange«, bestätigte er. »Ursprünglich kommen die Bonbons aus Arabien.«

»Wie die Märchen aus Tausendundeiner Nacht«, entfuhr

es Anne. »Das passt.« Wie so oft wurde sie unter seinem eindringlichen Blick nervös und fuhr fort: »Also, ich meine, es passt, weil ich finde, dass Ihre Bonbonfabrik irgendwie ist wie im Märchen. Weil Sie doch auch sagen, hier werden Träume wahr.«

Sein Blick war dunkler geworden, er stieß sich von der Tischkante ab, kam einen Schritt näher. Annes Herz raste. »Noch sind nicht alle meine Träume wahr geworden«, sagte er leise und legte seine Hand auf die ihre, während sie die Zuckermasse im Topf rührte. »Nicht vergessen. Rühren, rühren, immer weiter rühren.« Seine Stimme klang so dicht an ihrem Ohr, dass ihr schwindelig wurde.

»Rühren«, stammelte sie. »Ja, natürlich.«

So unvermittelt, wie er hinter sie getreten war, entfernte er sich wieder, um sich erneut gegen die Tischplatte zu lehnen und zu erklären: »Es war um siebenhundert, als die Perser Bonbons aus Fruchtsaft und Zucker kochten – im Auftrag der arabischen Fürstenhäuser. Da passt Tausendundeine Nacht natürlich recht gut.«

»Ja«, sagte Anne, um Worte verlegen, und ergänzte dann hastig: »Die Araber waren ja ganz schön erfinderisch. Erst denken sie sich Tausendundeine Nacht aus, dann Bonbons …«

Er lachte. »Da haben Sie recht. Und dass sie sich die Bonbons ausdachten, hängt mit einer weiteren Entdeckung zusammen: Die Perser waren es nämlich, die herausfanden, wie man aus Zuckerrohrsaft Zucker machen kann. Daraus wurden dann die Bonbons. Sie nannten sie Fanid Chsai.«

»Fanid Chsai«, sagte sie verträumt. »Das klingt bereits wie ein Märchen.«

Sie wandte sich um und fing seinen Blick auf, der so innig war, dass sie erneut verlegen wurde und hastig wieder fortsah. Sie räusperte sich und fragte dann: »Wie ging es weiter? Mit den Bonbons.«

»Nun«, sagte er, »lange Zeit waren sie den Reichen vorbehalten. Ganz einfach deshalb, weil Zucker so unfassbar teuer ist.«

»Und warum heißt es *Bonbon?*«, wollte Anne wissen. »Das ist ja immerhin ein sehr drolliger Name.«

»Angeblich hängt das mit dem französischen König Henri IV. zusammen«, erklärte Anton bereitwillig. »Der liebte Bonbons über alles, und als er heiratete, versorgte er seine Gäste großzügig damit. Es waren auch zahlreiche Kinder dabei, und die riefen wohl begeistert: *Bon! Bon!*, das heißt auf Französisch: *Gut! Gut!*«

Anne nickte, und es war ihr auf einmal peinlich, dass sie kein Französisch konnte. So liebevoll ihr Vater auch gewesen war: Ihre Bildung hatte ihm nicht besonders am Herzen gelegen. Wie ihre Mutter und ihre Großmutter war er der Ansicht gewesen, dass die Aufgabe einer Frau war, sich gut um ihren Mann zu kümmern. Aber wie romantisch, an seiner Hochzeit Bonbons zu verteilen! Und was für eine reizende Geschichte!

»Wie hieß denn seine Frau?«, erkundigte sich Anne fasziniert.

»Das weiß ich gar nicht«, sagte er, und es klang beinahe schuldbewusst. »Aber wir können es gemeinsam herausfinden. Ich habe eine große Bibliothek. Sie schließt sich direkt an mein Wohnzimmer an, das Sie ja schon kennen.«

»Das … würde nur in Begleitung meines Bruders gehen«, sagte Anne verlegen.

Er lachte. »Nun, Frau Schnakenwinkel ist auch noch da. Meine Schwester und meine Mutter auch. Die finden Sie übrigens ganz reizend und würden Sie gerne einmal näher kennenlernen.«

»Ich sie auch«, sagte Anne. »Und trotzdem …«

»Natürlich«, unterbrach er rasch. »Ich hatte auch nicht die Absicht …« Mit einem Mal schien auch er verlegen, und Anne fragte hastig, um sie beide aus der etwas peinlichen Situation zu erlösen: »Und wann fing es an, dass das Bonbon auch für die unteren Bevölkerungsschichten erschwinglich wurde?«

»Als der Zucker industriell angebaut und hergestellt wurde«, erklärte er. »Aber das erzähle ich Ihnen ein andermal, denn jetzt …«

»Müssen Sie mir helfen, den Kessel herunterzuheben«, fiel Anne ihm ins Wort.

»Genau.«

Er eilte ihr zur Seite, doch als er den Kessel gerade anheben wollte, fragte sie: »Was würde passieren, wenn wir die Masse noch etwas länger erhitzen und weiterkochen lassen würden?«

Überrascht sah er sie an. »Sie würde verbrennen«, sagte er.

»Verbranntes ist schwarz«, sinnierte Anne. »Die Masse, wie wir sie auf den Kühltisch gießen, ist weiß. Dazwischen müssten noch ganz viele verschiedene Brauntöne liegen. Und die schmecken doch sicherlich nicht verbrannt.«

Er lächelte. »Sie haben recht. Zunächst würde der Zucker karamellisieren«, sagte er.

»Das klingt schon wieder so märchenhaft. Können wir es ausprobieren?« Bittend sah sie ihn an.

Er lachte. »Ihnen kann ich nichts abschlagen.«

Dicht standen sie nebeneinander und beobachteten, wie sich die Masse im Topf hellbraun verfärbte und ein köstlicher Geruch durch den Raum zog.

»Das geht ja enorm schnell«, sagte Anne. »Wenn wir nicht aufpassen, ist es wirklich verbrannt.«

»Dann nichts wie auf den Kühltisch damit.«

Anton packte den Topf, und sie kippten die Masse gemeinsam auf den Tisch, wo sie erkaltete und fest wurde.

»Oje«, sagte Anne, »nun habe ich Ihnen Ihre Lehrstunde durcheinandergebracht mit meinen verrückten Ideen.«

Doch er sah sie beinahe zärtlich an. »Mein Kopf, mein liebes Fräulein Dunst«, sagte er, »ist ständig voller verrückter Ideen, und ich bin entzückt, dass es jemanden gibt, dem das auch so geht.«

Er brach ein Stück der braunen, hart gewordenen Masse ab. »Schließen Sie die Augen«, sagte er.

Anne tat, wie ihr geheißen.

»Mund auf.«

Sie gehorchte.

»Und nun schmecken Sie einfach nur.«

Sie spürte, dass er ihr etwas in den Mund schob, eine intime Geste, die unbändiges Herzklopfen in ihr auslöste.

Und dann schmeckte sie. Schmeckte eine Süße, die zugleich etwas Herbes hatte, was sie umso köstlicher machte. Der Geschmack breitete sich in ihrem Mund aus und schien sie von innen zu wärmen.

Er erzeugte in ihr Bilder von gemütlichen Kaminfeuern, von rotem Herbstlaub und Kastanien. Dieser Geschmack fühlte sich heimelig an und zugleich ungemein aufregend. Sie öffnete die Augen und sah, dass Anton dicht vor ihr stand und sie genau beobachtete.

»Na?«, fragte er. »Das schmeckt doch fabelhaft, nicht wahr?«

»Ja«, sagte Anne nachdenklich. »Dieser Geschmack ist wirklich ganz besonders.«

»Das Wort Karamell«, sagte er, »kommt aus dem Spanischen und bedeutet: gebrannter Zucker. Und es hat genau die Farbe Ihrer Augen.« Und dann beugte er sich vor, um sie zu küssen.

Kapitel 14

Werther, Oktober 1909

»Dieser Geschmack, Fritz, du kannst es dir nicht vorstellen. Ich habe nie etwas Köstlicheres gegessen«, rief Anne, als sie am kommenden Vormittag an der Seite ihres Bruders den kurzen Weg zur Zuckerwarenfabrik ging. Es war ein herrlicher Morgen, der einen noch viel schöneren Spätherbsttag versprach.

»Hm«, machte Fritz nur.

Anne blieb stehen und sah ihn an. »Was ist nur los mit dir?«, fragte sie. »Du warst schon gestern Abend so einsilbig. Macht dir deine Erkältung noch zu schaffen? Möchtest du lieber nach Hause gehen und dich erholen?«

»In der Tat habe ich schreckliche Halsschmerzen«, gestand Fritz. »Aber ich will nicht gleich am ersten Tag fehlen. Und etwas anderes treibt mich noch viel mehr um. Es passt mir einfach nicht, dass der Herr Direktor gleich mit dir allein sein musste. Das schickt sich nicht, Anne, und das weißt du ebenso gut wie ich.«

Anne spürte, dass sie errötete, und war froh, dass Fritz

sie in diesem Moment nicht ansah, sondern weiter auf seine Schuhspitzen starrte, wie er das immer tat, wenn er bockig war. Hätte ihr Bruder sie in diesem Moment angesehen, er hätte ihre Gefühle sicherlich in ihrem Gesicht ablesen können. Antons Kuss war wundervoll gewesen – und sie hatte die ganze Nacht nicht schlafen können. Wieder und wieder war sie aufgewacht, hatte seine Lippen auf den ihren gespürt, seine Hand in ihrem Haar und den Geschmack von Karamell auf ihren Lippen. Ja, der Geschmack von Karamell würde sie wohl für alle Zeiten an seine Küsse erinnern. Nur waren seine Küsse weich, zart und leidenschaftlich. Nicht so hart wie das Karamell. Wie es wohl wäre, überlegte sie, ein Bonbon zu erfinden, das so schmeckte wie seine Küsse, aber ebenso weich und sanft war?

»Herr Leyen ist eben unkonventionell«, sagte sie nun zu ihrem Bruder. »Und er hat ja erklärt, dass er das mit jedem Arbeiter so macht. Mit Lotte hat er schließlich diese orangefarbenen Bonbons kreiert.« Wieder verspürte sie einen Stich, wenn sie daran dachte. Ob er ihr auch beim Rühren geholfen hatte? »Und außerdem haben wir wirklich gearbeitet, sonst hätten wir ja kaum dieses Karamell herstellen können.«

»Vielleicht wurde die Masse auch deshalb zu Karamell, weil ihr sie zu lang erhitzt habt, während ihr mit etwas anderem beschäftigt wart.« Misstrauisch sah er sie an.

»Ja, das waren wir«, sagte Anne, nun ebenfalls bockig, während sie versuchte, ihr Herz zu beruhigen, das bei der Erinnerung daran, wie er sich hinter sie gestellt und mit ihr gemeinsam gerührt hatte, aus dem Leib zu springen drohte.

»Herr Leyen hat mir nämlich die Geschichte des Bonbons erzählt«, sagte sie nun.

»So, hat er das?« Fritz schien ihr nicht zu glauben, was Anne wütend machte. »Sollen wir jetzt schon wieder streiten?«, fragte sie. »Wo wir unsere letzte Auseinandersetzung doch gerade erst beigelegt haben. Und außerdem hat dir das Bonbon, das ich dir gestern mitgebracht habe, doch auch geschmeckt – zumindest als Grundlage.«

Da endlich sah er auf und schenkte ihr ein Lächeln. »Du hast recht. Lass uns nicht streiten. Und ja, das Karamell war köstlich. Wenn auch viel zu hart.«

»Wenn jemand weiß, wie man es weicher bekommt, dann bist du es«, platzte sie heraus und hätte sich gleich darauf am liebsten auf die Zunge gebissen. *Sie* hatte dieses weiche Karamellbonbon doch erfinden wollen – und jetzt servierte sie ihm diese Idee auf dem Silbertablett! Andererseits: Fritz würde ihr sicher besonders gut helfen können, ein geeignetes Bonbon zu kreieren.

Jetzt blieb er stehen und lächelte.

»Du hast völlig recht«, sagte er. »Stell dir diesen Geschmack mal in den Streuselbonbons vor.«

»Ja«, bestätigte sie eifrig. »Genau in dieser Konsistenz.«

Er schüttelte den Kopf. »Vielleicht nicht ganz so bröselig. Sondern … zartschmelzend!«

Zartschmelzend! Sie musste schon wieder an ihre Küsse denken und sah es vor ihrem inneren Auge ganz genau: ein Bonbon, aus dem eine zartbraune weiche Masse floss, die die Farbe dieses wunderbaren Herbstlaubes hatte.

»Denkst du, Herr Leyen würde uns erlauben, nach Feierabend ein wenig zu experimentieren?«, fragte Fritz. »Wir können das natürlich auch zu Hause machen, aber in der Fabrik stehen uns ganz andere Instrumente zur Verfügung.«

Sofort bekam Anne wieder Herzklopfen. Ganz unverhofft bot ihr Bruder ihr eine Möglichkeit, auch nach Feierabend noch in Antons Nähe zu sein. »Ich denke schon, dass wir ihn fragen könnten«, murmelte sie, während sie sich insgeheim bei dem Gedanken ertappte, dass Anton Leyen dann und wann vielleicht bei ihnen vorbeischauen würde.

• • •

Früh am Morgen klopfte Anton an Käthes Zimmertür.

Sie öffnete, noch in ihrem unfassbar eleganten Nachtgewand und dem passenden Bademantel, und sah ihn verwundert an. »Anton!«, sagte sie erstaunt. »Geht es dir nicht gut?«

»Doch«, sagte er und hätte am liebsten wieder kehrtgemacht. So leidenschaftlich und impulsiv er auch hinsichtlich seiner Bonbons war – was die Liebe anging, trug Anton Leyen sein Herz sonst nicht auf der Zunge. Aber nun war ihm jenes Herz eben derart übervoll, dass er das Gefühl hatte zu platzen, wenn er nicht mit irgendjemandem reden konnte. Er hatte all seinen Mut zusammengenommen, um zu Käthe zu gehen und sich ihr anzuvertrauen – doch durch ihre erstaunte Begrüßung verließ ihn der Mut wieder, und er hatte das Gefühl, dass er störte.

»Nein«, sagte er daher hastig. »Ich meine, doch. Mir geht es gut. Ich wollte nur fragen, ob du mit mir frühstücken möchtest.«

»Anton!« Sie sah ihn auf ihre unfassbar unnachahmliche Weise streng an. »Wir frühstücken, seit wir auf der Welt sind, jeden Morgen miteinander.«

»Ja, das … natürlich«, stammelte er und fuhr sich verlegen durchs Haar.

»Komm rein.« Kurz entschlossen packte sie ihn am Handgelenk und zog ihn zu sich ins Zimmer. »Was ist wirklich los?«

Seufzend ließ er sich auf dem mit hellem Chintz bezogenen Sofa nieder, das ihrem Bett gegenüberstand. Nun sag es einfach, befahl er sich, und dann stieß er auch schon hervor:

»Ich habe mich verliebt, Schwesterchen. So richtig, richtig, richtig.«

»Oh.« Sie setzte sich auf die Bettkante und strahlte ihn an. »Das ist ja wunderbar. Ich dachte, ich bekomme nie eine Schwägerin. Zumal unsere Lotte ja seit Jahren vergeblich nach dir schmachtet.«

»Ach, Lotte«, winkte er ab und stieß dann hervor: »Es ist Anne. Anne Dunst.«

»Ich wusste es, bevor du es mir gesagt hast«, behauptete sie. »Und ich freue mich für dich. Sie ist wirklich entzückend. So … besonders.«

Er nickte. »Ja. Ja, das ist sie. Ich habe sie sogar geküsst!«

»Du hast sie geküsst?«, rief sie. »Wann?«

»Gestern Abend. In der Bonbonküche. Ach, Käthe, sie ist einfach wunderbar.«

»Dann hast du ernste Absichten?«

Er nickte. »Ja, aber sie ist noch nicht mal einundzwanzig.«

»Spielt das eine Rolle?«

»Nun, bis dahin hat ihr Bruder noch viel mehr zu sagen, und mit ihm werde ich, wie du weißt, irgendwie nicht warm.«

»Das sollte dich nicht abhalten, wenn du deiner Gefühle sicher bist.«

»Aber er hat gerade erst seine Genehmigung erteilt, dass sie bei uns arbeitet«, sagte er. »Ich habe Angst, dass er diese Genehmigung dann widerruft, wenn er … durchschaut, wie es um uns steht. Ich kann ihn so schwer einschätzen.«

»Da könntest du recht haben«, sagte Käthe nachdenklich. »Was willst du also tun?«

Er zuckte die Achseln. »Ich habe das Gefühl, dass ich alles erst einmal ordnen muss. Angefangen mit meinem Büro. Und herausfinden, wer hinter dem Überfall steckt. Und Mutter und dich einarbeiten. Ich will ihr geordnete Verhältnisse bieten.«

»Dann willst du deine Gefühle für Anne also geheim halten?«, vergewisserte sie sich.

Er zuckte die Achseln. »Ich weiß nicht, was ich tun soll«, gestand er. Dann sah er sie bittend an. »Kannst du mir das nicht sagen?«

»Du bist selbst groß«, erwiderte sie schmunzelnd. »Aber einen Rat habe ich in der Tat für dich. Anne solltest du nicht im Unklaren lassen. Zeige ihr, was dir euer Kuss bedeutet hat. Sonst denkt sie noch, sie sei dir nicht wichtig.«

Anton nickte. »In Ordnung«, sagte er. »Das will ich tun. Und deshalb reicht es heute auch nur für ein sehr schnelles Frühstück. Ich will sie nämlich unbedingt sehen, wenn sie gleich zur Arbeit kommt.«

Eine halbe Stunde später eilte er die Treppen hinunter – mit seinen Gedanken und Gefühlen bei Anne. Wie sie ihn gestern Abend angesehen hatte, nachdem sie das angebrannte Bonbon probiert hatte! Und wie weich ihre Lippen gewesen waren. Wie sie sich an ihn geschmiegt hatte, als er sanft eine Hand auf ihren Rücken gelegt und sie zu sich gezogen hatte. Er hatte all seine Beherrschung aufbringen müssen, sich von ihr zu lösen und es bei dem einen, vorsichtigen Kuss zu belassen. Weder wollte er sie in Verlegenheit bringen noch ihre Unschuld gefährden. Aber noch nie im Leben war ihm etwas so schwergefallen.

Als sich nun die schwere Eingangstür öffnete, beschleunigte sich sein Herzschlag. Und tatsächlich, es waren die Geschwister Dunst, die aus dem kalten Herbstmorgen hereintraten.

Als habe sie seinen Blick gespürt, wandte Anne in diesem Moment den Kopf und sah ihn an. Sie lächelte, und Anton eilte die Treppe hinunter.

»Guten Morgen«, sagte er. »Und willkommen an Ihrem ersten offiziellen Arbeitstag.«

»Danke.«

Für einen kurzen Moment verhakten sich ihre Blicke ineinander. Da ertönte ein Räuspern neben ihnen. Annes Bruder brachte sich in Erinnerung.

»Herr Leyen«, sagte er, und Anton bemerkte, dass es diesem jungen Mann wieder einmal nicht gelang, ihm in die Augen zu sehen. Stattdessen fixierte er einen Punkt hinter seinem rechten Ohr. »Meine Schwester hat mir gestern etwas von dem entstandenen Karamell mitgebracht. Das schmeckt ja wirklich köstlich.«

Anton nickte und schluckte seine Irritation über Fritz herunter. »Ja«, sagte er. »Das tut es.«

Fritz blickte auf seine Schuhspitzen. »Nun, Anne und ich haben uns gefragt … wir sind der Ansicht, dass man daraus etwas ganz Besonderes entwickeln könnte. Und da wollten wir fragen, ob wir in Ihren Räumlichkeiten und mithilfe der Utensilien, die hier in der Fabrik zur Verfügung stehen, ein wenig experimentieren dürften. Außerhalb der Arbeitszeit, versteht sich.«

Bei seinen Worten bildeten sich in Anton zwei gegensätzliche Empfindungen: Begeisterung, dass Anne dann noch länger in seiner Nähe sein würde, und Ärger, dass nicht er selbst mit ihr experimentieren dürfte. Aber ihm war klar, dass er an Fritz Dunst nicht vorbeikam. Und das war ja im Grunde auch richtig so. Daher schenkte er den Geschwistern ein freundliches Lächeln und versprach: »Aber sicher! Ich freue mich, wenn meine Arbeiter Eigeninitiative an den Tag legen. Die Bonbonkocherei steht Ihnen jederzeit zur Verfügung.«

Als Fritz sich bedankt hatte und sich der Tür zuwandte, nutzte Anton die Gelegenheit: Für einen winzigen Moment legte er seine Hand auf Annes Rücken. Sie wandte sich um und sah ihn an. In ihren Augen las er, dass sie bei der zarten Berührung genau das Gleiche empfand wie er.

Kapitel 15

Werther, Oktober 1909

Anne konnte es kaum erwarten, endlich zu beginnen. Am Vorabend war sie noch zu Frau Wulfhorst gegangen, um sie um Sahne und etwas Butter zu bitten, und war erleichtert gewesen, dass die alte Dame beides vorrätig hatte und sie nicht erst selbst noch Butter oder Sahne herstellen musste. Denn auch wenn sie es sich nicht eingestehen wollte: Der Arbeitstag in der Bonbonfabrik war zwar ungemein aufregend – heute hatte sie gelernt, wie man Kissenbonbons herstellte –, aber auch anstrengender, als sie es erwartet hatte!

Sie hatte Fritz nach Feierabend direkt nach Hause geschickt und war selbst von der Fabrik aus für das Abendessen einholen gegangen und hatte das mit dem Besuch bei Frau Wulfhorst verbunden. Anschließend hatte sie kochen müssen, und schließlich, nach dem Essen, das Haus und die Küche aufräumen. Dabei auch noch Butter zu machen wäre zu anstrengend gewesen.

Deshalb hatte sie auch dankend abgelehnt, als Lotte, die Anne unter den zwölf Mitarbeitern der Fabrik nach Hinner am sympathischsten fand, sie heute nach Feierabend zu einem gemeinsamen Spaziergang eingeladen hatte. Sie sehnte sich zwar nach einer Freundin, aber sie wusste einfach nicht, wo sie die Zeit dafür hernehmen sollte.

Das perfekt schmelzende Bonbon hatte jetzt Vorrang.

Gemeinsam mit Fritz hatte sie überlegt, dass sie versuchen wollten, die Masse mit der Zugabe von Butter weich zu halten. Sahne wollten sie zusätzlich verwenden, um feinere Nuancen an Weichheit zu erreichen und mehr mit der Konsistenz spielen zu können.

Am nächsten Tag brachte Anne Sahne und Butter mit zur Arbeit und bat Anton, diese Frau Schnakenwinkel zur Kühlung zu überlassen. Sie hatte gehofft, ihm die Zutaten allein übergeben zu können und dadurch vielleicht die Gelegenheit für ein persönliches Wort zu haben, doch ihr Bruder klebte wie eine Klette an ihr. Anne hatte das Gefühl, dass er ahnte, was zwischen Anton und ihr vorging, und fand, sie beschützen zu müssen.

»Sie müssen doch nicht Ihre eigenen Zutaten mitbringen!«, rief der Fabrikdirektor überrascht aus. »Wenn Sie ein gutes Bonbon erfinden, habe ich ja auch etwas davon.«

»Oh«, machte Anne überrumpelt. »Das ist sehr freundlich von Ihnen, Herr Leyen.«

Er schüttelte mit der für ihn so typischen und stets etwas zu heftigen Bewegung den Kopf: »Aber nein«, rief er. »Es ist sehr großzügig, dass Sie außerhalb der normalen Arbeitszeit noch kommen, um zu experimentieren, Ihre Fähigkeiten zu verfeinern und etwas ganz Besonderes zu kreieren. Eigentlich würde ich Sie das ja gerne tagsüber machen lassen, aber ich brauche Sie beide zu dringend für das Alltagsgeschäft. Wenn ich Sie so kurz, nachdem ich Sie dazugewonnen habe, schon wieder anderweitig verplane, dann kommen wir mit der eigentlichen Produktion nicht hinterher.«

»Eines Tages werden Sie noch so groß wie Stollwerck«, prophezeite ihm Anne lächelnd. »Dann werden Sie keine Probleme mehr haben, Mitarbeiter zu finden.«

Doch er winkte ab. »Dazu hätte mein Vater auch Bonbonkocher sein müssen. Das, was die Brüder Stollwerck heute leiten, wurde ja schon in der letzten Generation von ihrem Vater Franz Stollwerck gegründet. Wobei«, sagte er und lächelte nachdenklich, »eigentlich hat sein Unternehmen schon unter seiner Leitung eine beeindruckende Größe erreicht. Wussten Sie, dass er bereits Mitte des letzten Jahrhunderts in ganz Deutschland Niederlassungen hatte – und Ende des letzten Jahrhunderts rund tausend Vertretungen in ganz Europa? Es gibt sogar Niederlassungen in Moskau und New York.« Seine Augen leuchteten, als er fortfuhr: »Er verkauft seine Bonbons in Konditoreien, Restaurants, in Theatern …«

»Und in Apotheken«, ergänzte Anne.

Aus dem Augenwinkel sah sie, dass ihr Bruder in der Bonbonkocherei verschwand.

Anton Leyen hatte es ebenfalls bemerkt, und sofort veränderten sich der Ausdruck in seinem Gesicht und der Klang seiner Stimme. »Du bist wunderschön.« In diesem Moment kam Lotte zur Eingangstür herein, und Anne bemerkte, dass sie ihnen einen lauernden Blick zuwarf. Daher sagte sie laut und betont sachlich: »Wenn man in Köln aufwächst, dann kommt man an Franz Stollwerck und seinem Imperium nicht vorbei. Manchmal durfte ich mit Mutter sogar ins Deutsche Kaffeehaus, selbstverständlich nur ins Damenzimmer.«

Und plötzlich hatte sie eine Idee: »Stollwerck war ja auch Zuckerbäcker, so wie Sie und mein Bruder. Wollen Sie nicht auch ein Café eröffnen?«

Verblüfft sah er Anne an. »Sie haben Ideen«, schmunzelte er.

»Nun ja«, sagte Anne, der ihr Vorstoß inzwischen etwas unangenehm war. Doch er lachte sie nur weiterhin freundlich an und sagte dann: »Im Grunde ist Ihre Idee hervorragend, nur weiß ich nicht, wer das Café führen und wer dort verkaufen, geschweige denn wer die dafür benötigten Kuchen backen soll. Außerdem gibt es ja schon einige Bäckereien mit Café und auch Restaurationen in der Stadt.«

»Verstehe«, sagte Anne, immer noch leicht verlegen, und lächelte ihm zu. »Dann fange ich jetzt mal mit meiner Arbeit an, damit wir den Bonbon-Lieferengpass beheben können.« Sie nickte Lotte, die sich immer noch in ihrer Nähe herumdrückte, zu, sagte: »Kommst du, Lotte?«, und verschwand mit ihr in der Bonbonkocherei. Wie schade, dass sie nur die Gelegenheit für so wenige geflüsterte persönliche Worte gehabt hatten! Und wie kostbar dieser kurze gestohlene Moment gewesen war!

Anton blickte Anne nachdenklich nach. Ihre Idee hatte Charme, das musste er ihr lassen. Dann lachte er leise auf und stieg die Treppe wieder nach oben. »Vielleicht werden Sie einmal so berühmt wie Franz Stollwerck«, hatte sie gesagt. Den Namen Franz Stollwerck würde man in dreißig

Jahren immer noch kennen. Dann wäre dessen Firmengründung hundert Jahre her. Aber ob man in hundert Jahren noch etwas von Anton Leyen wissen würde? Er überlegte kurz. Das wäre im Jahre 2003. Ein merkwürdiger Gedanke, die Jahreszahl mit einer Zwei zu beginnen. Nein, von Anton Leyen würden sicherlich nur seine Nachfahren sprechen, wenn es denn welche geben würde!

Aber die Idee mit dem Café war trotzdem charmant. Außerdem war er wirklich gespannt, was die Geschwister Dunst heute Abend aus Butter, Sahne und angeröstetem Zucker zaubern würden.

• • •

»Wir nehmen nicht den großen Kessel«, beschied Fritz seine Schwester, als die anderen Arbeiter endlich alle nach Hause gegangen waren. »Wir müssen erst einmal herausfinden, wie sich die Rohstoffe zueinander verhalten, und dazu genügen kleinere Mengen. Da eignet sich dann ein kleinerer Topf oder noch besser eine Pfanne viel besser.«

Sie nickte und sah ihrem Bruder zu, wie er das benötigte Kochgeschirr zurechtstellte, als sich die Tür öffnete und Anton Leyen hereinkam. In der Hand hielt er den Krug mit der Sahne und das Butterfass. »Ich dachte mir, das brauchen Sie vielleicht«, sagte er und stellte beides vor Fritz auf den Tisch.

»Danke.« Anne strahlte ihn an.

»Außerdem wollte ich Sie beide herzlich zum Abendessen einladen. Da Sie für mich an den Bonbons experimentieren und außerdem sogar Ihre eigenen Zutaten mitbringen, haben Sie sich das mehr als verdient.«

»Sehr gern!«, platzte Anne heraus, was ihr einen tadelnden Blick von Fritz einbrachte. Er hatte recht: Sie hätte ihn zumindest um seine Meinung fragen können. Aber tatsächlich hatte sie der Gedanke daran, nachher auch noch kochen zu müssen, sehr belastet. Und außerdem freute sie sich natürlich über jede Minute, die sie in Antons Gesellschaft verbringen konnte.

»Dann ist es also abgemacht«, freute sich Anton. »Passt Ihnen acht Uhr?«

»Wunderbar«, strahlte Anne. »Vielleicht können wir Ihnen dann zum Nachtisch schon etwas präsentieren.«

Innerlich wappnete Anne sich für eine Standpauke, doch als Anton Leyen die Tür von außen wieder geschlossen hatte, sagte Fritz nichts, sondern wog mit konzentrierter Miene Zucker ab und gab ihn mit etwas Wasser in die Pfanne. Anne runzelte die Stirn. »Willst du den Zucker nicht in Butter anrösten?«, fragte sie, doch er schüttelte den Kopf, während er konzentriert rührte. »Nein«, sagte er. »Der Zucker muss sich zuerst auflösen. Flüssig werden.«

»Ach so«, murmelte sie.

»Ich habe nun hundert Gramm Zucker genommen«, sagte er. »Bitte miss schon einmal sechzig Gramm Sahne ab und vielleicht …«, er überlegte kurz, »… ich denke, vierzig Gramm Butter müssten passen. Oder nein, das ist zu viel. Wir fangen mit dreißig an, dann können wir immer noch mehr dazugeben.«

Sie nickte, goss die Sahne in einen Messbecher und wog die Butter ab.

»Danke.« Er lächelte ihr zu. »Es ist wichtig, dass wir nachher alles bereitstehen haben. Wenn der Zucker braun wird, muss es ganz schnell gehen.«

Wieder nickte sie, während Fritz die Flamme entzündete und die Pfanne daraufschob. Es juckte sie in den Fingern. Sie wollte nicht einfach nur danebenstehen! Ja, Fritz war der Konditor und sie nur eine blutige Anfängerin. Aber hatte sie nicht das Streuselbonbon erfunden?

»Lass mich!«, bat sie ihn und griff nach dem Spatel.

»Aber …«, protestierte Fritz.

»Bitte!« Flehend sah sie ihn an.

Er seufzte. »Also gut. Wenn du so dreinblickst, kann ich dir ohnehin nichts abschlagen, und das weißt du genau. Du darfst aber noch nicht umrühren.«

Sie nickte eifrig. »In Ordnung.«

Fasziniert starrte sie auf die feinen Zuckerkörner, die den Boden des Topfes bedeckten. »Es tut sich nichts«, sagte sie enttäuscht. Ob sie doch etwas falsch machte?

Doch Fritz lächelte nur. »Weißt du, was das Wichtigste war, das ich in meiner Ausbildung gelernt habe?«

»Ja«, murrte sie. »Der Arbeitsplatz muss sauber sein.«

Fritz schüttelte den Kopf, und sie dachte, dass sie ihn schon lang nicht mehr so gelöst, glücklich und … selbstsicher erlebt hatte wie in diesem Moment. »Das ist nur das Zweitwichtigste«, sagte er. »Das Wichtigste ist, dass man den Dingen Zeit gibt. Zeit und Liebe. Das schmeckt man am Ende.«

Anne hatte keine Gelegenheit zu antworten, denn in der Pfanne tat sich etwas. »Da«, rief sie. »Der Zucker wird flüssig.«

»Und auch schon ein bisschen braun«, erwiderte er gleich darauf.

»Soll ich umrühren?«, fragte sie aufgeregt.

»Ja«, sagte er. »Unbedingt. Bis die Kristalle vollständig gelöst sind, musst du rühren, da verbleibende Kristalle als Kristallisationskeim wirken könnten. Dann würde der Zucker im Prozess wieder kristallisieren, und wir würden kein glattes Bonbon erhalten.«

Während sie rührte, beobachtete Anne, wie der aufgelöste Zucker nun dicke Blasen bildete.

»Das haben wir gleich.« Seelenruhig griff er nach unten, um die Flamme etwas niedriger zu stellen. Der Zucker im Topf hatte eine goldene Farbe angenommen.

»Jetzt kannst du die Butter dazugeben«, sagte er, und seine Stimme war dabei so leise, dass sie ihn kaum hörte. Als fürchte er, sein Werk durch eine laute Stimme zu zerstören. Unwillkürlich senkte sie ebenfalls die Stimme, als sie fragte: »Die ganze Butter?«

»Ja«, erwiderte er. »Und dann warten wir, bis sie geschmolzen ist.«

Fasziniert sah Anne zu, wie das Fett der Butter zwischen die bernsteinfarbene Zuckermasse floss. »Und nun gleich die Sahne«, wies Fritz sie an. »Und rühren.«

Sie tat, wie ihr geheißen. »Es bilden sich lauter Klumpen«, sagte sie und fürchtete schon, dass ihr Experiment gescheitert war, doch Fritz blieb ruhig. »Das ist ganz normal«, versicherte er. »Einfach weiterrühren. Durch die »Kälte« der Butter und Sahne wird die Zuckerschmelze kurzzeitig fester, was sich wie Klumpen anfühlt. Das vertut sich bei weiterem Erwärmen wieder.«

Und tatsächlich: Während Anne unablässig rührte, lösten sich die Klümpchen nach und nach auf, und unter ihrem Kochlöffel bildete sich im Laufe der Zeit eine bernsteinfarbene, leicht zähflüssige Masse.

»Komm bloß nicht auf die Idee, jetzt zu probieren«, warnte Fritz. »Du würdest dir schrecklich den Mund verbrennen. Das ist kochend heiß und muss erst ein wenig herunterkühlen.«

»Natürlich«, sagte sie, beinah gekränkt. »Das weiß ich doch.« Dann fügte sie hinzu: »Ich hoffe, es dauert nicht zu lange. Es riecht nämlich köstlich.«

»Zehn Minuten sollten ausreichen«, erwiderte er. »Ab damit auf den Kühltisch.« Er griff nach Topflappen, nahm die Pfanne und goss die zähflüssige Masse auf den Tisch. Er nickte. »Es müsste nun durch die Kühlung eine Konsistenz entstehen, die nach wie vor gekaut werden kann.«

»Und wenn wir es richtig fest haben wollen? Wie ein richtiges Bonbon?«, erkundigte sie sich.

»Dann geben wir weniger Sahne dazu. Oder wir kochen es länger. Dann entweicht das Wasser, und die Masse wird beim Abkühlen härter. Aber jetzt geht es ja erst mal nur um den Geschmack.«

Sie nickte. Fünf Minuten später nahm Fritz ein Messer und schnitt die nun etwas festere Masse in kleine Vierecke. Dann nahm er zwei davon in die Hand und reichte seiner Schwester eins davon.

»Auf drei?«, fragte er.

»Auf drei«, bestätigte sie. Dann schlossen die Geschwister die Augen, und Anne begann zu zählen. »Eins.« Sie wartete einen Moment. »Zwei.« Diesmal hielt sie die Spannung nicht mehr aus und stieß ein hastiges »Und drei!« aus, bevor sie sich gleichzeitig ihr Bonbon in den Mund schoben.

Sofort hatte Anne das Gefühl, im Himmel zu sein! Die Masse fühlte sich wunderbar weich in ihrem Mund an und war von einer herben Süße. Einzig das Kauen bereitete ihr etwas Probleme, denn das Bonbon war so zäh, dass sie Mühe hatte, die Kiefer wieder auseinanderzubekommen. Aber der Geschmack war perfekt, die Milde der Butter und die cremige Sahne rundeten den angerösteten Zucker wunderbar ab.

»Ich denke, damit können wir uns bei Anton Leyen sehen lassen«, sagte sie und öffnete die Augen wieder.

Ihr Bruder sah sie nachdenklich an und wirkte nicht ganz so begeistert. »Das können wir«, bestätigte er. »Aber etwas fehlt noch.«

»Etwas fehlt noch?«, fragte sie verblüfft. »Was denn?«

»Etwas, das den herben Geschmack noch betont«, erklärte er, ging zum Regal, holte ein Salzfässchen heraus und streute ein paar Körnchen auf ein weiteres Bonbon-Viereck, das er seiner Schwester dann reichte. »Hier«, sagte er. »Probiere jetzt mal.«

Neugierig biss sie hinein. Es störte etwas, dass das Salz sich nur an der Oberfläche befand und ihre Geschmacksnerven dieses zuerst wahrnahmen, doch als es sich wenig später mit der herben Süße des Bonbons mischte, war es perfekt. Anne strahlte.

Kapitel 16

Werther, Oktober 1909

Anton, Rose und Käthe Leyen waren von der Erfindung des Bonbons ebenso entzückt wie die Geschwister, als sie sich die Süßigkeit zum Nachtisch nach einem köstlichen Abendessen – Bratkartoffeln, Spiegeleier und Spinat – gönnten.

»Das schmeckt fantastisch«, rief Käthe und sah ihren Bruder begeistert an. »Schmeckt es nicht fantastisch, Anton?«

Der nickte bedächtig. »Das tut es«, sagte er. »Dass ich bisher noch nie auf die Idee gekommen bin! Karamellbonbons! Das ist der Geschmack der Zukunft.« Er sah Anne unverwandt an, als er hinzufügte: »Und die Farbe der Zukunft.«

Meinte er damit ihre Augen? Oder ihre Haare? Sie errötete leicht und war froh, dass sich Anton gleich darauf wieder ihrem Bruder zuwandte: »Ich würde zwei Sorten des Karamells in mein Sortiment aufnehmen: einmal diese weichen Kaubonbons und festere Lutschbonbons.«

»Eine gute Idee«, pflichtete Fritz ihm bei, und Anne bemerkte, dass ihr Bruder zum ersten Mal vollkommen unbefangen mit Anton Leyen umging. Wieder dachte sie, dass

Fritz, wenn er in seinem Element war, zu einem ganz anderen Menschen wurde. Viel offener und zugewandter, beinahe leidenschaftlich.

»Sie haben sicher bemerkt, dass ich das Karamell mit etwas Salz bestreut habe. Dass Salz fehlt, fiel mir erst bei der Verkostung auf, deshalb konnte ich es nicht mehr in die Masse hineinrühren. Künftig würde ich das natürlich ändern. Und ich würde gerne noch weiter experimentieren. Das Karamell verändert seinen Geschmack, je nachdem, wie lange es erhitzt wird. Man könnte also auch hier noch variieren.«

Anton nickte.

»Gut«, sagte er. »Ich schlage vor, dass Sie sich noch einige Zeit geben, um das Rezept zu verfeinern und neue Varianten auszuprobieren, bevor wir die Rezeptur niederschreiben – und in Produktion gehen.«

»Sehr gerne.«

Anton hob feierlich sein Glas. »Herzlichen Glückwunsch, liebes Geschwisterpaar Dunst«, sagte er, »zu Ihrem ersten eigenen Bonbon. Ich bin gespannt, was wir noch alles zusammen erleben werden.«

Dabei sah er Anne erneut so eindringlich an, dass deren Herz schon wieder heftig zu klopfen begann. Da sie bemerkte, dass auch ihrem Bruder Antons Blick nicht entgangen war, fragte sie hastig: »Aber können Sie sich die Produktion von zwei neuen Bonbonsorten denn überhaupt erlauben, lieber Herr Leyen? Wo Sie doch schon mit der Produktion Ihrer herkömmlichen Kamellen kaum hinterherkommen?«

»Nun«, Anton strahlte. »Ich habe ja jetzt vier neue Arbeiter.«

»Vier?«, fragte Anne erstaunt.

»Ja.« Er sah sie unverwandt an. »Das Gespräch mit Ihnen hat dazu geführt, dass ich hinsichtlich der Wünsche meiner Schwester, ebenfalls in der Fabrik zu arbeiten, nun, sagen wir, offener geworden bin«, gestand er.

»Ich bin Ihnen zu ewigem Dank verpflichtet«, rief Käthe Anne zu, und die musste lachen.

»Ich werde Ordnung in seinem Büro schaffen. Ich bin ausgebildete Sekretärin«, ließ sie die Gäste wissen. »Morgen fange ich an.«

Na, da haben Sie aber was zu tun, wollte Anne rufen, biss sich aber im letzten Moment auf die Zunge. Das wäre schon sehr respektlos gewesen.

»Und wer ist der vierte Arbeiter?«, fragte Fritz in diesem Moment.

»Meine liebe Mutter«, sagte Anton und deutete auf die zierliche Rose, die freundlich in die Tischrunde lächelte. »Aber ich habe nicht gefragt. Ich habe meinem Sohn einfach gesagt, dass ich nun ebenfalls für ihn arbeiten werde. Ich werde vermutlich erst einmal dabei helfen, die Bonbons zu verpacken.«

»Das ist ja wunderbar«, rief Anne und sah Anton an. »Dann haben Sie jetzt richtig viel frische, hoch motivierte Unterstützung.«

»Die habe ich«, erwiderte er und sah sie wieder so eindringlich an, dass sie erneut den Blick abwandte. Wenn das so weiterging, würden alle am Tisch merken, was gestern zwischen ihnen vorgefallen war.

»Ich habe Herrn Leyen eine Karriere vorausgesagt, wie Herr Stollwerck sie hat«, sagte sie daher ablenkend.

Fritz lachte. »Das könnte klappen, zumal unsere Zutaten köstlicher sind als seine.«

»Nun ja«, widersprach Anne. »Unsere Bonbons in allen Ehren, lieber Fritz, und unser Karamellbonbon natürlich ganz besonders – aber wir konnten uns doch persönlich davon überzeugen, dass Stollwercks Schokolade, Marzipan, Pralinen und Bonbons mehr als nur köstlich sind.«

»Das meine ich auch gar nicht«, erklärte Fritz. »Ich meine viel mehr die Zutaten, mit denen er einst angefangen hat.«

»Ach, seine Brustkamellen«, rief Anne. »Die Oma immer so wunderbar fand?«

»Genau die«, bestätigte Fritz zufrieden. »Neben irländischem und isländischem Moos, Huflattich und Mohnblüten waren darin auch Eibischwurzel, Süßholz, Gänseblümchen und Souchongtee. Und natürlich Wasser und Zucker – das klingt doch alles sehr nach bitterer Medizin.«

»Na, na, Herr Dunst«, sagte Anton, und Anne bemerkte, dass er plötzlich ausgesprochen kühl und distanziert wirkte. »Verraten Sie hier etwa ein Geheimrezept Ihres einstigen Arbeitgebers? Ich hoffe, dass Sie das mit meinen Rezepten einmal anders halten werden.«

Erschrocken sah Anne ihren Bruder an. Wie würde dieser auf den Tadel reagieren? Gleichzeitig machte sich Ärger in ihr breit. Was fiel Anton ein, Fritz so hart anzugehen? Schließlich hatten sie beide doch gerade ein Rezept für ihn erfunden, und jetzt warf er ihm die Weitergabe von Betriebsgeheimnissen vor?

Doch zu ihrer Erleichterung und Überraschung reagierte Fritz völlig souverän: »Keine Sorge, Herr Leyen«, sagte er. »Zum einen weiß ich, was ein Betriebsgeheimnis ist, zum anderen wusste das auch Herr Stollwerck. Er hat seine Rezepturen lange nicht verraten und die Mischungen immer selbst angefertigt. Und gegen all jene, die ihn zu kopieren versuchten, hat er sich erfolgreich gewehrt.«

»Das war auch nicht ganz ernst gemeint«, sagte Anton, offenbar verlegen. »Dennoch würde mich interessieren, woher Sie die Zutaten dann kennen?«

»Erstens kenne ich nur die Zutaten und nicht die genaue Zusammensetzung«, begann er. »Und zweitens wurden diese irgendwann einmal in einem pharmazeutischen Fachblatt veröffentlicht. Die Brustkamellen spielen ja schon lange nicht mehr die Rolle für Stollwerck, die sie einst innehatten, schon gar nicht, seit die Söhne übernommen haben.«

»Stimmt«, sagte Anton. »Wobei ich gestehen muss, dass ich mich in der Unternehmensgeschichte von Stollwerck lange nicht so gut auskenne wie Sie beide.«

»Das liegt nur daran, dass wir aus Köln sind und Fritz dort gearbeitet hat«, beeilte sich Anne zu versichern. »Jedenfalls freuen wir uns sehr, dass Ihnen unser Karamellbonbon so schmeckt«, versuchte sie, das Thema wieder in unverfänglichere Bahnen zu lenken.

»Oh ja«, versicherte Anton und sah ihr in die Augen. »Das tut es. Sehr sogar.«

Kapitel 17

Werther, November 1909

»Fräulein Dunst?«

»Ja?« Anne, die ganz in ihre Arbeit vertieft gewesen war, hob den Kopf, als sie ihren Namen hörte. In der Tür entdeckte sie Käthe, Antons Schwester, die ihr zwar einerseits sehr sympathisch war, andererseits aber stets eine gewisse Scheu in ihr hervorrief, weil sie die Schwester ihres Angebeteten war.

»Ich möchte Sie in einer Sache um Ihren Rat bitten, Fräulein Dunst.«

Anne nickte und wandte sich an die neben ihr stehende Lotte. »Kannst du kurz übernehmen?«, fragte sie und deutete auf den Bonbonstrang in ihren Händen. Sie war gerade im Begriff, ein gestreiftes Bonbon herzustellen, wozu sie verschiedenfarbige Bonbonteige zu langen Würsten formte und diese dann aneinandersetzte.

»Sicher«, sagte Lotte kühl. So freundlich und bemüht Lotte anfangs gewesen war: In der letzten Zeit verhielt sie sich einfach nur noch abweisend und unfreundlich. Ob sie ihr immer noch böse war, dass Anne auf ihre anfänglichen Bemühungen, Freundschaft zu schließen, nicht eingegangen war?

Sie schenkte Lotte noch ein dankbares Lächeln – das diese nicht erwiderte – und eilte dann zu Käthe.

»Was kann ich für Sie tun?«, fragte sie.

Die andere blickte geheimnisvoll drein. »Das verrate ich Ihnen oben im Kontor«, erklärte sie und ließ Anne an der Treppe den Vortritt.

»Danke«, sagte die und ging, etwas verwundert, nach oben.

Dort angekommen, öffnete Käthe die Tür und ließ Anne eintreten. Am Schreibtisch saß Anton und sah ihr entgegen.

»Ich lasse Sie dann mal allein«, verkündete Käthe und zog die Tür von außen zu.

»Anne. Meine Liebste!« Er erhob sich von seinem Schreibtisch und ging ihr entgegen.

Ihr Herz raste, und sie blieb wie angewurzelt stehen. Vollkommen überrumpelt von dieser plötzlichen Nähe, von ihrer so überraschenden Zweisamkeit. Seit ihrem ersten Kuss in der Bonbonkocherei vor einem Monat hatte sich keine Gelegenheit mehr ergeben, mit Anton allein zu sein.

»Anne«, wiederholte er und nahm ihre Hände in die seinen. »Bitte verzeih uns diesen kleinen Schwindel. Aber ich wusste mir keinen Rat, wie es mir sonst gelingen könnte, mit dir allein zu sein.«

Ihr Herzklopfen verstärkte sich.

»Mein Herz gehört dir, seit ich dich das erste Mal gesehen habe«, flüsterte er. »Ich würde dich gerne öfter allein sehen …

Anne, unser Kuss hat mir viel bedeutet. Ich kann nur noch an dich denken. Ich … ich möchte dir gern den Hof machen«, stieß er hervor.

Fassungslos sah sie ihn an. Sosehr sie sich nach genau diesen Worten gesehnt hatte, wirklich zu hoffen gewagt, dass es ihm ebenso ernst war wie ihr, hatte sie nicht.

Zweifel ob ihres Schweigens zeichnete sich auf seinem Gesicht ab. »Anne«, flüsterte er. »Du sagst ja gar nichts.«

»Weil …«, brachte sie mühsam hervor. »Weil ich regelrecht sprachlos bin, ich …«

In diesem Moment klopfte es an der Tür, rasch löste Anton seine Hände aus den ihren und trat einen Schritt zurück.

»Ja, bitte?«

Im nächsten Moment stand Hinner Tombroke im Büro. Er sandte Anne einen überraschten Blick, wandte sich aber gleich darauf wieder an Anton. »Es gibt ein Problem«, sagte er. »Leider.«

»Bitte«, forderte Anton, dem die Verärgerung über die Störung deutlich anzusehen war, Hinner auf. »Sie können offen sprechen.«

Der nickte.

»Ich habe mich gewundert, wo der Zucker bleibt. Die Lieferung hätte längst da sein müssen.«

Anton nickte ungeduldig. »Und?«

»Wir bekommen keinen Zucker mehr«, sagte er. »Unser Lieferant, Herr Balsfrenser, hat alles an einen anderen Großabnehmer gegeben.«

»Wie bitte?«, rief Anton entsetzt und fuhr sich erregt durch das Haar. »Was für ein anderer Großabnehmer? Seit

Bestehen unserer Fabrik beziehen wir unseren Zucker von Bauer Balsfrenser. Wie kann er da alles einem anderen Großabnehmer geben?«

Hinner hob die Schultern. »Das kann ich Ihnen nicht sagen«, erklärte er und fügte dann, etwas kleinlaut, hinzu: »Herr Balsfrenser war auch nicht sehr freundlich. Er schien sogar recht verärgert zu sein.«

»Verärgert?«, rief Anton empört. »Wenn jemand Grund hat, verärgert zu sein, dann bin ich das. Ich fahre sofort zu ihm.«

Mit blitzenden Augen sah er Anne an. »Sie kommen mit!«

»Ich? Aber …«, stammelte Anne perplex. »Aber meine Bonbons …«

»Wir machen das schon«, sagte Hinner und lächelte ihr freundlich zu.

Anton war schon in der Tür. »Worauf warten Sie noch?«, fragte er und klang dabei so barsch, dass Anne zusammenzuckte. Wo war der liebevolle und zärtliche Mann geblieben, der eben noch ihre Hände gehalten und sie gebeten hatte, ihr seine Hand antragen zu dürfen?

Andererseits konnte sie angesichts dieser katastrophalen Nachrichten nur zu gut verstehen, dass er aufgebracht war. Oder fühlte er sich von ihr zurückgewiesen, weil sie nicht reagiert hatte? Aber sie war so überrumpelt gewesen, und …

»Sie sollten ihm wirklich nachgehen«, hörte sie Hinner sagen und zuckte zusammen. Anton war bereits die Treppe hinuntergeeilt und im Begriff, in einen Mantel zu schlüpfen. Ungeduldig sah er ihr entgegen. »Wo bleiben Sie denn?«

»Ich bin schon da«, sagte sie und griff im Gehen nach ihrem Mantel, der neben dem seinen an der Garderobe im Flur zu den Werkshallen hing.

Er hielt ihr die Tür auf, und gemeinsam umrundeten sie das Haus. »Wir nehmen den Wagen«, verkündete er.

»Das Automobil?«, vergewisserte sich Anne erschrocken.

»Ebenjenes«, schoss er zurück.

Anne schluckte. Sie war noch nie mit einem Automobil gefahren! Ihr Vater hatte zwar immer damit geliebäugelt, sich dann aber letztendlich der Meinung ihrer Mutter gebeugt, dass ein Auto zu teuer und zu gefährlich sei und es die gute alte Pferdekutsche doch wirklich auch tue. Zumal es in Köln derart viele Beförderungsmöglichkeiten gab, dass ein Automobil wirklich nicht vonnöten war! Dass Anton Leyen ein Automobil besaß, hatte sie schon an ihrem ersten Tag in der Zuckerwarenfabrik erfahren. Es war unerhört luxuriös, Anne wusste, dass es mindestens fünftausend Mark kostete.

Wieder blieb sie einen Moment stehen. Noch nie war sie einem dieser Gefährte so nah gewesen. Sollte sie wirklich einsteigen? Ungeduldig hielt er ihr die Tür auf, und sie kletterte auf den Sitz, dann sah sie misstrauisch dabei zu, wie Anton eine Kurbel betätigte und das Automobil kurz darauf einen Heidenlärm von sich gab.

»Das ist der neue Deutz-Bugatti Typ 8a von der Firma Deutz und Benz«, schrie er beinahe über den Motorenlärm hinweg, nachdem er neben ihr Platz genommen hatte und das Automobil vom Hof lenkte. »Es kann bis zu hundertzehn Kilometer in der Stunde fahren.«

»Du lieber Himmel«, murmelte Anne, die sich zwar nicht vorstellen konnte, wie schnell sich diese Geschwindigkeit anfühlen musste, aber wenn man zu Fuß etwa sieben Kilometer in einer Stunde schaffte, dann musste es nachgerade halsbrecherisch sein.

»Aber keine Sorge«, fuhr er fort. »Ärgerlicherweise ist es verboten, in Orten und Städten mehr als fünfzehn Kilometer pro Stunde zu fahren. Und die Straßen dazwischen sind in viel zu schlechtem Zustand, um schneller zu fahren.«

Anne wurde aus ihm nicht schlau. Während er Werther in Richtung Südwesten verließ, erzählte er in einem fort von seinem Automobil, wobei Anne sich alle Mühe geben musste, ihn zu verstehen, so sehr sauste der Fahrtwind in ihren Ohren. Dafür erwähnte er aber weder seine Liebeserklärung noch den untreuen Zuckerlieferanten auch nur mit einem Wort. Aber wenn sie ehrlich war, konnte sie sich darüber jetzt ohnehin nicht allzu viele Gedanken machen. Zu sehr war sie von diesem Fahrzeug, ihrer Sorge, ob alles gut gehen würde, und Antons Bewegungen am Steuer eingenommen.

»Da sind wir schon«, sagte er wenig später und steuerte auf einen zwischen zwei Dörfern gelegenen Bauernhof zu. Anne überlegte, was es wohl für einen Eindruck machen würde, dass sie hier mit dem Auto vorfuhren.

Sie stiegen aus, und während sie auf das große Fachwerk-Wohnhaus zusteuerten, sah Anne sich neugierig um. Sie hatte sich nie gefragt, woher Zucker eigentlich kam, aber irgendwie war sie immer von riesigen Fabrikhallen ausgegangen – und nicht von einem doch recht klein wirkenden Bauernhof.

Anton betätigte den Türklopfer, und es dauerte keine Minute, bis geöffnet wurde und eine Bauersfrau mit einem rot-weiß gemusterten Tuch um den Kopf heraustrat. Beim Anblick ihres Gesichts schoss Anne spontan der Begriff »gegerbt« durch den Kopf.

Als sie Anton Leyen erkannte, verfinsterte sich ihre Miene aber sogleich. »Mein Mann ist nicht zu Hause«, sagte sie, doch in diesem Augenblick rief eine Stimme von hinten: »Wer ist da, Hertha?«

»Offenbar doch«, erwiderte Anton kühl. »Und ich bestehe darauf, mit ihm zu sprechen. So kann man mit langjährigen Geschäftspartnern nicht umgehen.«

»Das sagen ausgerechnet Sie?«, schnappte die Bäuerin, um dann über die Schulter zu rufen: »Für dich.«

Kurz darauf stand ein kleiner, gedrungener Mann in der dunklen Diele. Er trug braune Cordhosen, ein kariertes Hemd und Hosenträger, hatte einen kugelrunden Kopf, um den sich ein Kranz brauner Haare legte, eine Kartoffelnase und unfassbar rote Wangen.

»Sie!«, rief er empört, als er Anton erblickte.

»Ja, ich!«, erwiderte Anton eisig. »Ich wollte mich persönlich davon überzeugen, dass Sie wirklich gedenken, unsere langjährige Geschäftsbeziehung zu beenden, indem Sie die vereinbarte Ware einfach an jemand anderen verkaufen.«

Das Gesicht des Bauern Balsfrenser färbte sich, wenn das überhaupt möglich war, noch röter.

»Ich?«, polterte er. »Ich beende die Geschäftsbeziehung? Das ist nun wirklich die größte Unverschämtheit, die ich je gehört habe. Sie waren es doch, der mir die Zusammenarbeit aufgekündigt hat. Sie meinen wohl, Sie sind was Besseres, jetzt, wo Sie sich sogar ein Auto leisten können. Das habe ich nun davon, dass ich Ihnen in Ihren Anfängen aus alter Freundschaft zu Ihrem Vater sogar meinen Zucker billiger verkauft habe. Schön dumm war ich.«

»Moment!«, rief Anton. »Ich habe Ihnen die Zusammenarbeit nicht aufgekündigt. Im Gegenteil. Ich war vollkommen erschüttert, als ich soeben erfahren habe, dass Sie uns den Zucker nicht wie gewohnt liefern.«

Zum ersten Mal war so etwas wie Unsicherheit auf Herrn Balsfrensers Gesicht zu erkennen, und auch seine Frau schien zu begreifen, dass hier etwas ganz und gar nicht stimmte.

»Offenbar liegt hier ein Missverständnis vor«, sagte sie. »Ich schlage vor, Sie kommen erst einmal richtig herein, ich mache uns einen Tee, und dann legen wir alle Karten auf den Tisch.«

Wenig später saßen sie in der gemütlichen Küche des Bauernpaars zusammen. Jeder hatte eine Tasse dampfenden Tee vor sich, und Anton starrte fassungslos auf das Schreiben, das vor ihm auf dem Tisch lag.

Werther, 15. Oktober 1909

Sehr geehrter Herr Balsfrenser,

zu meinem großen Bedauern muss ich Ihnen unsere Zusammenarbeit mit sofortiger Wirkung aufkündigen.
Ich habe einen Lieferanten gefunden, der mir Zucker in viel

größerer Menge und dadurch auch viel preisgünstiger liefern kann.

Mit freundlichen Grüßen
Anton Leyen, Fabrikdirektor

»Das ist meine Unterschrift«, ächzte Anton. »Und unser Briefkopf.« Er starrte auf die Zeichnung am oberen Rand der Seite, die seine Fabrik zeigte, und auf den geschwungenen Schriftzug. *Anton Leyen Zuckerwarenfabrik. Fernsprecher No. 8.* »Aber ich habe diesen Brief nicht geschrieben.«

»Das …«, fuhr Balsfrenser auf, doch seine Frau legte ihm beruhigend eine Hand auf den Unterarm.

»Lass«, sagte sie. »Ich glaube ihm.«

Verzweifelt sah Anton Anne an. »Der Überfall«, sagte er leise, »und das hier, da besteht doch ein Zusammenhang.«

Sie nickte beklommen.

»Was für ein Überfall?«, fragte Balsfrenser besorgt. Doch Anton starrte nur, in Gedanken versunken, vor sich hin. Daher ergriff Anne das Wort und erzählte dem Ehepaar, das ihr immer sympathischer wurde und von dem sie den Eindruck hatte, dass es sich wirklich um rechtschaffene Leute handelte, was sich zugetragen hatte.

»Wir hatten damals schon den Verdacht, dass irgendjemand versucht, Herrn Leyen zu schaden«, sagte sie. »Doch es war nichts gestohlen worden, und es gab auch keine Anzeichen auf Eindringen in die Kocherei oder Hinweise darauf, dass jemand nach Geheimrezepten gesucht haben könnte.

Wir konnten uns keinen Reim auf diesen Vorfall machen. Jetzt allerdings ergibt das Geschehene mehr Sinn.«

»Aber was haben ein Überfall und ein gefälschter Brief miteinander zu tun?«, fragte Bauer Balsfrenser.

»Da bin ich mir noch nicht ganz sicher. Möglicherweise hat sich jemand eines meiner Briefbögen bemächtigt, um diesen Brief glaubwürdig erscheinen zu lassen«, sagte Anton, aus seinen Gedanken erwachend. »Klar ist jedenfalls: Es gibt jemanden, der mich so sehr hasst, dass er nur das Schlechteste für mich will.« Er klang dabei so getroffen, so traurig und verloren, dass Anne ihn am liebsten in ihre Arme gezogen hätte.

In Frau Balsfrenser schien er gar mütterliche Gefühle zu wecken. Anteil nehmend legte sie ihre Hand auf seinen Unterarm, und ihr Mann sagte: »Es tut mir leid, dass wir so wütend auf Sie waren. Aber der Brief …«, er deutete auf das Schreiben, das immer noch vor Anton lag. »Dass Sie uns Ihren Großauftrag entziehen, hätte uns fast die Existenz gekostet. Wenn ich keinen Abnehmer gefunden hätte …«

»Wer ist denn Ihr Abnehmer?«, fragte Anton.

Die Balsfrensers wechselten einen Blick. Doch dann sagte der Bauer: »Ist ja kein Geheimnis: Oetker in Bielefeld.«

Anton nickte. »Und darf ich fragen … ist Oetker auf Sie zugekommen und hat angefragt?«

»Ich weiß, was Sie denken«, sagte Balsfrenser. »Sie überlegen, ob die Konkurrenz Ihnen bewusst schaden will, weil Sie immer bedeutender werden. Aber dieser Verdacht ist bei Oetker unbegründet. Zum einen verkaufen die ja keine Bonbons. Und zum anderen haben *wir* bei *ihnen* vorgesprochen.

Sie hätten uns gar nicht gebraucht, aber der Herr Kommerzienrat ist zu gütig.«

Anne und Anton wechselten einen Blick. Ob sie den Bielefeldern den Zucker wieder abkaufen konnten?

»Im nächsten Jahr halte ich den Zucker gerne wieder für Sie vor«, sagte Balsfrenser, und Anne konnte ihm ansehen, wie leid ihm seine folgenden Worte taten. »Aber für dieses Jahr ist es leider zu spät.«

Kapitel 18

Werther, November 1909

Die Rückfahrt verlief in drückendem Schweigen. Anton war vollkommen in seinen Gedanken gefangen. Was war das doch nur für eine Achterbahn der Gefühle! Er hatte den Eindruck, noch nie in seinem Leben so intensiv empfunden zu haben – aber auch noch nie zuvor so verletzlich gewesen zu sein.

Vielleicht kam daher der Begriff Dünnhäutigkeit, überlegte er, denn es war ihm, als sei seine Hülle, das, was zwischen seinem Innern und der Welt lag, das, was ihn schützte und behütete, dünner geworden. Und zwar in dem Moment, als er Anne das erste Mal gesehen hatte. Sie war sofort regelrecht in ihn … eingedrungen, hatte einen Bereich in ihm berührt und angerührt, von dem er gar nicht gewusst hatte, dass es ihn überhaupt gab.

Anton Leyen war eigentlich ein Mensch, der stark im Außen lebte, der sofort sagte, was er dachte, der sprudelte, mit seiner Begeisterung nicht hinter dem Berg hielt. Durch Anne erlebte er plötzlich, dass dieser Mensch auch ein ganz großes Innen hatte und ungemein verletzbar war.

Warum hatte sie vorhin so gezögert? Er hatte sich ausgemalt, dass sie ihm freudestrahlend in die Arme fallen würde! Nicht einen Moment hatte er daran gedacht, dass sie ihn nicht wollen, dass sie ihn ablehnen könnte. Hatte er sich so in ihr und in dem, was er in ihrem Blick gesehen, in ihrem Kuss gefühlt zu haben glaubte, getäuscht?

Und nun die Sache mit dem Zucker! Jetzt hatte er den Beweis dafür, dass ihm jemand übelwollte, ihn hasste, ihn zu zerstören gedachte. Diese Erkenntnis traf ihn mit voller Wucht! Ihn persönlich als Mensch, aber es traf ihn auch als Direktor seiner Fabrik, die er in den vergangenen sechs Jahren mit all seiner Kraft und all seinem Herzblut aufgebaut hatte.

Hatte ihn wirklich jemand überrumpelt und niedergeschlagen, nur um einen Bogen Papier zu stehlen, oder war es doch einer seiner Mitarbeiter gewesen? Diese Möglichkeit in Betracht ziehen zu müssen, schmerzte ihn zusätzlich.

»Anton?«, drang Annes Stimme, diese Stimme, die er schon jetzt so sehr liebte, an sein Ohr. »Was ist das für ein Schloss?«

Er blinzelte und sah zu seinem Erstaunen, dass er seinen Wagen, ohne es zu merken, zum Schloss Tatenhausen gelenkt hatte, dem Ort, an dem er als Kind so gerne gespielt hatte, der aber immer mehr verfiel.

»Das ist Tatenhausen«, sagte er, und seine Stimme klang in seinen Ohren wie von ferne. »Ein Schloss der Weserrenaissance.«

Er lenkte den Wagen in die Einfahrt und parkte.

»Es ist wunderschön«, flüsterte Anne. »Ein Schloss im Dornröschenschlaf.« Dann sah sie ihn fragend an. »Warum sind wir hier?«

Er zuckte die Achseln und sah sie voller Unsicherheit an. »Ich weiß es nicht«, sagte er, lachte und bemerkte selbst, wie hohl dieses Lachen klang. »Das Automobil hat sich wohl selbstständig gemacht.«

Sie nickte.

»Anton«, begann sie erneut, »das ist jetzt vielleicht nicht der richtige Moment, und ich würde verstehen, wenn du verärgert wärst, dass ich jetzt damit anfange, nach allem, was sich heute ereignet hat, aber …«

»Ja?« Nervös sah er sie an.

Zögernd nahm sie seine Hand. »Anton, ich erwidere deine Gefühle«, sagte sie. »Von ganzem Herzen, und ich würde mich freuen, wenn du mir den Hof machtest.«

»Anne!« Überglücklich beugte er sich vor, um sie in seine Arme zu ziehen. »Du glaubst gar nicht, wie erleichternd deine Worte sind. Ich dachte schon …«

»Was?«, fragte sie und löste sich etwas aus seiner Umarmung, sodass sie ihn ansehen konnte.

»Ich dachte schon, dass du mich nicht willst«, vervollständigte er den Satz.

»Ich? Dich nicht wollen?«, rief sie. »Oh Anton, wie kannst du so etwas nur denken!«

»Weil du …«, setzte er an, doch weiter kam er nicht, denn sie hatte schon ihre Lippen auf die seinen gelegt, um ihn innig zu küssen.

Das Gefühl, das ihn überflutete, war so gewaltig, dass es drohte, ihn fortzuspülen, ihn alles vergessen zu lassen, auch Anstand und Benimm.

Er musste alle Willenskraft aufbringen, um sich wieder von ihr zu lösen, und nahm stattdessen ihre Hände in die seinen. Wieder suchte er ihren Blick und sagte: »Jetzt, meine Anne, ist alles andere egal. Der Zucker, die Fabrik … wenn du nur bei mir bist. Ich werde bei deinem Bruder offiziell vorsprechen und seine Erlaubnis einholen, dir den Hof machen zu dürfen.«

Sie umfasste seine Finger und hob seine Hand an ihre Lippen.

»Ich hoffe, er wird uns keine Schwierigkeiten machen«, sagte sie. »Aber ich glaube es eigentlich nicht. Mein Bruder will nur alles richtig machen und wird froh sein, dass ein ehrbarer Mann sich um mich bemüht.«

Er lachte. »Das will ich meinen.«

Sie stimmte jedoch nicht in seine Fröhlichkeit ein. »Doch alles andere ist nicht egal, Anton«, sagte sie. »Wir müssen eine Lösung finden. Wenn du keinen Zucker mehr hast, kannst du auch keine Bonbons mehr herstellen und deine Lieferzusagen nicht halten.«

Sein Blick verfinsterte sich. Er wollte nicht daran denken, wollte keine Probleme wälzen, sondern einfach sein Glück mit ihr genießen, hier an diesem wunderschönen Ort, an den sein Unterbewusstsein ihn geleitet hatte. Aber er wusste auch, dass sie recht hatte.

»Denk an die Kinder, Anton«, flüsterte sie. »Die Kinder,

die ihr ganzes Taschengeld sparen, um deine Bonbons zu kaufen. Willst du sie so enttäuschen?«

Er drückte ihre Hände. »Du hast recht«, sagte er. »Wie vernünftig du bist. Wir müssen uns dem stellen. Und deine Liebe wird mir die Kraft dazu geben. Lass uns trotzdem ein paar Schritte gehen«, schlug er vor.

»Eine gute Idee.« Sie wollte die Tür öffnen, doch er hielt sie zurück. »Warte!«, sagte er, stieg aus, ging um den Wagen herum und öffnete die Tür mit einer leichten Verbeugung. »Wo ich doch nun dein Galan bin, muss ich dir zumindest die Tür öffnen«, sagte er. »Und auch sonst würde es sich gehören.«

Lächelnd stieg sie aus und stand dicht vor ihm. Er zog sie in seine Arme. Dann waren seine Lippen auf den ihren. Sein Kuss war voller Zärtlichkeit, aber auch etwas scheu, und Anne fühlte eine gewisse Enttäuschung, als er sich viel zu schnell wieder von ihr löste, ihre Hand nahm und mit ihr auf das Schloss zuging. Gleichzeitig war sie aber erleichtert: Wenn er noch sehr viel weiter gegangen wäre, wäre das doch äußerst unschicklich gewesen.

Er deutete auf das Schloss, das groß und eindrucksvoll vor ihnen stand. »Wenn es auch etwas verfallen ist«, sagte er nachdenklich, »so hat doch auch dieses Schloss schon so manchen Stürmen standgehalten. Fast fünfhundert Jahre lang war es der Stammsitz der Barone und Grafen von Korff. Und ich, ich werde das Erbe meines Vaters weiterführen.«

»Und du wirst diesen Sturm auch überstehen«, sagte sie zuversichtlich. »*Wir* werden das.«

Er nickte. »Das Wichtigste ist nun, dass wir einen neuen

Zuckerlieferanten finden. Und dann müssen wir uns auf die Suche nach dem Übeltäter machen.«

»Aber wie findest du einen neuen Lieferanten?«, fragte sie.

Er seufzte. »Eben das wird nicht so leicht.«

Nachdenklich runzelte sie die Stirn. »Ich habe mich vorhin, als wir auf den Hof fuhren, gewundert, dass die Zuckerherstellung so … einfach ist«, sagte sie. »Ich dachte immer, das passiert in riesigen Fabrikhallen.«

»Das gibt es auch«, sagte er. »Aber es gibt auch viele Bauern, die Zuckerrüben anbauen und Zucker herstellen.«

»Aber wenn der Anbau so einfach ist, warum baust du dann nicht selbst Rüben an?«, platzte Anne heraus.

Er lachte. »Im Grunde eine gute Idee«, gab Anton zu. »Aber weder habe ich das Land, um das zu tun, noch die Zeit. Außerdem braucht man Maschinen, einen ganz besonderen Pflug …«

»Aber hast du nicht einen Hof?«

Er winkte ab. »Der ist langfristig verpachtet, und ich selbst habe keinerlei Erfahrung in der Landwirtschaft.«

»Hm«, machte Anne und dachte einen Augenblick nach, bevor sie fragte: »Kennst du Frau Wulfhorst? Die Bäuerin?«

Er runzelte die Stirn. »Ich glaube ja«, sagte er. »Ihr Hof liegt in eurer direkten Nachbarschaft, richtig?«

»Ja. Als ich neulich bei ihr war, um Butter zu holen, erzählte sie mir, dass sie ihre Flächen nicht mehr bewirtschaften kann. Das Anwesen ist zu groß, und sie ist einfach viel zu alt, um sich allein um alles zu kümmern. Sie überlegt sogar, ihren Hof zu verkaufen. Einen alten Pflug hat sie auch. Mein

Bruder und ich sind als Kinder immer darauf herumgeklettert.«

Lachend blieb er stehen und gab ihr einen Kuss. Dann fuhr er, im Weitergehen, fort: »Im Grunde, mein Liebling, ist das eine wunderschöne Idee. Wir könnten den Hof übernehmen und hätten dann auch gleich Butter und Milch für die Karamellbonbons.«

Sie strahlte. »Das wäre doch die perfekte Lösung.«

»Ja«, sagte er. »Vielleicht könnte sie das sein. Unser kurzfristiges Zuckerproblem löst es leider nicht.«

»Nein«, bestätigte Anne bedrückt.

»Wir prüfen das mit dem Bauernhof auf jeden Fall«, sagte er. »Wir müssen sehen, ob der Boden sich für den Anbau der Zuckerrüben eignet. Und du musst auch wissen, dass man die Zuckerrübe nicht auf demselben Feld in zwei Jahren nacheinander anbauen kann.«

»Aber warum denn nicht?«, wollte sie wissen.

»Sie ist nicht mit sich selbst verträglich, gedeiht also nicht zwei Jahre hintereinander in derselben Erde«, erklärte er. »Aber das lässt sich alles lösen. Klären sollten wir das allerdings tatsächlich bald, denn wenn wir Ende nächsten Jahres unsere eigene Ernte haben wollten, müssten wir jetzt im Frühjahr aussäen.«

»Und wann wird dann geerntet?«, fragte sie.

»Im Herbst«, erwiderte er. »Also jetzt. Mitte September bis etwa Mitte Dezember. Je später, desto besser, wenn es nicht zu kalt ist, denn je länger die Vegetationszeit, desto größer der Zuckergehalt.«

»Hm«, machte sie. »Das Ernten ist dann wohl ziemlich viel Arbeit?«

»Oh ja«, bestätigte er. »Man muss den Kopf und die Blätter mit einer Köpfschippe abschneiden, dann werden die Rüben herausgestochen – mit einem Spaten oder einem Rübenheber. Die Blätter werden an das Vieh verfüttert, und die Rüben sind natürlich sehr verdreckt und müssen gesäubert werden. Manche Bauern setzen hier auch landwirtschaftliche Geräte ein, die von Zugtieren in Bewegung gesetzt werden.«

»Und wie wird aus den Rüben dann Zucker?«

»Das passiert dann häufig tatsächlich in der Fabrik«, sagte er.

»Aber du hast gesagt, manche Bauern machen den Zucker auch selbst.«

Er nickte. »Carl Achard, der Mann, der die Rübe zur Zuckerrübe hochgezüchtet hat, hat auch die Technologie für die Gewinnung des Zuckers aus der Rübe entwickelt. 1801 hat er die weltweit erste Rübenzuckerfabrik gebaut, in Cunern, Schlesien.«

Sie nickte, ganz im Bann der Geschichte.

»König Friedrich Wilhelm der Dritte hat ihn dabei sehr unterstützt.«

»Das ist ja sehr interessant«, sagte sie und schob ein »wirklich« hinterher. »Aber was mich am meisten interessiert, ist, wie dieses Verfahren denn nun funktioniert. Könnten wir das auch selbst machen?«

Er zuckte die Achseln. »Einfach wäre es, das Ganze an eine Fabrik zu liefern, aber im Grunde ist es möglich und funktioniert wie einst bei den Persern. Du erinnerst dich doch noch daran, wie ich dir von den Persern erzählt habe?«

»Vage«, sagte sie lächelnd. »Deine Nähe hat mich ein wenig aus der Fassung gebracht.«

»Und jetzt tut sie das nicht mehr?«

»Das habe ich nicht gesagt. Aber jetzt weiß ich, woran ich bei dir bin. Damals war es noch … unausgesprochen.«

Wieder zog er sie in seine Arme. »Also, deine Nähe bringt mich immer mehr um den Verstand«, murmelte er an ihren Lippen, bevor er sie küsste.

Sie erwiderte seinen Kuss voller Leidenschaft – und wieder spürte sie leise Enttäuschung, aber auch Erleichterung, als er sie schließlich, etwas abrupt und außer Atem, losließ. Eine Weile starrten sie sich einfach nur an. Staunend.

»Sagst du mir nun endlich, wie es weiterging mit den Persern?«, fragte Anne mehr, um überhaupt etwas zu sagen, als weil sie das in dem Moment wirklich interessierte.

»Wenn du darauf bestehst!« Er grinste und nahm wieder ihre Hand, um den Weg fortzusetzen. »Um sechshundert nach Christus haben sie Zuckerrohrsaft erhitzt und in ein kegelförmiges Gefäß gegeben, in dessen Spitze sich ein Loch befand. Der Sirup tropfte durch das Loch, und der Zucker kristallisierte sich im Kegel aus. Wenn man den Kegel dann umdrehte, hatten sie einen richtigen Zuckerhut.«

»So ist also der Zuckerhut entstanden!«, rief Anne erkennend. Inzwischen war sie wieder so im Bann der Geschichte, dass ihr Herzklopfen zwar nicht vergessen, aber doch in den Hintergrund gerückt war. »Das ist ja faszinierend. Das muss ich unbedingt auch einmal ausprobieren.«

»Es hat allerdings noch eine ganze Weile gedauert, bis der Zucker auch bei uns bekannt wurde«, erklärte er. »Das ist im Grunde den Kreuzrittern zu verdanken. Mit ihrer Rückkehr aus dem Nahen Osten im elften Jahrhundert verbreitete sich der Zucker schnell in Mittel- und Nordeuropa.«

»Vor allem bei den Königshäusern, vermute ich?«, riet Anne.

»Ganz richtig«, bestätigte er. »Und als Christoph Kolumbus 1493 bis 1496 das zweite Mal nach Amerika reiste, nahm er das Zuckerrohr dorthin mit. Das Klima ist ja perfekt für den Anbau.«

»Und ich dachte immer, dass der Zucker ursprünglich dort herkommt«, staunte Anne. »Dabei hatten wir ihn zuerst. So kann man sich täuschen.«

»Ja, so kann man sich täuschen«, sagte er nachdenklich. Inzwischen waren sie auf der Rückseite des Schlosses angelangt, und Anne erkannte, dass er offenbar plante, es zu umrunden, und sie nun wieder den Rückweg antraten.

»Übrigens wurde das Zuckerrohr teilweise direkt nach Europa verschifft und dort weiterbearbeitet«, sagte Anton gerade. »Die Nachfrage stieg immer mehr: Aus den Kolonien kamen nun auch Heißgetränke wie Schokolade, Kaffee und Tee, die ohne Zucker entweder gar nicht oder nicht so gut schmeckten. Außerdem wurden immer mehr Süßigkeiten erfunden: Marzipan, Pralinen, Speiseeis, kandierte Früchte.«

»Was nach wie vor den Reichen vorbehalten war«, vermutete Anne.

Er nickte. »Richtig. Und dann gab es in Santo Domingo, dem größten und wichtigsten Produktionsland, einen Sklavenaufstand. Dadurch stiegen die Preise weiter, eine Alternative musste her.«

»Die Rübe«, riet Anne.

»Die Rübe, deren Anbau Napoleon dann später während der Kontinentalsperre förderte«, bestätigte Anton. »Das heißt, wenn wir aus den Rüben Zucker herstellen wollen, werden sie gesäubert, zerkleinert, dann wird daraus Saft gewonnen und dieser eingekocht. Damit sich die Zuckerkristalle vom Sirup trennen, wird alles in Zuckerhüte gefüllt. Sie müssen dann drei bis sechs Wochen bei einer konstanten Temperatur von fünfundzwanzig Grad stehen bleiben.«

»Das klingt schön«, sagte sie leise. »Es klingt nach einer schönen und aufregenden Zukunft.«

»Ich könnte mir noch etwas Aufregenderes vorstellen, als Zucker zu gewinnen«, sagte er und hob die Hand, um ihre Wange zu berühren. Er lächelte. Denn auch wenn die Probleme ohne Frage groß waren und er der Lösung seines kurzfristigen Zuckerproblems kein Stück näher gekommen war: Die Zukunft mit ihr lag rosig und verheißungsvoll vor ihm. Er freute sich darauf.

Kapitel 19

Werther, November 1909

»Herr Dunst, kann ich Sie einen Moment sprechen?«, fragte Anton Leyen, als er kurz nach Feierabend in die Bonbonkocherei kam. Wie er es erwartet hatte, standen die Geschwister dort, um sich offenbar weiter dem Experimentieren mit Karamell zu widmen.

»Sicher«, sagte Fritz ein wenig überrascht und stellte das Zuckerglas, das er gerade in Händen hielt, wieder ins Regal. Dann wandte er sich an seine Schwester. »Wartest du hier auf mich?«

Sie nickte. »Natürlich.«

Kurz darauf saß Fritz ihm in seinem Kontor gegenüber, das inzwischen, seit Käthe hier waltete, penibel ordentlich war.

»Setzen Sie sich, Herr Dunst«, sagte Anton.

Fritz tat, wie ihm geheißen. »Es geht um den Zucker, nicht wahr?«, stieß er dann hervor.

Anton sah ihn überrascht an und stellte fest, dass Fritz ihm nicht in die Augen sehen konnte. Das war nichts Neues, aber heute wirkte er noch nervöser als sonst. Plötzlich kam ihm ein schrecklicher Verdacht: Was, wenn Fritz den Brief an Bauer Balsfrenser geschrieben hatte und nun Angst hatte, ertappt worden zu sein? Daher sein merkwürdiges Verhalten und seine Frage?

Aber woher hätte er wissen sollen, wer der Firma Leyen den Zucker lieferte?

»Meine Schwester hat mir von dem Zuckerproblem erzählt«, stieß Fritz da hervor. »Ich habe schon damit gerechnet, dass Sie mit mir sprechen wollen.«

»Haben Sie das?«, fragte Anton misstrauisch. »Und warum?«

Da blickte Fritz Dunst auf, und in seinen Augen lag die reinste, tiefste Verzweiflung, als er hervorstieß: »Wir werden unsere Versuche einstellen müssen, nicht wahr? Wir brauchen jetzt jeden Krümel Zucker für die Produktion.«

Verblüfft sah Anton ihn an. Daran hatte er bei all dem Chaos, das derzeit in seinem Kopf und in seinem Herzen herrschte, noch gar nicht gedacht. Aber Fritz hatte natürlich recht! Andererseits: Die kleinen Mengen zu sparen, die für die Experimente nötig waren, würde seine Fabrik auch nicht retten. Doch die Verzweiflung in Fritz' Augen war echt, und zum ersten Mal, seit sie einander begegnet waren, hatte Anton das Gefühl, Annes Bruder zu verstehen, ihm sogar nah zu sein. Er kannte dieses Gefühl nur zu gut, für eine Kreation zu brennen, nichts anderes im Kopf zu haben – und dann an Grenzen zu stoßen. Sei es nun, weil etwas nicht gelang oder nicht so schmeckte wie in seiner Vorstellung. Oder sei es, weil äußere Umstände seine Experimente verhindern wollten.

Allerdings hatte ihn so etwas immer eher beflügelt und seinen Ehrgeiz angestachelt, es trotzdem und umso besser zu schaffen. Fritz allerdings saß da wie ein Häuflein Elend. Doch dann hob er den Kopf, sah ihm zum zweiten Mal an diesem Abend in die Augen und sagte: »Anne und ich, wir würden auch etwas von unserem eigenen Zucker beisteuern und ihn von zu Hause mitbringen. Aber lassen Sie uns weitermachen. Bitte.«

Anton musste lächeln. Und er hatte ein schlechtes Gewissen, weil er den armen Fritz verdächtigt hatte.

Dann sagte er: »Lassen Sie Ihren Zucker zu Hause, selbstverständlich dürfen Sie weiterexperimentieren. Mit *meinem* Zucker.«

»Wirklich?« fragte Fritz, und der Anflug eines Lächelns zog über sein Gesicht.

»Wirklich«, bestätigte er.

»Aber warum wollen Sie mich denn dann sprechen?«

»Wegen Ihrer Schwester.«

»Meiner Schwester?«, fragte Fritz, halb verwundert, halb alarmiert. »Hat sie etwas falsch gemacht? Bereuen Sie es, sie angestellt zu haben?«

»Nein, sie macht sich wunderbar. Sie lernt ausgesprochen schnell, erkennt die Zusammenhänge und macht schon jetzt richtig gute Bonbons. Es geht um etwas Persönliches.« Nun hielt ihn nichts mehr auf seinem Stuhl. Er konnte einfach nicht sitzen bleiben. Anton gab dem Drang nach aufzuspringen. Am liebsten wäre er im Zimmer auf und ab gegangen, weil er schon wieder derart angefüllt war von Energie und Gefühlen. Doch er zwang sich, vor Fritz, der ebenfalls erschrocken aufgesprungen war, stehen zu bleiben. »Herr Dunst, ich liebe Ihre Schwester«, stieß Anton hervor. »Ich möchte Sie um Ihre Erlaubnis bitten, ihr den Hof zu machen.«

Fritz' Gesichtsfarbe wechselte innerhalb von Sekunden von Leichenblass zu beinahe Tomatenrot. »Das … oh …«, stammelte er.

»Ich weiß, dass Sie Ihrer Schwester ein guter Bruder, ein guter Vormund sein und sie beschützen wollen«, fuhr Anton hastig fort. »Und glauben Sie mir, ich kann Sie sehr gut verstehen, schließlich habe ich auch eine kleine Schwester und werde vermutlich in nicht allzu ferner Zukunft ein ähnliches Gespräch führen.« Er lächelte, und es war ein aufrichtiges Lächeln. In diesem Moment fühlte er sich Fritz Dunst tatsächlich nah. »Aber ich kann Ihnen versichern, dass ich nichts tun würde, was Anne kompromittieren würde, und dass meine Liebe zu ihr ehrlich ist. Außerdem …«, er warf die Hände in die Luft. »Außerdem können Sie nicht abstreiten, dass ich eine gute Partie bin.«

»Das … sind Sie wirklich«, stammelte Fritz. »Bitte entschuldigen Sie, ich bin etwas überfordert. Ich … ich habe gedacht …«

»Setzen wir uns wieder«, unterbrach ihn Anton, der plötzlich dachte, dass man ein solches Gespräch keineswegs im Stehen führen sollte. Anton schoss um seinen Schreibtisch herum und nahm Platz. Fritz tat es ihm hastig nach.

»Sie haben gedacht, dass Sie enttäuscht aus diesem Gespräch gehen würden«, griff Anton den Gesprächsfaden dann wieder auf.

»Ja.«

»Nun, ich hoffe, dass mein Anliegen Sie mein Büro mit anderen Gefühlen verlassen lässt«, setzte Anton an und ergänzte: »Ich würde es aber verstehen, wenn Sie darüber nachdenken möchten, bevor Sie mir eine Antwort geben.«

Fritz lächelte, und nun war sein Blick zum ersten Mal nicht zögerlich oder schüchtern. Er sah seinem künftigen Schwager gerade und offen in die Augen.

»Das muss ich nicht, Herr Direktor«, sagte er. »Ich wüsste niemanden, in dessen Hände ich das Glück meiner Schwester so gerne legen möchte wie in die Ihren.«

»Dann haben Sie nichts dagegen?«, vergewisserte sich Anton, fassungslos, dass es so einfach gewesen war.

»Nicht das Geringste«, bestätigte Fritz. »Sofern sie es auch möchte.«

»Sie möchte«, sagte Anton. »Ich habe sie natürlich bereits gefragt.«

Fritz grinste. »Das habe ich mir gedacht.«

Beinahe spitzbübisch sah er den anderen an, und Anton Leyen meinte, seinen Arbeiter nicht wiederzuerkennen, als der fragte: »Wollen wir ihr die gute Nachricht gleich mitteilen?«

»Das sollten wir«, bestätigte Anton. »Und wenn es Ihnen recht ist, würde ich Sie beide für heute Abend gerne zum Essen einladen. Auch meiner Familie möchte ich die frohe Botschaft gern überbringen.«

• • •

Anne war ganz schwindelig vor Glück, als sie neben Fritz in der Versuchsküche stand. Seite an Seite hatten Anton und Fritz ihr verkündet, dass ihr Bruder sich über das Ansinnen freute. Anton hatte ihr die Hand geküsst, war dann vor ihr auf die Knie gegangen und hatte gefragt: »Anne Dunst, möchtest du meine Frau werden?«

Sie hatte einen überraschten Schrei ausgestoßen. Er hatte doch erst gefragt, ob er ihr den Hof machen durfte – und nun kam schon der Antrag?

»Ich weiß«, rief er und raufte sich das Haar. »Es ist noch nicht viel Zeit vergangen, seit wir uns kennengelernt haben, und ich hätte auch niemals gedacht, dass ich einmal so schnell um die Hand einer Frau anhalten würde. Aber ich weiß einfach, dass es richtig ist. Schon unsere erste Begegnung hat mich völlig aus dem Konzept gebracht, und ich kann es nicht anders sagen, du hast mir mein Herz geraubt!« Als er dann auch noch einen Ring hervorzog und ihr an den Finger steckte, zog sie ihn zu sich nach oben und bekräftigte ihr Ja mit Tausenden kleiner Küsse. Dass er so schnell um ihre Hand anhalten würde – das hatte sie nicht gedacht. Aber es fühlte sich genau richtig an. Im Anschluss hatte Anton sie beide für den Abend zum Essen eingeladen, um seiner Mutter und seiner Schwester ebenfalls die frohe Botschaft zu überbringen, und Annes aufgeregten Einwand, sie habe doch gar nicht das Richtige an und seine Schwester sei immer so elegant, einfach fortgewischt. Doch bis dahin war noch etwas Zeit, jetzt galt es erst einmal, sich auf das Karamell zu konzentrieren. Es konnte nicht angehen, dass sie hier nur stand und träumte, während Fritz die ganze Arbeit machte.

»Was tust du da eigentlich?«, fragte sie ihren Bruder.

»Kandis«, murmelte der. »Habe ich in England gelernt.«

»Kandis?«, fragte sie. »Warum?«

»Ich denke, dass ich Geschmack und Farbe unseres Karamells durch die Beigabe von braunem Kandis noch verbessern kann«, erklärte er. »Man könnte natürlich auch braunen Rohrzucker nehmen, der würde durch den Restbestand der Melasse eine würzige Note mitbringen. Wusstest du eigentlich, dass meine Berufsbezeichnung möglicherweise vom Kandis kommt?«

»Bonbonkocher?«, fragte sie verwirrt.

»Nein, Konditor.«

»Klingt nicht wirklich nach Kandis«, fand Anne.

Er lachte. »Da gibt es auch mehrere Zwischenschritte. Bereit für eine kleine Schulstunde?«

»Da fragst du noch?«

»Man kann ja nie wissen«, foppte er sie. »Vielleicht träumst du auch von deinem Hochzeitskleid.«

»Fritz!«, rief sie empört. »Nun erzähl schon.«

»Also gut.« Er runzelte die Stirn. »Ich hoffe, dass ich mich noch richtig daran erinnere. Rohrzucker heißt im Arabischen Quand; Zuckersaft, der durch das Kochen eingedickt wurde, nennt man Quandi. Es heißt wohl auch so viel wie: aus dem Rohrzucker.«

Anne musste daran denken, was Anton ihr über die Zuckerherstellung erzählt hatte.

»Im Spätmittelalter kam das Wort dann in die romanischen Sprachen und zu uns«, fuhr Fritz fort.

»Zum Konditor sehe ich da aber noch immer keinen Zusammenhang, großer Bruder«, bemerkte Anne streng.

»Geduld war noch nie deine Stärke, kleine Schwester«, gab er zurück. »Das Verb kandieren, also mit Zucker überziehen, leitet sich vom Kandis ab.«

»Ach«, rief Anne. »Jetzt verstehe ich! Dann müsste es eigentlich Kanditor heißen? Und dein Beruf heißt: Mit-Zucker-Überzieher?«

»Sehr gut!«, lobte er lachend. »Doch das ist nur eine Möglichkeit, wo das Wort herstammt. Mein Lehrer sah damals eher einen Zusammenhang mit dem lateinischen *condire*, das heißt: haltbar machen. Dass man in weiten Teilen Deutschlands aber lange Zeit Kanditor sagte, deutet darauf hin, dass es von Kandis kommt.«

»Mir gefällt diese Variante auch besser, und ich finde sie viel logischer«, überlegte Anne. »Schließlich überzieht ein Konditor sehr wohl mit Zucker, aber haltbar macht er nichts. Wenn man deine Kuchen nicht ganz schnell isst, werden sie schlecht.«

Fritz nickte. »So sehe ich es auch«, sagte er zufrieden.

»Dann zeig mir jetzt, was genau du da machst. Wie stellt man Kandis her?«, wollte Anne nun wissen und deutete auf die Kupferschale, in die Fritz mehrere Zwirnfäden gelegt hatte.

»Ich gieße nun Zuckersaft hinzu, der allerdings nicht stark eingekocht wurde«, sagte Fritz und deutete auf den Topf, in dem er diesen vorbereitet hatte. »Dann lassen wir das

Ganze einige Tage stehen. Dadurch kristallisiert der Zucker um die Fäden herum, und daraus wächst dann buchstäblich der Kandis.«

Anne nickte fasziniert. »Also brauchen wir wieder einmal Geduld«, sagte sie.

»Nun, du hast ja einige Ablenkung«, sagte Fritz und lächelte ihr liebevoll zu. »Ich freue mich wirklich sehr für dich. Auch wenn es in Großmutters Haus ganz schön einsam werden wird, wenn du erst zu deinem Ehemann ziehst.«

»Noch sind wir ja nur verlobt«, tröstete sie ihn. »Und ich denke, dass wir eine lange Verlobungszeit haben werden. Weil wir uns erst so kurz kennen, aber auch, weil es noch so viele Probleme zu lösen gibt.«

»Scheint wirklich so, als wollte jemand deinem Anton Böses«, murmelte Fritz. »Hat er eine Idee, wer dahinterstecken könnte?«

»Keine«, erwiderte Anne bedrückt. »Und mir macht das so langsam wirklich Sorgen. Wer weiß, was sonst noch alles passiert.«

Er nickte. »Jetzt müssen wir erst mal überlegen, wo wir schnell wieder Zucker herbekommen.«

Nachdenklich sah sie ihn an. »Du hast doch mal bei Oetker gearbeitet, nicht wahr?«

»Das weißt du doch. Warum?«

»Oetker hat den Zucker von unserem Lieferanten gekauft«, sagte sie. »Aber nicht, weil sie ihn dringend brauchten. Wie der Bauer erzählte, haben sie ihm wohl einen Gefallen getan, weil er seinen Zucker sonst nicht losgeworden wäre.«

»Das passt zu ihnen«, sagte Fritz. »Es war ihnen immer schon wichtig, Menschen, denen es schlechter geht als ihnen selbst, fair und gut zu behandeln. Für ihre Arbeiter tun sie viel.«

»Meinst du, sie würden uns den Zucker zurückverkaufen?«, fragte Anne atemlos.

Verwundert sah er sie an, dann musste er lachen. »Du kommst auf Ideen.«

»Das ist kein Spaß, Fritz, sondern vielleicht unsere Rettung. Und unsere einzige Möglichkeit.«

Langsam nickte er. »Vielleicht hast du recht. Aber der Herr Kommerzienrat, sosehr er sich auch um seine Arbeiter sorgt, ist kein Mann, zu dem man mit so einem Ansinnen gehen kann. Dazu ist er viel zu beschäftigt. Er erinnert sich sicherlich auch nicht mehr an mich«, wand sich Fritz.

Anne durchschaute ihn sofort. Ihr Bruder war zu schüchtern, um seinem früheren Arbeitgeber eine solche Bitte vorzutragen.

»Wenn, dann fahre ich«, sagte sie entschlossen.

Überrascht sah er sie an, nickte dann aber. »Vielleicht ist das gar keine so schlechte Idee. Und dann gehst du zu seiner Frau. Du wirst sie mögen. Und sie dich auch.«

Anne lächelte in sich hinein. Wenn ihr das gelang, war es das schönste Verlobungsgeschenk, das sie Anton machen konnte.

»Jetzt aber genug geträumt«, brachte sich ihr Bruder gleich darauf wieder in Erinnerung. »Wir wollen deinen neuen Verwandten doch nachher etwas präsentieren.«

»Richtig.« Sie strahlte ihn an.

»Den Kandis kann ich leider noch nicht beigeben«, sagte Fritz. »Der muss erst noch wachsen. Aber ich würde heute gerne mit den verschiedenen Hitzestufen experimentieren. Und alles genau dokumentieren.«

»Das mache ich, also das Dokumentieren«, versprach sie, griff nach einem Stift und wollte gerade das Notizbuch, in dem sie ihre Versuche immer fein säuberlich notiert hatten, aus dem Regal holen, als sie erstarrte: Es war nicht da.

»Fritz«, flüsterte sie.

»Was?«

Erschrocken von der Panik in ihrer Stimme, wandte er sich um.

»Die Kladde ist weg!«

»Das kann nicht sein.«

Aufgewühlt stürzte Fritz zum Regal. »Ich habe sie vorgestern selbst hier hineingetan. Ich bin mir absolut sicher. Und heute Morgen habe ich sie noch gesehen, weil ich immer als Erstes auf die Kladde schaue, wenn ich die Kocherei betrete. Und mich an dem erfreue, was darinsteht.«

»Dann muss sie auch noch irgendwo sein. Wir suchen«, sagte Anne, obwohl sie bereits ahnte, dass sie sie nicht finden würden.

Nach einer halben Stunde gaben sie auf.

»Denkst du auch, was ich denke?«, fragte sie.

Fritz nickte. »Ein weiterer Angriff auf die Zuckerwerke. Jemand will uns schaden.«

»Und hat es dafür auf unsere Rezepte abgesehen«, überlegte sie. »Was dafürspricht, dass es jemand von der Konkurrenz ist.«

»Und dass es jemand von uns ist«, ergänzte er.

»Jemand von uns?«, fragte sie verwundert. »Warum?«

»Weil die Kladde heute Morgen noch da war. Und weil ich die Bonbonkocherei seitdem nur verlassen habe, um mit Herrn Leyen zu sprechen. Und in der Zeit warst du hier.«

Sie nickte. »Es war niemand Fremdes da. Aber wer von unseren Kollegen sollte denn so etwas tun?«, zweifelte sie seine Überlegungen an. Im Geiste ging sie die Belegschaft durch. Die blond gelockte Lotte, die zwar nicht mehr so freundlich war wie am Anfang, aber ganz sicherlich keiner Fliege etwas zuleide tun konnte, kam ebenso wenig infrage wie die schüchterne Barbara und die junge Ursula. Und Hinner war ohnehin über jeden Verdacht erhaben. Dann waren da noch Wilhelm und Hans und Heinrich, die beiden Brüder, die auch viel im Lager arbeiteten, und Katharina und Else, die sich mit Frau Leyen um die Verpackungen kümmerten, sowie die alte Frau Runkeler, die bei der Zubereitung der Bonbons mit Hand anlegte. Nein, keinem von ihnen traute sie zu, die Kladde gestohlen zu haben.

»Vielleicht hat sich während der Mittagspause jemand reingeschlichen?«, überlegte sie.

»Du weißt so gut wie ich, dass die Bonbonkocherei auch während der Mittagspause nie ganz leer ist, weil nie alle gleichzeitig ihre Brote verspeisen«, sagte Fritz.

Betreten sahen die Geschwister sich an. Anne seufzte. Da hatte sie nun gehofft, eine Lösung für das Zuckerproblem gefunden zu haben, und schon gab es neuerliche Schwierigkeiten.

Aber vielleicht war es auch gar nicht so schlimm. »Fritz«,

sagte sie. »Das kriegen wir wieder hin. Die Zusammensetzungen habe ich noch im Kopf. Ich schreibe sie nachher neu auf.«

Zweifelnd sah er sie an. »Bist du sicher?«, fragte er.

Sie nickte. »Ganz sicher. Und nun lass uns anfangen. Wenn wir nachher nämlich keine Karamellbonbons vorzuweisen haben, wird Anton wissen wollen, was los war. Und ich möchte ihm den Abend nicht verderben. Es reicht, wenn er das morgen erfährt.«

Mit konzentrierter Miene beobachtete Fritz das Thermometer. »Ich würde gerne viele verschiedene Röststufen ausprobieren«, verkündete er. »Und verschiedene Farben. Von Goldgelb wie deine Augen bis Tiefbraun wie deine Haare. Von süß bis bitter.«

Anne lächelte und musste schon wieder an Anton denken. »Eines Tages werde ich ein Bonbon machen, das die Farbe Ihrer Haare hat.« Hatte er nicht genau diese Worte zu ihr gesagt, als er sie am Morgen nach ihrem Kennenlernen zu Hause besucht hatte? Und als sie dann gemeinsam experimentiert hatten und der Zucker schon zu Karamell geworden war, da hatte er gesagt, dass die Bonbons die Farbe ihrer Augen hätten.

»Statt schon wieder von deinem Anton zu träumen, solltest du dich lieber konzentrieren«, sagte Fritz in ihre Gedanken hinein.

»Entschuldige«, sagte sie ertappt und räusperte sich.

Der Zucker begann zu schmelzen, und Anne empfand eine große Befriedigung, als sie beim Blick auf das Thermometer feststellte, dass dieses hundertfünfunddreißig Grad anzeigte, die Temperatur, bei der Zucker schmolz. Inzwischen hatte sie einiges gelernt. Das war die Temperatur, bei der sie die Masse auf den Kühltisch gossen, wenn sie normale Bonbons herstellten. Die Masse im Topf begann, sich zu verändern, verfärbte sich leicht braun, der Prozess des Karamellisierens begann. »Hundertdreiundvierzig Grad. Mindestens«, flüsterte Anne, und ihr Bruder nickte.

»Wie erwartet«, bestätigte er nach einem Blick auf das Thermometer. »Ich will sehen, wie lange es diese goldgelbe Farbe behält.«

Gebannt beobachteten die Geschwister das Thermometer. »Jetzt wird es dunkler«, sagte Anne.

»Ja«, murmelte Fritz. »Notiere hundertsechzig Grad.«

Sie tat, wie ihr geheißen. Als das Karamell eine dunkelbraune Farbe angenommen hatte, goss Fritz es auf den Kühltisch und ließ es erkalten. Gespannt brachen sich die Geschwister jeweils ein Stück ab und schlossen die Augen.

»Auf drei?«, fragte Fritz, wie er das immer tat.

»Auf drei«, bestätigte Anne und zählte.

Beide steckten sie ihr Karamell in den Mund.

»Also, mir ist es zu bitter«, gestand Anne. »Ich bevorzuge die hellere Variante.«

»Ich finde es köstlich«, erwiderte Fritz. »Vielleicht ist das eine eher ein Frauen- und das andere mehr ein Männer-Karamell.«

Sie sahen sich an und lachten.

»Ich möchte vor allem eine Zwischenstufe finden«, sagte

Fritz. »Ich denke, so bei hundertfünfzig bis hundertfünfundfünfzig Grad wäre es perfekt.«

»Das muss aber warten«, mahnte sie, auf einmal sehr nervös. »Wir dürfen nicht zu spät zum Essen kommen. Eine weitere Runde schaffen wir nicht.«

Er lächelte ihr zu. »Ich packe noch etwas Karamell in eine Schachtel«, erklärte er. »Dann kannst du währenddessen dein Aussehen noch einmal im Spiegel überprüfen.«

»Ach, ich fühle mich völlig unpassend gekleidet«, klagte sie und strich ihren dunkelbraunen, schmal geschnittenen Rock glatt. »Aber immerhin habe ich eine neue Bluse an.«

»Du siehst sehr hübsch aus«, sprach ihr Bruder ihr Mut zu. »Wirklich. Und Antons Mutter und Schwester wissen ja, dass wir direkt aus der Bonbonkocherei kommen.«

»Trotzdem«, murmelte sie. »Ich hätte mich gerne umgezogen.«

Kapitel 20

Werther, November 1909

Käthe Leyen hörte gar nicht mehr auf, sich zu freuen. Nachdem ihr Bruder ihr und der Mutter erklärt hatte, dass er um Anne Dunsts Hand angehalten und sie und ihren Bruder für heute zum Essen eingeladen hatte, war sie ihm jubelnd um den Hals gefallen.

»Sie ist so eine Liebe!«, hatte sie gerufen. »Ich könnte mir keine bessere Frau für dich vorstellen. Und keine bessere Schwägerin für mich. Wird sie hier einziehen? Wann ist die Hochzeit? Wir müssen uns um alles kümmern. Oh, und ich helfe ihr natürlich bei dem Brautkleid. Denkst du, sie wird mich lassen?«

»Käthchen«, hatte ihre Mutter irgendwann lächelnd den Redefluss ihrer Tochter unterbrochen, »nun mach doch mal einen Punkt. Wenn du und dein Bruder einander auch so gar nicht ähnlich seht, in einem könntet ihr Zwillinge sein. Ihr redet wie die Weltmeister, wenn ihr aufgeregt seid.«

Dann wandte sie sich ihrem Sohn zu, legte ihre Hand auf die seine und sagte: »Auch ich bin sehr glücklich über deine

Wahl, mein lieber Junge. Fräulein Dunst ist wirklich eine reizende Frau. Ich freue mich, sie in unserer Familie willkommen zu heißen.«

Einzig Frau Schnakenwinkel war kreuzunglücklich gewesen. Ihre grundsätzliche Freude über die Verlobung wurde von der Tatsache, dass sie keine Zeit gehabt hatte, ein angemessenes Essen vorzubereiten, mehr als getrübt.

»Es gibt heute nur Kartoffeln, Gemüse und eine Eierspeise«, klagte sie ein ums andere Mal. »Das ist doch kein Verlobungsessen! Nicht einmal Fleisch habe ich zubereitet.«

»Das *ist* auch kein Verlobungsessen«, tröstete Anton die aufgelöste Haushälterin. »Die offizielle Verlobungsfeier folgt noch. Das hier ist erst einmal ein sehr spontanes Familienessen.«

Doch Frau Schnakenwinkel zeigte sich nach wie vor betrübt, als sie in ihre Küche schlurfte.

Und Anton wurde immer aufgeregter, je mehr Zeit verging. Dabei war das eigentlich vollkommen unnötig: Anne hatte Ja gesagt, Fritz hatte ihnen seinen Segen gegeben, die Mutter und die Schwester hatten sich erfreut gezeigt. Aber, sagte sich Anton, man feierte eben nicht alle Tage die eigene Verlobungsfeier. Auch wenn es eine kleine in allerengster Runde war.

Als es an der Wohnungstür klopfte, schoss er nach draußen in den Flur und riss sie regelrecht auf. Und da stand sie vor ihm. Seine Anne. Seine zukünftige Frau. Ihre Wangen waren sanft gerötet, aus ihrem Haar, das sie aufgesteckt trug, hatte sich eine Locke gelöst und fiel ihr auf die Wange, ihre Augen leuchteten hellbraun. Ihr Blick war voller Liebe, als sie ihn ansah und dann kurz zögerte, so, als wüsste sie nicht, wie sie ihn begrüßen sollte, nun, da sie verlobt waren. Er wusste es auch nicht so recht, zumal sie nicht allein waren, also beugte er sich vor und küsste sie sanft auf die Wange, bevor er Fritz die Hand schüttelte.

»Kommt herein«, sagte er und fügte augenzwinkernd hinzu: »Mutter und Käthe hätten von der Nachricht nicht entzückter sein können. Vor allem Käthe ist ganz aus dem Häuschen.«

Als Anne lächelte, konnte er in ihrem Gesicht erkennen, wie erleichtert sie war.

Rose und Käthe Leyen erwarteten sie im Wohnzimmer vor dem Kamin, wo Frau Schnakenwinkel auf dem Konsolentisch Champagner und hohe Gläser bereitgestellt hatte. Rose eilte ihrer zukünftigen Schwiegertochter mit ausgestreckten Händen entgegen und küsste Anne rechts und links auf die Wange, während sie ihre Worte von eben wiederholte: »Willkommen in der Familie. Anton hätte keine bessere Wahl treffen können.«

Anne erwiderte ihr Lächeln: »Und ich hätte mir keine bessere Familie wünschen können.«

Anton sah in ihrem Gesicht, wie gerührt sie war, und er vermutete, dass sie in diesem Moment ihre Eltern und ihre Großmutter besonders vermisste und bedauerte, dass sie nicht bei ihnen sein konnten. Auch seine Mutter schien das bemerkt zu haben, denn in ihrem Blick lag etwas Mitfühlendes, und sie schien zu überlegen, was sie noch hinzufügen könnte, da schoss jedoch bereits die lebhafte Käthe auf sie zu und rettete die Situation. Kaum hatte Rose ihre künftige Schwiegertochter aus ihren Armen entlassen, fiel Käthe ihr um den Hals und rief: »Anne! Ich darf doch jetzt Anne und Du sagen, richtig? Ich bin ja so aufgeregt. Endlich habe ich eine Schwester. Und ich habe es Anton schon gesagt: Um dein Brautkleid kümmern wir uns gemeinsam. Du weißt ja, Kleider sind meine große Leidenschaft.«

Diesmal war es Anton, der den Redeschwall seiner Schwester unterbrach. »Nun lass Anne doch erst einmal ankommen, und zerquetsch sie nicht«, sagte er. »Und uns alle zusammen anstoßen. Darauf, dass wir bald eine Familie sind.«

Er goss die perlende Flüssigkeit in die bereitstehenden Gläser und reichte zuerst Anne, dann Fritz und schließlich seiner Mutter und seiner Schwester eine Champagnerflöte.

»Auf die Familie«, sagte er.

»Auf die Familie«, wiederholten die anderen und ließen ihre Gläser aneinanderklingen.

• • •

Anne hielt es für ein gutes Omen, dass Doktor Oetker mit Vornamen ebenfalls Anton hieß, wie ihr künftiger Ehemann. Das änderte aber nichts daran, dass sie furchtbar aufgeregt war, als sie einige Tage später mit dem Zug in den Bahnhof von Bielefeld einfuhr. Es war gar nicht so einfach gewesen, sich loszueisen. Schließlich hatte sie zu einer Notlüge greifen und ihm vorgaukeln müssen, sie habe etwas Geheimes für die Hochzeit zu erledigen. Lachend – aber durchaus etwas widerwillig – hatte Anton sie schließlich ziehen lassen.

Gar nicht so einfach würde es auch werden, zur Frau Kommerzienrat durchzudringen, das war Anne klar. Sie hatte die Werke schon vom Zug aus gesehen und war von der Größe des Unternehmens ausgesprochen beeindruckt gewesen. Doch sie war wild entschlossen, sich durch nichts und niemanden von ihren Plänen abbringen zu lassen.

Als sie einige Zeit später durch ein großes Tor trat, das zwei Gebäude miteinander verband, sah sie eine hübsche, dunkel gelockte Frau des Weges kommen. Freundlich sah die Fremde sie an. »Kann ich Ihnen helfen?«, fragte sie höflich.

»Oh ja, bitte«, antwortete Anne. »Ich möchte zur Frau Doktor.«

»In welcher Angelegenheit?«

»Das … es ist persönlich. Und es ist von außerordentlicher Wichtigkeit«, stammelte Anne und sah die andere bang an. Doch zu ihrer Erleichterung brach die weder in schallendes Gelächter aus, noch sagte sie Anne, dass sie sich zum Teufel scheren sollte.

»Für Angelegenheiten von äußerster Wichtigkeit hat die Frau Kommerzienrat – so sollten Sie sie übrigens ansprechen – immer ein Ohr. Ich bringe Sie zu ihr.«

»Danke.«

Anne folgte der anderen über den Hof, auf dem geschäftiges Treiben herrschte, in ein großes Gebäude, das Annes Eindruck zufolge aus unzähligen Fluren und Treppenhäusern zu bestehen schien. Schließlich klopfte sie an eine Tür.

»Ja, bitte?«, rief eine weibliche Stimme von drinnen.

Die Dunkelgelockte schob ihren Kopf herein. »Frau Kommerzienrat, hier ist jemand, der Sie sprechen möchte«, sagte sie, stockte dann, wandte den Kopf zu Anne und flüsterte: »Wie heißen Sie?«

»Anne Dunst«, raunte die zurück.

Die Frau nickte und sagte dann ins Zimmer hinein: »Eine Anne Dunst.«

Anne vernahm eine energisch wirkende Stimme, dann schob die andere sie nach vorn. »Viel Glück«, sagte sie und schubste sie ins Zimmer. Anne hatte Mühe, nicht zu stolpern, und brauchte einen Moment, bis sie sich gefangen hatte.

Hinter einem zierlichen Schreibtisch saß eine elegante Dame mit dunklem aufgesteckten Haar und blickte ihr interessiert entgegen.

»Guten Tag, Fräulein Dunst«, sagte sie freundlich. »Was kann ich für Sie tun?«

»Guten Tag«, erwiderte Anne. »Mein Name ist Anne Dunst, aber das wissen Sie ja schon«, stammelte sie.

Die andere lächelte, was Anne irgendwie als beruhigend empfand, und sagte: »In der Tat. Das tue ich. Bitte, Fräulein Dunst. Setzen Sie sich.«

Anne tat, wie ihr geheißen, und knetete nervös ihre Hände.

»Was kann ich für Sie tun?«, wiederholte die Frau Kommerzienrat in unerschütterlicher Freundlichkeit.

»Es ist nämlich so, Frau Doktor … Frau Kommerzienrat«, setzte Anne an und verhaspelte sich sofort. »Ich bin die Verlobte von Anton Leyen, er leitet eine Zuckerwarenfabrik in Werther.«

Auch wenn sie furchtbar aufgeregt war und furchtbar

herumdruckste: Anne musste sich eingestehen, dass es sich wundervoll anfühlte, von Anton als von ihrem Verlobten zu sprechen.

»Ich gratuliere zur Verlobung«, sagte die Frau Kommerzienrat höflich. »Ich war auch mal verlobt.« Sie lächelte. »Und jetzt ist er mein Mann.«

Diese sehr private Bemerkung machte Anne Mut.

»Hätten Sie Ihrem Mann geholfen, wenn es nötig gewesen wäre?«, stieß sie hervor. »Auch ohne dessen Wissen?«

In Caroline Oetkers Blick veränderte sich etwas. Anne hatte den Eindruck, dass sie nun das volle Interesse der anderen hatte, als diese sagte: »Jederzeit. Ohne mit der Wimper zu zucken.«

»Nun«, fuhr Anne fort, die jetzt immer mehr an Selbstsicherheit gewann, »mein Verlobter weiß nicht, dass ich hier bin. Er befindet sich in einer prekären Lage. Und Sie könnten uns vielleicht helfen.«

»Ich höre«, forderte die Frau Kommerzienrat sie auf.

Und Anne erzählte. Davon, dass man sie hinterrücks niedergeschlagen hatte. Von dem gestohlenen Rezeptbuch. Und von dem gefälschten Brief, und dass der Zucker deshalb an Oetker statt an Leyen geliefert worden war. »Wie der Bauer mir sagte, brauchen Sie den Zucker nicht dringend. Ihre Produktion scheint nicht davon abzuhängen, Sie haben ihn nur genommen, um ihm einen Gefallen zu tun. Wir aber sind darauf angewiesen. Bitte, Frau Kommerzienrat, würden Sie mir den Zucker, sozusagen, zurückverkaufen?«

Ernst sah die andere sie an. Dann begann sie: »Zucker können wir natürlich immer gebrauchen …«

»Oh …«, setzte Anne enttäuscht an, doch die Frau Kommerzienrat hob die Hand und hieß sie schweigen.

»Aber Sie benötigen den Zucker ohne Frage dringender. Vor allem aber bin ich der Ansicht, dass wir Frauen zusammenhalten sollten, wenn es darum geht, unsere Männer zu schützen und zu stützen. Ich bin überzeugt, dass wir Fabrikanten zusammenstehen sollten, wenn es darum geht, Personen Einhalt zu gebieten, die uns unseren Erfolg neiden und zu solch grausigen Mitteln greifen. Und dass wir uns im Streben nach dem Guten und im Kampf gegen das Böse schlichtweg und einfach auch als Menschen stets zur Seite stehen sollten.«

Beeindruckt sah Anne Caroline Oetker an. So will ich auch einmal sein, dachte sie. So selbstbewusst, so souverän, so … ganz bei mir selbst. Diese Frau faszinierte sie.

Da sprach die andere weiter. »Sie erinnern mich ein wenig an mich selbst, Anne«, sagte sie. »An mich als junge Frau, kurz nach meiner Verlobung. Und ich bin sicher: Sie werden Ihrem Anton eine wunderbare Gattin sein, eine große Hilfe im Betrieb, und ihn auf seinem Weg hervorragend stützen.«

»Danke«, sagte Anne gerührt.

»Ich helfe Ihnen und Ihrem Anton gern«, sagte die Frau Kommerzienrat. »Ich werde mit *meinem* Mann sprechen. Anschließend lasse ich Ihnen eine Nachricht zukommen.« Sie machte sich eine Notiz. »Schicken Sie daraufhin bitte ein geeignetes Transportmittel, um den Zucker abzuholen. Ihr Verlobter soll den Transport begleiten und das Finanzielle mit meinem Mann regeln.«

»Frau Doktor, Frau Kommerzienrat«, stammelte Anne,

die nicht glauben konnte, dass es so einfach gewesen war. »Ich weiß gar nicht, was ich sagen soll.«

»Sie müssen nichts sagen«, antwortete Caroline Oetker lächelnd. »Ich freue mich, wenn ich helfen konnte.«

• • •

»Liebling, endlich. Du weißt ja gar nicht, wie sehr ich dich vermisst habe!«, rief Anton, kaum, dass Anne sein erstaunlich ordentliches Kontor betreten hatte.

Er deutete ihren Blick richtig und sagte etwas verlegen: »Seit Käthe hier ist, ist und bleibt es wunderbar aufgeräumt. Eine Sorge weniger.«

»Und ich kann dir noch eine weitere Sorge nehmen.«

»Die Sorge, dass du Nein sagen könntest?«, scherzte er, legte die Hände um ihre Taille und zog sie an sich, um sie zu küssen. »Das war in der Tat meine größte – und in der Tat hast du sie mir genommen.«

Lachend machte sie sich frei. »Das haben wir ja bereits erledigt. Dann werde ich dir jetzt auch deine zweitgrößte Sorge nehmen: dass du nicht mehr produzieren kannst. Oetker gibt dir deinen Zucker zurück.«

Verblüfft sah er sie an. »Wie meinst du das, Oetker gibt mir meinen Zucker zurück?«

»Wie ich es sage. Ich war in Bielefeld und habe mit der Frau Kommerzienrat geredet. Ich habe ihr alles erzählt, und sie war der Ansicht, dass Fabrikanten im Kampf gegen Sabotage zusammenhalten sollten. Deshalb gibt sie uns den Zucker gern zurück. Wie Balsfrenser sagte, ist Oetker nicht darauf angewiesen.«

Seine Augen wurden riesengroß. »Du bist tatsächlich nach Bielefeld gefahren und hast Frau Doktor Oetker gebeten, uns unseren Zucker zurückzugeben? Persönlich?«, vergewisserte er sich.

Sie lachte, froh und glücklich, dass er so staunte. »Ja.«

»Anne Dunst, bald Leyen, du bist unglaublich«, flüsterte er und küsste sie so, wie er sie noch nie geküsst hatte.

Kapitel 21

Werther, April 1910

»Also, ich fände es furchtbar romantisch, wenn sich ein Mann meinetwegen duellieren würde«, ließ sich Lotte vernehmen, als ein Teil der Belegschaft der Bonbonfabrik sich wie jeden Tag zum Mittagessen in den Personalraum zurückzog. Auch Anne speiste noch tagtäglich mit ihnen, selbst wenn Anton sie mehr oder weniger auf Knien anflehte, ihre Mahlzeiten mit ihm einzunehmen. »Tue ich dir denn nicht wenigstens ein bisschen leid?«, fragte er, stets bemüht, ihr Herz zu erweichen. »Jeden Tag sitze ich mittags mutterseelenallein in meinem riesigen Wohnzimmer an meinem riesigen Tisch, während meine Liebste mit den Arbeitern speist.«

»Erstens«, hatte sie gesagt und die Arme um ihn geschlungen, um ihn zu küssen, »speist du keineswegs mutterseelenallein, sondern in Gesellschaft deiner reizenden Mutter und deiner liebenswürdigen Schwester. Und zweitens finde ich es wichtig, dass die anderen nicht das Gefühl haben, dass ich mir zu fein bin, mit ihnen zu essen, nur, weil wir nun verlobt sind.«

»Nur, weil wir nun verlobt sind?«, fragte er und küsste ihre Hand. »Ich wüsste nicht, was es Wichtigeres geben könnte.«

»Natürlich«, sie lachte.

»Aber nach unserer Hochzeit wird meine Frau mir hoffentlich die Ehre erweisen, mit mir zu tafeln?«, hatte er gespielt gestelzt gefragt.

»Sie wird«, hatte Anne lachend zurückgegeben. Und so lange war das ja auch nicht mehr hin: Im Sommer wollten sie sich in der Sankt-Jacobi-Kirche das Jawort geben.

»Fändest du das nicht auch romantisch, Anne?«, drang Lottes Stimme an ihr Ohr und riss sie aus ihren Gedanken.

»Wie?« Anne fuhr hoch.

Lotte verdrehte die Augen. »Ob du es nicht auch romantisch fändest, wenn dein Anton«, sie sagte das ein wenig abfällig, so, wie sie auch Anne noch unfreundlicher behandelte, seit deren Verlobung mit Anton Leyen bekannt geworden war, »sich mit einem anderen für dich duellieren würde?«, fragte sie mit leiser Ungeduld in der Stimme.

»Was?«, rief Anne entsetzt. »Natürlich nicht! Wer kommt denn auf solche Gedanken!«

»Nur allzu viele«, mischte sich nun Hinner ins Gespräch. »In der Zeitung stand heute, dass Prinz Georg von Bayern sich in München öffentlich zum Duell bekannt hat.« Er schob Anne das fragliche Blatt entgegen. »So sind wir überhaupt draufgekommen.« Sie überflog die Zeilen. Der neunundzwanzigjährige Prinz erklärte vollmundig, es gebe Konflikte im Leben, in denen die Ehre des Einzelnen nicht anders als durch einen Zweikampf hergestellt werden könne.

»Die Kirche ist wohl ziemlich empört über diese Äußerung, und die Zentrumspartei überlegt, ob sie ihre monarchistische Einstellung revidieren soll«, berichtete Hinner weiter.

»Na, das würde die Wittelsbacher sicherlich nicht sonderlich freuen«, sagte Anne abwesend. Wenn sie ehrlich war, interessierte sie dieses Getratsche nicht im Geringsten.

»Und du bist dir sicher, dass du es nicht romantisch fändest, wenn sich zwei Männer deinetwegen duellierten?«, ließ Lotte indes nicht locker und fixierte Anne mit ihren hellblauen Augen derart intensiv, dass diese den Blick unangenehm berührt zur Seite wandte. Warum war die andere so penetrant?

»Ganz sicher«, sagte sie und erhob sich.

Da flüsterte Lotte ihr zu: »Freu dich nur nicht zu früh. Mit dem Herrn Leyen wird eine wie du nicht glücklich.«

Unwillkürlich schauderte Anne.

• • •

Käthe hob den Kopf, als ihr Bruder sein Büro betrat, und bemühte sich um eine finstere Miene.

»Was?«, fragte er lachend. »Warum siehst du mich so böse an?«

»Ich habe dich im Verdacht, in diesem Raum Unordnung zu schaffen«, verkündete sie drohend.

»Das würde ich niemals wagen«, entgegnete er und meinte es von Herzen ehrlich. »Wirklich nicht. Ich finde es immer noch unglaublich, dass du es geschafft hast, hier eine derartige Ordnung hereinzubringen.«

Wie jedes Mal, wenn er in letzter Zeit den Raum betrat, sah er sich staunend um. Das einst so dunkle und vollgestopfte Zimmer war nun licht und hell, wo Papierstapel gelegen hatten, standen jetzt hübsche Blumen. Auf Bitten seiner Schwester hatte er gemeinsam mit Hinner einen zweiten Schreibtisch ins Zimmer gebracht, an dem nun seine Schwester saß. Sein eigener stand hier im Grunde nur der Form halber, denn seit sie hier die Regie übernommen hatte, hielt er sich nur noch sehr selten in seinem Kontor auf, sondern unterstützte seine Arbeiter lieber bei der Bonbonproduktion. Und das war dringend nötig, denn die Karamellbonbons ließen den Absatz regelrecht explodieren, vor allem, seit Fritz das Rezept mit goldgelbem Kandis verfeinert hatte.

»Ich bin Anne so dankbar, dass sie damals dafür gesorgt hat, dass ich den Zucker zurückbekommen habe. Ohne sie wäre ich verloren gewesen.«

»Ja«, seufzte Käthe. »Du hast wirklich Glück mit deiner künftigen Frau. Während ich immer noch auf meinen Traumprinzen warte. Aber wie soll ich in Werther auch jemanden finden.«

»Das dachte ich auch«, sagte Anton. »Und dann kam Anne.«

»Ach, und du meinst, deswegen schneit mein Märchenprinz auch einfach so zur Tür herein?«

»Vielleicht ist er ja schon da, und du weißt es nur noch nicht.«

»Wie meinst du das?«, fragte sie und sah ihn misstrauisch an.

»Nur rein hypothetisch natürlich.«

»Natürlich«, erwiderte sie. Dann wurde sie wieder geschäftsmäßig und fragte: »Was ist nun mit Annes Idee, Frau Wulfhorsts Hof zu übernehmen?«

»Wir verschieben die Entscheidung noch ein bisschen«, sagte er. »Wir müssen erst einmal sehen, wie die Saat aufgeht.«

»Aber wenn sich der Boden eignet, dann wüsste ich nicht, was dagegenspräche. Vor allem, wenn uns Frau Wulfhorst anfangs noch mit der Bewirtschaftung des Hofs unterstützt.«

»Ja, du hast absolut recht. Zwar hat uns Bauer Balsfrenser seinen Ertrag für dieses Jahr wieder fest zugesichert, auf Dauer wird er nur nicht ausreichen, besonders, wenn das Karamell weiterhin so beliebt bleibt.«

»Und danach sieht es aus«, gestand Käthe und deutete auf ihre Bücher. »Ich vermute sogar, dass das unser erfolgreichstes Produkt wird. Was bedeuten würde, dass wir große Mengen an Butter und Sahne benötigen.«

Anton nickte. »Versteh mich nicht falsch«, bat er. »Ich würde den Hof wirklich gern übernehmen, aber ich möchte nichts überstürzen. Wir sind keine Bauern. Uns auf dieses für uns vollkommen neue Terrain zu wagen, ist ein Risiko. Wir brauchen neue Arbeiter, die sich um die Landwirtschaft kümmern, und wir haben im Moment ohnehin unglaublich viel zu tun. Außerdem wissen wir immer noch nicht, wer uns da so übel mitspielen will.« Er zögerte kurz, als Fritz' Bild vor seinem inneren Auge auftauchte, schob es dann aber entschlossen fort. Nun, da er seinen künftigen Schwager besser kennengelernt hatte, vermutete er, dass dessen manchmal seltsames Verhalten eher auf seine unglaubliche Schüchternheit zurückzuführen war als darauf, dass er etwas zu verbergen versuchte.

»Vielleicht ist es ja nun auch vorbei«, sagte Käthe in seine Gedanken hinein. »Es gab seit Monaten keine Vorfälle mehr.«

»Ja, vielleicht ist das so«, sagte er und sah sie nachdenklich an. »Aber so wirklich glauben kann ich das leider nicht, denn erreicht hat derjenige bisher nichts. Wir sind noch immer da, produzieren so erfolgreich wie nie zuvor, und ich selbst bin glücklicher, als ich es mir je hätte vorstellen können.«

• • •

Nachdenklich machte sich Anne am Abend auf den Nachhauseweg. Es fiel ihr schwer, nicht jede Sekunde mit Anton zu verbringen. Aber Fritz war ja auch noch da, und sie hatte ihm versprochen, dass dieser Abend allein ihm gehören würde. Sie würde etwas Schönes für sie beide kochen, und dann wollten sie sich einen gemütlichen Abend machen. Ohnehin bedrückte der Gedanke an ihren Bruder sie etwas. Die Vorstellung, dass er ganz allein hier in dem großen leeren Haus ihrer Großmutter leben musste, schnitt ihr ins Herz.

Sie hatte schon überlegt, ob sie Anton bitten konnte, nach der Hochzeit einfach zu ihnen zu ziehen. Aber das ging natürlich nicht.

Sie war gerade erst ein paar Schritte gegangen, als hinter ihr eine Stimme ertönte. »Anne!«

Sie drehte sich um und sah Barbara, die schmale brünette und immer ein wenig schüchterne Fabrikarbeiterin, auf sich zueilen.

»Gehst du nach Hause?«, fragte sie.

Anne nickte. »Ja.«

»Gehen wir ein Stück zusammen? Wir wohnen ja nicht weit voneinander entfernt«, fragte Barbara und sah sie schüchtern an.

Anne wäre zwar lieber allein mit sich und ihren finsteren Gedanken gewesen, freute sich aber andererseits über die Frage der anderen, die sie schon immer sympathisch gefunden und es bedauert hatte, dass sie nie mehr miteinander sprachen als ein paar Worte über die Arbeit – aber es gab einfach stets so viel zu tun, sowohl bei der Arbeit als auch in der Freizeit.

»Gern«, stimmte sie daher zu, und die beiden jungen Frauen setzten ihren Weg Seite an Seite fort.

»Es tut mir leid, was Lotte heute zu dir gesagt hat. Überhaupt, wie sie dich behandelt. Sie war über so viele Jahre in den Herrn Direktor verliebt und schien fest davon auszugehen, dass er ihr irgendwann den Hof machen wird. Zumal …«

Schon wieder spürte Anne das Gefühl von Eifersucht in sich aufsteigen.

»Zumal was?«, fragte sie und bemühte sich, dabei freundlich zu klingen.

»Na ja, es ist sicher nicht von Bedeutung«, murmelte Barbara.

»Von was in aller Welt redest du?«, rief Anne und blieb stehen.

»Die beiden waren mal ein Paar. Aber das ist lange her. Und es war auch nichts Ernstes, aber das ganze Dorf hat gesagt, dass sie später einmal heiraten würden.«

Anne schluckte, während sich die Gedanken in ihrem Kopf überschlugen. Dann hatte ihr Gefühl sie also doch nicht getrogen! Warum hatte Anton ihr das nicht gesagt? Und was hatte Lotte gemeint mit ihrem Satz »Eine wie du wird mit dem Herrn Leyen nicht glücklich«?

Vorhin hatte Anne das als Stichelei abgetan, aber nach allem, was sie nun wusste, schienen Lottes Worte natürlich in einem ganz neuen Licht.

»Und … was ist dann passiert?«

»Na ja«, sagte Barbara, und es war ihr deutlich anzumerken, dass ihr ihre Worte bereits leidtaten. »Er hat ihr eben nie einen Antrag gemacht.«

»Und deshalb hat sie angefangen, bei ihm zu arbeiten?«, fragte Anne. »Weil sie ein Paar waren?«

»Das weiß ich leider nicht«, murmelte Barbara. »Sie kennen sich schon ewig, sie sind zusammen in die Volksschule Langenheide gegangen. Und bitte, sag dem Herrn Direktor nicht, dass ich es dir gesagt habe. Ich möchte keinen Ärger bekommen.«

»Natürlich nicht«, versicherte Anne, die bei Barbaras Worten allerdings noch misstrauischer wurde. Warum durfte Anton nicht wissen, dass sie es wusste? Was hatte er zu verheimlichen?

»Hast du eigentlich einen Galan?«, erkundigte sie sich

dann bei der anderen, um von sich und ihren Gedanken abzulenken.

Barbara errötete. »Nein«, sagte sie.

Inzwischen waren sie vor ihrem Haus angekommen und stehen geblieben. »Bis morgen, Anne«, sagte Barbara.

»Bis morgen«, erwiderte Anne. Und dann war sie mit ihren noch finstereren Gedanken wieder allein.

• • •

Anton seufzte, als er die Zeitung zuschlug.

»Was ist?«, fragte seine Mutter. »Schlechte Nachrichten?«

»Ach«, machte Anton. »Mark Twain ist gestorben.«

Rose Leyen lächelte. »Der Held deiner Kindheit«, murmelte sie versonnen. »Wie hast du die Abenteuer und Fahrten des Huckleberry Finn geliebt. Lass mal sehen.«

Sie streckte die Hand aus, und Anton schob ihr die Zeitung über den Tisch. Gleich darauf stieß Rose Leyen einen Schrei des Entsetzens aus. »Also doch«, sagte sie.

»Also was?«, fragte ihr Sohn irritiert.

»Der Halleysche Komet. Er kommt.«

Fragend sah Anton sie an, doch seine Mutter war derart in den Artikel vertieft, dass sie es gar nicht bemerkte. Stattdessen ergriff seine Schwester das Wort. »Im Mai, wahrscheinlich in der Nacht vom achtzehnten auf den neunzehnten, kommt der Komet so nahe zur Erde, dass man ihn mit bloßem Auge erkennen kann. Das erste Mal seit 1835.«

»Stimmt, das habe ich ganz vergessen. Das ist ja wunderbar!«, rief Anton, der seine Sorgen für einen Augenblick ganz vergaß. »Wie aufregend. Ich werde mir den Kometen gemeinsam mit Anne ansehen.«

»Das ist ganz und gar nicht wunderbar«, durchkreuzte seine Mutter jedoch seine romantischen Gedanken. »Im Gegenteil, das ist ausgesprochen gefährlich.«

»Gefährlich?«, fragte Anton verwundert. »Soll der Komet etwa auf der Erde einschlagen?«

»Sein Schweif wird die Erde streifen«, flüsterte Rose verängstigt. »Und in diesem Moment könnte die Welt untergehen.«

Sie deutete auf den vor ihr liegenden Zeitungsartikel. »Vielleicht sind auch giftige Gase zu erwarten. Oder wir werden alle durch die Schwerkraft von der Erde weggezogen. Sie empfehlen hier, man solle sich besser im Bett anbinden.«

»Mutter«, beruhigte Käthe die aufgebrachte Frau. »Du glaubst doch sonst auch nicht an so etwas.«

»Aber wenn es doch sogar in der Zeitung steht!«, murmelte die besorgte Rose.

»Zeig mal her«, bestimmte Anton und zog das Blatt wieder zu sich heran. Dann lachte er hell auf.

»Was ist denn daran komisch?«, fragte Rose irritiert.

»Nun«, erwiderte Anton, »ich amüsiere mich nicht über den Artikel, den kann ich so schnell ja gar nicht lesen, sondern darüber, dass hier ein Fotograf ›Momentfotografien vom Weltuntergang‹ anbietet. Er wirbt sogar damit, dass sie ›sofort nach dem Untergang zu haben‹ sind.«

Nun musste auch seine Mutter lachen. »Na, wenn die Welt erst mal untergegangen ist, dann braucht auch keiner mehr die Fotografien. Insofern ist es zweifelhaft, ob jemand sein Angebot annehmen wird.«

»Na, siehst du«, beruhigte Anton sie. »Diese ganze Angstmacherei führt doch zu nichts. Und was den angeblich giftigen Schweif angeht, so ist doch längst erwiesen, dass die darin enthaltene Blausäurekonzentration völlig ungefährlich ist.«

Doch Rose war noch nicht ganz überzeugt. »Ich glaube ja auch nicht, dass der Komet einen von der Erde wegzieht, und diese Sache, dass man sich deshalb am Bett anketten soll, ist wirklich etwas übertrieben. Aber es ist schon so, dass der Komet zu allen Zeiten als Unglücksbote galt. Natürlich hat er die Erde niemals mit einem Streich vernichtet, aber ihm folgten häufig Kriege, Seuchen und Hungersnöte. Das steht auch hier.« Sie zeigte auf die Zeitung.

»Es begann zweihundertachtzehn nach Christus«, berichtete sie nach einem Blick in das Blatt. »Damals soll er in China einen Aufstand gegen den Herrscher ausgelöst haben.«

»Vielleicht lag das weniger am Kometen als vielmehr am Herrscher?«, mischte sich nun wieder Käthe ins Gespräch.

»Es geht ja noch weiter«, ließ sich ihre Mutter nicht so leicht beruhigen. »1066 erschien er erneut – woraufhin es zur Schlacht bei Hastings kam, bei der die Normannen über die Angelsachsen siegten.«

»Also schlecht für die Angelsachsen, gut für die Normannen«, bilanzierte Anton trocken. »Und die leben ja auch auf dieser Erde, die der Komet streifte.«

»Es geht doch nicht darum, wer gewann und wer verlor«, rief Rose verärgert, die sich von ihren Kindern offenbar nicht ernst genommen und verspottet fühlte. »Es geht darum, dass es in der Folge des Kometen zu einer Schlacht kam.«

»Mutter«, Anton nahm ihre Hände, »das mag ja sein, aber wie viele Kriege und Schlachten gab es, ohne dass vorher der Komet erschienen ist. Das hat politische Gründe, keine meteorologischen.«

»Du hast recht«, sagte Rose und schob mit entschlossener Miene die Zeitung beiseite. »Es ist ja auch albern von mir, dass ich mir überhaupt Gedanken mache. Lass das nur nicht unsere Arbeiter wissen. Sonst lachen sie mich noch aus.«

»Das würden sie niemals wagen«, versicherte Anton. Und er meinte es auch so. Die Tatsache, dass die »Frau Direktorin«, wie die Arbeiter Rose Leyen nannten, sich zu ihnen in die Bonbonkocherei stellte, weil es an helfenden Händen fehlte, hatte seine Mutter und die ganze Familie im Ansehen der Angestellten nochmals steigen lassen.

»Gut«, sagte Rose. »Dann reden wir jetzt nicht mehr davon. Schließlich haben wir eine Hochzeit vorzubereiten.«

Kapitel 22

Werther, Mai 1910

Der Abend des achtzehnten Mai war mild und warm. Anton hatte eigens zwei Fernrohre besorgt. Atemlos stand er neben Anne und richtete seinen Blick in den dunklen Nachthimmel. Auf ihre Bitte hin waren sie zu dem Hügel gegangen, auf dem sie immer mit ihrer Großmutter gewesen war. Von hier oben, da waren sie überzeugt, müssten sie einen fantastischen Blick auf den Kometen haben.

Doch sie wurden enttäuscht. Solange sie auch warteten: Der Halleysche Komet ließ sich einfach nicht am Nachthimmel blicken. Allerdings ging die Welt auch nicht unter. »Nicht einmal eine Sternschnuppe ist für uns vom Himmel gefallen«, sagte Anton und zog seine Verlobte an sich.

»Ja, schade«, murmelte die abwesend.

»Aber wenigstens sind wir allein und haben die Gelegenheit, uns endlich einmal in Ruhe zu unterhalten. Und du kannst mir verraten, was dir in deinem hübschen kleinen Köpfchen herumgeht.«

Prüfend sah er sie an.

»Seit einiger Zeit ist mir, als weichst du mir aus. Es bedrückt dich doch etwas. Oder täusche ich mich?«

Sie zögerte. Sollte sie ihm berichten, was sie von Barbara erfahren hatte? Ihn fragen, warum er ihr verschwiegen hatte, dass er und Lotte einst ein Paar gewesen waren? Aber würde diese Eifersucht nicht furchtbar kindisch wirken, vor allem, weil das mit Lotte und Anton ja eindeutig der Vergangenheit angehörte?

»Ach, mir geht unglaublich viel im Kopf herum«, sagte sie ausweichend. »Die Hochzeit im Allgemeinen, die Einladungen für die Gäste, wo die Feierlichkeiten stattfinden werden, und ich habe auch noch kein Kleid …«

»Also, was das Kleid angeht, so rechnet meine Schwester fest damit, dass ihr euch gemeinsam darum kümmern werdet. Sie kann es kaum erwarten.«

Anne lächelte. »Ich weiß«, sagte sie. »Aber bisher haben wir es noch nicht geschafft, weil einfach immer wieder etwas dazwischenkommt. Und es ist nicht mehr viel Zeit bis zum Hochzeitstermin.«

»Dann, mein Schatz«, sagte er und küsste sie zart auf die Lippen, »gebe ich dir und meiner Schwester hiermit für morgen offiziell frei, damit ihr euch um das Hochzeitskleid kümmern könnt. Wie klingt das?«

»Gut«, sagte sie mit einem erleichterten Seufzen und lächelte matt. »Aber kannst du uns denn wirklich entbehren?«

»Nein, ich kann euch unter gar keinen Umständen entbehren«, versicherte er mit einem verschmitzten Lächeln. »Aber die Firma kann es.« Er zwinkerte ihr zu und sah sie dann prüfend an, als sie kaum reagierte, während sie Hand in Hand durch die Dunkelheit nach Hause gingen. »Ich kann deinen Gesichtsausdruck im Dunkeln zwar nicht erkennen, aber ich habe das Gefühl, dass ich dir deine Sorgen nicht ganz nehmen konnte.«

Sie biss sich auf die Lippen.

»Nun«, sagte sie rasch. »Die Frage, wo wir die Hochzeit feiern, steht auch noch im Raum. Ich würde gerne die ganze Belegschaft einladen, auch wenn das nicht üblich sein mag. Aber sie sind nun mal diejenigen, mit denen wir tagtäglich zusammen sind.« Und dann rutschte es ihr einfach heraus: »Wenn Lotte nichts dagegen hat. Vielleicht möchte sie nicht zu unserer Hochzeit kommen. Und du möchtest das auch nicht.«

»Wieso sollte ich etwas dagegen haben, dass Lotte zu unserer Hochzeit kommt?«, fragte er perplex.

»Na, weil ihr doch mal ein Paar wart!«, rief Anne.

»Wir waren was? Wer hat dir das denn erzählt?«

»Barbara«, erklärte Anne. »Allerdings musste ich ihr versprechen, dass ich nicht sage, dass ich es von ihr weiß. Also verrate mich bitte nicht.«

»Natürlich nicht«, versicherte er. »Allerdings frage ich mich, was dieser Unsinn soll.«

»Unsinn?«

»Lotte Staudinger ist ohne Frage in mich verliebt, und das nicht erst seit gestern«, sagte Anton. »Ich bin mir dessen bewusst, aber ich erwidere diese Gefühle nicht, und ich habe ihr nie einen Anlass gegeben, etwas anderes zu vermuten. Ich kenne sie mein ganzes Leben, wir haben als Kinder miteinander gespielt, aber wir waren nie ein Paar.«

»Warum erzählt Barbara mir dann so etwas?«, fragte Anne verwundert. »Und ich muss gestehen, dass es zu Lottes Verhalten passt. Sie ist sehr unfreundlich zu mir, seit sie weiß, dass wir verlobt sind. Und neulich sagte sie etwas Merkwürdiges zu mir.«

»Was meinst du mit ›etwas Merkwürdiges‹?«

»Na ja, sie sagte, dass eine wie ich mit dir sicher nicht glücklich wird.«

Anton seufzte. »Ich hätte nicht gedacht, dass sie so penetrant ist. Es hat eine Zeit gegeben, da hat sie mir mehr als deutlich gezeigt, wie sie zu mir steht. Aber ich habe ihr gegenüber von Anfang an mit offenen Karten gespielt. Trotzdem hat es lange gedauert, bis sie akzeptierte, dass ich kein Interesse habe und aus uns niemals ein Paar wird. Zumindest dachte ich, dass sie es akzeptiert hätte. Aber wenn das so weitergeht, werde ich sie vielleicht entlassen müssen.«

»Kündige ihr nicht«, sagte Anne bittend. »Ich möchte nicht, dass jemand meinetwegen gehen muss.«

»Aber es kann nicht angehen, dass sie dich schlecht behandelt, nur weil du mit mir glücklich bist, ich sie aber abgewiesen habe.«

»Beim nächsten Mal werde ich ihr Kontra geben«, versprach Anne. »Jetzt kenne ich ja die Wahrheit und weiß, wie ich mit ihrer Äußerung umzugehen habe. Und wenn es schlimmer wird, berichte ich dir davon.« Sie spürte Erleichterung in sich aufsteigen, dass sie so offen mit Anton darüber gesprochen hatte. »Wie, denkst du, ist das Gerücht, dass ihr ein Paar wart, entstanden?«

»Wir haben einmal auf einem Dorffest miteinander getanzt, ich war zwanzig und sie siebzehn. Damit habe ich ihr wohl Hoffnungen gemacht, und sie dachte eine Weile lang, dass das der Anfang einer Liebesbeziehung wäre.«

Sie nickte und griff wieder nach seiner Hand, die sie irgendwann während des Gesprächs losgelassen hatte. »Bitte entschuldige«, sagte sie. »Ich habe mir wirklich Sorgen gemacht, weil ich dachte, du hättest mir so etwas Wichtiges verschwiegen.«

»Es war hinreißend, dich eifersüchtig zu sehen«, erwiderte er und setzte seinen Weg fort. »Aber nun bringe ich dich nach Hause. Halley wird sich heute Abend wohl nicht mehr blicken lassen.«

• • •

Anne war bester Stimmung, als sie am nächsten Morgen Seite an Seite mit Käthe vom Bielefelder Bahnhof aus in Richtung Innenstadt spazierte. »Ich bin so froh, dass wir uns endlich um dein Brautkleid kümmern«, sagte Käthe und hakte ihre künftige Schwägerin unter. »Du wirst aussehen wie eine Prinzessin, dafür werden wir sorgen.«

»Ich hätte auch nicht gedacht, dass ich so schnell wieder nach Bielefeld kommen würde, als ich die Frau Kommerzienrat gebeten habe, uns den Zucker zurückzugeben«, erwiderte Anne. »Wo gehen wir überhaupt hin? Hast du hier eine Schneiderin?«

»Warte es nur ab«, sagte Käthe geheimnisvoll.

Kurz darauf kam sie vor einem großen, lang gestreckten

und reich verzierten Gebäude zum Stehen. »Textilhaus Buddeberg«, rief Anne. »Das ist ja riesig.«

»Ganz recht«, bestätigte Käthe und steuerte auf die Eingangstür zu, die ihr ein diensteifriger Page sofort aufhielt. »Und die Auswahl an Kleidern ist auch riesig. Glaube mir, heute werden wir nicht nur mit *einem* Kleid nach Hause gehen.«

Drinnen sah Anne sich staunend um. In dem enorm großen Ausstellungsraum befanden sich die prächtigsten Roben in den herrlichsten Stoffen, es gab passende Hüte und Täschchen, Tücher und allerlei anderen Putz.

»Guten Tag, meine Damen, wie kann ich Ihnen helfen?«, sprach sie eine vornehm gekleidete Frau, Anne schätzte sie auf Mitte dreißig, an.

»Guten Tag«, erwiderte Käthe. »Wir sind auf der Suche nach einem Brautkleid für meine künftige Schwägerin.« Mit einem schelmischen Lächeln fügte sie hinzu: »Und ich benötige ebenfalls ein Kleid für die Hochzeit. Ich habe irgendwie nie etwas Passendes anzuziehen.«

»Oh ja, das Problem kenne ich«, sagte die Dame. »Und das, obwohl ich hier einen ganzen Laden voller Auswahl habe.«

»Sind Sie etwa Frau Buddeberg persönlich?«, fragte Käthe und klang mit einem Mal ganz ehrfürchtig.

»In Person«, sagte die andere, offenbar geschmeichelt, dass Käthe ihren Namen kannte, und schüttelte erst Käthe, dann Anne die Hand.

»Frau Buddeberg und ihr Gatte führen das Geschäft gemeinsam«, wandte sich Käthe erklärend an Anne.

»Oh«, machte die, weil ihr nichts Besseres einfiel.

»Sie werden eine wunderbare Braut sein«, war sich Frau Buddeberg sicher. Dann sagte sie: »Bitte folgen Sie mir, dann zeige ich Ihnen unsere Brautkleider. Wir haben aber auch eine Menge Kataloge, in denen Sie sich inspirieren lassen können. Wir können Ihnen jegliches Kleid, das Sie wünschen, schneidern oder jedes vorhandene anpassen. Das gilt natürlich auch für alle Abendkleider und Roben in anderen Farben. Wenn Ihnen eines davon besonders gut gefällt, dann fertigen wir es gerne auch in Weiß an.«

»Danke«, sagte Anne, die ob der Fülle an prachtvollen Kleidern, denen sie sich gegenübersah, als sie in eine mithilfe von Regalen leicht separierte Ecke traten, gar nicht wusste, wohin sie schauen sollte.

Anne stellte entzückt fest, dass die Auswahl so groß war, dass sie hier mit Sicherheit fündig werden würde. Mit einem Schrei der Begeisterung stürzte sich Käthe auf eines der Modelle – und zwar das, das Anne auch direkt ins Auge gefallen war.

Das Mieder war nicht reinweiß, sondern von einem ganz hellen Roséton, so zart, dass er kaum wahrnehmbar war und ihm dennoch eine weichere Note verlieh. Das Oberteil bestand aus Spitze und war über und über mit kleinen Perlen bestickt, die sich bis hinunter auf den Rock ergossen. Dieser war weit und schwingend, aus schimmerndem, festem Stoff, Anne vermutete, dass es sich um Taft handelte, der mit vielen kleinen Seidenblättern bestickt war. Und auch auf diesem Rock funkelten unendlich viele Perlen.

»Das ist wunderschön«, flüsterte Anne andächtig. »Es erinnert mich an eine Apfelblüte.«

»Es ist wie für dich gemacht«, bestätigte Käthe begeistert. »Probiere es doch einmal an.«

»Dann schicke ich Ihnen ein Mädchen«, sagte Frau Buddeberg und nickte einer jungen Dame zu, die in einigem Abstand zu ihnen stand und auf Anweisungen wartete. Auf das Zeichen der Chefin kam sie nun herbei. »Bitte folgen Sie mir.« Frau Buddeberg nahm das Kleid, legte es gekonnt über den Arm und ging Anne und Käthe voraus in ein mit Spiegeln ausgekleidetes Separee, in dem mehrere gemütlich aussehende Sitzmöbel standen. In einer Ecke befand sich ein reich verzierter Wandschirm, hinter dem Anne sich, wie sie vermutete, umkleiden sollte.

Im nächsten Moment betrat eine junge Frau, etwa in Annes Alter, das Separee, lächelte Anne und Käthe freundlich an und blickte dann fragend zur Ladeninhaberin. »Sie haben nach mir schicken lassen, Frau Buddeberg?«

Diese nickte. »Ja, Marie, bitte hilf dem gnädigen Fräulein in dieses entzückende Kleid.«

Die junge Frau deutete auf den rosa-weißen Traum, den Frau Buddeberg an den dafür vorgesehenen Haken gehängt hatte, und lächelte Anne zu. »Eine gute Wahl«, sagte sie. »Bitte kommen Sie!«

»Darf ich Ihnen etwas anbieten?«, hörte Anne Frau Buddeberg Käthe noch fragen. »Kaffee? Pralinen? Oder zur Feier des Tages einen Schluck Champagner?«

Champagner? Um diese Uhrzeit?, dachte Anne hinter ihrem Wandschirm. Sie hatte das prickelnde Getränk erst ein

Mal in ihrem Leben getrunken – bei ihrer Verlobung –, und es hatte ihr köstlich gemundet, war ihr allerdings auch ein wenig zu Kopf gestiegen.

»Nun«, hörte sie Käthe sagen, »ich denke, wenn wir heute tatsächlich das richtige Brautkleid finden, dann dürfen wir uns auch mit einem Schlückchen Champagner belohnen. Warten wir also ab.«

Während Anne dem Gespräch auf der anderen Seite des Wandschirms lauschte, ließ sie sich von der Verkäuferin auskleiden. Es war ein sehr merkwürdiges Gefühl – noch nie hatte ihr jemand beim An- oder Auskleiden geholfen, und es war ihr ein wenig peinlich.

Diese Marie hat das schon oft gemacht, redete sie sich Mut zu. Und in dein Brautkleid würdest du niemals allein hineinkommen.

»Bitte schön«, sagte Marie und deutete mit dem Kinn auf das Kleid, das sie weit aufgeschnürt und auf den Boden gelassen hatte. »Am besten, Sie steigen von oben hinein.«

»Gut.«

Vorsichtig, sich mit einer Hand an der Wand abstützend, stieg Anne mitten in die weißen Stoffbahnen.

»Sehr gut«, lobte die Ankleidehilfe und zog das Kleid vorsichtig hoch.

»Hier hinein müssten Sie dann bitte mit Ihren Armen schlüpfen«, sagte sie, und Anne tat, wie ihr geheißen.

»Raffinierterweise ist in das Kleid bereits ein Mieder eingearbeitet, sodass Sie gar kein gesondertes benötigen«, ließ die Verkäuferin sie wissen. »Ich beginne nun, Sie zu schnüren.«

Anne nickte, während sie spürte, dass sich das Kleid immer enger um sie zog. Es war schrecklich eng.

»Sie haben so eine schmale Taille«, schwärmte Marie indes, »da muss ich gar nicht allzu sehr schnüren.«

Dabei schnürt sie doch schon unglaublich fest, dachte Anne und konnte sich nicht verkneifen zu fragen: »Was machen denn Damen, deren Taille breiter ist als meine?«

»Nun, die muss ich entweder etwas fester schnüren«, begann Marie, »oder sie können das Kleid nicht tragen. Es ist ohnehin für sehr zierliche Frauen gearbeitet.«

Anne nickte, während die Verkäuferin fortfuhr: »Es soll an eine Apfelblüte erinnern und eine Huldigung an deren Zartheit sein. Deshalb kommt es auch nur für ganz zarte Frauen infrage.«

»Sie wissen viel über das Kleid«, sagte Anne bewundernd. »Kennen Sie denjenigen, der es entworfen hat?«

»Ja«, murmelte Marie so leise, dass Anne es kaum verstehen konnte. »Das war ich.«

»Sie?« Anne war so verblüfft, dass sie sich einem Impuls folgend zu der anderen umwandte. »Stillhalten«, schalt die. »Sonst kann ich Sie nicht ordentlich schnüren.«

»Entschuldigung!«, stammelte Anne. »Ich war nur so … verblüfft.«

Marie lachte auf, und es klang ein wenig bitter. »Warum? Weil ich eine Frau bin? Eine junge Frau?«

»Nein!«, rief Anne, entsetzt, dass die andere ihre Worte derart missverstanden hatte. »Ich bin ja ebenfalls eine junge Frau und kreiere Bonbons, auch wenn man das natürlich nicht vergleichen kann.«

»Sie kreieren Bonbons?«, fragte Marie. »Ich *liebe* Bonbons.«

»Ja«, bestätigte Anne eifrig. »Ich habe leider keine dabei, sonst würde ich Sie probieren lassen. Aber Sie haben schon recht, gemeinhin denkt man, dass nur ältere Männer solche Dinge können. Kleider entwerfen. Und Bonbons kochen.«

»In England kämpfen die Frauen mehr als wir für ihre Rechte.« Marie hatte ihre Stimme nun zu einem Flüstern gesenkt, vermutlich, damit ihre Arbeitgeberin sie nicht hörte. »Haben Sie schon mal was von den Suffragetten gehört?«

»Nein«, sagte Anne.

»Das sind die Engländerinnen, die für das Wahlrecht der Frauen kämpfen. Hier in Deutschland kämpfen die Frauen auch sehr für ihre Rechte, und ich gehöre auch einem entsprechenden Verein an. Helene Lange hat schon 1894 das Frauenwahlrecht gefordert. In Wyoming dürfen Frauen bereits seit 1869 wählen, seit 1881 auf der britischen Isle of Man und seit 1893 in Neuseeland sowie seit 1894 in Südaustralien. Aber die Engländerinnen beeindrucken mich besonders.«

»Warum?« Anne, die fasziniert gelauscht hatte, hatte ihre Stimme nun ebenfalls zu einem Flüstern gesenkt.

»Stellen Sie sich vor«, erwiderte die andere. »Letzten Sommer haben hundert Frauenrechtlerinnen versucht, das Unterhaus zu stürmen, um das Wahlrecht zu bekommen.«

Sie kicherte. »Dreitausend Polizisten sollten das Parlamentsgebäude verteidigen, was ihnen nur mit Mühe gelang. Besonders bewundere ich Emmeline Pankhurst, die Anführerin. Es gab eine regelrechte Straßenschlacht.«

Anne verzog das Gesicht. Von Gewalt hielt sie gar nichts.

»Ich weiß nicht«, sagte sie daher. »Das ist ja wie mit den Kriegen. Muss man denn immer mit Gewalt dafür kämpfen, etwas zu bekommen?«

»Ich finde den friedlichen Weg ja auch besser«, sagte Marie, die offenbar nicht wollte, dass Anne einen falschen Eindruck von ihr bekam, hastig. »Aber das Problem ist, wenn wir Frauen nicht laut und deutlich sind, werden wir ja doch nur ausgelacht und nicht gehört.«

»Hm«, machte Anne und musste an ihren Bruder denken, der ihr die Arbeit anfangs nicht hatte erlauben wollen. Auch zwischen ihnen war es zu einem Streit gekommen. Nachgegeben hatte er dann aber nicht deshalb, sondern weil er Angst um sie gehabt hatte. Und weil sie ihm ihre Streuselkugeln gemacht hatte. Vielleicht ging es auf diesem Weg doch besser als mit Kämpfen und Angriffen? Es brauchte schlicht die richtigen Argumente. Andererseits ließ sich eine Beziehung zwischen Geschwistern wohl nicht mit einem Kampf um das Wahlrecht vergleichen!

»Was geschah denn dann mit den Demonstrantinnen?«, fragte Anne interessiert.

Marie kicherte leise. »Nun«, sagte sie. »Sie wurden zu Geldstrafen verurteilt, zogen es dann aber vor, ins Gefängnis zu gehen. Immerhin stehe dieses Haus beiden Geschlechtern offen, haben sie gesagt.«

Anne musste lachen.

»Und sie haben weitergekämpft«, fuhr Marie fort. »Wenige Monate später wurde in Birmingham ein Zug, in dem sich Premierminister Herbert Henry Asquith befand, mit Steinen und Brandsätzen beworfen. Auch diese Kämpferinnen mussten ins Gefängnis, traten in den Hungerstreik und wurden zwangsernährt.«

»Du lieber Himmel«, murmelte Anne, die nicht wusste, ob sie diese Kämpferinnen für das Wahlrecht nun unheimlich oder vor allem bewundernswert fand.

»Brandsätze auf einen Zug zu werfen, in dem Menschen sitzen, finde ich übrigens nicht in Ordnung«, sagte Marie in ihre Gedanken hinein.

Anne spürte Erleichterung in sich aufsteigen, denn die junge Schneiderin gefiel ihr sehr, und sie war froh, dass sie Gewalt offenbar auch nicht – oder nur in geringem Maße – gutzuheißen schien.

»Das ist ein komischer Name – Suffragetten«, fand Anne.

Marie lachte. »Ja, aber ein logischer. Es kommt von dem lateinischen Wort *suffragium* und bedeutet nichts anderes als Stimmrecht«, erklärte Marie und zupfte noch ein wenig an Annes Kleid herum, während die dachte, dass das nun schon das zweite Wort innerhalb kürzester Zeit war, von dem sie etwas über dessen Herkunft erfahren hatte. Es war schon faszinierend, was hinter den Dingen lag.

»Fertig«, verkündete Marie schließlich und drehte Anne zu sich herum. »Sie sehen hinreißend aus. Ich hätte mir keine schönere Trägerin für mein Kleid vorstellen können.«

»Ich bin gespannt«, flüsterte Anne und trat hinter dem Wandschirm hervor. Käthe starrte sie an. »Liebes!«, sagte sie dann ergriffen. »Du siehst zauberhaft aus. Wie ein … wie ein Gesamtkunstwerk, mit diesem wundervollen Kleid. Ich habe nie eine schönere Frau gesehen.«

»Sicher übertreibst du«, sagte Anne, verlegen ob all dieses

Lobs, doch Käthe sah sie ergriffen an und sagte: »Nein, nein. Ich übertreibe nicht. Nun sieh dich doch endlich einmal an.«

Erst da wagte es Anne, den Blick zu heben und sich in einem der großen Spiegel zu mustern. Tatsächlich verschlug es ihr beinahe den Atem. War das wirklich sie, diese wunderschöne Frau, die ihr da entgegenblickte? Sie sah aus wie eine Märchenprinzessin!

»Sie sehen hinreißend aus«, kam es in diesem Moment auch von Frau Buddeberg.

»Ja«, flüsterte Anne glücklich. »Ja, ich glaube, ich habe mein Hochzeitskleid gefunden.«

Kapitel 23

Werther, Mai 1910

»Und?«, fragte Anton seinen künftigen Schwager. »Wie läuft es mit dem Karamell?«

Fritz blickte auf und lächelte. »Könnte nicht besser sein.«

Anton nickte und stellte erfreut fest, dass Fritz sich ihm gegenüber immer normaler verhielt, vor allem, seit er ihm das Du angeboten hatte. Wahrscheinlich hatte Käthe recht gehabt mit ihrer Einschätzung, dass Annes Bruder einfach nur schüchtern war und immer mehr an Selbstsicherheit gewann, je besser sie sich kannten.

»Würdest du mir die Freude bereiten, mit mir zu Mittag zu essen?«, fragte er. »Die Damen sind ja in Bielefeld, und meine Mutter will die Gelegenheit nutzen, eine Freundin zu besuchen.«

Fritz zögerte einen Moment. »Gut«, sagte er dann. »Gern.«

»Schön, dann gebe ich Frau Schnakenwinkel Bescheid, dass sie uns etwas Leckeres zaubert«, sagte er. »Irgendwelche Wünsche?«

»Alles, was Frau Schnakenwinkel kocht, ist köstlich«, sagte Fritz.

»Das wird sie freuen zu hören.«

Drei Stunden später saßen Anton und Fritz einander gegenüber, und Anton stellte fest, dass sein künftiger Schwager nun wieder schüchterner wirkte. Kein Wunder. Wenn man die künftigen Verwandtschaftsverhältnisse einmal wegließ, speiste hier der Herr Fabrikdirektor mit seinem Arbeiter!

Als Frau Schnakenwinkel jedoch das Essen auftrug, begann Fritz zu strahlen. »Töttchen!«, rief er begeistert. »Das gibt es ja nicht.«

Verblüfft sah Anton ihn an. »Du kennst Töttchen?«

»Ja«, erklärte Fritz und ließ sich von Frau Schnakenwinkel nur zu gern seinen Teller mit dem süßsauren Ragout füllen. »Meine Großmutter hat es früher immer für uns gekocht.«

»Bei uns gibt es das nur, wenn Mutter nicht im Haus ist«, gestand Anton. »Deshalb dachte ich, ich nutze die Gelegenheit.«

»Dann mag sie keine Töttchen?«

»Das schon, aber in ihren Augen ist es ein Armeleuteessen. Und sie ist ja nun die Mutter eines Fabrikanten, da gehört sich so etwas nicht mehr.«

»Sie macht gar nicht den Eindruck, als würde ihr dein Erfolg zu Kopfe steigen«, ließ sich Fritz vernehmen. Anton bemerkte, wie hungrig er auf seinen Teller starrte, doch offenbar wagte er nicht, als Erster mit dem Essen zu beginnen.

»Guten Appetit«, sagte Anton daher und begann zu essen.

»Danke, ebenso.« Genussvoll schoben sich beide den ersten Löffel in den Mund.

Erst dann antwortete Anton: »Ist er auch nicht. Aber sie ist schon stolz auf alles, was ich erreicht habe, und legt Wert darauf, dass wir uns entsprechend benehmen. Trotzdem ist sie sich nicht zu schade, in der Fabrikation mitzuarbeiten, und besteht auch darauf, das weiterhin zu tun.«

»Verstehe.« Fritz grinste und nahm hastig noch einen Bissen.

»Was hältst du eigentlich von der Sache mit dem Bauernhof?«, fragte Anton dann. Sie waren mit Frau Wulfhorst übereingekommen, es mit der Aussaat von Rüben zu probieren. Sollte die Ernte gut sein, würden sie über den Kauf des Hofes ins Gespräch kommen.

»Ich finde, du solltest dir die Gelegenheit nicht entgehen lassen«, erwiderte Fritz prompt und so, als habe er nur darauf gewartet, diese Frage endlich gestellt zu bekommen. »Ich kenne mich nicht sonderlich gut mit der Landwirtschaft aus, aber nach allem, was ich nun weiß, sollte der Boden eher lehmig sein, damit er für den Rübenanbau infrage kommt. Und diese Ansprüche erfüllt er ja.«

»Mag wohl sein«, erwiderte Anton. »Gleichwohl ist es natürlich ein enormer Aufwand, den Zucker für meine Bonbons selbst herzustellen.«

»Das musst du ja nicht«, erwiderte Fritz. »Du kannst den Hof immer noch verpachten. Oder nur die Rüben anbauen und in eine Fabrik zur Weiterverarbeitung bringen. Vielleicht würde auch der Bauer, bei dem du deinen Zucker bisher bezogen hast, deine Rüben weiterverarbeiten, wenn du sie ihm lieferst.«

Nachdenklich sah Anton ihn an. »Den Hof zu verpachten ist vielleicht gar keine so schlechte Idee. Denn es sind ja nicht nur die Rüben – auch die Kühe wollen versorgt werden. So ein Hof beschäftigt einen rund um die Uhr, da darf man sich nichts vormachen.«

»Vielleicht siehst du dich einfach nach einem geeigneten Pächter um?«, schlug Fritz vor.

Inzwischen hatte er seinen Teller voll Töttchen leer gegessen. »Bitte, nimm dir noch einmal«, forderte Anton ihn auf, und Fritz ließ sich nicht lange bitten.

»Ich glaube, ein schöneres Hochzeitsgeschenk als die Übernahme des Hofes könntest du meiner Schwester auch gar nicht machen«, sagte Fritz.

Da kam Anton eine Idee. »Wie wäre es denn dann, wenn wir auch die Hochzeit auf dem Hof ausrichten würden?«

»Das«, sagte Fritz, »würde ihr sicherlich sehr gefallen. Und ich kümmere mich um die Hochzeitstorte.«

•••

»Jetzt brauchen wir nur noch ein Kleid für *dich*«, sagte Anne strahlend zu ihrer künftigen Schwägerin, nachdem sie den ersten Schluck Champagner genossen hatte. »Hast du schon etwas entdeckt, das dir gefallen könnte?«

Zu ihrer Überraschung wirkte die sonst so selbstsichere Käthe fast ein wenig verlegen, als sie an Frau Buddeberg gewandt gestand: »Ich würde zu gerne einmal einen Humpelrock anprobieren.«

Gleich darauf sollte Anne noch eine Überraschung erleben: Marie ließ nämlich ein verächtliches Schnauben ertönen und fing sich einen tadelnden Blick von Frau Buddeberg ein. Was hatte die interessante Schneiderin gegen einen Humpelrock einzuwenden? Die locker sitzenden, jedoch an den Fesseln eng geschnittenen Röcke sahen todschick aus, wie Anne fand.

»Sicher«, sagte Frau Buddeberg diensteifrig. »Ich werde Ihnen gleich einige Modelle zeigen.«

»Kommst du mit?«, wandte sich Käthe an Anne. »Dann kannst du mich beraten.«

»Ich komme gleich«, sagte Anne hastig, die sich inzwischen wieder umgezogen hatte. »Ich würde zuerst noch mit Fräulein Marie besprechen, was noch am Kleid geändert werden muss.«

»Wir müssen kaum etwas ändern«, sagte Marie, als Frau Buddeberg mit Käthe das Separee verlassen hatte.

»Ich weiß«, raunte Anne. »Aber ich würde gern wissen, was Sie gegen den Humpelrock einzuwenden haben. Ich finde Ihre Ansichten – nein, ich finde *Sie* sehr interessant.«

Marie stieg bei diesem Kompliment ein Hauch von Röte in die Wangen. »Wenn Sie mich nicht verraten«, sagte sie dann. »Frau Buddeberg schätzt es gar nicht, wenn ich … politisch werde. Und hier arbeiten und sogar dann und wann ein eigenes Kleid entwerfen zu dürfen ist eine große Chance für mich. Offen gestanden ärgere ich mich sehr über mich selbst. Ich hätte mein Missfallen niemals so deutlich zum Ausdruck bringen dürfen, aber manchmal fällt es mir nicht leicht, mich zurückzuhalten. Ich bin impulsiv«, gab sie mit einem Schulterzucken zu.

»Ich verrate Sie nicht«, versprach Anne. »Aber was stört Sie denn nun so daran?«

»Also«, flüsterte Marie, obwohl das gar nicht nötig war, denn die Tür zum Separee war geschlossen.

»Frauen, die einen Humpelrock tragen, können gar nicht richtig laufen. Er ist unten so eng, dass sie nur trippeln können.«

»Oder eben humpeln«, warf Anne ein. Marie sah sie an und lachte. »Sie gefallen mir, Fräulein …«

»Dunst, aber bitte nennen Sie mich Anne. Sie gefallen mir auch, Fräulein Marie.«

»Danke«, sagte die und fuhr dann fort. »Haben Sie schon mal etwas von Paul Poiret gehört?«

»Nein«, gestand Anne verlegen. »Ich kenne mich nicht so aus mit der Mode. Meine künftige Schwägerin wüsste sicher, wer das ist.«

»Das macht doch nichts«, winkte Marie ab. »Ich erkläre es Ihnen gern. Paul Poiret ist ein international anerkannter Couturier aus Paris. Er hat den Humpelrock erfunden. Eigentlich mag ich ihn, weil er eine Modelinie ohne das Korsett etabliert hat.«

Überrascht sah Anne die andere an. »Aber Sie haben in mein Brautkleid doch ebenfalls ein Korsett gearbeitet?«

»Ja, das stimmt«, gab Marie zu. »Ich habe im Grunde auch nichts gegen das Korsett als … wie soll ich das nun ausdrücken … als Stilmittel«, sagte sie dann. »Dieses Kleid brauchte ein Korsett, um die schmale Taille und die Bauschigkeit des Rockes zu betonen. Ich mag ein Korsett dann, wenn man sich freiwillig dafür entscheiden kann. Was ich nicht mag, ist, dass es lange Zeit in gewissen Kreisen als unschicklich galt, kein Korsett zu tragen. Dass die Frauen sich einschnüren *mussten*.«

»Ich verstehe«, murmelte Anne. »Aber was hat das mit dem Humpelrock zu tun?«

»Nun, Poiret hat gesagt: ›Ich habe die Brüste aus der Gefangenschaft befreit, den Beinen jedoch Fesseln angelegt‹«, zitierte Marie. »Und das finde ich empörend! Die Füße zu fesseln schränkt die Bewegungsfreiheit der Frau ein. Es nimmt ihr sozusagen wortwörtlich die Möglichkeit, neue Wege zu gehen. Es gibt sogar Frauen, die ihre Beine mit Fußfesseln aus Litzenband verbinden, um zu verhindern, dass sie aus Versehen zu große Schritte machen und der Rock zerreißt.«

»Oh«, machte Anne und dachte nach. »Ich verstehe. Aber ist es mit dem Humpelrock nicht so wie mit meinem Hochzeitskleid und dem Korsett?«

»Wie meinen Sie das?«

»Nun, keine Frau ist gezwungen, einen Humpelrock zu tragen und sich die Beine einzuschnüren. Sie tun es, weil sie es schön finden.«

Verblüfft sah Marie sie an. »So habe ich es noch gar nicht betrachtet«, sagte sie. »Sie sind eine kluge Frau, Anne.«

»Danke«, murmelte die verlegen.

»Dann schlage ich vor, dass wir nun einmal nach Ihrer Schwägerin sehen und sie in Sachen Humpelrock beraten?«

»Eine gute Idee«, sagte Anne und erhob sich. Marie folgte ihr.

»Anne?«, fragte sie in der Tür.

»Ja?«

»Ich würde mich freuen, wenn wir uns einmal wiedersehen könnten.«

»Ich mich auch«, sagte Anne ehrlich. »Und dann können Sie auch meine Bonbons probieren.«

»Was halten Sie davon, wenn ich Ihnen das Kleid persönlich nach Werther bringe, wenn es fertig ist? Wir müssen ja kaum noch etwas ändern, es ist wie für Sie gemacht, aber ich würde es um fünf Zentimeter kürzen.«

»Das«, erwiderte Anne, »ist eine hervorragende Idee. Ich freue mich darauf.«

• • •

Beschwingt und mit einem Lächeln auf den Lippen marschierte Anton gleich nach dem Essen zum Wulfhorst'schen Hof. Er traf die alte Bäuerin in ihrer Küche an, wo sie gerade dabei war, den Abwasch zu erledigen. Offenbar hatte sie ebenfalls gerade zu Mittag gegessen.

»Ja, der junge Herr Leyen«, rief sie und strahlte ihm entgegen. »Haben Sie mir etwa meine Lieblingsbonbons mitgebracht?«

»Ich würde nicht wagen, ohne zu kommen, liebe Frau Wulfhorst«, erklärte Anton und zog eine Schachtel mit den sahnigen Bonbons aus der Tasche, die Sorte, die Frau Wulfhorst am liebsten mochte: die hellen zum Lutschen. Das waren, wie Anton beobachtet hatte, ohnehin die beliebtesten.

»Vielen Dank«, strahlte Frau Wulfhorst und bat ihn, sich an den Tisch zu setzen. »Was bin ich Ihnen schuldig?«, fragte sie, nachdem sie Platz genommen hatten.

»Nichts«, wehrte Anton ab. »Zumal diese Bonbons ohne Ihre gute Butter und Sahne ja wohl kaum so köstlich schmecken würden.«

»Es ist eine solche Ehre, dass die Milch meiner Kühe zum Erfolg dieser Bonbons beiträgt«, freute sich Frau Wulfhorst. »Und die Rüben machen sich auch gut?«

Es klang wie eine Frage, und er wusste, worauf sie hinauswollte. Frau Wulfhorst hoffte natürlich, dass er gekommen war, um ihr eine Entscheidung mitzuteilen.

»Das freut mich«, sagte er. »Und ich habe auch noch einmal lange nachgedacht. Es scheint mir tatsächlich sehr sinnvoll, Ihren Hof zu übernehmen. Zumal ich meiner zukünftigen Frau damit eine große Freude machen würde.«

Frau Wulfhorst strahlte. »Das wäre so wundervoll«, sagte sie. »Ich würde mich so freuen, ihn in guten Händen zu wissen, wenn ich selbst mich nicht mehr darum kümmern kann.«

»Ja«, bestätigte Anton. »Das Einzige, was mir Sorge bereitet, ist, dass wir den Hof nicht selbst bestellen können. Weder die Rübenernte noch den Stall und das Versorgen der Kühe.«

»Also, die Kühe versorge ich sehr gerne, solange ich noch kann«, sagte Frau Wulfhorst.

»Das ist sehr freundlich von Ihnen, Frau Wulfhorst, aber …«

»Aber ich bin nicht mehr die Jüngste, wollen Sie sagen, und dass nicht klar ist, wie lange ich das noch machen kann?«

Etwas verlegen nickte Anton. »Ja.«

»Nun, da habe ich vielleicht wirklich eine gute Lösung für Sie.«

Interessiert sah Anton auf. Genau das hatte er gehofft!

»Gestern kam ein junger Mann zu mir. Ein Bauer. Er sucht nach einem Hof, auf dem er arbeiten kann.«

»Als Pächter?«

Sie schüttelte den Kopf. »Erst einmal nicht. Er hat keinerlei finanzielle Mittel und möchte kein Risiko eingehen. Aber er machte einen sehr kompetenten und sympathischen Eindruck. Als ich ihm von Ihnen und Ihren Rüben berichtete, da war er gleich ganz begeistert und hat irgendetwas von einem Pflug erzählt, mit dem sich die Rüben viel effizienter ernten lassen.«

»Sie meinen, ich könnte ihn einfach als Arbeiter anstellen, nur dass er nicht in meiner Fabrik hilft, sondern sich um meine Rüben kümmert. Das klingt ja wunderbar!«, rief Anton aufgeregt. »Wo ist dieser junge Mann jetzt?«

»Ich habe ihm gesagt, er soll morgen Mittag wiederkommen«, erklärte Frau Wulfhorst.

»Wunderbar!«, wiederholte Anton, und wieder einmal wurde er Opfer seines Temperaments und sprang vor Begeisterung auf. »Dann soll er doch gleich zum Abendessen zu uns kommen. Wobei …« Er zögerte und setzte sich dann wieder, um die Bäuerin bittend anzusehen. »Frau Wulfhorst, wenn ich den Hof kaufe, soll das eine Hochzeitsüberraschung für Anne sein. Sie darf auf keinen Fall etwas mitbekommen.«

»Verstehe.« In den Augen der alten Frau blitzte es verschwörerisch. »Und wenn er zum Abendessen kommt, würde Fräulein Anne das mitbekommen?«

»Nicht unbedingt«, murmelte Anton. »Ich kann ihren Bruder bitten, dafür zu sorgen, dass sie an diesem Abend zu Hause essen. Das machen sie ohnehin öfter, weil Anne ein schlechtes Gewissen hat, ihn nach der Hochzeit allein zu lassen.«

»Sehr gut«, freute sich Frau Wulfhorst. »Auf welche Uhrzeit soll ich ihn zu Ihnen schicken?«

Er überlegte einen Moment und sagte dann: »Vielleicht auf acht Uhr? Dann ist Anne sicherlich schon fort.«

»Gut«, bestätigte die Alte. »So machen wir es.«

»Frau Wulfhorst?«

»Ja?«

»Dürfte ich Sie um noch etwas bitten?«

»Aber natürlich! Wo Sie mir doch so wundervolle Karamellbonbons gebracht haben.«

»Was halten Sie davon, wenn wir die Hochzeit hier bei Ihnen auf dem Hof feiern?«

Die Bäuerin lächelte gerührt. »Eine größere Freude könnten Sie mir gar nicht machen.«

• • •

»Und?«, fragte Käthe, während sie sich skeptisch im Spiegel betrachtete. »Was sagst du?«

Anne musterte den Rock, der lose bis zu den Waden fiel und dann unterhalb der Knie bis zum Saum durch eine enge

Passe zusammengehalten wurde, und versuchte dabei, sich nicht von den kritischen Worten Maries beeinflussen zu lassen. Doch es gab keinen Zweifel. »Ich finde, das sieht ganz furchtbar aus.« Die Worte waren heraus, bevor sie es verhindern konnte. Verdammt, dachte sie, als sie Käthes verletzten Blick sah. Sie musste wirklich lernen, etwas diplomatischer zu werden. Doch zu ihrer Erleichterung lachte Käthe gleich darauf laut heraus. »Na, da haben du und dein künftiger Ehemann ja etwas gemeinsam. Ihr sagt, was ihr denkt.«

»Entschuldige, Käthe, ich wollte nicht … Ich frage mich nur, wie willst du denn darin tanzen?«, versuchte Anne, ihren Ausbruch wiedergutzumachen, doch Käthe winkte ab.

»Geschenkt«, versicherte sie. »Du hast ja recht. Es sieht wirklich sehr unvorteilhaft aus. Die Figur wirkt dadurch so … plump, und Tanzen wird damit absolut nicht möglich sein. Ich entscheide mich wohl doch eher für etwas anderes.«

Letztendlich wählte Käthe ein himmelblaues Kleid mit knielanger Tunika aus durchsichtigem Musselin über einem bodenlangen, schleppenden Rock. Die Bordüre war mit Blumen und Perlen bestickt. »Ja«, sagte Anne und sah ihre Freundin bewundernd an. »Darin siehst du wirklich unglaublich schön aus.«

Käthe kaufte für sich noch unzählige weitere Kleider und für ihre Mutter und die protestierende Anne noch je ein Sommerkostüm aus Schantungseide und drei duftige Blusen aus gemustertem Tüll.

»So etwas trage ich doch niemals«, sagte Anne, doch sie musste gestehen, dass sie sich durchaus gefiel: Der Kostümrock war gerade und eng geschnitten und hatte um den Saum eine Bordüre mit auffallendem Mäandermuster aus Posamentschnüren. Und er war ein wenig eng um die Beine. Nicht zu vergleichen mit dem Humpelrock, aber doch so, dass Anne nicht ganz so große Schritte machen konnte, wie sie es gewohnt war – und wie es sich nicht gehörte. Schon ihre Mutter und auch ihre Großmutter hatten sie immer wieder ermahnt, dass eine Dame kleine Schritte machen sollte. Wie sie nun von Frau Buddeberg erfuhr, maß der modische Rock maximal hundertzwanzig Zentimeter in der Rundung, während die übliche Schrittlänge bei fünfundsechzig Zentimetern lag.

»Doch«, sagte Käthe entschieden. »Es steht dir wirklich ganz wunderbar. Und die Bahnenröcke, die du immer trägst, sind nun wirklich aus der Mode. Du bist jetzt bald Frau Fabrikdirektor. Da musst du schon ein bisschen mit der Mode gehen.«

Anne reagierte auf die Entschlossenheit, mit der ihre künftige Schwägerin ans Werk ging, mit gemischten Gefühlen. War es nicht ihre Sache zu entscheiden, was sie trug? Andererseits musste sie sich eingestehen, dass sie sich mit ihren neuen Kleidern ausnehmend gut gefiel. Und vielleicht brauchte sie in Modedingen wirklich einen kleinen Schubs.

Frau Fabrikdirektor. Wie das klang! Wollte sie das überhaupt sein? Ach, eigentlich war es egal. Sie wollte Antons Frau sein, und das brachte es eben mit sich, dass sie auch Frau Fabrikdirektor sein würde. Viel wichtiger als die anderen Kleider war jedoch ihr Hochzeitskleid. Und das war der reinste Traum. Glücklich fuhr Anne mit Käthe nach Werther zurück. Bevor sie am Abend einschlief, hängte sie ihr Hochzeitskleid fein säuberlich an den Schrank. Und dachte an die Frau, die es genäht hatte. Sie freute sich auf das Wiedersehen.

Kapitel 24

Werther, Mai 1910

Antons Ankündigung, dass sie für den folgenden Abend Besuch bekommen würden, löste bei den Damen des Leyen'schen Haushalts unterschiedliche Reaktionen aus.

Käthe war begeistert, da sie dann eine Gelegenheit hätte, ihre neuen Kleider anzuziehen, Frau Schnakenwinkel zerbrach sich den Kopf über ein passendes Gericht, und Rose betonte, sie freue sich auf den Gast. Auch Fritz wurde eingeweiht und versprach, Anne pünktlich aus dem Haus zu lotsen, was ihm auch gelang. Um Viertel vor acht Uhr abends war dann alles bereit. Frau Schnakenwinkel hatte sich traditionellerweise für Pfefferpotthast mit Pumpernickel entschieden, und Käthe trug eines der Gewänder, das sie am Vortag in Bielefeld gekauft hatte: ein weich fallendes Kleid aus zartgrünem Crêpe de Chine.

»Ist das nicht viel zu fein? Wir erwarten einen Bauern zum Abendessen, nicht den Kaiser«, wandte ihre Mutter ein, doch Käthe strahlte sie nur an.

»Man muss die Gelegenheiten nutzen«, sagte sie. »Und der

Kaiser wird vermutlich niemals einen Fuß in unser Haus setzen, also kann ich mir das Kleid auch nicht für seinen Besuch aufheben.«

Ihre Mutter musste lachen. »Auf den Mund gefallen warst du noch nie.«

Norbert Bergmann war pünktlich auf die Minute, wie Anton, der ihn unten an der Tür erwartete, anerkennend feststellte.

»Herr Bergmann«, sagte er und schüttelte ihm die Hand, während er ihn aufmerksam musterte. Norbert Bergmann war wohl das, was man unter einem Bild von einem Mann verstand. Er war groß, hatte dunkles, leicht welliges Haar, markante Gesichtszüge und helle Augen, die genaue Farbe konnte Anton bei der schwachen Flurbeleuchtung nicht erkennen. Seinem muskulösen Körperbau konnte man ansehen, dass er harte Arbeit gewohnt war.

»Guten Tag, Herr Leyen«, sagte Bergmann und schüttelte ihm kräftig die Hand. »Ich danke Ihnen sehr für die Einladung.«

»Und ich danke Ihnen fürs Kommen«, betonte Anton und deutete auf die Treppe. »Bitte. Es geht ganz nach oben.«

Er führte seinen Gast direkt ins Speisezimmer, wo seine Mutter und seine Schwester bereits auf sie warteten. Beide erhoben sich, als sie das Zimmer betraten.

»Herr Bergmann«, sagte Anton, »darf ich vorstellen? Meine Mutter Rose und meine Schwester Käthe.«

Zu Antons Überraschung begrüßte Bergmann die beiden Damen mit einem Handkuss, und ihm blieb nicht verborgen, dass seine Schwester von ihrem Gast regelrecht hingerissen war. Käthe, die sonst die Selbstsicherheit in Person war, schaffte nur einige gestammelte Worte zur Begrüßung und stolperte, als die Damen sich setzen wollten, beinahe über ihren Stuhl, um sich gleich darauf, verlegen wie ein Schulmädchen, zu setzen.

Norbert Bergmann schien das nicht im Geringsten zu stören, im Gegenteil. Es war offensichtlich, dass er von der Schwester seines Gastgebers mindestens ebenso hingerissen war wie diese von ihm.

Er schien ein geselliger Mensch zu sein, nicht um Worte verlegen, und fing Käthes Befangenheit auf charmante Weise auf.

»Das sieht ja köstlich aus«, sagte er, als Frau Schnakenwinkel auftischte.

Rose nickte. »Pfefferpotthast mit Pumpernickel«, sagte sie. »Ein für die Gegend typisches Gericht. So etwas gibt es bei Ihnen sicherlich auch.«

»Oh ja«, bestätigte Bergmann gut gelaunt. »Ich komme aus dem Schwäbischen, bei uns gibt es Linsen mit Spätzle – und natürlich Kutteln.«

»Das klingt ebenfalls köstlich«, sagte Rose höflich.

»Nicht zu vergleichen mit diesem Pfefferpotthast«, versicherte Norbert charmant und tunkte seinen Löffel abermals in das Ragout.

»Ich freue mich sehr, dass Sie sich vorstellen können, sich um den Hof zu kümmern, Herr Bergmann«, sagte Anton, nachdem sie den Hauptgang hinter sich gebracht hatten und auf die Nachspeise – Herrencreme – warteten.

»Ich freue mich auch sehr«, erwiderte Norbert und warf

dann einen unsicheren Blick auf die beiden Frauen. »Sie müssen entschuldigen«, sagte er dann in entwaffnender Offenheit. »Es ziemt sich nicht, beim Essen und noch dazu vor den Damen des Hauses über Geschäftliches zu sprechen.«

Anton sah ihn verblüfft an. Schon als Bergmann den Damen die Hand geküsst hatte, hatte er sich gefragt, woher dieser Landwirt so formvollendete Benimmregeln hatte. Und nun kannte er sich auch noch bestens mit der Etikette aus.

»Ich habe ja angefangen«, sagte er zu seinem Gast. »Und meine Mutter und meine Schwester bestehen beide darauf, in der Fabrik mitzuarbeiten. Sie haben auch an unserem geschäftlichen Gespräch teil und bringen ihre Einwände, Bedenken und Vorschläge vor, so sie welche haben.«

Norbert nickte und sah Käthe an, die, wie Anton bemerkte, abermals errötete und dann hervorstieß: »Sie haben dennoch recht, Herr Bergmann. Lassen Sie uns diese Dinge nach dem Essen in der Stube besprechen.«

»Sehr gerne, gnädiges Fräulein«, erwiderte der Landwirt.

Inzwischen war der Nachtisch serviert worden, sie löffelten eine Weile andächtig vor sich hin, dann sagte Norbert: »Wenn ich mir diese Bemerkung erlauben darf, die Nachspeise ist ebenso köstlich wie das Hauptgericht.«

»Wir werden es Frau Schnakenwinkel bestellen«, sagte Rose lächelnd.

»Frau Schnakenwinkel?«, fragte Norbert entzückt.

»So heißt sie wirklich«, sagte Käthe, die inzwischen offenbar wieder etwas Selbstsicherheit gewonnen hatte.

»In Westfalen haben wir oft solche eigenartigen Nachnamen. Aber die gibt es bei Ihnen sicherlich auch.«

Norbert überlegte angestrengt, wobei er die Stirn leicht in Falten legte. »Ich glaube, das sind eher die Bayern«, sagte er. »Aber Kartoffeln heißen bei uns Grommbiere. Und die wirklich schwäbische Eigenart ist die Kehrwoch.«

Nun mischte sich auch Rose ins Gespräch. »Stimmt«, sagte sie. »Die ist sogar mir schon begegnet.«

»Dir?«, fragte Anton verwundert. »Was hast du denn mit der schwäbischen Kehrwoche zu tun?«

»Ach«, sagte Rose und wirkte mit einem Mal etwas melancholisch, »kurz nach unserer Hochzeit haben euer Vater und ich eine kleine Reise durch Deutschland gemacht. Dabei führte uns unser Weg auch nach Stuttgart. Wir wohnten in einer entzückenden kleinen Pension im Osten mit Blick über die Stadt. Die Wirtin war ganz reizend und servierte uns zum Frühstück immer selbst gemachtes …«, sie überlegte kurz, gab dann auf und erkundigte sich bei ihrem Gast: »Wie nennen Sie Erdbeermarmelade?«

»Bräschdlengsgsälz«, strahlte Norbert.

»Richtig!«, rief Rose. »Bräschdlengsgsälz.«

»Seltsame Worte haben Sie da in Schwaben«, spottete Käthe.

»Seltsame Nachnamen haben Sie hier in Westfalen«, gab Norbert zurück und erwiderte ihren Blick.

Sieh an, Schwesterchen, dachte Anton. Da ist er ja schon, der große Unbekannte, von dem wir neulich noch gesprochen haben.

»Aber was hat denn Erdbeermarmelade nun mit der schwäbischen Kehrwoche zu tun?«, wandte er sich an seine Mutter, als das Gespräch bei Tisch zu verstummen schien, weil die beiden, die sich eben noch unterhalten hatten, dazu übergegangen waren, sich einfach nur stumm anzusehen.

»So gut das … Bräschdlengsgsälz der Wirtin auch war, so fürchterlich regte sie sich über ihre Nachbarin auf, die die Kehrwoche offensichtlich nicht gewissenhaft erledigte. Es ist nämlich der Brauch, dass reihum immer samstags in Mehrfamilienhäusern die Treppenhäuser und Eingänge oder eben die Gehwege gesäubert werden«, erläuterte Rose.

Norbert, der sich inzwischen aus Käthes Blick gelöst hatte, nickte zustimmend und lachte. »Ob die Kehrwoche ordentlich erledigt wird oder nicht, ist bei uns in Schwaben in der Tat Streitpunkt Nummer eins«, sagte er. »Aber angeblich sind wir an der Kehrwoche gar nicht schuld.«

»Und wer ist dann schuld?«

»Napoleon!«

»Schon wieder!«, rief Käthe.

»Schon wieder?«, fragte Bergmann und sandte ihr einen irritierten Blick.

»Nun, wenn man meinem Bruder Glauben schenken darf, ist er auch schuld daran, dass der Rübenzucker hier Einzug hielt.«

»Sich verbreitete«, korrigierte Anton. »Am Rübenzucker als solchem ist Herr Marggraf schuld, oder vielmehr Herr Achard. Napoleon befahl während der Kontinentalsperre nur den intensiven Anbau von Zuckerrüben und unterstützte den Bau von Zuckerfabriken. Womit wir schon wieder beim Thema wären.«

»Anton«, schalt Käthe. »Herr Bergmann hat schon ganz recht. Es gehört sich nicht, beim Essen über Geschäftliches zu sprechen. Und außerdem möchte ich nun unbedingt erfahren, was der französische Kaiser mit der schwäbischen Kehrwoche zu tun hat!«

»Na gut«, gab Anton lachend nach und wandte sich dann an seinen Gast. »Also?«

»Nun, als Napoleon regierte, erließ er bekanntlich eine große Anzahl an Bestimmungen, darunter auch solche, die die Reinhaltung der Straßen und Häuser regelten.«

»Aber seine Herrschaft reichte doch gar nicht bis nach Schwaben?«, wandte Käthe ein.

Norbert sandte ihr einen anerkennenden Blick. »Sie kennen sich gut aus«, sagte er. »Das französische Recht galt auch in den angrenzenden Staaten, also auch in Baden. Und es gibt Zungen, die behaupten, dass die Kehrwoche einst in Baden entstand und von den Schwaben übernommen wurde.«

»Und stimmt diese Geschichte?«, erkundigte sich Rose interessiert.

Norbert hob die Schultern und senkte sie wieder. »Das kann ich Ihnen leider nicht beantworten. Jedenfalls ist die gängigere Version, dass die Kehrwoche auf Erlasse zurückgeht, die seit Ende des fünfzehnten Jahrhunderts in Württemberg herausgegeben wurden und zum Ziel hatten, das häusliche Umfeld sauber und ordentlich zu halten. Womit sie in Schwaben ohne Frage Erfolg hatten. Und 1714 hat Herzog Eberhard Ludwig von Württemberg schließlich ein eigenständiges Gesetz zur Sauberkeit erlassen, die erste Stuttgarter Gassensäuberungsordnung.«

»Eine Gassensäuberungsordnung«, wiederholte Anton fassungslos. »Das kann auch nur den Schwaben einfallen.«

»Anton!«, tadelte seine Mutter. »Wir haben einen Schwaben zu Gast.«

»Entschuldigung«, beeilte sich Anton hinzuzufügen. »Ich wollte nicht …«

»Schon gut«, winkte der ab. »Ich finde die Gassensäuberungsordnung ebenso befremdlich wie die schwäbische Kehrwoche. Aber der bin ich ja nun zum Glück entkommen. Wobei ich gestehen muss, dass die Sauberkeit auch und gerade in der Landwirtschaft eine riesengroße Rolle spielt.«

»Womit wir schon wieder beim Thema wären«, stellte Anton fest und sah seine Schwester auffordernd an.

Doch es war Rose, die sich, wie es sich gehörte, erhob, um das Ende der Mahlzeit zu verkünden.

»Da sich dieses Thema offenbar nicht umgehen lässt und Sie auch eigens deshalb gekommen sind«, sagte sie und lächelte Norbert Bergmann an, »schlage ich vor, dass wir die Tafel nun aufheben. Ich würde mich zurückziehen und euch jungen Leuten das Gespräch überlassen.«

Auch Norbert hatte sich hastig erhoben, ergriff Roses Rechte und deutete erneut einen Handkuss an. »Ich danke Ihnen von Herzen für Ihre Gastfreundschaft und für dieses köstliche Mahl.«

»Und ich danke Ihnen für Ihren Besuch«, erwiderte Rose. Dann wandte sie sich an ihren Sohn. »Benötigt ihr noch etwas?«

»Vielleicht noch einen Kaffee oder eine Schokolade?« Anton sah seine Schwester und den Gast fragend an. Doch beide winkten ab.

»Wenn ich Sie dann bitten dürfte, Herr Bergmann«, sagte

Anton und hielt die Tür auf. Galant ließ Norbert Käthe den Vortritt.

Kurz darauf saßen sie sich im Wohnzimmer gegenüber. Die Geschwister hatten nebeneinander auf dem einen Sofa Platz genommen, Norbert Bergmann hatte es sich auf dem anderen gemütlich gemacht.

»Sie sind für uns so etwas wie ein rettender Engel, Herr Bergmann«, sagte Anton und fragte dann: »Was wissen Sie denn schon? Was hat Frau Wulfhorst Ihnen bereits erzählt?«

»Nicht viel«, sagte Norbert. »Nur, dass Sie erwägen, den Hof zu kaufen, und dass Sie Zuckerrüben anbauen.«

»Dann wissen Sie ja schon das Wesentliche«, erklärte Anton lächelnd. »Die Zuckerrüben benötigen wir, wie Sie sich denken können, für unsere Bonbons. Je nachdem, wie aufwendig und lohnenswert es ist, würden wir die Rüben dann auch gleich weiterverarbeiten und damit unseren eigenen Zucker herstellen. Das muss aber nicht sein.«

»Mit der Zuckerherstellung kenne ich mich nicht aus«, gestand Norbert. »Insofern kann ich Ihnen da schlecht raten. Es kommt sicher auch darauf an, welche Maschinen Sie dafür benötigen und was diese kosten.«

»Wir müssten, wenn es so weit ist, einmal eine Kosten-Nutzen-Aufstellung machen«, mischte sich nun Käthe ins Gespräch. »Aber das ist auch der zweite Schritt vor dem ersten. Für die aktuelle Ernte können wir unsere Rüben auf jeden Fall bei unserem bisherigen Zuckerlieferanten weiterverarbeiten lassen.«

»Ist der nicht verärgert, dass Sie ihm nun sozusagen Konkurrenz machen wollen?«, fragte Norbert neugierig.

Anton winkte lachend ab. »Aber woher denn«, sagte er. »Wir kaufen ja dennoch seinen kompletten Zuckerbestand. Aber er produziert viel weniger, als wir benötigen.«

»Dann sind Sie sehr erfolgreich?«

»Oh ja«, bestätigte Anton. »Vor allem, seit meine Verlobte und ihr Bruder ein neues Bonbon erfunden haben.«

Er schob seinem Gast die Schüssel über den Tisch, in der immer einige Karamellbonbons bereitlagen. »Probieren Sie die hellen«, empfahl er. »Sie sind besonders beliebt. Herr Dunst hat sie jüngst noch mit etwas Kandiszucker verfeinert.«

Norbert griff gerne zu, schälte das Bonbon aus seinem goldenen Papier und schob es sich in den Mund. »Köstlich!«, rief er. »Nun wundert mich nicht mehr, dass alle Welt Ihre Bonbons haben will und Sie den Zucker benötigen.«

»Nicht nur den Zucker«, ließ sich Käthe vernehmen. »In diesen Bonbons befinden sich auch Sahne und Butter – von Frau Wulfhorsts Kühen.«

»Verstehe!«, sagte Norbert. »Der Hof würde Ihnen sozusagen alle Bestandteile liefern, die Sie für die Herstellung der Karamellbonbons benötigen.«

»Richtig«, bestätigte Anton. »Und da Frau Wulfhorst ihren Hof verkaufen möchte, ist das eigentlich eine ideale Lösung. Nur sind wir hier so eingebunden, dass wir uns unmöglich um den Hof kümmern können. Obendrein fehlt es uns an dem nötigen Wissen.«

»Ich könnte Ihnen anbieten, die komplette Leitung des Hofs zu übernehmen«, sagte Norbert. »Ich kenne mich gut aus – und im Rübenanbau bin ich zwar kein Spezialist, habe aber auch eine Weile auf einem Hof gearbeitet, der Zuckerrüben anbaute. Die Grundlagen beherrsche ich also, und alles andere lässt sich lernen und entwickeln.«

»Das klingt nach einem sehr guten Plan«, freute sich Anton. »Wenn ich den Hof in guten Händen weiß, fällt mir die Kaufentscheidung leichter.«

Da er von Frau Wulfhorst wusste, dass Norbert Bergmann kein Geld hatte, und vermutete, dass es diesem peinlich war, diesen Umstand vor Käthe anzusprechen, sagte er: »Wir würden Ihnen anbieten, das Bauernhaus zu bewohnen. Darüber hinaus erhalten Sie von uns einen ordentlichen Lohn.« Als er die Summe nannte, machte Norbert große Augen. »Das ist überaus großzügig!«, sagte er.

»Sie tragen ja auch viel Verantwortung und müssen viel leisten«, sagte Anton. »Die Rübenernte und die Lieferung von Butter und Sahne liegen allein in Ihrer Verantwortung.«

»Das ist gar kein Problem«, versicherte Norbert strahlend. »Schließlich bin ich ungebunden und kann meine ganze Energie in den Hof stecken.«

»Das klingt gut«, befand Anton. »Eine Sache wäre da allerdings noch.«

»Ja?«

»Frau Wulfhorst. Der Hof ist ihr Zuhause.«

»Ich weiß«, sagte Norbert und sah ihn fragend an.

»Nun, Sie müssten sich das Haus mit Frau Wulfhorst teilen«, präzisierte Anton.

Norbert sah ihn regelrecht verblüfft an. »Natürlich«, sagte er. »Damit habe ich fest gerechnet. Und auch darauf gehofft. Sie kennt den Hof und die Tiere, sie kann mir in der Anfangszeit noch zur Hand gehen, und ich bin ehrlich: Eine Frau im Haus zu haben, die mich ab und zu mit einer ordentlichen Mahlzeit versorgt, klingt schon reichlich verlockend.«

Er grinste etwas verlegen. »Ich kann nämlich nicht kochen. Und Butter machen kann die Frau Wulfhorst auch besser als ich.«

Anton strahlte. »Dann«, sagte er, »steht unserer erfolgreichen Zusammenarbeit nichts mehr im Wege.«

»Das heißt, Sie kaufen den Hof?«

»Ich kaufe den Hof«, bestätigte Anton. »Sie dürfen nur meiner Verlobten nichts davon erzählen. Es soll nämlich eine Überraschung zur Hochzeit werden. Und die würde ich gerne auf dem Hof feiern.«

Kapitel 25

Werther, August 1910

»Mir ist ganz schlecht vor Aufregung«, jammerte Anne, als sie am Tag ihrer Hochzeit frühmorgens in die Küche kam. »Ich glaube, ich werde auf dem Weg zum Altar in Ohnmacht fallen.«

»Dann ist es ja gut, dass ich an deiner Seite bin, um dich zu stützen«, sagte ihr Bruder grinsend. »Und heute mache *ich dir* mal Frühstück. Setz dich.«

»Ich kriege keinen Bissen hinunter.«

»Papperlapapp«, machte Fritz und beschmierte eine dicke Scheibe Brot mit Butter und Marmelade. »Du isst jetzt, während ich uns Tee koche. Schließlich ist das unser letztes gemeinsames Frühstück.«

»Ach«, klagte Anne weiter. »Das ist ja noch so etwas, das mir Kummer bereitet. Der Gedanke, dass du künftig jeden Morgen hier ganz allein sitzen und dein Frühstück einnehmen wirst, schneidet mir ins Herz. Wenigstens hast du dich darauf eingelassen, abends bei uns zu speisen.«

Ihr Bruder, der den Teekessel bereits aufgesetzt hatte,

setzte sich ihr lächelnd gegenüber. »Jetzt beiß mal kräftig ab, und während du kaust, erzähle ich dir etwas.«

Sie tat, wie ihr geheißen.

»Eigentlich wollte ich dir das ja erst nach der Hochzeit sagen«, begann er. »Aber ich habe den Eindruck, dass du leichteren Herzens zum Traualtar schreitest, wenn du es jetzt schon weißt.«

Sie kaute hastig, schluckte dann und fragte: »Was? Mach es doch nicht so spannend.«

»Nun, allzu lange werde ich hier vielleicht gar nicht allein sein. Ich habe mich verliebt, Schwesterherz.«

»Du hast dich verliebt?«, rief sie und sprang vor lauter Begeisterung überrascht auf. »Warum weiß ich davon denn gar nichts?« Und warum, fragte sie sich im Stillen, hatte sie nichts bemerkt? So eng, wie sie Tag für Tag zusammenlebten und -arbeiteten? War sie tatsächlich so sehr in ihrer eigenen Welt gefangen gewesen?

»Na ja«, sagte er verlegen. »Wir Männer sprechen nicht so gern über Gefühle. Und ich schon gar nicht.«

»Aber wir sind uns doch so nah«, rief Anne und konnte nicht umhin, dass sie etwas gekränkt war, weil ihr Bruder sie bisher nicht eingeweiht hatte.

»Bitte sei nicht verletzt«, sagte er. »Niemand weiß es bisher. Du bist die Erste, die es erfährt.«

Anne nickte und schaffte ein Lächeln. »Ich freue mich ja für dich. Es kommt nur so … überraschend.«

»Vielleicht hätte ich es dir doch nicht an deinem Hochzeitsmorgen sagen sollen«, murmelte er.

»Ich freue mich ja auch«, beteuerte sie und legte ihre Hand auf die seine. »Wer ist es denn?«

»Einen Hinweis gebe ich dir, wenn du noch einen Bissen nimmst«, erklärte er.

Sie schüttelte lachend den Kopf und biss dann tatsächlich ein weiteres Mal in ihr Brot.

Bitte nicht Lotte, dachte Anne stumm und ging im Kopf die anderen Frauen in der Bonbonfabrik durch.

»Du wirst sie mögen und mit meiner Wahl sehr einverstanden sein, das verspreche ich dir.«

»Dann ist es nicht Lotte?«, platzte sie heraus.

Er schüttelte lachend den Kopf. »Nein, es ist nicht Lotte.«

»Aber wer ist es dann?«

»Du wirst es nachher auf der Feier erfahren«, versprach er. »Es soll eine Überraschung sein.«

»Du weißt genau, dass ich vor Neugierde beinahe platze!«, schalt sie.

Er grinste. »Ja. Das weiß ich.«

»Dann sag mir jetzt wenigstens, wie lange …«, setzte sie an.

»Schon ein paar Wochen«, sagte er.

»Oh, Fritz, wie wundervoll«, rief sie. »Wer auch immer sie ist: Ich wünsche dir alles Glück der Welt. Und du hast recht: Die Vorstellung, dass du hier vielleicht irgendwann mit ihr leben wirst, lässt mich nachher viel leichteren Herzens zum Altar gehen.«

In diesem Moment klingelte es an der Tür. »Das wird Käthe sein«, vermutete Anne. »Und Marie.«

Nachdem die Bielefelder Schneiderin ihr das Kleid geliefert hatte, hatte sie sich bereit erklärt, ihr am Tag der Hochzeit beim Ankleiden zu helfen und sie auch zu frisieren. Die beiden Frauen, die sich nach wie vor sehr gut verstanden, waren regelmäßig in Kontakt geblieben, und Anne hatte Marie auch zur Hochzeit eingeladen. »Schließlich ist es die erste Ihrer Kreationen, die vor den Traualtar geführt wird. Da müssen Sie doch dabei sein.«

»Dann gehe ich mal aufmachen. Und danach in die Fabrik«, verkündete Fritz.

»Du willst jetzt noch in die Fabrik?«

»Ich habe noch etwas zu erledigen«, sagte Fritz. »Und außerdem brauche ich ja nicht so lange wie ihr Frauen, um mich schön zu machen.«

»Ihr immer mit euren Geheimnissen«, murrte Anne, die immer noch nicht wusste, wo die Hochzeitsfeier eigentlich stattfinden sollte. Anton machte ein riesiges Geheimnis daraus.

Im nächsten Moment wehte Käthe herein.

»Da ist ja unsere Braut«, rief sie und küsste Anne rechts und links auf die Wange. »Hast du etwas gegessen? Bist du aufgeregt? Also ich bin ja so aufgeregt, ich habe die ganze Nacht nicht geschlafen. Ist Marie schon da? Wo sollen wir uns ankleiden? Ich habe mein Kleid auch dabei. Ich schlage vor, dass wir nach oben in die Stube gehen?«

»Hol doch mal Luft«, rief Anne lachend. »Du bist wirklich wie dein Bruder.«

»Entschuldige«, rief Käthe und wiederholte: »Aber ich bin so aufgeregt.«

»Frag mich mal!« Anne grinste. »Und ja, wir gehen nach oben in die Stube.«

In diesem Moment klopfte es erneut an der Haustür. Anne öffnete und sah sich einer strahlenden Marie gegenüber. »Heute ist es endlich so weit«, sagte sie zur Begrüßung und klatschte in die Hände. »Ich bin so aufgeregt, als würde ich heute selbst heiraten.«

In der Stube halfen sich die drei Frauen gegenseitig in ihre Kleider und bescheinigten einander, wie hübsch sie doch waren. Auch Marie sah, wie Anne fand, ganz wundervoll aus. Sie trug ein Kleid aus cremefarbener Seide mit einem Umhang aus hellgrünem Tüll mit Soutachebörtchen, was wunderbar zu ihrer dunklen Haarpracht passte.

»Haben Sie das ebenfalls selbst entworfen?«, fragte Anne.

Marie nickte.

»Es ist wundervoll«, rief Käthe. »Aber sollen wir das förmliche Sie nicht weglassen? Ich bin Käthe.«

»Gern. Ich bin Marie.«

»Und ich Anne«, ergänzte die Braut und fügte grinsend hinzu: »Aber das weißt du ja.«

»Ich würde dein Haar aufstecken und kleine Apfelblüten aus Stoff sowie Perlen hineinflechten«, schlug Marie vor. Sie kramte ein kleines Kästchen aus ihrer Tasche, in dem sich genau die Blüten und Perlen befanden, die auch Annes Kleid zierten.

»Das ist ja eine hervorragende Idee!« Anne nahm vorsichtig eine der kleinen, zarten Blüten in die Hand.

»Finde ich auch«, sagte Marie selbstbewusst und wandte

sich dann an Käthe. »Und für dich habe ich auch einen schönen Kopfputz.« Aus einer weiteren Schachtel entnahm sie einen Kamm, der mit funkelnden Steinen in den Farben ihres Kleides besetzt war. »Den könnten wir an einer Seite in dein Haar stecken, das ich zu sanften Wellen frisieren würde.«

»Marie«, sagte Käthe begeistert, »du bist eine wahre Künstlerin. Bei dir sind wir in den besten Händen.«

Zwei Stunden später waren sie alle drei fertig und betrachteten sich zufrieden in dem großen Dielenspiegel, der etwas blind war und dort hing, seit Anne denken konnte. Dennoch warf der Spiegel ein leuchtendes, funkelndes Bild zurück.

»Seht uns an«, sagte Anne. »Habt ihr je so schöne Frauen gesehen? Eigentlich unglaublich, dass nur ich vergeben bin.«

Sie sah erst Marie und dann Käthe an. »Findet ihr nicht?« Beide reagierten, wie Anne fand, ausgesprochen merkwürdig.

Käthe errötete bei ihren Worten und schob sich angestrengt ihr Haar zurecht, erwiderte aber nichts. Und Marie wurde von einem regelrechten Hustenreiz geschüttelt, der ihr eine Antwort unmöglich machte. Verwundert runzelte Anne die Stirn. Verheimlichten die Freundinnen ihr etwas? Gleich darauf kam ihr ein Verdacht: War Fritz am Ende in Käthe verliebt?

• • •

»Zum Glück brauchen wir nicht so lange wie die Frauen und können hier heute Morgen noch mit anpacken«, sagte Anton zu Fritz, als die künftigen Schwager nebeneinander zum Wulfhorst-Hof gingen.

»Ich habe die Torte auch schon gestern in Frau Wulfhorsts Küche so weit vorbereitet, dass nicht mehr viel fehlt«, sagte Fritz. »Dann kannst du überprüfen, ob ansonsten alles perfekt ist.«

Anton nickte. »Eine Torte zu unserer Hochzeit zu backen, die nach Karamell schmeckt, ist wirklich eine großartige Idee, Fritz«, sagte er und sah den anderen voller Zuneigung von der Seite an. Für einen kurzen Moment war er versucht, Annes Bruder zu gestehen, dass er dessen Verhalten zu Beginn sehr merkwürdig gefunden und ihm misstraut hatte, dann jedoch entschied er sich dagegen. Es war besser, die Dinge ruhen zu lassen. Und es hatte ja auch schon lange keine Sabotageversuche mehr gegeben. Wenn Fritz ihn falsch verstehen würde, wäre die Unbefangenheit wieder wie weggeblasen. Das Beste wäre sicherlich, einfach den neuen Zustand zu genießen, zumal er ja nun wusste, dass Fritz' anfängliches merkwürdiges Verhalten an dessen Schüchternheit lag.

»Warte es ab«, sagte Fritz geheimnisvoll. »Es gibt noch eine weitere Überraschung. Aber die verrate ich dir noch nicht.«

Inzwischen waren sie am Hof angekommen, wo ihnen ein strahlender Norbert Bergmann entgegeneilte. Anton dachte wieder einmal, dass er noch nie einen derart gut aussehenden Mann kennengelernt hatte. Dass seine Schwester das ebenso sah, war inzwischen mehr als nur eine Vermutung: Schon eine Woche nach dessen Ankunft hatte Käthe ihrem Bruder gestanden, dass sie sich Hals über Kopf in den Landwirt verliebt hatte.

»Ich muss einfach mit jemandem darüber reden«, war aus ihr hervorgesprudelt. »Sonst platze ich. Und Anne kann ich es nicht erzählen.«

»Warum kannst du es Anne nicht erzählen?«, hatte Anton wissen wollen, der sich sehr darüber freute, dass seine Schwester und seine Verlobte so gute Freundinnen geworden waren.

»Na, weil sie doch nicht wissen soll, was wir planen.«

»Aber sie ist doch Herrn Bergmann sicherlich schon einmal begegnet«, wandte Anton ein. »Schließlich besucht sie Frau Wulfhorst dann und wann.«

»Nein«, kicherte Käthe. »Ist sie nicht. Er versteckt sich immer, wenn sie kommt.«

»Oh«, machte Anton verblüfft und auch erleichtert. »Ihr nehmt das ja sehr ernst mit der Überraschung.«

»Natürlich.« Käthe kicherte. »Ich *liebe* Geheimnisse.«

Tatsächlich aber war es gar nicht so schwer gewesen, Anne vom Wulfhorst-Hof fernzuhalten. Sie war zwar dann und wann zu den Feldern gefahren, um nach den Rüben zu sehen, hatte aber in der Fabrik und mit den Hochzeitsvorbereitungen viel zu viel zu tun gehabt, um allzu oft zum Hof gehen zu können, und deshalb mehr als einmal ihr schlechtes Gewissen geäußert, weil sie so selten nach Frau Wulfhorst sah. Selbst für die Sahne- und Butterlieferungen war sie nicht mehr zuständig. Anton hatte sie überredet, diese Aufgabe Barbara zu überlassen, die mit ihren Eltern in direkter Nachbarschaft zum Wulfhorst-Hof wohnte.

»Herr Leyen, Herr Dunst«, begrüßte Norbert Bergmann die beiden Männer nun. »Es ist alles vorbereitet. Ich hoffe, es wird Ihnen gefallen.«

Er führte sie durch die Hofeinfahrt und um das Bauernhaus herum – und dann glaubte Anton, seinen Augen nicht zu trauen. Auf der Wiese unter den Apfelbäumen, die schon die ersten Früchte trugen, stand eine sehr lange Tafel. Sie war mit weißem Leinen, funkelnden Kristallgläsern und blitzendem Silberbesteck gedeckt. Über die gesamte Mitte der Tische zog sich ein gewaltiges Blumenbouquet, und zwischen den Apfelbäumen war zum Schutz gegen die Sonne ein riesiges weißes Segel gespannt. Etwas abseits war eine kleine Bühne aufgebaut, auf der später eine Gruppe von Musikern aufspielen sollte, die allesamt einst mit Anton in die Schule gegangen waren und die er schon vor Monaten organisiert hatte.

»Herr Bergmann«, flüsterte Anton ergriffen. »Das ist wunderschön.«

»Ich hatte fleißige Helfer«, sagte der und deutete auf Fritz. Dem gelang ein schiefes Grinsen. Dann sagte er: »Ich muss nun aber in die Küche. Mich um die Hochzeitstorte kümmern. Du hast übrigens Küchenverbot. Frau Schnakenwinkel und Frau Wulfhorst haben mir vehement aufgetragen, dir dies mitzuteilen.«

»Ich werde mich nicht blicken lassen«, versprach Anton. »Nun, wo ich mich davon überzeugen konnte, dass alles so wunderbar vorbereitet ist, kann ich mich ja in aller Ruhe auf meine Garderobe konzentrieren.«

...

Um Punkt elf Uhr verließen Marie und Käthe das Haus. Sie wollten schon einmal zur Kirche vorgehen. Fritz würde Anne später abholen und direkt zur Kirche bringen. Als ihre beiden Freundinnen fort waren, ging Anne langsam durch das Haus, das sie schon seit ihren Kindertagen kannte und in dem sie so viele glückliche Stunden verbracht hatte. Niemals hätte sie, als sie Ende des vergangenen Jahres mit Fritz hierhergekommen war, gedacht, dass sie nur so kurz hier leben würde. Und dass sie im folgenden Sommer bereits verheiratet sein würde. Was wohl ihre Eltern zu ihrer Wahl gesagt hätten? Und die Großeltern? Anne war überzeugt, dass sie Anton gemocht hätten. Und dass auch sie erleichtert wären, wenn sie wüssten, dass Fritz nicht allein zurückbleiben würde. Wer wohl die geheimnisvolle Frau war, in die sich Fritz verliebt hatte? Nachdem sie Käthes Blick vorhin gesehen hatte, war sie sich fast sicher, dass es sich um ihre künftige Schwägerin handelte. Aber passten die extrovertierte Käthe und der eher schüchterne Fritz wirklich zusammen? Andererseits war es sicherlich ganz gut, wenn er eine energische und lebhafte Frau an seiner Seite hatte. Aber Käthe am Herd? Das konnte sie sich nicht vorstellen. Und ob ihre verwöhnte Schwägerin in der, im Vergleich zum Haus der Leyens, recht bescheidenen Wohnstätte ihrer Großmutter glücklich werden würde?

Nun warte doch erst einmal ab, gebot sie ihren Gedanken Einhalt. Du weißt doch gar nicht, ob es wirklich Käthe ist. Vielleicht hatte Fritz sich ja auch in die schüchterne Barbara verliebt, und Käthes Reaktion vorhin war auf etwas anderes zurückzuführen?

In diesem Moment hörte sie, dass der Schlüssel in der Haustür herumgedreht wurde. Kurz darauf klang auch schon die Stimme ihres Bruders durchs Treppenhaus.

»Wo ist denn die Braut?«

Lächelnd eilte Anne nach unten. Es konnte losgehen.

Fritz war sichtlich ergriffen, als er sie erblickte. »Du siehst wunderschön aus«, versicherte er. »Wie eine Märchenprinzessin.«

Sie lächelte, mit einem Mal wieder furchtbar nervös.

»Danke«, sagte sie. »Hoffentlich findet Anton das auch.«

»Das wird er«, sagte Fritz. »Daran gibt es nicht den geringsten Zweifel.« Galant reichte er ihr den Arm. »Darf ich bitten?«

Sie kicherte und hakte sich bei ihm unter. Der Flur war eigentlich viel zu schmal, als dass sie nebeneinandergehen konnten, und so war Fritz kurz darauf, als sie den Garderobenschrank passierten, der zusätzlich Platz wegnahm, gezwungen, seine Schwester loszulassen. Sie trat vor ihm auf die Straße und stieß dann einen Schrei des Entzückens aus. »Eine Pferdekutsche! Mit Blumen geschmückt«, rief sie und wandte sich strahlend zu ihrem Bruder um, um ihn – ganz vorsichtig, damit ihre Frisur nicht in Mitleidenschaft gezogen wurde – zu umarmen. »Wo habt ihr die denn aufgetrieben?«

»Von Frau Wulfhorst, mit besten Wünschen«, grinste er. »Sie hatte die Kutsche noch im Stall. Sie war allerdings ziemlich verrostet. Ich habe sie zusammen mit – äh – repariert und geputzt. Frau Wulfhorst hat dann für den Blumenschmuck gesorgt.«

»Wunderschön«, wiederholte Anne und ließ sich von ihm hinaufhelfen. Dann kletterte er auf den Kutschbock und schnalzte mit den Zügeln. »Hüa«, sagte Fritz Dunst. »Auf in dein neues Leben.«

Kapitel 26

Werther, August 1910

»Nun sind wir wirklich Mann und Frau«, sagte Anne, als sie in Antons Armen ihren Hochzeitstanz tanzte. »Ich kann es kaum glauben. Und dass wir hier auf dem Hof feiern und alles so schön hergerichtet wurde, das ist ein Traum. Ich hätte mir meine Hochzeit nicht schöner wünschen können.«

»Sie wird noch schöner«, prophezeite Anton und lächelte sie an. »Ich habe nämlich noch eine Überraschung für dich.«

»Eine Überraschung?«, fragte sie neugierig. »Welche?«

Doch er schüttelte lächelnd den Kopf. »Die gibt es erst später«, sagte er. »Sonst trittst du mir vor lauter Begeisterung auf die Füße.«

Sie lachte und gab ihm einen Kuss, während sie aus den Augenwinkeln beobachtete, dass immer mehr Paare auf die Tanzfläche strömten. »Wer ist denn dieser dunkelhaarige Mann, mit dem Käthe so vertraut tanzt?«, fragte sie ihren Gatten, doch der grinste nur. »Das kann ich dir leider nicht sagen.«

»Kennst du ihn also auch nicht?«

»Doch.«

»Doch? Das wird ja immer geheimnisvoller«, sagte Anne und rief dann: »Fritz tanzt mit Marie! Und sie sehen sich in die Augen! Hat mein Bruder sich etwa in Marie verliebt? Ich dachte schon, Käthe …«

»Mein lieber Schatz«, sagte Anton gespielt empört. »Du solltest dich mehr um deinen Ehemann kümmern als um das Liebesglück der anderen.«

»Entschuldige«, sagte sie lachend. »Aber jetzt, wo ich so glücklich bin, wünsche ich mir das eben für alle anderen auch.«

• • •

Allzu lange hatte ihr erster Tanz nicht gedauert, schließlich hatten die Gäste Hunger. Als sich alle um die festlich gedeckte Tafel gesetzt hatten, erhob sich Rose Leyen und räusperte sich. Das angeregte Gemurmel verstummte, und alle sahen die Mutter des Bräutigams an, die in ihrer Kreation aus zartlila Seide einfach zauberhaft aussah. Als sie zu ihr aufblickte, fuhr Anne ein Stich in die Brust, und wieder einmal dachte sie an ihre Eltern, die heute, ebenso wie Antons Vater, hätten dabei sein sollen. Wie traurig es war, dass die Riege der Brautleuteeltern nur von einer einzigen Person vertreten wurde. Anton, der ihre Gedanken zu erahnen oder zu spüren schien, drückte ihr die Hand.

»Liebes Brautpaar, liebe Festgäste, ich heiße euch alle auf diesem wunderbaren Hof herzlich willkommen. Und auch wenn heute viele in unserer Runde fehlen, so könnte ich doch nicht glücklicher sein.« Sie wandte sich direkt an Anne und sagte: »Eine bessere Frau für meinen lieben Jungen hätte ich mir nicht wünschen können. Herzlich willkommen in unserer Familie, liebe Anne.«

Anne spürte, dass die Tränen in ihr aufstiegen, und blinzelte sie mit Mühe fort, während sie ihre Schwiegermutter liebevoll anlächelte.

»Ich weiß, ihr habt alle großen Hunger«, sagte Rose. »Deshalb will ich auch keine langen Reden halten. Aber immerhin darf ich das Menü ankündigen: Unsere Frau Schnakenwinkel hat es sich, zusammen mit unserem geschätzten Fritz Dunst und der Hilfe von Frau Wulfhorst, nicht nehmen lassen, ein Menü zu zaubern, das ganz im Zeichen des Karamells steht.« Sie wandte sich um, und nun entdeckte Anne Frau Schnakenwinkel, die am unteren Teil der Tafel zwischen den Arbeitern der Firma saß – Lotte war zu Annes Erleichterung allerdings nicht erschienen.

»Liebe Frau Schnakenwinkel, wenn Sie uns verraten wollen, was Sie uns Schönes gezaubert haben?«

Verlegen stand die Haushälterin, die sich heute besonders fein gemacht hatte, auf, verschlang nervös die Hände ineinander, und auf ihren Wangen erschienen hochrote Flecken, als sie sagte: »Zu Beginn gibt es karamellisierte Möhrensuppe. Es folgt eine Salatkreation mit karamellisierten Walnüssen, und dann reichen wir karamellisierte Kartöffelchen an karamellisiertem Gemüse mit Rehmedaillons.«

Die Gäste brachen in begeisterte Aaahs und Ooohs aus, und Anne flüsterte gerührt: »Ein Karamell-Menü. Welch wunderbare Idee.«

»Für die Nachspeise übergebe ich das Wort an Herrn Dunst«, sagte Frau Schnakenwinkel, offenbar froh, dass ihre kleine Rede sich dem Ende zuneigte: »Anschließend werden Mädchen aus dem Dorf servieren.«

Nun erhob sich Fritz und schickte sich an, die Nachspeise anzukündigen: »Ihr könnt gleich zwischen drei Desserts wählen: warmer Schokokuchen mit Karamellkern, Karamellpudding mit einer Kruste aus goldenem Karamell und karamellisierten Walnüssen auf einem Fruchtpüree-Bett. Außerdem gibt es später natürlich eine Karamell-Hochzeitstorte und«, er warf Anne einen liebevollen Blick zu, »den Streuselkuchen unserer Großmutter.«

Sie erwiderte seinen Blick gerührt, während sie lautstark applaudierte. Unglaublich, wie viel Mühe sich alle gegeben hatten!

Ein Gang nach dem anderen wurde aufgetischt, es entspannen sich fröhliche Gespräche, hitzige Diskussionen und neue Bekanntschaften.

Das Menü war erwartungsgemäß köstlich. »Ich habe allerdings keine Ahnung, wo und wie ich auch nur das winzigste Stück Hochzeitstorte hineinbekommen soll«, stöhnte Anne, als sie beim Nachtisch angelangt waren. »Die gibt es ja erst später«, sagte Anton liebevoll. »Jetzt bekommst du erst einmal deine Überraschung.«

»Endlich«, jubelte Anne. »Zumal dieser gut aussehende Mann, der vorhin mit deiner Schwester getanzt hat, auch noch mit uns am Tisch sitzt, als würde er zur Familie gehören. Ich gehe mal davon aus, dass er Teil der Überraschung ist?«

»Warte es ab.« Anton erhob sich grinsend und schlug dreimal mit der Gabel gegen sein Glas.

Sofort kehrte Stille ein.

»Liebe Gäste«, sagte Anton, »dieses wunderbare Festmahl begann mit einer Rede, und es endet nun auch mit einer Rede. Liebe Frau Schnakenwinkel, lieber Fritz, ihr habt euch wirklich selbst übertroffen.«

Applaus und vereinzelte Jubelrufe folgten seinen Worten. Fritz und Frau Schnakenwinkel strahlten in die Menge.

»Als ich vorhin mit meiner Frau tanzte, habe ich ihr eine Überraschung angekündigt«, er schenkte Anne einen liebevollen Blick, »und seither löchert sie mich ständig damit, was das denn sein könnte. Sie hat auch sehr wohl bemerkt, dass ein für sie Fremder mit am Tisch sitzt«, er nickte in Richtung Norbert Bergmann, der neben Frau Wulfhorst saß, »und erraten, dass er etwas mit der Überraschung zu tun hat.« Anton wandte sich nun wieder direkt an Anne, als er sagte: »Darf ich dir Norbert Bergmann vorstellen? Er wird zukünftig diesen Bauernhof für uns führen.«

»Für uns?«, fragte Anne, die ahnte, worauf Anton hinauswollte, es aber noch nicht so ganz glauben und fassen konnte. Doch ihr Ehemann nickte.

»Für uns«, bestätigte er. »Frau Wulfhorst und ich sind uns einig geworden: Der Hof gehört uns.«

Anne stieß einen Schrei der Begeisterung aus und fiel ihrem Mann, begleitet von Jubelrufen und Applaus der Festgäste, um den Hals.

»Wir haben den Kauf davon abhängig gemacht, ob wir jemanden finden, der sich um Anbau, Pflege und Ernte der Rüben kümmert und der die Kühe versorgt und die Milch weiterverarbeitet. In Herrn Bergmann haben wir diesen Mann gefunden. Er wird hier gemeinsam mit Frau Wulfhorst leben und wirtschaften«, erklärte er ihr, während Anne sich erhob, um Norbert Bergmann die Hand zu schütteln.

»Ich freue mich wirklich sehr!« Sie hatte kaum geglaubt, dass es möglich war, aber es schien ihr selbst, als strahlte sie nun noch mehr als zuvor. »Das ist so ungemein aufregend, und es gibt so viel zu besprechen. Und wenn ich schon einmal stehe, möchte auch ich mich bei euch allen für dieses wundervolle Fest bedanken. Und nun: Tanzt und feiert! Die Tafel ist hiermit aufgehoben.«

»Es wird gleich noch aufregender«, versicherte Käthe, die sich in diesem Moment zu ihnen hinüberlehnte, während sich die anderen Gäste langsam erhoben und auf dem Gelände verteilten. Einige gingen auf die Tanzfläche, andere standen in kleinen Grüppchen beisammen, um sich zu unterhalten. »Du hast mich vorhin bedauert, dass ich noch nicht meine Liebe gefunden habe. Nun, diese Sorge kann ich dir nehmen.«

Sie trat neben Norbert Bergmann und hakte ihn unter, und er sandte ihr einen zärtlichen Blick.

»Ihr beide …«, lachte Anne.

»Wir beide«, bestätigte Käthe strahlend. »Ich habe mich sozusagen auf den ersten Blick in ihn verliebt.«

»Das beruhte auf Gegenseitigkeit«, erklärte Norbert Bergmann. »Diese Frau ist einzigartig.«

»Das kann ich bestätigen«, sagte Anne und platzte dann heraus. »Und ich dachte schon, du und Fritz …«

»Fritz?«, fragte Käthe ehrlich erstaunt. »Also wirklich, Anne, wie kommst du denn darauf? Dein Bruder ist ohne Frage sehr nett, aber …«

»Ihr passt überhaupt nicht zusammen! Darüber habe ich mir auch Sorgen gemacht, aber als Fritz mir heute Morgen gestand, dass er sich verliebt habe – und dann vorhin deine seltsame Reaktion –, da kam es mir allzu offensichtlich vor …«

»Es gab noch jemanden, der heute Morgen komisch reagiert hat«, sagte Käthe und deutete auf die Tanzfläche.

Anne wandte sich um. Schon wieder lag die schöne Marie in den Armen ihres Bruders. »Marie!«, rief sie. »Aber ich wusste gar nicht, dass die beiden sich kennen.«

»War dein Bruder nicht zu Hause, als Marie dir das Brautkleid brachte?«, fragte Käthe.

»Stimmt«, erwiderte Anne verblüfft. »Und ich habe nichts bemerkt. So viel Glück auf einmal«, sagte Anne. »Das ist ja fast schon unheimlich.«

»Feuer!«, gellte in diesem Moment ein heller Schrei über den Hof. »Die Bonbonfabrik brennt.«

Entsetzt sah Anne Anton an.

»Hast du das gehört?«

Doch Anton Leyen antwortete nicht mehr. Dazu hatte er keine Zeit. Er machte auf dem Absatz kehrt und stob davon.

Kapitel 27

Werther, August 1910

Eine Viertelstunde später hatte sich die gesamte Hochzeitsgesellschaft vor der Fabrik versammelt und beobachtete fassungslos die Flammen, die aus der Bonbonkocherei schlugen.

»Wo ist Anton?«, keuchte Anne. »Und Fritz?«

»Sie sind rein, Frau Leyen«, rief Barbara, die als eine der Ersten am Haus angekommen war, verzweifelt. »Ich habe sie reinrennen sehen.«

»Oh Gott!«, rief Anne entsetzt. »Nein! Sind sie wahnsinnig?« In der Aufregung registrierte sie nicht einmal, dass Barbara sie zum ersten Mal mit ihrem neuen Namen angesprochen hatte.

»Die Feuerwehr muss gleich da sein«, keuchte Käthe hinter ihr. »Sie holen sie bestimmt raus.«

»Und wenn es zu spät ist?«, fragte Anne, die atemlos beobachtete, dass inzwischen auch die Eingangstür Feuer gefangen hatte.

Eine derartige Welle der Panik erfasste sie, dass sie das

Gefühl hatte, keine Luft mehr zu bekommen. Gleichzeitig wusste sie, dass sie hier nicht so einfach stehen bleiben konnte. Binnen eines Jahres hatte sie ihre Eltern und ihre Großmutter verloren. Und nun sollte sie zusehen, wie ihr auch noch ihr Bruder und ihr Ehemann genommen wurden? Sie musste dort rein und alles tun, um sie zu retten.

Panisch stürzte sie nach vorn.

Da wurde sie von zwei Armen zurückgerissen, die sie gleich darauf umschlangen.

»Anne!«, hörte sie Maries tränenerstickte Stimme. »Nicht!«

»Lass mich los«, tobte Anne und stemmte sich mit aller Kraft gegen ihre Freundin. »Ich muss da rein. Wenn sie nicht überleben, hat auch mein Leben keinen Sinn mehr.«

»Meines doch auch nicht«, schluchzte Marie. »Ich liebe deinen Bruder, Anne. Aber keiner hat etwas davon, wenn du dich jetzt auch noch in Gefahr begibst.«

Maries Worte drangen zwar an Annes Ohr, aber sie reagierte nicht auf sie.

»Lass mich los«, fauchte sie stattdessen wieder und schlug wie wild um sich. Tatsächlich gelang es ihr, sich zu befreien und einige Schritte auf das brennende Haus zuzurennen. Doch schon wieder stellte sich ihr jemand in den Weg.

»Käthe!«, brüllte Anne. »Herr Bergmann. Lasst mich durch.« Doch die beiden packten sie und hielten sie eisern fest.

»Nein!«, tobte die sich mit aller Kraft zur Wehr setzende Anne. »Lasst mich sofort los.«

Doch gegen den großen und starken Herrn Bergmann hatte sie keine Chance.

In diesem Moment fuhr endlich der erste Feuerwehrwagen vor.

»Aus dem Weg!«, rief der Kommandant und scheuchte die betroffen starrende Menge fort. »Ab jetzt übernehmen wir.«

»Mein Mann ist dadrin!«, brüllte Anne. »Und mein Bruder.«

»Können Sie den Standort der Personen bestimmen?«

»Nein«, schluchzte Anne. »Ich denke, sie sind in der Bonbonkocherei.«

Der Kommandant nickte, brüllte ein paar Befehle und war im nächsten Moment mit seiner Mannschaft im Inneren des Hauses verschwunden.

Bergmann hielt Anne immer noch fest, während Käthe ihre weinende Mutter umschlungen hielt. Marie war schluchzend auf die Knie gesunken. Neben ihr kauerte die erschütterte Frau Schnakenwinkel.

»Wann kommen sie denn endlich raus mit den beiden?«, weinte Anne, während zu ihrer Erleichterung zwei Krankenwagen um die Ecke bogen. Wenigstens würden Fritz und Anton sofort medizinische Hilfe bekommen. Wie durch einen Schleier erblickte sie auch den Kommissar, der sie in der Nacht, in der sie niedergeschlagen worden waren, vernommen hatte. Sie sah, dass er sich ihr näherte.

»Frau Leyen«, sagte er. »Alles Gute zur Hochzeit. Können Sie mir etwas dazu sagen, wie der Brand ausgebrochen ist?«

Anne starrte ihn an.

»Nun?«, fragte der Kommissar ungeduldig und nahm auch Käthe und Rose ins Visier. Dann blaffte er: »Jetzt reden Sie schon. Ich habe einen Fall zu lösen.«

»Ich glaube, dazu ist keine der Damen momentan in der Lage«, brummte Norbert Bergmann. »Die Herren Leyen und Dunst sind dort drin in den Flammen. Die Sorge um sie ist jetzt das Einzige, woran sie denken können. Und was heißt das überhaupt, Sie haben einen Fall zu lösen. Gehen Sie hier von Brandstiftung aus?«

»Noch können wir von gar nichts ausgehen«, brummte der Kommissar. »Ebendas muss ich herausfinden. Und Sie sind?«

»Norbert Bergmann«, sagte der schlicht und schien es nicht für nötig zu halten, weitere Erklärungen abzugeben. Was den Kommissar zu ärgern schien. Offenbar wollte er gerade weiter insistieren, als Anne, die den Eingang nicht aus den Augen gelassen hatte, einen Schrei ausstieß. Dort erschienen gerade zwei Männer, die einen dritten zwischen sich trugen. »Da!«

Sie stürzte nach vorn. »Es ist Fritz.«

»Bitte, bleiben Sie zurück«, sagte einer der beiden Ärzte, die aus den Krankenwagen gestiegen waren.

»Fritz!«, schrie nun auch Marie und rannte Anne hinterher.

»Ist er am Leben?«

»Ja«, sagte eine Krankenschwester, die wie aus dem Nichts plötzlich neben ihnen stand. »Lassen Sie die Ärzte jetzt ihre Arbeit machen. Wir nehmen hier die Erstversorgung vor und bringen ihn dann ins Krankenhaus.«

Erleichtert, dass ihr Bruder nicht in den Flammen umgekommen war, wandte sich Anne nun wieder um, um den Kommandanten zu fragen, was mit Anton war.

»Ihr Gatte ist von einem herabstürzenden Balken getroffen und eingeklemmt worden«, informierte sie der Mann. »Ich muss gleich wieder rein. Er ist noch am Leben. Aber es muss uns gelingen, ihn zu befreien. Es ist ein Wettlauf gegen die Zeit.«

»Oh Gott«, rief Anne und wusste gar nicht, wohin mit sich vor lauter Angst, Schmerz und Verzweiflung. Da sah sie aus dem Augenwinkel, dass Rose Leyen, die die Worte des Feuerwehrmannes ebenfalls mitbekommen hatte, in sich zusammensackte. »Ich hab's doch gesagt!«, rief sie. »Der Halley bringt immer Unglück mit sich.«

»Hilfe!«, rief Anne. »Schwester!«

Und dann ließ auch sie sich weinend in Käthes Arme fallen.

• • •

Um ihn herum war alles rot. *In ihm* war alles rot. Ein roter Schmerz tobte durch seinen Körper, eine rote Hitze drohte ihn zu versengen, und rot war auch das, was sich auf seine Atemwege legte. Wieso war alles rot, wo doch heute ein weißer Tag war? Oder höchstens noch ein zartrosafarbener. Weiß-rosa wie Annes Brautkleid, wie die Apfelblüten in ihrem Haar. Der Tag seiner Hochzeit. »Anne«, dachte Anton noch. »Verzeih mir, dass ich hier hineingerannt bin. Ich hätte bei dir bleiben sollen. Aber ich werde kämpfen. Ich werde alles tun, um dich am Tag deiner Hochzeit nicht gleich zu einer Witwe zu machen.«

Doch er spürte, dass das Feuer, das um ihn herum tobte, stärker war als er. Er *konnte* nichts tun, konnte sich nicht bewegen, kam nicht vom Fleck. Er war den Flammen hilflos ausgeliefert.

Dann wurde es schwarz.

Irgendwann erwachte er für einen Moment, als die Schmerzen in seinem Bein zunahmen. Jemand presste ihm ein nasses Tuch auf das Gesicht.

»Halt durch, Kumpel«, brüllte eine Stimme. »Ich habe dich doch nicht in der Schule abschreiben lassen, damit du am Tag deiner Hochzeit schlappmachst.«

War das Hans? Sein alter Klassenkamerad Hans?

»Der Balken ist zu schwer. Wir schaffen es nicht!«, rief jemand. »Und uns bleibt nicht mehr viel Zeit. Das Gebäude wird mit jeder Minute instabiler und der Rauch immer dichter.«

»Nur die Ruhe«, dröhnte da eine laute Stimme durch den Raum. »Wir haben den Brand unter Kontrolle. Tut das Nötige, und bringt ihn hier raus.«

»Dann bringt eine Säge«, brüllte der Mann, der vielleicht Hans war. »Ich brauche sofort eine Säge.«

Da wurde es wieder dunkel um Anton.

Als er erneut erwachte, schien alles wieder normal zu sein. Zumindest die Farben stimmten wieder. Alles um ihn herum war weiß.

Doch sein Körper tat schrecklich weh. Jeder Atemzug

schmerzte. Leise stöhnte er und schloss die Augen für einen Moment wieder. Zu grell war das Licht.

»Er wacht auf. Oh, lieber Gott, ich danke dir, er wacht auf«, hörte er eine Stimme.

»Anne?«, fragte er, doch es klang wie ein heiseres Krächzen.

»Ja«, flüsterte sie. »Und deine Mutter und Käthe sind auch da.«

Blinzelnd öffnete er die Augen.

Da traten die beiden auch schon an sein Bett. Käthe schluchzte, Anne liefen die Tränen über die Wangen, und seine Mutter hatte ganz rot geweinte Augen. »Wir hatten solche Angst um dich«, flüsterte Anne.

»Fritz«, krächzte er.

»Fritz geht es gut«, sagte Anne rasch. »Er liegt im Bett neben dir.« Sie deutete in Richtung Fenster. »Er hat eine Rauchvergiftung, ansonsten ist ihm nichts passiert. Er schläft gerade.«

»Ein Glück«, murmelte Anton und versuchte, den Kopf in die Richtung seines Schwagers zu wenden, gab aber rasch auf. »Es tut alles weh.«

In diesem Moment kam der Arzt ins Zimmer. »Herr Leyen«, sagte er, als er seinen Patienten wach antraf. »Sie sind aufgewacht.«

»Ja.« Anton lächelte. Allmählich schien er seine Stimme wieder etwas mehr unter Kontrolle zu haben. »Und gleich war ich von den drei wichtigsten Frauen meines Lebens umgeben.«

Der Mediziner lächelte. »Ein schöneres Erwachen kann

es ja gar nicht geben.« Dann sah er die anderen entschuldigend an. »Wenn Sie bitte draußen warten würden? Ich würde Herrn Leyen gerne untersuchen.«

»Sicher.« Anne erhob sich rasch und ging zur Tür, Rose und Käthe taten es ihr nach.

Als die Tür hinter ihnen zugefallen war, sagte der Arzt: »Ihren Hochzeitstag hätten Sie sich sicherlich anders vorgestellt.«

Verblüfft sah Anton ihn an. »Stimmt!«, rief er. »Ich habe ja heute Hochzeit! Das habe ich ganz vergessen. Dabei saß meine Frau ja gerade eben in ihrem Brautkleid vor mir.«

»Kein Wunder bei allem, was Sie durchgemacht haben«, sagte der Arzt ernst. »Sie haben viel zu verarbeiten. Und Sie haben, bitte verzeihen Sie mir den Ausdruck, verdammt Glück gehabt.«

Anton sah ihn ängstlich an. »Mein Bein … konnten Sie es …«

»Ich vermute, wir werden es retten können«, sagte der Mediziner. »Als Sie eingeliefert wurden, glaubte ich für einen Moment, wir müssten amputieren, aber ich denke, wir konnten es stabilisieren.«

»Ein Glück«, brachte Anton hervor und konnte nur mit Mühe die Tränen der Erleichterung zurückhalten.

»Haben Sie große Schmerzen?«

»Ja«, sagte Anton. »Am ganzen Körper.«

»Sie haben im Bauch- und Beinbereich schwere Verbrennungen erlitten«, sagte der Mediziner. »Daher kommen die Schmerzen. Und natürlich ist Ihr Bein gebrochen. Außerdem haben Sie eine schwere Rauchvergiftung. Aber Sie kommen wieder auf die Beine – im wahrsten Sinne des Wortes.«

Anton nickte. »So viel Glück«, sagte er.

»Na ja«, lächelte der Mediziner. »Es war ja schließlich Ihr Hochzeitstag. Da darf man schon ein bisschen Glück haben.«

Auch Anton rang sich ein Lächeln ab. »Und mein Schwager?«, fragte er dann. »Meine Frau sagt, dass er nur eine leichte Rauchvergiftung hat?«

»Ja«, bestätigte der andere. »Um ihn müssen Sie sich keine Sorgen machen.« Er warf einen Blick auf den schlafenden Fritz. »Ich werde ihn ebenfalls gleich noch untersuchen. Aber er hat das Gebäude ja auch schon viel früher verlassen als Sie.«

Anton nickte. »Gut«, sagte er. »Weiß man denn schon, wie es zu dem Brand kam?«

»Das kann ich Ihnen leider nicht sagen«, erklärte der Mediziner. »Aber Kommissar Peters steht draußen und wartet darauf, mit Ihnen sprechen zu dürfen.«

»Würden Sie ihn hereinschicken?«, bat Anton.

»Sobald ich Ihren Schwager untersucht habe«, versprach der Arzt mit einem Nicken.

• • •

Draußen vor der Tür saß Anne und konnte gar nicht mehr aufhören zu weinen. Käthe hatte den Arm um sie gelegt, Rose hielt ihre Hand. Marie, die hier draußen auf dem Flur gewartet hatte, um zu erfahren, wie es Fritz ging, strich über ihren Rücken.

»Kind«, sagte Rose mit zitternder Stimme. »Es geht ihm doch gut. Er ist ja aufgewacht.«

Anne war außerstande, etwas zu erwidern.

»Ich glaube, genau deswegen weint sie so«, sagte Käthe an ihrer statt. »Weil sie nun weiß, dass es ihm gut geht, und der Schreck und die Angst sich lösen. Ist es nicht so, Anne?«

Anne nickte unter Tränen.

»Bitte entschuldigen Sie die Störung«, klang da eine tiefe Stimme vom Ende des Flurs her. Anne sah auf und entdeckte Kommissar Peters, der wenige Meter von ihnen entfernt stand. Der sonst so bruddelige Mann sah sie seltsam mitfühlend an.

»Herr Peters«, sagte Rose und erhob sich umständlich. »Gibt es Neuigkeiten?«

»Leider ja, Frau Leyen. Und keine schönen«, sagte er. »Es handelt sich zweifelsfrei um Brandstiftung.«

Käthe stieß einen Schrei aus, Rose brach in Tränen aus. Anne erhob sich rasch, um ihre Schwiegermutter in die Arme zu schließen. Jetzt musste sie stark für die andere sein, und das gab ihr Kraft.

»Wer macht denn so was?«, schluchzte Rose in ihren Armen. »Wer will uns denn unser Zuhause anzünden?«

Käthe und Anne wechselten einen Blick. Beiden war klar, dass der Anschlag mit ziemlicher Sicherheit nicht dem Heim der Leyens, sondern der Bonbonkocherei gegolten hatte.

»Gibt es denn schon einen Verdächtigen?«, fragte Anne.

In diesem Moment trat der Arzt aus dem Zimmer. »Sie können jetzt hinein«, sagte er. »Der Vollständigkeit halber betone ich, dass die beiden sich nicht aufregen sollten.«

»Ich tue, was ich kann«, sagte Peters, nun wieder in gewohnter Knurrigkeit. »Aber das wird bei dieser Nachrichtenlage nicht ganz einfach.«

Im Krankenzimmer begrüßte der Kommissar die beiden Patienten mit den Worten: »Freut mich, Sie nun wieder bei Bewusstsein anzutreffen.«

Anne und Marie eilten ans Bett des erwachten Fritz, während Rose sich zu ihrem Sohn setzte und Käthe neben dem Kommissar an der Tür stehen blieb.

»Dennoch muss ich Ihnen leider mitteilen, dass das Feuer nicht zufällig ausgebrochen ist. Wir haben es mit Brandstiftung zu tun«, fuhr der Kommissar fort.

Anton stöhnte auf, sagte dann aber: »Das war ja eigentlich klar nach der Sache mit den Überfällen und dem Zucker.«

»Mit dem Zucker?«, hakte Peters nach.

Als Anton ihm von dem anonymen Schreiben berichtete, sah der Kommissar ihn vorwurfsvoll an. »Das hätten Sie mir mitteilen müssen. Das ist eine Straftat. Warum haben Sie keine Anzeige erstattet?«

Anton zuckte die Schultern. »Es war einfach so viel los. Die Ereignisse haben sich überschlagen.«

»Wo befindet sich der Brief jetzt?«

»Noch bei Bauer Balsfrenser«, vermutete Anton.

Peters nickte und machte sich eine Notiz.

»Haben Sie irgendeinen Verdacht, wer Ihnen derart übel mitspielen will?«

Anton schüttelte den Kopf. »Wenn ich das nur wüsste.«

»Das Feuer wurde in der Bonbonkocherei gelegt«, klärte Peters ihn auf. »Da es weder eingeschlagene Scheiben gab noch die Eingangstür aufgebrochen wurde, gehen wir davon aus, dass es jemand war, der Zugang zu Ihren Räumen hat.«

»Aber die Fensterscheiben waren doch kaputt«, erinnerte sich Anne. »Könnte der Brandstifter nicht von außen eingestiegen sein?«

Der Kommissar schüttelte den Kopf. »Sie sind später durch das Feuer geborsten«, erklärte er. »Anhand der Scherbenstreuung ließ sich feststellen, dass keines von ihnen von außen zerstört wurde, wenn Sie es ganz genau wissen wollen.«

Anne und Anton wechselten einen Blick, bevor er Anne zunickte und sie das Wort ergriff: »Zugang zum Haus hatten außer der Familie und Frau Schnakenwinkel die Arbeiter. Doch die waren allesamt bei der Hochzeit. Außer ...«

»Außer?«, hakte Peters sofort nach.

»Lotte!«, rief Käthe in diesem Moment. »Lotte war nicht da. Und die hat auch ein Motiv.«

»Bitte, Käthe, wir wollen hier niemanden verdächtigen«, wies ihr Bruder sie zurecht.

»Es geht hier doch nicht um wilde Verdächtigungen«, verteidigte sich Käthe. »Sondern darum, den Täter zu finden.«

»Völlig richtig, Fräulein Leyen«, sagte Peters und zückte sein Notizbuch. »Ich gehe davon aus, es handelt sich um Lotte Staudinger?«

Während Anne ihn überrascht ansah, wandte ihr Mann ihr den Kopf zu: »Ich habe dir doch gesagt, dass hier jeder jeden kennt.«

Sie nickte.

»Ja«, bestätigte Käthe.

»Und was hatte sie für ein Motiv?«

»Sie war in meinen Bruder verliebt. Und ist es noch. Seit Jahren.«

»Ah«, brummte der Polizist. »Ich entsinne mich. Es gab mal einen Tanz vor vielen Jahren. Und danach erzählte sie überall herum, Sie würden ihr den Hof machen.«

Donnerwetter, dachte Anne. Dieser Kommissar wusste ja wirklich alles.

»Ganz genau«, bestätigte Anton. »Seit meine Verlobung mit Anne bekannt wurde, verhielt sich Lotte meiner Frau gegenüber, nun … nicht gerade freundlich.«

»Aber deswegen würde sie uns doch so etwas nicht antun!«, fühlte sich Anne bemüßigt, die andere zu verteidigen.

»Aus Liebe wurden schon ganz andere Verbrechen begangen«, belehrte Peters sie.

»Aber Lotte hätte gar nicht die Kraft, uns alle niederzuschlagen«, ließ Anne nicht locker. Doch auch damit konnte sie den Kommissar nicht überzeugen. »Mit der richtigen Waffe und dem richtigen Winkel können auch sehr kleine und zierliche Personen sehr große und sehr starke Männer außer Gefecht setzen. Außerdem hatte sie das Überraschungsmoment auf ihrer Seite. Wir werden Fräulein Staudinger vernehmen.«

Anton nickte. »Bitte, halten Sie uns über den Stand der Ermittlungen auf dem Laufenden.«

»Selbstverständlich«, sagte er und hob die Hand zum Abschied. »Und gute Besserung.«

Als er fort war, sahen die sechs Menschen im Zimmer sich bedrückt an.

»Es tut mir so leid, dass das ausgerechnet am Tag unserer Hochzeit geschieht«, brachte Anton schließlich hervor. »Es sollte so ein schöner Tag werden.«

Anne drückte ihrem Bruder noch einmal die Hand und eilte dann an das Bett ihres Gatten.

»Es war ein schöner Tag«, sagte sie und strich ihm liebevoll eine verirrte Haarsträhne aus der Stirn. »Ich hätte mir bis zu dem Moment, an dem das Feuer ausbrach, keinen schöneren wünschen können. Wir hatten doch unser Hochzeitsfest. Und das Allerwichtigste ist, dass euch beiden nichts passiert ist – und auch sonst niemandem.«

»Aber ob das so bleibt?«, stieß in diesem Moment Rose hervor.

Anne hörte, dass Käthe sie flüsternd ermahnte, dass die Männer sich nicht aufregen dürften.

»Ich kenne die Fakten auch so, Schwesterherz«, kam es von Anton. »Und Mutter hat recht. Das geht so nicht weiter.«

»Aber immerhin haben sie endlich eine Spur«, brachte sich nun auch Fritz in das Gespräch ein. »Wobei ich mir wirklich nicht vorstellen kann, dass Lotte die Übeltäterin ist.«

»Ich glaube das auch nicht«, murmelte Anton. »Ich kenne sie nun schon so lange und denke, mit an Sicherheit grenzender Wahrscheinlichkeit behaupten zu können, dass sie dazu nicht imstande wäre.«

»Und wenn es jemand von außen ist?«, fragte Fritz. »Jemand, den wir alle nicht kennen? Vielleicht ein anderer Zuckerwarenfabrikant, der uns den Erfolg neidet?«

»Das habe ich auch lange angenommen«, sagte Anton und schob energisch den Gedanken beiseite, dass er zeitweise selbst Fritz in Verdacht gehabt hatte. »Aber wie lässt sich dann erklären, dass die Tür nicht aufgebrochen wurde? Damit muss es jemand von uns gewesen sein.«

»Und keiner außer Lotte war nicht beim Fest«, murmelte Anne und ging im Geiste noch einmal die Gesichter der Arbeiter durch, die alle an ihrem Tisch Platz genommen hatten. Kein Einziger hatte gefehlt. Außer Lotte.

Kapitel 28

Werther, August 1910

Eine Woche nach der Hochzeit parkte ein Krankenwagen vor Annes und Fritz' Haus. Anton kehrte heim, nachdem Fritz schon vor zwei Tagen entlassen worden war. Sie hatten spontan beschlossen, dass auch Anton zunächst hier einziehen würde – im Erdgeschoss befanden sich zwei große Zimmer, die Anne mit Maries und Käthes Hilfe hergerichtet hatte. Dort würde sie zunächst mit Anton logieren – was wegen dessen Beinverletzung nachgerade ideal war. Fritz bezog sein altes Zimmer – da er keine Beinverletzung erlitten hatte, stellte das Treppensteigen für ihn kein Problem dar –, Käthe war in Annes Zimmer gezogen, Rose hatte das Schlafgemach von Annes Großmutter bekommen, und Frau Schnakenwinkel logierte in der Dachkammer und kümmerte sich um den Haushalt.

Derzeit ließ sich noch nicht sagen, wann das Leyen'sche Haus samt Fabrik wieder bewohn- und beziehbar sein würde. Zwar waren die Wohnung und auch das Kontor glücklicherweise unbeschadet geblieben, und das Haus war in seiner Standfestigkeit nicht weiter beschädigt worden, aber es stank entsetzlich nach Rauch. Außerdem wollte die Feuerwehr sichergehen, dass sich im Haus nicht noch Brandnester verbargen, und hatte daher alles evakuiert.

»Anton!«, rief Anne, als sie ihren Mann vor dem Haus begrüßte. »Frau Schnakenwinkel hat zwar die ganze Zeit über unsere Küche geschimpft, aber etwas ganz Köstliches gezaubert.« Sie gab ihm einen Kuss.

Anton stand die Erschöpfung deutlich ins Gesicht geschrieben, als er kurz darauf die Küche betrat. Es war offensichtlich, dass ihm jeder Schritt schreckliche Schmerzen bereitete. Bedrückt fragte sich Anne, wie lange er wohl unter den Folgen zu leiden haben würde.

»Wie ich Ihre Küche vermisst habe, Frau Schnakenwinkel!«, sagte Anton, nachdem er den ersten Löffel probiert hatte. Anders als sonst saß die Köchin mit am Tisch, was ihr sichtlich unangenehm war. Aber wegen Antons Bein war es unmöglich für die Familie, oben im Esszimmer zu speisen.

»Danke, Herr Leyen«, sagte sie. »Dann ist's ja recht. Sie müssen schließlich schnell wieder auf die Beine kommen.«

»Gibt es denn schon etwas Neues aus der Fabrik?«, erkundigte sich Fritz.

Käthe, die den ganzen Tag über vor Ort gewesen war, nickte. »Gute Neuigkeiten«, sagte sie und fügte an ihren Bruder gewandt hinzu: »Wenn du willst, können wir morgen wieder anfangen.«

»Morgen!«, rief Anton verblüfft. »Natürlich will ich das. Aber wie soll das gehen?«

»Das Gute ist ja, dass es für die Bonbons nicht wirklich

viel braucht. Zumal wir das meiste per Hand machen. Und da der Zucker von Oetker noch nicht geliefert wurde …«

» … ist der wichtigste Grundstoff nicht Opfer der Flammen geworden. Und Sahne und Butter kommen ohnehin frisch vom Hof.«

»Und dort könnten wir auch produzieren«, fiel Käthe ihm begeistert ins Wort. »Norbert ist unglaublich geschickt. Er hat in einer der Remisen eine richtige Küche eingerichtet. Es gibt dort einen Kessel, und er hat sogar einen Kühltisch und einen Haken gefertigt. Und er hat sich die Dampfmaschine angesehen. Wie durch ein Wunder haben weder sie noch der Kessel Schaden genommen. Der Umzug wird zwar einige Kraft in Anspruch nehmen, aber danach könntet ihr auf dem Hof weiterproduzieren, bis die Fabrik wieder aufgebaut ist.«

»Dieser Mann ist Gold wert«, freute sich Anton. »Ich wusste es.«

»Also sollen morgen alle dorthin kommen?«

»Na, und ob«, rief Anton. »Und ich werde selbst da sein, um mir das anzusehen und den Umzug zu organisieren. Oder nein: Ich werde gleich gehen, damit wir morgen keine Zeit verlieren. Und ihr werdet mich begleiten.« Auffordernd sah er die anderen an.

»Aber Anton, du bist doch noch viel zu schwach«, setzte seine Mutter zu einem Protest an.

Doch der winkte ungeduldig ab. »Ich hatte nun genug Zeit, um mich zu erholen«, sagte er. »Und das werde ich ja auch weiter tun. Aber die neue Wirkungsstätte meiner Arbeiter in Augenschein zu nehmen ist das Mindeste, was ich jetzt tun muss.«

»Also gut«, seufzte Rose. »Ich kann es dir ja ohnehin nicht ausreden.« Dann wandte sie sich an ihre Schwiegertochter. »Pass mir nur gut auf meinen Jungen auf.«

»Das werde ich«, versicherte die. »Du kannst dich auf mich verlassen. Und es ist ja auch wirklich nicht weit.«

Kurz darauf verließ das frischgebackene Ehepaar mit Fritz das Haus. Anton musste sich beim Gehen schwer auf seinen Stock stützen, und es ging sehr langsam voran, doch er hielt sich tapfer. Wenig später hatten sie den Hof erreicht.

»Hier in der Remise muss es sein«, sagte Anton und deutete auf das lang gestreckte Gebäude.

In diesem Moment entdeckte Anne etwas, das sie nach Luft schnappen ließ.

»Bleibt stehen«, sagte sie und zog ihren Mann und ihren Bruder hinter eine halb offen stehende Scheunentür.

»Au«, protestierte Anton. »So ruckartige Bewegungen sind noch etwas schwierig für mich.«

»Entschuldige«, sagte Anne. »Aber seht doch mal, dort drüben.«

Die beiden Männer folgten ihrem Blick.

»Das ist ja Lotte!«, flüsterte Anton fassungslos.

»Und … und Käthes Freund! Norbert Bergmann.«

»Was in aller Welt machen die da?«, fragte Fritz.

»Sie wirken jedenfalls sehr vertraut miteinander«, knurrte Anton.

»Es sieht aber so aus, als würden sie streiten«, murmelte Anne.

»Aber woher kennen die beiden sich?«, fragte Fritz.

»Ich habe einen ganz schrecklichen Verdacht«, sagte Anton. »Sie machen gemeinsame Sache. Lotte hat mitbekommen, dass ich den Hof nur kaufe, wenn ich einen geeigneten Pächter finde. Dann hat sie ihren Komplizen hier eingeschleust. Seine Aufgabe ist es wahrscheinlich, den Hof zu ruinieren. Als Nächstes kommen Bonbons von schlechter Qualität auf den Markt, ihr werdet sehen. Er sitzt nun als Lieferant für die wichtigsten Lebensmittel sozusagen direkt an der Quelle und kann wunderbar manipulieren.«

»Nein, das kann doch nicht wahr sein! Die arme Käthe«, flüsterte Anne. »Ich hätte ihr ihr Glück so gegönnt.«

»Ich auch«, knurrte Anton. »Aber anders kann ich mir das hier nicht erklären. Der soll mich kennenlernen.« Augenscheinlich wollte er auf Norbert Bergmann zustürzen, doch Anne hielt ihn zurück. »Nicht«, mahnte sie. »Das bringt doch nichts.«

»Sie hat recht«, sprang Fritz ihr bei. »Momentan können wir nur Vermutungen anstellen. Wir haben keinerlei Beweise. Nur, wenn die beiden nicht wissen, dass wir Verdacht geschöpft haben, können wir ihnen tatsächlich auf die Schliche kommen.«

»Na schön«, knurrte Anton. »Wieso ist Lotte eigentlich nicht in Haft?«

»Man konnte ihr nichts nachweisen«, wusste Anne.

»Jetzt vielleicht schon«, sagte Anton und sah erst seine Frau, dann seinen Schwager wütend an. »Ich habe lange genug gewartet und lange genug zugesehen, wie Lotte sich in ihren gekränkten Stolz hineinsteigert. Es reicht. Die werden mich kennenlernen. Aber jetzt lasst uns nach Hause gehen. Die Räumlichkeiten können wir morgen besichtigen. Wir erzählen den anderen einfach, dass der Weg für mich doch zu anstrengend gewesen ist und wir vorzeitig umgekehrt sind.«

• • •

Nach langem Hin und Her hatten die drei beschlossen, Käthe nichts von ihren Beobachtungen mitzuteilen. Vor allem Anne hatte sich entschieden dafür eingesetzt, zunächst Stillschweigen zu bewahren. »Solange wir nicht wissen, was dahintersteckt, sollten wir sie keinesfalls beunruhigen. Wir brauchen Beweise, und die bekommen wir nur, wenn er keinen Verdacht von unserem Wissen schöpft. Wir können von Käthe nicht verlangen, dass sie ihm ihre Zuneigung weiterhin vorspielt, wenn wir ihr davon erzählen. Deshalb darf sie vorerst nichts wissen«, hatte sie argumentiert, und Anton und Fritz hatten glücklicherweise – wenn auch widerwillig – zugestimmt.

Anne bewunderte ihren Gatten dafür, wie freundlich er trotz ihrer gestrigen Beobachtungen mit Norbert Bergmann umging, wie überschwänglich er sich bei ihm für seinen Einsatz bedankte und wie sehr er ihn lobte. »Leider haben wir ja nun eine Arbeiterin weniger.«

Bergmann sah ihn fragend an.

»Lotte Staudinger«, erklärte er. »Sie werden sie nicht kennen. Sie war nicht auf der Hochzeit, und das ist auch der Grund, warum sie unter Tatverdacht steht.«

Angespannt beobachtete Anton das Gesicht seines Gegenübers. Anne, die das Gleiche tat, flehte stumm: Bitte! Bitte sag, dass du sie kennst. Doch in der Tat verzog Norbert Bergmann keine Miene.

»Das tut mir leid«, sagte er. »Aber mit einer neuen Arbeiterin kann ich leider nicht weiterhelfen.«

Immerhin hat er nicht gelogen und geleugnet, sie zu kennen, dachte Anne, wider Willen beeindruckt, wie elegant Bergmann seinen Kopf aus der Schlinge gezogen hatte.

Anton nickte grimmig. »Ans Werk, Leute«, sagte er dann. »Wir haben viel zu tun.«

• • •

»Störe ich?«

Anne fuhr herum. Sie war vollkommen in ihre Arbeit vertieft gewesen. »Marie!«, rief sie, als sie die Freundin erkannte, und fiel ihr um den Hals. »Wie schön, dass du gekommen bist.«

»Es wurde auch Zeit«, sagte sie. »Es war schrecklich, dass ich so lange nicht zu Fritz konnte. Danke, dass du mich auf dem Laufenden gehalten hast.«

Anne nickte. »Das war das Mindeste.«

Marie hatte sich noch am Abend des Brandes, nachdem sie sich vergewissert hatte, dass es Fritz einigermaßen gut ging, auf den Weg nach Bielefeld gemacht, weil Frau Buddeberg sie dringend im Geschäft brauchte. »Heute hat sie mich früher gehen lassen«, berichtete Marie. »Sie war ganz entsetzt über das, was geschehen ist, hatte aber keine Möglichkeit, mir freizugeben.«

»Immerhin hat sie dir ihr Telefon zur Verfügung gestellt«,

sagte Anne. »Übrigens kann ich es noch gar nicht glauben, dass du und Fritz ein Paar seid.«

»Passen wir so schlecht zusammen?«, fragte Marie mit gespieltem Ernst. Anne zögerte.

»Nun«, sagte sie, »ihr seid schon sehr verschieden, aber Gegensätze ziehen sich ja bekanntlich an. Vor allem aber freue ich mich ungeheuer, dass mein Bruder eine Frau wie dich an seiner Seite hat – und ich dich damit noch öfter zu sehen bekomme.«

»Ja«, lachte Marie. »Ich werde euch oft besuchen.«

Und irgendwann mehr als das, dachte Anne, die ja von den Träumen und Zukunftsplänen ihres Bruders wusste.

»Wo ist Fritz denn überhaupt?«, fragte Marie in ihre Gedanken hinein.

Suchend sah sich Anne um. »Er war eben noch hier. Vermutlich ist er zu Frau Wulfhorst in die Küche gegangen, um sich etwas auszuruhen.«

»Geht es ihm noch nicht wieder gut?«, fragte Marie erschrocken.

»Doch, sogar überraschend gut«, beruhigte Anne. »Aber der Arzt hat ihm und Anton ausführliche Ruhepausen verordnet, und wir alle sorgen dafür, dass sie sich auch daran halten.«

»Verstehe«, sagte Marie. »Dann sehe ich mal nach, ob ich ihn finde.«

Nachdenklich blickte Anne ihr hinterher. Wie oft das Leben sich vollkommen anders gestaltete als gedacht!

»So in Gedanken versunken?«, fragte Anton, der, von ihr unbemerkt, neben sie getreten war.

Anne schrak zusammen. »Ach«, sagte sie. »Ich habe nur darüber nachgedacht, dass das Leben sich immer anders entwickelt, als man es erwartet.«

»Stimmt«, bestätigte er. »Eigentlich wären wir jetzt auf dem Weg zur Weltausstellung in Brüssel. Aber das«, er deutete auf sein Bein, »wird wohl nichts mehr werden. Bist du sehr traurig?«

Sie schüttelte den Kopf. »Im Gegenteil: Ich bin unendlich glücklich, dass dir und Fritz nichts Schlimmeres passiert ist«, sagte sie. »Und was die Weltausstellung angeht, so habe ich in der Zeitung gelesen, dass die Deutschen die Einzigen sind, die schon fertig aufgebaut haben. Und wenn ich mein eigenes Land sehen will, kann ich mich auch hier umschauen.«

Er lachte. »Da hast du recht. Wir Deutschen sind eben immer pünktlich. Die Japaner übrigens auch – sie haben ihre Sektion ebenfalls fertiggestellt, aber es kann keiner hinein.«

Verblüfft sah sie ihn an. »Es kann keiner hinein? Warum denn nicht?«

»Weil die japanische Abteilung von der französischen umgeben ist. Und die ist eben noch nicht fertig, sondern befindet sich nach wie vor im Bau.«

Lachend schüttelte Anne den Kopf. »Dann verpassen wir ja wirklich nicht viel. Wobei ich auch Brüssel als Stadt gerne gesehen hätte.«

»Wir holen das alles nach«, versprach er und küsste sie zärtlich auf den Mund. »Und wer weiß, vielleicht können wir etwas später im Jahr doch noch fahren.«

»Mit deinem schlimmen Bein?«, bezweifelte sie. »Immerhin soll das Ausstellungsgelände hundert Hektar groß sein.«

Anton lachte. »Die wäre ich auch so nicht zu Fuß gegangen. Und du ebenso wenig. Sie haben eigens eine Schmalspurbahn errichtet. Die verkehrt zwischen dem Prunkpalast der Stadt Brüssel, der Alhambra, die Spanien ausstellt, der niederländischen Renaissance-Schlossanlage und dem französischen Galerien-Komplex für Kleingewerbe.«

»Ja, ich würde das schon alles sehr gerne sehen«, gestand Anne.

»Ich auch«, erwiderte er. »Aber wenn wir es nicht schaffen, dann fahren wir nach Paris, und ich zeige dir ein Stück Weltausstellung aus der Vergangenheit. Das wohl für immer bleibt.«

Fragend sah sie ihn an.

»Der Eiffelturm«, erklärte er. »Er wurde für die Weltausstellung 1889 erbaut.«

Kapitel 29

Werther, September 1910

»Herr Leyen? Haben Sie einen Moment?«, fragte Norbert Bergmann von der Remisentür her.

Anton wandte sich um. »Sicher«, sagte er und ging auf den Landwirt zu.

»Ich würde Ihnen gerne etwas zeigen«, erklärte Norbert. »Und Sie etwas fragen.«

Mit einer Mischung aus Neugierde und Misstrauen folgte Anton ihm. Bergmann führte ihn in die Scheune, die sich direkt an die Remise anschloss. Hier hatte er seine Werkstatt eingerichtet.

»Ich habe versucht, einige der alten Bonbonrollen zu reparieren«, sagte Norbert und deutete auf die Walzen. »Zum Glück konnte das Feuer ihnen nicht allzu viel anhaben. Zwei sind geschmolzen, aber die anderen laufen wieder einwandfrei.«

»Das ist ja wunderbar«, rief Anton begeistert und trat vor, um eine der Kurbeln zu drehen. Die Maschine lief reibungslos. »Dann können wir unsere Produktion unserer alten Modelle ja nun uneingeschränkt wieder aufnehmen. Sofern uns nicht wieder jemand querschießt. Wer weiß, ob uns als Nächstes jemand die Lebensmittel verunreinigt.«

Norbert nickte. »Auf den Gedanken bin ich auch schon gekommen«, sagte er. »Deshalb habe ich die letzten Nächte im Zuckerlager verbracht.«

Verblüfft sah Anton den anderen an. Norbert bemühte sich wirklich und wirkte sehr loyal. War das alles nur Schein, um ihn abzulenken?

»Das ist sehr freundlich von Ihnen«, sagte Anton.

»Es ist mir wichtig, dass Sie nicht noch mehr Schaden nehmen«, erläuterte Norbert. »Schließlich hängt auch meine Zukunft davon ab. Was mich zu der Frage bringt, die ich Ihnen stellen möchte.«

Nein!, dachte Anton, der die Frage in diesem Moment bereits erahnte, und das Herz sank ihm in die Hose.

»Herr Leyen«, sagte Norbert ernst. »Sie wissen ja sicher bereits, dass Ihre Schwester und ich uns … nun ja … sehr zugetan sind. Ich würde gerne um ihre Hand anhalten. Und dafür möchte ich um Ihre Erlaubnis bitten.«

Anton starrte den anderen entsetzt an. Was sollte er nur antworten? Er konnte schlecht ablehnen. Aber er konnte die Hand seiner Schwester doch nicht einem Mann versprechen, der ihn möglicherweise ruinieren wollte und hinter all dem Unglück steckte, das ihnen widerfahren war. Andererseits: Was würde es gerade für den Ehemann seiner Schwester für einen Sinn ergeben, ihn zu ruinieren, und damit auch seine Schwester und sich selbst?

»Herr Leyen?«, fragte Bergmann in seine Gedanken hinein. »Ist Ihnen nicht wohl?«

»Nein, mir ist ganz und gar nicht wohl«, ächzte Anton, der mit einem Mal tatsächlich merkte, wie sehr ihm seine Verletzungen noch zu schaffen machten. Er verspürte Schmerzen im Bein und einen leichten Schwindel. So ein Mist, hatte er sich doch übernommen? Andererseits rettete es ihn aus dieser unangenehmen Situation. »Ich muss mich für einen Moment setzen«, ließ er den anderen wissen. »Es tut mir leid, lassen Sie uns später weitersprechen.«

• • •

In der Mittagspause spazierte Anne mit ihrem Bruder über die Wiesen des Wulfhorst-Hofes. Anne liebte es, ihr Pausenbrot inmitten der Natur zu essen. Ihr Lieblingsplatz war ein dicker Baumstumpf nahe des Bauernhauses, von dem aus man sowohl einen hervorragenden Blick auf den Hof als auch über die Rübenfelder hatte.

»Bald ist es so weit mit der Ernte«, sagte Anne nachdenklich. »Ich bin wirklich gespannt, wie sie ausfallen wird. Und fast ein bisschen traurig, dass wir den Zucker nicht selbst aus den Rüben gewinnen, sondern sie zu Bauer Balsfrenser bringen. Ich würde zu gerne ein wenig damit experimentieren, den Zucker selbst herzustellen.«

»Ja«, bestätigte Fritz und sah seine Schwester verständnisvoll an. »Das geht mir ebenso. Aber in diesem Jahr müssen wir uns auf anderes konzentrieren. Wer weiß, was nächstes Jahr sein wird.«

Er lächelte geheimnisvoll und fügte dann hinzu: »Jedenfalls werde ich dann bereits ein verheirateter Mann sein.«

»Du hast Marie gefragt?«, rief Anne und umarmte ihren Bruder begeistert. »Wie wundervoll. Ich freue mich für dich.«

Fritz strahlte. »Deine Sorge, dass dein Bruder ganz allein leben muss, hat sich damit dann auch erledigt. Natürlich erst, wenn das Leyen-Haus wieder bezugsfertig ist«, fügte er rasch hinzu.

Anne nickte. »So lange wird das nicht mehr dauern. Wird Marie denn ihre Anstellung bei Buddeberg behalten? Dann müsste sie täglich nach Bielefeld fahren. Oder möchtest du nicht, dass sie als verheiratete Frau arbeitet?«

Fritz schüttelte den Kopf. »Du kennst Marie«, sagte er. »Sie würde sich das nie von mir verbieten lassen. Tatsächlich haben wir uns aber etwas ganz anderes überlegt. Besser gesagt: *Sie* hat sich etwas ganz anderes überlegt.«

Gespannt sah Anne ihren Bruder an. Maries Ideen waren immer ausgesprochen interessant.

»Das Haus ist ja sehr groß, wenn wir es nur zu zweit nutzen«, sagte er. »Marie hatte nun den Einfall, in den beiden großen Zimmern im Erdgeschoss, die du jetzt mit Anton bewohnst, eine Schneiderei einzurichten. Dort würde sie im Auftrag von Buddeberg ganz besondere Kreationen anfertigen, aber die Schneiderei stünde natürlich auch allen anderen Kunden und Kundinnen offen.«

»Oh Fritz«, rief Anne begeistert. »Das ist eine ganz wundervolle Idee! Und im Obergeschoss ist ja wirklich genug Platz für euch und eure künftige Familie.«

»Ganz genau.« Er nickte strahlend. »Ich bin froh, dass dir die Vorstellung so gut gefällt.«

»Gut gefällt?«, fragte sie. »Ich bin begeistert. Wann soll die Hochzeit denn stattfinden?«

»Wir haben noch keinen genauen Termin festgelegt«, sagte er. »Wir wollen nicht zu lange warten. Aber zu schnell soll es auch nicht gehen. Schließlich müssen wir uns alle von dem Schreck erholen und wieder ganz gesund werden. Und ich muss noch bei ihrem Vater um ihre Hand anhalten.«

»Davor hast du sicher Angst?«, vermutete Anne.

Er zuckte die Achseln. »Natürlich, du weißt, wie gehemmt ich gegenüber Fremden immer bin. Aber Marie hat mich beruhigt. Sie hat gesagt: Bei dieser rebellischen Tochter wird er begeistert sein, wenn überhaupt irgendein Mann bei ihm um ihre Hand anhält.«

Anne lachte. »Na also.«

Dann verfinsterte sich ihre Miene.

»Was?«, fragte Fritz. »Was hast du?«

»Ach, ich musste nur eben an Käthe denken. Sie ist ja auch so verliebt.«

»Und du befürchtest, dass sie eine herbe Enttäuschung erleben wird?«

»Du etwa nicht? Dieser Streit zwischen Bergmann und Lotte ist doch wirklich außerordentlich merkwürdig. Und dass er uns nicht erzählt, dass er sie kennt, finde ich zusätzlich verdächtig.«

»Das stimmt«, sagte Fritz. »Und ich hatte ja den gleichen Gedanken, als wir die beiden beobachtet haben. Aber mittlerweile, bei allem, was er hier auf dem Hof für die Firma tut, kann ich mir einfach nicht mehr vorstellen, dass Herr Bergmann mit solcher Perfektion ein doppeltes Spiel spielt. Das traue ich ihm nicht zu.«

»Das traust du niemandem zu«, sagte Anne und drückte seine Hand. »Und dennoch sind diese Dinge passiert.«

»Du hast ja recht.«

»Ich finde allmählich doch, wir sollten Käthe von unserer Beobachtung erzählen«, murmelte Anne. »Wir dürfen sie nicht so im Unklaren lassen. Es ist nicht fair.«

»Ja«, sagte Fritz. »Das denke ich auch.«

»Ich rede mit Anton.«

»Oder du sagst es ihr gleich«, erwiderte Fritz und deutete auf die schmale Gestalt, die soeben über die Wiese auf sie zukam.

»Ich weiß nicht«, widersprach Anne. »Wir haben gemeinsam beschlossen, ihr nichts zu sagen. Wenn wir uns umentscheiden, sollten wir wenigstens vorher mit Anton sprechen. Er ist immerhin ihr Bruder, und es ist Sabotage an seiner Firma, worum es hier geht.«

»Wahrscheinlich hast du recht.«

Kapitel 30

Werther, September 1910

»Geht es Ihnen wieder besser?«, fragte Norbert Bergmann, der neben Anton in die Hocke gegangen war, besorgt.

»Ja«, sagte Anton und machte Anstalten, sich zu erheben. »Bitte entschuldigen Sie. Ich bin wohl doch noch nicht ganz so weit, wie ich dachte.«

»Bleiben Sie lieber noch etwas sitzen«, empfahl Norbert. »Sie haben es doch nicht eilig.«

Er sah ihn derart besorgt an, dass Anton ganz warm ums Herz wurde. Norbert schien so aufrichtig besorgt um sein Wohlergehen. Wie sollte ein solcher Mann etwas so Böses im Schilde führen? Aber was hatte er dann mit Lotte zu schaffen? Und weshalb hatte er nicht zugegeben, dass er Lotte kannte?

»Ich hoffe, es war nicht meine Frage, die zu dieser Reaktion geführt hat«, fuhr er verlegen fort. »Ich werde Ihre Mutter natürlich auch noch fragen. Offen gestanden weiß ich nicht, wie man es richtig macht, wo doch Ihr Vater, nun ja …«

Anton musste lachen. »Schon gut«, sagte er. »Ich war

kürzlich in genau derselben Situation, als ich um die Hand meiner Frau angehalten habe.« Er holte tief Luft und stieß dann hervor: »Aber dennoch ist es in der Tat Ihre Frage, die dazu geführt hat, dass ich mich setzen musste.«

»Kam das so überraschend?«, fragte Norbert verwundert. »Ich dachte …«

»Nein, Herr Bergmann. Das kam nicht überraschend«, sagte Anton. »Aber offen gestanden weiß ich dennoch nicht, was ich antworten soll.«

»Weil ich Landwirt bin? Ist es das? Weil Sie fürchten, dass Ihre Schwester mit ihren schönen Kleidern auf dem Hof unglücklich werden würde? Sie müsste doch keine Kühe melken, das verspreche ich Ihnen. Sie …«

»Stopp!«, sagte Anton und hob lachend die Hand. »Für aneinandergereihte Worte ohne Punkt und Komma sind meine Schwester und ich zuständig. Und das ist es auch gar nicht.«

»Aber was ist es dann?«

Nun ganz ernst, sah Anton den anderen an. Dann stieß er hervor: »Am Abend, bevor wir die Produktion hier wieder aufgenommen haben, war ich mit Anne und Fritz auf dem Hof. Ich wollte alles in Augenschein nehmen, bevor am nächsten Tag die Arbeiter kommen und die Maschinen geholt werden und wir die Arbeit wieder aufnehmen.«

»Warum haben Sie sich denn nicht gemeldet?«, fragte Norbert arglos. »Ich hätte Ihnen doch alles gezeigt.«

»Sie waren anderweitig beschäftigt.«

»Anderweitig?« Norbert sah ihn verwirrt an.

»Sie waren in ein Gespräch mit Lotte vertieft.«

Norbert entglitten für einen Moment die Gesichtszüge,

dann hatte er sich wieder im Griff. »Jetzt verstehe ich. Und weil diese ja im Verdacht steht, hinter alldem zu stecken, denken Sie nun, dass ich mit ihr unter einer Decke stecke?«

»Das …«, setzte Anton an. »Nicht direkt. Ich fand es nur merkwürdig, dass Sie nicht erwähnt haben, dass Sie sie kennen, als ich erzählte, dass sie nun nicht mehr für mich arbeitet. Warum diese Heimlichtuerei? Und was wollte Lotte von Ihnen? Woher kennen Sie sie überhaupt?«

Norbert seufzte. »Also schön«, sagte er. »Sie hat mich um Hilfe gebeten.«

»Um Hilfe?«

»Ja«, bestätigte Norbert. »Eigentlich wollte – und sollte – ich Ihnen all das noch nicht sagen, aber da Sie nun Verdacht gegen mich schöpfen … Lotte hat sich aus zwei Gründen an mich gewandt: zum einen, weil sie sich sicher war, dass ihr sonst ohnehin keiner glauben würde, wo sie doch nun einmal in Verdacht geraten war. Und zum anderen, weil sie sich ernsthafte Sorgen um Sie macht. Sie liebt Sie, auch wenn Sie nun eine andere Frau geheiratet haben, und will nicht, dass Sie Schaden nehmen.«

Anton schnaubte. »Den Eindruck hatte ich bisher nicht, so, wie sie sich meiner Frau gegenüber verhalten hat.«

»Sie ist eifersüchtig, das hat sie mir gegenüber auch zugegeben«, erwiderte Norbert. »Aber das ändert nichts daran, dass sie Ihnen nichts Böses will.«

»Also schön«, sagte Anton. »Und wobei sollten Sie ihr nun helfen?«

»Sie glaubt zu wissen, wer der wirkliche Täter ist.«

»Und wer soll das sein?«

»Hinner Tombroke.«

»Tombroke?«, rief Anton verblüfft. »Alle, aber nicht er.«

»Lotte hat vermutet, dass Sie und alle anderen so reagieren werden«, sagte Norbert. »Deshalb hat sie mich auch um Hilfe gebeten. Sie befürchtet, dass er hier einbrechen wird, um die Vorräte zu vergiften. So, wie Sie es ja auch schon vermutet haben. Sie hat mich deshalb gebeten, an einer unbemerkten Stelle Nachtwache zu halten. Es war ihre Idee, dass ich hier schlafe. Nicht meine.«

Ungläubig schüttelte Anton den Kopf. »Aber wie kommt sie denn auf die Idee?«

»Aus zwei Gründen«, sagte Norbert. »Vor einiger Zeit ist wohl mal die Kladde verschwunden, in der Herr Dunst und Ihre Frau ihre Untersuchungen notierten.«

»Das ist richtig«, bestätigte Anton.

»Nun, Lotte hat die Kladde in der Innentasche von Herrn Tombrokes Mantel entdeckt.«

»Wie bitte?«, rief Anton. Dann fragte er: »Und wie kommt sie an die Innentasche dieses Mantels? Weshalb durchsucht sie ihn überhaupt?«

»Lotte wusste schon sehr früh, dass Sie zusammen waren, lange bevor es offiziell war. Sie hatte Sie heimlich beobachtet und war wohl ziemlich verstört«, erklärte Norbert. »Und sie war wütend. Herr Tombroke hat ihr eine Schulter zum Ausweinen angeboten. Lotte hat ihm erzählt, dass sie Ihre Frau – nun ja – hasst, weil sie ihr den Mann weggenommen hat. Da hat Hinner Tombroke ihr gestanden, dass sein Hass auf Anton ebenso groß sei wie ihrer auf Anne. Er hat ihr einen Vorschlag gemacht: Wenn sie ihm hilft, die Bonbonkocherei zu zerstören, hilft er ihr dabei, Sie und Anne auseinanderzubringen.«

»Wie wollte er das tun?«, fragte Anton überrascht.

»Das weiß ich leider nicht, das habe ich nicht gefragt«, sagte Norbert. »Jedenfalls hat er Lotte überredet, den Brief an den Zuckerlieferanten zu fälschen. Er hat ihr gesagt, dass er keine Schreibmaschine besitze – im Gegensatz zu ihr – und auch nicht gut darin sei, Unterschriften zu fälschen. Aus meiner Sicht hat er sie damit aber in seine Hand gebracht: Sie hat sich strafbar gemacht, und er wusste davon. Wenn sie sich eines Tages weigern würde, weiter gemeinsame Sache mit ihm zu machen, oder drohen, ihn zu verraten, könnte er allen erzählen, dass sie den Brief geschrieben hat.«

»Wie perfide!«, rief Anton entsetzt.

Norbert nickte.

»Aber wenn sie doch seine Komplizin war, weshalb weiß sie denn dann nicht, ob er den Brand wirklich gelegt hat?«

»Sie ist sich sicher, dass er es war. Aber nach der Sache mit dem Brief hatte sie so ein schlechtes Gewissen, dass sie sich weigerte, weitere Schritte zu unternehmen. Sie werde ihn nicht verraten, aber auch nicht weiter unterstützen, hat sie zu ihm gesagt, zumal es für ihre Interessen nun ohnehin zu spät sei, weil die Hochzeit immer näher rückte und Hinner nichts tat, um sein Versprechen einzulösen, Sie und Ihre Frau zu entzweien.«

»Das wäre ihm auch nicht gelungen«, knurrte Anton. Dann überlegte er: »Aber Herr Tombroke war doch die ganze Zeit bei den Hochzeitsfeierlichkeiten!«

»Sind Sie da ganz sicher?«, fragte Norbert eindringlich. »Können Sie das zu hundert Prozent bestätigen?«

Anton dachte angestrengt nach und schüttelte dann den Kopf. »Nein«, sagte er. »Nein, das kann ich tatsächlich nicht.« Dann stieß er scharf die Luft aus. »Ich denke, ich muss mich bei Ihnen entschuldigen.«

Norbert winkte ab. »Nein«, sagte er. »Das müssen Sie nicht. Ich hätte mich an Ihrer Stelle auch gewundert. Aber ich bin froh, dass wir darüber gesprochen haben.«

Anton nickte. »Aber ich verstehe nicht, warum Lotte all das bei der Polizei nicht ausgesagt hat.«

»Das liegt doch auf der Hand«, sagte Norbert. »Sie hat natürlich Angst, dass sie selbst wegen des gefälschten Briefes belangt werden könnte.«

»Verstehe«, sagte Anton. »Und wenn wir mit unseren neuen Erkenntnissen nun zur Polizei gehen, wird das auch nicht zielführend sein. Denn dann wird Tombroke, der sicherlich alle Beweise hat verschwinden lassen, vernommen, und er ist gewarnt.«

»Es sei denn, Lotte würde als Zeugin aussagen. Aber dazu hat sie wegen des Briefes zu viel Angst.«

»Ich müsste wegen des Briefes ja keine Anzeige gegen sie erstatten«, überlegte Anton.

»Also, ich denke, wenn die Polizei davon Kenntnis erhält, wird das dennoch geahndet. Ob Sie nun Anzeige erstatten oder nicht.«

»Hm«, machte Anton. »Dann ist es vermutlich wirklich das Beste, wenn wir ihn in flagranti ertappen.«

»Deswegen schlafe ich ja jede Nacht im Lager.«

»Aber das kann ich nicht in alle Ewigkeit von Ihnen verlangen«, sagte Anton. »Wer weiß, ob er wieder zuschlägt. Und ob sein nächster Schritt wirklich ist, die Lebensmittel zu verunreinigen. Vielleicht lässt er sich ja auch etwas ganz anderes einfallen.«

»Die Gefahr besteht natürlich«, gab Norbert ihm recht. »Aber dennoch haben wir einen riesigen Vorteil: Wir kennen nun den Übeltäter und können jeden seiner Schritte überwachen. Vielleicht weihen Sie auch Ihre Frau ein. Und Käthe. Und natürlich Ihren Schwager. Wenn sie alle darauf achten, ob ihnen etwas auffällt …«

Anton nickte. »Ja«, sagte er. »Lassen Sie es uns auf diese Weise versuchen.«

»Gut.«

»Und, Herr Bergmann?«

»Ja?«

»Ich stimme einer Hochzeit mit meiner Schwester natürlich sehr gerne zu.«

Kapitel 31

Werther, September 1910

»Ich kann es gar nicht glauben«, sagte Anne ein ums andere Mal, als Anton ihnen berichtet hatte, was er zuvor von Norbert Bergmann erfahren hatte.

»Ich auch nicht«, sagte Käthe, offenbar verärgert. »Vor allem nicht, dass ihr meinen Norbert verdächtigt und mir nichts davon gesagt habt.«

»Bitte versteh doch, Käthe«, sagte Anne leise. »Wir wollten dich damit nicht belasten, bevor wir nichts Näheres wissen. Und was hättest du denn tun sollen?«

»Mit ihm reden?«, fragte sie. »Wie sich jetzt gezeigt hat, war es ja richtig, das zu tun.«

»Lass uns jetzt nicht streiten«, bat Anton. »Es ist schwierig, in einer solchen Situation das Richtige zu tun. Lasst uns lieber überlegen, was wir jetzt unternehmen können.«

Es war später Abend, und sie hatten sich in Annes und Antons Wohnzimmer im Erdgeschoss des Hauses ihrer Großmutter zusammengefunden, um Käthe einzuweihen und die nächste Vorgehensweise zu besprechen. Anton hatte nicht gewollt, dass seine Mutter oder Frau Schnakenwinkel davon erfuhren. Seine Mutter sollte sich nicht aufregen, und was Frau Schnakenwinkel anging: Auch wenn Anton sich nicht im Traum vorstellen mochte, dass sie möglicherweise etwas mit der Sache zu tun hatte: Konnte er sich sicher sein? Von Herrn Tombroke hätte er das auch niemals erwartet. Von Lotte hingegen schon. Die jedoch hatte sich letztendlich als beinahe unschuldig erwiesen.

»Ihr habt recht«, sagte Käthe in seine Gedanken hinein. »Ich verstehe euch. Wir werden Herrn Tombroke alle im Auge behalten. Ich verstehe nur nicht, warum er dich auf einmal so sehr hasst, Anton.« Es klang traurig. »Er kennt dich dein Leben lang.«

»Das verstehe ich auch nicht«, erwiderte Anton bedrückt. »Und glaube mir, ich habe mir den Kopf zerbrochen, ob ich ihn in der letzten Zeit unfair oder schlecht behandelt oder verletzt habe. Mir ist jedoch nichts eingefallen.«

Anteil nehmend, legte Käthe ihre Hand auf seine Schulter. Dankbar lächelte er ihr zu.

»Wenn ihr ihn beobachtet, bitte unauffällig«, warnte Anton. »Alle verhalten sich so wie immer. Sonst schöpft er Verdacht.«

Als Fritz und Käthe gegangen waren, zog Anton Anne in seine Arme. »Endlich bin ich allein mit meiner Frau«, sagte er. »Was mich daran erinnert, dass du eigentlich noch gar nicht meine Frau bist.«

»Wie meinst du das?« Verwirrt und auch ein wenig erschrocken sah sie ihn an.

»Wir haben die Ehe noch nicht vollzogen«, murmelte er an ihren Lippen. »Wir wurden von irgendetwas davon abgehalten.«

»Richtig«, flüsterte sie, während ihr Herz zu rasen begann. »Aber meinst du nicht, dass es zu früh ist? Der Arzt hat schließlich gesagt, du sollst dich schonen.«

»Das ist die beste Medizin«, flüsterte er zwischen zwei Küssen. »Glaube mir.«

• • •

Ihre Geduld wurde auf eine harte Probe gestellt. Woche um Woche verging, ohne dass sich ein neuerliches Unglück ereignete oder Hinner es auch nur versuchte. Klaglos schlief Norbert jede Nacht in der Speisekammer – und erhob sich am nächsten Morgen gut gelaunt in aller Frühe, um in den Stall zu gehen und die Kühe zu melken. In dieser Zeit wachte Fritz, dessen Wunden und Verletzungen von Tag zu Tag besser verheilten, über den Vorrat. Auch Käthe und Norbert waren inzwischen verlobt – und als Norbert halb im Scherz meinte, dass er hoffe, den Täter vor der für Januar geplanten Eheschließung zu stellen – es würde eine Doppelhochzeit werden, bei der sich auch Marie und Fritz das Jawort geben würden –, wurde Anton nervös. »Vermutlich wartet er wirklich darauf«, sagte er. »Ich bin mir sogar fast sicher, dass er das tun wird. Weil er weiß, dass er dann unbeobachtet ist. Und weil es uns an solch einem besonderen Tag natürlich besonders trifft.«

»Vielleicht haben Sie recht«, murmelte Norbert. »Aber wenn dem so ist, hätten wir bis Januar Ruhe.«

»So lange hin ist das ja auch nicht mehr«, erwiderte Anton. »Jetzt kommt der Umzug von Anne, Käthe, Mutter und mir in die Leyen-Villa, dann ist Weihnachten, und dann läuten die Hochzeitsglocken. Zu tun haben wir genug.«

»Und wenn wir Pech haben, haben wir bis dahin ganz andere Probleme.«

»Was meinen Sie?«

Norbert deutete einladend auf die Küchentür des Bauernhauses. »Lust auf einen Feierabendschnaps? Selbst gebraut.«

»Da sage ich nicht Nein«, freute sich Anton. »Wenn wir Frau Wulfhorst nicht stören?«

»Ganz bestimmt nicht«, war Norbert überzeugt. »Sie ist um diese Zeit immer im Stall.«

»Euer Zusammenleben funktioniert gut, nicht wahr?«, vergewisserte sich Anton.

»Es könnte nicht besser sein«, schwärmte Norbert. »Sie ist die Mutter, die ich mir immer gewünscht habe, und ich bin der Sohn, den sie nie hatte.«

»Was ist eigentlich mit Ihren Eltern?«, erkundigte sich Anton. »Ich weiß gar nichts über Ihre Familie. Wo kommen Sie her, was ist mit Ihren Eltern, haben Sie Geschwister, all diese Dinge.«

Norbert seufzte. »Geschwister habe ich keine, und meine Eltern … nun ja. Wissen Sie, ich entstamme einer reichen schwäbischen Unternehmerfamilie. Meine Mutter ist eine feine Dame und hat sich nie groß für mich interessiert. Ich hatte kein warmes, herzliches Elternhaus, in dem gelacht und gescherzt wurde. Sie hat meine Erziehung einem Kindermädchen überlassen und hatte immer nur Angst, dass ich ihre Kleider schmutzig mache, wenn ich sie berühre.«

»Wie furchtbar!«, rief Anton.

»Und Vater wollte, dass ich einmal seine Firma übernehme. Er ist in der Industrie tätig. Aber das ist nichts für mich. Zumal ich gesehen habe, was die Industrie unserer Natur antut. Ich hatte irgendwie das Gefühl, das wiedergutmachen zu müssen, und begann, mich für die Landwirtschaft zu interessieren.«

»Und das hat Ihrem Vater nicht gefallen?«, riet Anton.

»Ganz und gar nicht«, bestätigte Norbert finster. »Er hat mich vor die Wahl gestellt: Ich solle in die Firma zurückkehren, oder er habe keinen Sohn mehr.«

»Also hat er jetzt keinen Sohn mehr«, riet Anton.

»Sehr richtig«, bestätigte Norbert, und ein Anflug von Bitterkeit flog über sein Gesicht. »Und ich keinen Vater und keine Mutter.«

»Dann hat Ihre Mutter sich wohl nicht für Sie eingesetzt?«

»Nein«, erwiderte Norbert mit einem freudlosen Lachen. »Das habe ich aber keine Sekunde erwartet. Ihr waren der Ruf der Familie und jegliche Äußerlichkeiten schon immer wichtiger als das Glück ihres Sohnes.«

Er holte zwei Gläser und eine Flasche aus dem Schrank und schenkte ein.

»Prost«, sagte er.

»Prost«, erwiderte Anton, und die beiden Männer ließen ihre Gläser aneinanderklirren.

»Was meinten Sie damit, dass wir bald vielleicht noch

ganz andere Sorgen haben werden als den Saboteur im eigenen Nest?«

»Macht Ihnen die politische Lage keine Angst?«, stellte Norbert eine Gegenfrage.

»Ach, das meinen Sie«, erwiderte Anton. »Doch. Doch, das tut sie.«

Kaiser Wilhelm, seines Zeichens oberster Kriegsherr der Deutschen, hatte eine Rede gehalten, in der er die deutschen Männer zur Pflege »kriegerischer Tugenden« aufgefordert hatte.

»Ich denke, dass den Briten unsere rasche wirtschaftliche Entwicklung gar nicht gefällt und dass sie sich in ihrer Vorherrschaft bedroht fühlen«, vermutete Anton. »Dass nun hinsichtlich der Flotten ja ein regelrechtes Wettrüsten stattfindet, entspannt die Lage ganz sicher nicht.«

»Immerhin stehen wir nicht allein da, sondern haben Österreich-Ungarn und Italien auf unserer Seite«, murmelte Norbert.

»Ja, und die Briten Frankreich und Russland. Ob man da wirklich von einem Gleichgewicht sprechen kann? Durch diese Triple Entente sind wir doch nahezu umzingelt.«

Anton zuckte die Achseln. »Da mögen Sie recht haben«, sagte er. »Aber lassen Sie uns dennoch aufhören mit dieser Schwarzmalerei. Da kann man ja ganz schwermütig werden.«

»Sie haben recht«, sagte Norbert und prostete seinem künftigen Schwager zu. »Trinken wir lieber noch einen Schnaps zusammen.«

Kapitel 32

Werther, September 1910

»Es ist spät geworden«, sagte Anton. »Und der Inhalt der Flasche ist auch bedenklich geschrumpft.«

Norbert nickte. »Aber es war schön, dass wir einmal so lange miteinander sprechen konnten«, erwiderte er mit etwas schwerer Zunge.

»Das fand ich auch«, bestätigte Anton. »Bist ein feiner Kerl, und wenn ich dich eben geduzt habe, dann finde ich, dass wir es dabei belassen sollten.«

»Gern!«, sagte Norbert. »Wo wir doch bald eine Familie sind. Darauf noch einen Schnaps?«

Doch Anton schüttelte den Kopf. »Das wäre wirklich zu viel. Ich sollte jetzt gehen.«

Norbert nickte. »Ich begleite dich noch nach draußen. Und gehe dann gleich in die Remise.«

Es war schon dunkel und die Arbeiter längst alle nach Hause gegangen, als sie nach draußen traten.

Als Norbert die Remisentür öffnete, hörte er hinten im Speisenlager ein lautes Scheppern.

»Anton«, rief er seinem davoneilenden Schwager leise nach. »Da ist jemand.«

Sofort kehrte Anton um. »Wo?«, flüsterte er. »In der Speisekammer?«

»Ja«, raunte Norbert und griff nach einem schweren Schürhaken, den er neben der Tür für den Fall der Fälle bereitgestellt hatte. »Jetzt haben wir ihn. Vorbei kommt er nicht an uns, der einzige Weg führt durch diese Tür.«

Anton sah sich nach etwas um, mit dem er sich ebenfalls bewaffnen konnte, und griff dann in seiner Eile nach der schweren gusseisernen Pfanne, in der Fritz seine Karamell-Experimente machte.

Seite an Seite gingen sie zu der Tür, die die Bonbonkocherei von der Speisekammer trennte. Mit einem schwungvollen Griff schob Norbert sie auf. Er entzündete das Licht, und im nächsten Moment stieß Anton ein lautes »Hab ich mir's doch gedacht!« hervor. Hinner Tombroke stand im Lichtkegel und kniff geblendet die Augen zusammen.

• • •

»Ich bin so froh, dass es dich gibt!«, rief Marie, als sie am Abend des neunundzwanzigsten November mit Anne in deren Haus stand und ihr half, Umzugskartons zu packen. Das Haus der Leyens war wieder offiziell freigegeben, und Anne bereitete den Umzug vor.

»Danke«, sagte sie und sah lächelnd auf. »Das kann ich nur zurückgeben. Eine bessere Schwägerin – Käthe einmal ausgenommen – hätte ich mir nicht wünschen können.«

»Das meine ich doch gar nicht«, erklärte Marie ungeduldig, während sie Annes Sommerkleider aus dem Schrank holte und in einem großen Koffer verstaute. »Ich bin froh, dass es dich gibt, weil mein konservativer Vater somit weiß, dass immer eine Anstandsdame zugegen ist.«

Anne sah Marie halb belustigt, halb empört an. »Na, das nenne ich mal ein Kompliment. Ich bin also nur Mittel zum Zweck?«

»Nein, das meinte ich auch nicht«, beteuerte Marie rasch. »Dass ich dich von Herzen gernhab, versteht sich doch von selbst.«

»Und als würdest du dich von deinem Vater von irgendetwas abhalten lassen.«

»Stimmt«, grinste Marie. »Aber da unterscheide ich mich von den Suffragetten: Widerstand muss nicht immer laut sein. Man kann sein Ziel auch leise und unauffällig erreichen. Manchmal geht das sogar schneller.«

Anne lachte. »Ich glaube zwar nicht, dass Frauen das Wahlrecht leise und unauffällig erreichen können, aber ich weiß, was du meinst. Und deine Hilfe beim Packen kann ich auch gut gebrauchen – zumal mein Mann verschwunden ist. Ich weiß es wirklich zu schätzen, dass du mir hilfst.«

»Fritz ist ja oben mit dem Umräumen beschäftigt«, erwiderte Marie. »Und was deinen Mann angeht: Kommt er denn immer so spät nach Hause?«

Anne schüttelte den Kopf. »Nein«, sagte sie. »Das ist schon merkwürdig. Frau Schnakenwinkel wird bald zum Essen rufen. Wirklich unglaublich, dass dein Vater dich hier übernachten lässt.«

»Ich schlafe ja brav im Gästezimmer, und es sind genügend Leute im Haus, die auf mich aufpassen«, lachte Marie. Dann sagte sie übergangslos: »Weil du vorhin die Suffragetten angesprochen hast: Die haben übrigens das Unterhaus gestürmt.«

»Was?«, fragte Anne perplex und setzte sich auf die Bettkante. »Wie?«

»Sie sind, angeführt von Emmeline Pankhurst, in die Downing Street gezogen, um den Amtssitz des Premierministers zu zerstören«, sagte Marie mit einem Grinsen. »Sie haben sich mit der Polizei geprügelt. Der Premierminister kam dazu und wurde auch angegriffen, er musste von der Polizei gerettet werden.«

»Unglaublich!«, rief Anne. »Wann war das?«

»Vor ein paar Tagen. Und bei den Ministern Edward Grey, Winston Churchill, John Burns und Lewis Vernon Harcourt haben sie Fensterscheiben eingeworfen.«

• • •

Wenn Anton auch das Gefühl gehabt hatte, dass der Alkohol ihm die Sinne ein wenig vernebelt hatte, so war er, als er Hinner Tombroke in seiner Speisekammer ertappt und damit den Beweis erlangt hatte, dass dieser tatsächlich hinter der Sabotage steckte, schlagartig wieder nüchtern.

»Was. Machen. Sie. Hier«, spie er dem anderen entgegen.

Tombroke war schneeweiß geworden und presste sich an die Wand. »Ich …«

»Ich höre?« Es klang wie ein Peitschenhieb.

»Ich war hier verabredet. Mit Fräulein Lotte«, stieß Tombroke hervor. »Ich weiß, dass das vielleicht verwerflich sein mag, aber Fräulein Lotte und ich, wir sind … nun ja … ich mache mir Hoffnungen«, stammelte Tombroke. »Sie hat mich hierhergebeten. Es sollte ein Stelldichein werden.«

»Ach«, mischte sich nun Norbert ins Gespräch. »Und wo ist das Fräulein Lotte dann?«

»Sie wird bestimmt jeden Moment kommen.«

Anton beobachtete seinen Arbeiter genau. Erst neulich hatte er darüber nachgedacht, wie merkwürdig es war, dass man sich so in Menschen täuschen konnte. Dass Lotte, der er all das ohne Frage zugetraut hatte, nur weil er ihr vorwarf, eine Frau mit verletzter Eitelkeit zu sein, unschuldig war. Während Hinner, der langjährige, treue und loyale Mitarbeiter, für den er, ohne zu zögern, seine Hand ins Feuer gelegt hätte, nun schuldig vor ihm stand. Zumal er bei Hinner, solange er auch darüber nachdachte, beim besten Willen kein Motiv erkennen konnte.

Er musterte den Mittfünfziger kritisch. Hinner Tombroke hatte sich fein gemacht. Weißes Hemd, ein Anzug. So hatte er den Mann erst ein Mal gesehen: auf dessen eigener Hochzeit. Damals war Anton selbst noch ein Kind gewesen. Und jetzt sah er, dass Hinner in seiner herabhängenden Hand eine langstielige rote Rose hielt.

Bereits ein Jahr, nachdem Hinner Tombroke geheiratet hatte, war seine Frau mit einem anderen durchgebrannt, und er war gekränkt und verletzt zurückgeblieben. Seitdem war Hinner allein gewesen, und Anton hatte schon das eine oder andere Mal darüber nachgedacht, wie sehr er dem freundlichen und stets ein wenig schüchternen Mann eine neue Frau wünschen würde.

»Bitte sehen Sie mich nicht so an«, flehte Tombroke. »Ich weiß, dass es ungeheuerlich ist, was ich hier tue. Lotte könnte meine Tochter sein. Aber, Herr Leyen, es ist das erste Mal, seit meine Frau mich verlassen hat, dass ich mich wieder … nun ja.«

»Lassen Sie das Theater«, schnauzte Norbert, der sich die ganze Zeit über offenbar nur mit Mühe zurückgehalten hatte. »Wir wissen Bescheid.«

Doch Anton hob die Hand und hieß ihn schweigen. »Nein, Norbert«, sagte er langsam. »Ich glaube, er sagt die Wahrheit. Schau ihn dir an. Sieht so ein Mann aus, der Zucker vergiften will? Außerdem hat er offensichtlich nichts bei sich, das er beimischen könnte.«

Er ließ seinen Blick durch den Raum schweifen, wo sich nichts Verdächtiges befand. Keine Dose, kein Behältnis mit einer Substanz, die er unter den Zucker hätte mischen können. Auch eine Tasche trug er nicht bei sich.

»Nein«, murmelte Norbert und wirkte verärgert, Anton vermutete, weil er Lotte in die Falle gegangen war.

»Zucker vergiften?«, rief Hinner Tombroke entsetzt. »Ich? Wie kommen Sie denn auf eine derart absurde Idee?«

Er war offenbar zutiefst gekränkt, und zugleich schien er die Welt nicht mehr zu verstehen.

»Lotte wird nicht mehr kommen, Herr Tombroke«, sagte Anton. »Wir würden Ihnen gern alles erklären. Und morgen früh dann zur Polizei gehen.«

Das Entsetzen des Vorarbeiters wuchs. »Zur Polizei?«, rief

er. »Aber ich verspreche Ihnen, Herr Leyen, ich hatte weder die Absicht, Ihren Zucker zu vergiften, noch dem Fräulein Lotte … also …« Er wand sich und stieß schließlich hervor: »Ihr zu nahe zu treten.«

»Ich glaube, Herr Tombroke kann jetzt einen Schnaps gebrauchen«, mischte sich Norbert ins Gespräch. »Ich schlage vor, wir kehren dahin zurück, wo wir gerade herkommen.«

»Einverstanden«, beschied Anton mit einem kräftigen Nicken und bedeutete seinem Mitarbeiter, aus der Kammer zu treten.

Minuten später saßen sie wieder um den Küchentisch, diesmal zu dritt, und Norbert wiederholte die Geschichte, die Lotte ihm aufgetischt hatte.

Tombroke wollte zunächst gar nicht glauben, was er hörte. Doch irgendwann konnte auch er sich den Tatsachen nicht mehr verschließen. »Das gibt es doch nicht«, rief er ein ums andere Mal. »Dieses … dieses … dieses …«

»Dieses Miststück, wollten Sie sagen?«, war Norbert behilflich.

»Ja«, sagte Tombroke, schob dann aber mit einem letzten Rest Hoffnung hinterher: »Und Sie sind sich wirklich sicher?«

»Leider ja«, bekräftigte Norbert. »Es gibt keine andere Erklärung. Sie waren ein leichtes Opfer für die berechnende Lotte. Sie wusste, dass Sie sich nach, nun ja … einer neuen Liebe sehnen.«

»Und da hat sie mich schamlos ausgenutzt«, sagte Hinner bitter. »Das ist mir ja nicht zum ersten Mal passiert.«

»Ich fürchte, dem kann ich nicht widersprechen«, sagte Norbert. »Sie ist zu mir gekommen und hat mich von Ihrem angeblichen Plan unterrichtet, den Zucker zu vergiften. Sie schlug mir vor, ich solle im Lager schlafen, um Sie auf frischer Tat zu erwischen.«

»Und mich hat sie dort hingelockt – direkt in die Falle«, vollendete Hinner den Satz.

»Aber sie hat die Sache nicht zu Ende gedacht«, mischte sich nun Anton ins Gespräch. »Es war ja offensichtlich, dass Sie für ein Stelldichein vor Ort waren.«

»Sie konnte ja nicht wissen, dass sich Herr Tombroke so in Schale werfen und obendrein eine Rose mitbringen würde«, wandte Norbert ein.

»Das nicht. Aber dass er dir und später auch der Polizei sagen würde, dass er mit Lotte verabredet war, das wäre auf jeden Fall ans Tageslicht gekommen.«

»Aber hätte man mir geglaubt?«, zweifelte Tombroke.

»Doch, das denke ich schon, Anton hat recht«, sagte nun auch Norbert. »Denn selbst wenn Sie sich nicht in Schale geworfen hätten, hatten Sie nichts dabei, was Sie in den Zucker hätten mischen können. Und Sie hätten ausgesagt, dass Sie mit der Hauptverdächtigen in dem Fall verabredet gewesen waren. Damit hat sie sich eigentlich selbst in die Falle gelockt, nun, wo sie ja gerade wieder freigekommen war.«

»Sie ist eben einfach nicht die Klügste«, wiederholte Anton.

»*Ich* bin so dumm«, murmelte Hinner.

»Nein, Sie sind nicht dumm«, widersprach Norbert. »Sie sind ein guter Mensch und können sich einfach nicht vorstellen, dass jemand so hinterhältig sein könnte.«

Hinner nickte, doch es war ihm deutlich anzusehen, wie

geknickt er war. Traurig sah er Anton an. »Dachten Sie wirklich, ich sei in der Lage, Ihren Zucker zu vergiften? Ich könne Ihnen so übel mitspielen wollen? Nach dem langen Weg, den wir zusammen gegangen sind?«

Anton schüttelte den Kopf. »Nein, Herr Tombroke«, sagte er. »Nein, das konnte ich mir nicht vorstellen. Und mir ist beim besten Willen kein Grund eingefallen, warum Sie mich derart hassen sollten, dass Sie nicht nur die Produktion, sondern unser aller Leben aufs Spiel setzen.«

»Aber trotzdem …«

»Ich habe Sie nicht verdächtigt«, beteuerte Anton. »Ich stand hilflos vor einer Faktenlage, deren Hinweisen ich Glauben schenken musste, und hoffte gleichzeitig, dass diese sich aufklären würde. Was ja nun auch geschehen ist.« Eindringlich sah er den anderen an. »Bitte, Herr Tombroke, Sie müssen mir glauben. Bis vor Kurzem hatte ich noch Herrn Bergmann in Verdacht und wusste gar nichts von Ihrer angeblichen Beteiligung.« Er deutete auf Norbert. »Ich hatte Herrn Bergmann mit Lotte gesehen und mir meinen Teil zusammengereimt.«

Eindringlich sah er seinen langjährigen Wegbegleiter an. »Bitte«, flehte er. »Lassen Sie nicht zu, dass Lotte auf diese Weise einen Keil zwischen uns treibt.«

»Natürlich nicht«, versprach Tombroke. »Und ich werde morgen bei der Polizei eine Aussage machen.«

Teil 2
1911–1912

Kapitel 33

November 1911

»Ich habe das Gefühl, dass nun, nach all dem Durcheinander und all den Irrungen und Wirrungen, endlich ein wenig Ruhe und Frieden eintritt«, seufzte Anne und ließ sich auf dem Besucherstuhl ihrer Schwägerin Marie nieder.

Nach der Hochzeit hatte diese sich mit Feuereifer an die Einrichtung ihres Ateliers im Erdgeschoss des Hauses gemacht, das sie nun gemeinsam mit Fritz bewohnte.

Auch Käthe und Norbert hatten geheiratet, Käthe war zu ihm auf den Wulfhorst-Hof gezogen und hatte sich auf eine ihr ganz eigene Weise in das dortige Leben eingefügt. Frau Wulfhorst kümmerte sich nach wie vor um die Mahlzeiten, ein Mädchen aus dem Dorf sorgte für Ordnung und Sauberkeit, und Käthe konnte sich ganz ihrer großen Leidenschaft hingeben: der Malerei.

Zu ihrer Begeisterung hatte Norbert ihr in der Interims-Bonbonkocherei, die nach der Sanierung der Leyen-Fabrik nicht mehr gebraucht wurde, ein großzügiges Atelier eingerichtet – die Hälfte des Dachs hatte er durch Glas ersetzt und auch an den Seiten große Fenster eingebaut. Hier stand Käthe nun, wenn sie nicht Anton im Büro unterstützte, tagein, tagaus mit farbverschmiertem Kittel und malte. Inzwischen hatte sie sich sogar einen Namen als Künstlerin gemacht und bereits das eine oder andere ihrer Werke verkauft. Abends aber legte sie ihre Malerkleidung ab und hüllte sich in kostbare Roben – sie war Maries beste Kundin –, um gemeinsam mit ihrem Mann zu speisen. Anne musste immer ein wenig schmunzeln, wenn sie an ihre glamouröse und extravagante Schwägerin dachte, die nun auf dem Bauernhof lebte. Aber sie und Norbert hätten nicht glücklicher sein können.

Das galt auch für Fritz und Marie, ebenfalls ein sehr gegensätzliches und sehr glückliches Paar. Und natürlich auch für sie selbst und ihren Anton. Sie waren zwar nicht ganz so unterschiedlich, aber ihr Glück hätte für die ganze Welt gereicht! Anne lebte mit Anton, seiner Mutter und Frau Schnakenwinkel in der Villa Leyen, an die sich die wieder aufgebaute Fabrik anschloss, und es war ein rundum harmonisches Zusammensein. Und wenn Rose ihr natürlich nicht ihre Mutter ersetzen konnte – und es auch gar nicht wollte –, so hatten die beiden doch ein ausgesprochen freundschaftliches und liebevolles Verhältnis zueinander entwickelt.

»Na, dann genieß es«, sagte Marie in ihre Gedanken hinein.

»Wie?« fragte Anne irritiert. »Was soll ich genießen?«

»Die Ruhe, solange du sie noch hast«, erwiderte Marie und deutete schmunzelnd auf Annes Bauch.

»Ach so«, sagte die. »Ich freue mich auf das kleine Menschlein.«

»Aber in die Bonbonkocherei wirst du es nicht mitnehmen können«, sagte Marie. »Oder doch?«

Anne schüttelte den Kopf. »Das ist in der Tat zu gefährlich, zumindest, sobald es nicht mehr in der Wiege liegt. Aber ich habe eine andere Idee, ich will schließlich nicht in Zukunft nur noch neben dem Kinderbett sitzen.«

»Und welche?«

»Ich denke schon eine Weile darüber nach, dass es wunderbar wäre, ein Café zu eröffnen«, stieß Anne hervor. »Ich hatte diesen Gedanken schon ganz am Anfang, als ich nach Werther kam. Und als Fritz dann diese leckere Karamelltorte zu unserer Hochzeit gebacken hat … Außerdem wollte er irgendwann Großmutter-Maria-Streusel anbieten. Zu Ehren unserer verstorbenen Oma.«

Marie kannte den legendären Streuselkuchen natürlich. »Das ist eine hervorragende Idee«, rief sie. »Fritz wäre bestimmt begeistert.«

»Meinst du?«, fragte Anne zweifelnd. »Würde ihm die Bonbonkocherei nicht fehlen?«

»Er müsste sie ja nicht ganz aufgeben«, erwiderte Marie. »Aber er hat in der letzten Zeit schon angedeutet, dass er die Patissierskunst vermisst. Momentan macht er ja nichts anderes, als seine Karamellbonbons herzustellen, nach immer demselben Rezept. Das reicht ihm auf Dauer nicht. Fritz ist ein Künstler. Er muss sich ausprobieren.«

Anne lachte.

»Was?«, fragte Marie aufblickend.

»Nichts. Es ist einfach schön, euch so glücklich zu sehen.

Du tust Fritz so gut. Wir alle haben in ihm nur den Bäcker gesehen. Du aber siehst auch den Künstler.«

»Ja«, sagte Marie. »Auch weil ich weiß, wie es sich anfühlt, nur als Schneiderin gesehen zu werden.«

Anne deutete auf die Stoffbahnen, die Marie gerade zuschnitt. »Was wird das eigentlich?«

»Etwas Skandalöses«, erklärte die andere verschmitzt. »Eine Jupe-Culotte.«

»Eine was?«

»Eine Jupe-Culotte«, wiederholte Marie, senkte verschwörerisch die Stimme und erklärte: »Das ist ein Hosenrock. Poiret hat ihn kürzlich vorgestellt. Aber auch Béchoff-David und Drecoll haben sich rangewagt.«

»Ein Hosenrock«, rief Anne. »Und das hier in Werther. Für wen soll er sein?«

»Für mich«, gestand Marie. »Du weißt doch, wie sehr ich das Rollschuhfahren liebe. Aber auf diesen holprigen Straßen macht es einfach nicht so richtig Spaß. Und in weiten Kleidern schon gar nicht. Fritz hat mir versprochen, dass wir bald nach Berlin fahren. Dort könnten wir auch die Rollschuhhalle besuchen. Das muss fantastisch sein. Man gleitet dort über spiegelglatte Bretter.«

»Und dafür brauchst du nun den Hosenrock?«

»Ganz genau«, bestätigte Marie. »Es ist vielleicht auch gar nicht so schlecht, ihn in Berlin zu tragen. Dort erregt er sicher weniger Aufsehen. Wobei er sehr weite Beine hat. Dass es sich um eine Hose handelt, fällt nur auf, wenn man sehr große Schritte macht.«

»Und genau das tut man ja beim Rollschuhfahren.«

Marie nickte.

»Poiret hat auch praktische Overalls für Haus und Garten und lange Haremshosen entworfen, die man mit einer engen Tunika trägt. Das sieht großartig aus.«

»Möchtest du künftig zu Hause auch in Hosen herumlaufen?«

»Nein, nein«, winkte Marie ab. »Ich möchte Fritz nicht überfordern. Ihm zuliebe habe ich ja auch nicht am Internationalen Frauentag für Gleichberechtigung teilgenommen.«

Anne nickte. »Ich finde, du gehst das sehr klug an«, sagte sie. »Mein Bruder würde dich niemals einengen oder dir etwas verbieten wollen, aber ich glaube schon auch, dass er noch etwas Zeit braucht, um sich ganz auf derartige Veränderungen einzulassen. Unser Vater war wundervoll und hat sich großartig um uns gekümmert. Er ist Fritz' großes Vorbild, und er hat seine Werte übernommen. Aber Vater war im Hinblick auf die Rollenverteilung eben auch sehr konservativ. Er hat immer sich in der Verantwortung gesehen, für unsere Familie zu sorgen, und hätte es als Schwäche seinerseits empfunden, wenn meine Mutter hätte arbeiten müssen. So ging es auch Fritz anfangs, als ich ihn damals bat, mit ihm gemeinsam bei Leyen arbeiten zu dürfen, und er mir das zunächst nicht gestatten wollte.«

»Fritz wollte dir das Arbeiten verbieten?«, rief Marie empört. »Das wusste ich ja gar nicht.«

»Er war einfach überfordert«, verteidigte Anne ihren Bruder. »Unsere Eltern waren gerade gestorben, und er hatte auf einmal die Vormundschaft für seine kleine Schwester, eine

Rolle, auf die er gar nicht vorbereitet war und die er auch niemals wollte.«

»Ach so«, erwiderte Marie leise. »Jetzt verstehe ich ihn besser.«

Um die niedergedrückte Stimmung, die sich mit der Erwähnung des Todes ihrer Eltern über sie gelegt hatte, etwas aufzulockern, fragte Anne: »Wie steht denn die Modewelt zu diesen neuen Röcken?«

»Ha!«, rief Marie, ließ von ihrer Arbeit ab und griff nach einer der Zeitschriften, die auf einem kleinen Tischchen bereitlagen. *Neue Frauenkleidung und Frauenkultur*, las Anne auf dem Titelblatt, während Marie das Magazin aufschlug und zu zitieren begann: »Die Welt droht aus den Angeln zu gehen über die Hosentracht der Frau. Alle anderen öffentlichen Interessen scheinen gering gegen das Ereignis, dass eine Reihe von Dämchen auf dem Rennplatz von Auteuil in der neuen Tracht Spießruten laufen musste. Im Vatikan ist man entsetzt über die neue Frauenmode, die Jupe-Culotte.«

Anne musste lachen. »Na, das kann ich mir vorstellen, dass der Vatikan entsetzt ist.«

»Es gibt aber auch andere Stimmen«, sagte Marie. »Die Pariser Tanzmeister haben extra einen Hosenrock-Tanz erfunden, und eine Frau hat einen Brief an das Magazin geschrieben, der hier veröffentlicht wurde.« Sie blätterte weiter und las dann: »Was ist törichter und ungesünder als gerade unsere Röcke? Eine Frau, die über die Straße geht, in der einen Hand einen Regenschirm haltend, mit der anderen das Kleid aufraffend, unter welchem ein bespritzter Unterrock hervorsieht, ist keine elegante Erscheinung. Viele Frauen bleiben bei schlechtem Wetter zu Hause – der Röcke halber.«

»Recht hat sie«, fand Anne. »Ich finde es auch grauenhaft, wenn sich der Saum des Kleides bei schlechtem Wetter mit dem Regenwasser von den Straßen vollsaugt. Ich denke, ich werde dann auch mal einen von deinen Hosenröcken ausprobieren.«

»Was Anton wohl dazu sagen wird?«, fragte Marie.

»Och«, antwortete Anne augenzwinkernd. »Der wird sich dran gewöhnen.«

Kapitel 34

Werther, November 1911

Manchmal konnte Anton Leyen sein Glück kaum fassen, wenn er durch seine wiederaufgebaute Fabrik ging. Die Bonbonkocherei war nach dem Brand nicht wieder zurück ins Leyen-Haus gezogen, sondern hatte eigene Räumlichkeiten bekommen, die noch moderner waren als zuvor: Der ebenso tatkräftige wie geschickte Norbert hatte einige Vorschläge gemacht, wie man das Gebäude so umstrukturieren konnte, dass noch mehr Menschen Platz fanden. Auch der landwirtschaftliche Betrieb auf dem Wulfhorst-Hof, zu dem Anton gerade einen Spaziergang unternahm, um seine Schwester Käthe zu besuchen, war gewachsen: Mit dem gestiegenen Bedarf von Butter und Sahne hatten sie mehr Kühe anschaffen und Personal einstellen müssen, das diese versorgte. Einzig die Zuckerherstellung vergaben sie weiterhin extern. Was vor allem Anne sehr bedauert hatte. »Alles aus einer Hand. Nie wieder abhängig von anderen sein. Das wäre doch so schön«, hatte sie argumentiert, und Anton hatte ihr recht gegeben: »Natürlich wäre das schön, meine Liebste«, bestätigte er. »Sehr sogar. Aber es würde unsere Schaffenskraft von unserem Kerngeschäft ablenken. Und das ist nun mal die Bonbonkocherei. Nicht umsonst gibt es Fabriken, die sich vollkommen auf die Zuckerherstellung spezialisiert haben. Die haben Maschinen, die wir gar nicht anschaffen könnten, weil sie viel zu teuer wären.«

Anne hatte geseufzt. »Du hast ja recht. Aber die persische Form der Zuckerherstellung ist einfach so …«

»Romantisch?«, half er ihr.

»Eher märchenhaft«, sagte sie. »Und dieses Gefühl, an einem märchenhaften Ort zu sein, das hatte ich hier von Anfang an.«

»Es ist dir unbenommen, zu deinem Vergnügen aus der einen oder anderen Rübe Zucker und Zuckerhüte herzustellen«, sagte er. »Aber glaube mir, es ist besser, wenn wir nicht darauf angewiesen sind. Das ist Liebhaberei. Wir aber sind eine Fabrik und produzieren in immer größerem Stil. Wir müssen Bestellmengen bedienen und können uns nicht allzu viel mit Spielereien beschäftigen.«

»Ja, du hast recht«, hatte sie abermals erwidert – und nachgegeben.

Inzwischen war Anton vor dem Atelier seiner Schwester angekommen und klopfte.

»Herein?«

»Ich wollte dich mal besuchen«, sagte er, als er den hellen, lichten Raum betreten hatte.

»Das ist ja schön«, freute sie sich. »Möchtest du einen Tee?«

Er nickte. »Gern. Zumal es draußen scheußlich kalt ist. Hier drin bei dir ist es hingegen wunderbar warm.«

»Das habe ich Norbert zu verdanken, wie das alles hier«, erklärte sie strahlend.

Er nickte. »Dir einen Ofen zu installieren war wirklich eine hervorragende Idee. So kannst du dein Atelierhaus das ganze Jahr über nutzen.«

Er ließ sich auf einem der gemütlichen Sessel vor dem flackernden Kaminfeuer nieder, während sie Wasser für den Tee aufsetzte.

Draußen begann es zu schneien, und die weißen Flocken sanken sanft auf das gläserne Dach und zum Boden hinab.

Wenig später reichte Käthe ihm eine dampfende Tasse. »Vorsicht, heiß«, sagte sie. »Fass sie lieber am Henkel an.«

Er nickte, und schweigend sahen sie eine Weile hinaus.

»Mit den Schneeflocken ist das wie mit den Kastanien«, sagte sie verträumt. »Wenn ich sie sehe, bin ich wieder sechs Jahre alt und freue mich wie ein Kind.«

»Das geht mir ebenso«, gestand er. »Es ist aber auch sehr schön hier. Durch die hohen Fenster kann man die Schneeflocken wunderbar wahrnehmen. Man fühlt sich, als wäre man mittendrin, dabei sitzt man im Warmen. Dein Mann ist wirklich talentiert. Unglaublich, dass er das alles selbst gebaut hat.«

Käthe nickte. »Und jetzt sieh mal dort.« Sie deutete auf das gläserne Dach, auf dem sich nach und nach eine sanfte Schneedecke bildete.

»Ja.« Er ließ seinen Blick schweifen, der dann auf das Werk auf der Staffelei fiel.

»Interessant«, urteilte er. »Ist das eine neue Stilrichtung?«

»Expressionismus«, murmelte sie. »Ich würde so gern die Münchner Ausstellung besuchen.«

»Was für eine Ausstellung?«, erkundigte er sich.

»In der Galerie Thannhäuser«, erwiderte sie. »Initiatoren sind Wassily Kandinsky und Franz Marc, die auch den *Blauen Reiter* ins Leben gerufen haben.«

»Was für einen *Blauen Reiter*?«, fragte Anton verwundert und fügte entschuldigend hinzu: »Du weißt, dass ich Kunst zwar schön finde, aber nicht allzu viel damit anfangen kann. Und mich auch nicht damit auskenne.«

»Ich weiß«, lachte sie. »Und es ehrt dich, dass du dich trotzdem dafür interessierst.«

»Na, hör mal«, sagte er. »Du bist meine kleine Schwester. Mich interessiert alles, was dich betrifft.«

»Die Ausstellung ist sozusagen eine Gegendemonstration zu einer Ausstellung der Neuen Künstlervereinigung München, die gleichzeitig in derselben Galerie stattfindet«, erklärte Käthe. »Aus der sind Kandinsky und Marc im Januar ausgetreten.«

»Warum? Haben sie sich mit den anderen Künstlern zerstritten?«

»Und wie«, lachte Käthe. »Kandinsky war ja sogar Vorsitzender der Neuen Künstlervereinigung gewesen. Und ihr Mitbegründer.«

»Und warum sind sie ausgetreten?«

»Interessiert dich das wirklich?«, erkundigte sie sich.

»Ja«, beteuerte er und fügte noch ein »wirklich« hinzu.

»Ach, im Grunde war es ein Richtungsstreit«, erklärte Käthe. »Einige, vor allem Alexander Kanoldt, lehnen es ab, sich völlig vom Gegenständlichen zu lösen. Kandinsky aber hat letztes Jahr ein wunderbares abstraktes Aquarell gemalt.«

»Und darüber haben sie sich überworfen?«

»Soweit ich weiß, ja. Was ich nicht so ganz verstehe, denn eigentlich hatte sich das Bündnis ja genau deshalb gegründet: Es war gegen die akademische Malerei und wollte seelische Empfindungen ganz aus Formen und Farben sprechen lassen.«

»Hm«, machte Anton wieder. »Und was hat das nun mit diesem roten Reiter zu tun?«

»Blauer Reiter«, korrigierte sie lachend. »So heißt die Künstlervereinigung, die Kandinsky aus Protest gegründet hat. Zusammen mit Franz Marc.«

»Wie kommen sie denn auf diesen merkwürdigen Namen?«

»Sie lieben beide die Farbe Blau, Marc liebt obendrein Pferde und Kandinsky wohl auch.«

Käthe erhob sich und nahm eine Broschüre zur Hand.

»Was ist das?«, erkundigte sich Anton.

»Die Ankündigungsbroschüre. Darin ist auch gut die Intention des *Blauen Reiters* beschrieben.«

»Und die wäre?«

»Die innere Notwendigkeit soll die einzige Richtschnur für die Malerei sein.«

»Aha«, machte Anton und fühlte sich etwas ratlos. »Es tut mir leid, das ist nicht so ganz meine Welt. Aber wenn du deinen Mann nett bittest, dann fährt er doch bestimmt mit dir hin.«

»Norbert?«, fragte Käthe lachend.

»Wieso? Hast du noch einen anderen?«, gab er grinsend zurück.

»Scherzkeks«, versetzte Käthe. »Aber im Ernst: Norbert ist in dieser Angelegenheit noch hilfloser als du. Er steht ab und zu in meinem Atelier und versucht, so zu tun, als ob ihn interessiert, was ich ihm erzähle, aber ich weiß, dass es nicht so ist.«

»Stört dich das?«, erkundigte sich Anton.

Käthe winkte ab. »Nicht im Mindesten. Ich interessiere mich doch auch nicht für die Optimierung der Zuckerrübe und all die Maschinen, an denen er immer herumtüftelt. Momentan arbeitet er an einer Bonbonstanzmaschine.«

Sie schlug sich erschrocken die Hand vor den Mund. »Das hätte ich dir vermutlich gar nicht verraten dürfen.«

»Ich habe es schon wieder vergessen«, beteuerte er. »Wie übrigens auch fast den Grund, aus dem ich gekommen bin.«

»Ach«, machte Käthe spöttisch. »Und ich dachte, du bist gekommen, weil du dich so brennend für das künstlerische Werk deines Schwesterleins interessierst.«

Er lachte. »Erwischt. Nein, in der Tat bin ich gekommen, um mit dir über das Büro zu sprechen.«

Erschrocken sah sie ihn an. »Habe ich es vernachlässigt vor lauter Malerei?«, fragte sie schuldbewusst.

»Nein, nein«, beruhigte er sie. »Aber das Aufkommen der Buchungen ist ja deutlich gestiegen, nun, wo wir immer größer werden. Ich würde einfach gern von dir wissen, ob du noch zurechtkommst oder ob du vielleicht Unterstützung brauchst. Ich könnte noch eine Bürohilfe für dich einstellen.«

Sie zögerte, schüttelte dann aber den Kopf. »So verlockend das klingen mag – aber bis ich den- oder diejenige dann eingelernt und alles erklärt und alle Abläufe umstrukturiert hätte … nein, nein, es ist schon gut so, wie es ist. Ich mag die Arbeit, und es ist mir nicht zu viel.«

»In Ordnung«, erwiderte Anton. »Aber wenn es das wird, dann teilst du es mir mit.«

»Natürlich«, versicherte Käthe. »Das werde ich tun.«

Kapitel 35

Werther, 31. Dezember 1911

Am Abend des einunddreißigsten Dezember 1911 hob Anton sein Glas. Sie hatten sich alle zusammen in der Villa Leyen eingefunden: Marie und Fritz, Käthe und Norbert, und auch Hinner Tombroke hatten sie eingeladen.

Nachdem er gegen Lotte ausgesagt hatte und sie ins Gefängnis gewandert war, war der freundliche Mittfünfziger lange Zeit sehr bedrückt gewesen. Das Verhältnis zwischen den beiden, bei dem Anton seinen Angestellten immer ein wenig wie eine Vaterfigur gesehen hatte, jemanden, der ihn in fachlichen Dingen bereits als sehr jungen Mann unterstützt und in sein Wissen eingeweiht hatte, hatte sich verändert. Anton hatte den älteren Mann unter seine Fittiche genommen. Ihn dann und wann zum Essen eingeladen oder auf ein Feierabendbier, um ihn vor den Zweifeln und Vorwürfen sich selbst gegenüber zu bewahren. Die beiden Männer waren sich noch vertrauter geworden, und inzwischen gehörte Hinner Tombroke gewissermaßen zur Familie.

Jetzt saß er neben Rose auf dem Sofa und hatte ebenfalls

ein Glas Champagner in der Hand. Auch Frau Wulfhorst war gekommen, um den Abend mit ihnen zu verbringen und gemeinsam ins neue Jahr zu starten. Anne war aufgrund ihrer Schwangerschaft die Einzige, die sich mit einem Glas Wasser zufriedengeben musste.

»Meine Lieben«, sagte Anton. »Was ist das für ein Jahr, das da nun zu Ende geht. Nicht zu vergleichen mit 1910, in dem ich meine Frau geheiratet habe und beinah mein Leben verloren hätte. Doch nicht minder ereignisreich. Das letzte Jahr war dem Wiederaufbau gewidmet. Dem Wachsen und Zusammenwachsen. Die Firma floriert, wir haben eine wunderbare neue Bonbonkocherei, neue Mitarbeiter und den Wulfhorst-Hof, den ihr drei, Käthe, Norbert und Frau Wulfhorst, inzwischen euer Zuhause nennen dürft. Aber das Wichtigste ist: Unsere Familie ist größer geworden. Ich bin glücklich, dass ich euch alle an meiner Seite habe, dass wir uns gegenseitig unterstützen und einander die Kraft geben, die wir brauchen, um auch nach den größten Rückschlägen immer wieder nach vorn zu sehen, weiterzumachen und noch besser zu werden. Dank euch blicke ich hoffnungsfroh in die Zukunft.«

Zustimmendes Gemurmel war zu hören, dann fuhr Anton fort: »Aufgrund des Wettrüstens und schließlich durch die Marokko-Krise sind unsere internationalen Beziehungen, insbesondere zu Frankreich, auf eine harte Probe gestellt worden. Mancherorts wurde sogar von einer drohenden Kriegsgefahr gemunkelt. Diese Gefahr sehe ich nun endgültig als gebannt an und bin zuversichtlich, dass wir ein friedliches Jahrzehnt erleben werden.«

»Bravo«, rief Käthe und klatschte in die Hände.

»Liebling«, mahnte Norbert seine wie immer umwerfend aussehende und exquisit gekleidete Frau, »dein Bruder war noch nicht fertig.«

»Doch, war er«, widersprach Anton. »Wir wollen ja nicht den ganzen Abend große Reden schwingen, sondern gesellig gemeinsam das alte Jahr verabschieden. Und später das neue willkommen heißen. Außerdem haben sicherlich alle Hunger.«

»Stimmt«, ließ sich Fritz vernehmen. »Es duftet ganz köstlich, und ich muss gestehen, dass ich Frau Schnakenwinkels Küche sehr vermisse.« Er warf Marie einen entschuldigenden Blick zu. »Was nicht heißen soll, dass ich die deine nicht schätze, mein Schatz.«

Sie winkte lachend ab. »Geschenkt. Ich weiß, dass ich sehr viel besser nähen als kochen kann.«

An diesem Abend übertraf Frau Schnakenwinkel sich selbst. Es gab Königinsuppe, Lachsforelle blau mit zerlassener Butter und Malta-Kartoffeln, Schwarzwild-Pastete mit Madeira-Soße und Tomaten-Makkaroni, Französische Poularden mit Kopfsalat, und zum Nachtisch hatte Fritz eine köstliche Königintorte gebacken, der zu guter Letzt noch eine Käse-Obst-Platte folgte. Die Zeiten des Verzichts, die im vorigen Jahr noch deutlich spürbar gewesen waren, waren nun endgültig vorüber.

»Ich glaube, ich kann nie wieder etwas essen«, stöhnte Anne und hielt sich den Bauch.

»Ich auch nicht«, bekräftigte Marie, die sich neben ihr auf

dem Sofa niedergelassen hatte. »Fritz' Torte war mal wieder köstlich.«

»Allerdings«, bestätigte Anne. »Du hast schon recht, er ist ein wahrer Künstler.«

Gedankenverloren blickten die beiden Frauen auf den prächtigen Weihnachtsbaum, der neben dem Kamin stand, dann sagte Marie: »Ich habe Fritz übrigens mal ganz unauffällig gefragt, was er davon halten würde, wenn er sich auch mal wieder in der Patisserie ausprobieren dürfte.«

»Und?«, fragte Anne gespannt.

»Kannst du dir das nicht denken?«

»Schon, aber ich würde es gerne von dir hören.«

»Er ist erwartungsgemäß begeistert. Hast du bereits bei Anton vorgefühlt, was er von deiner Idee hält?«

Anne schüttelte den Kopf. »Noch nicht, es war einfach so viel los«, erklärte sie. »Aber vielleicht wäre jetzt ein guter Moment.«

Sie sah zu ihrem Mann hinüber, der mit einem Glas Cognac neben dem Kamin stand und in die Flammen blickte.

»Dann nutz ihn.«

Sie nickte und erhob sich. Langsam trat sie neben ihren Mann, legte ihm sanft einen Arm um die Taille und den Kopf an seine Schulter. Er zog sie enger an sich, ohne dabei den Blick von den Flammen zu lösen.

»Anton«, sagte sie leise, sodass nur er sie hören konnte. »Nun, wo wir auf das neue Jahr warten, ist vielleicht eine gute Gelegenheit, über etwas mit dir zu sprechen, was ich mir für das neue Jahr wünsche.«

»Und das wäre?«, fragte er und sah sie nun lächelnd an.

»Wenn unser Kind erst einmal auf der Welt ist, werde ich nicht mehr jeden Tag in der Bonbonkocherei stehen können. Dass ich nicht möchte, dass es von einer Kinderfrau erzogen wird, während ich keine Zeit für es habe, das haben wir ja bereits besprochen. Trotzdem kann ich mir nicht vorstellen, den ganzen Tag nur mit dem Kind zu verbringen und das Arbeiten ganz aufzugeben.«

Er nickte. »Ja, ich dachte mir schon, dass du so denkst. Was hast du dir überlegt?«

»Erinnerst du dich noch daran, wie ich dir ganz zu Beginn einmal vorgeschlagen habe, ein Café zu eröffnen?«

Er runzelte die Stirn, nickte dann aber. »Ja«, sagte er. »Ich fand die Idee damals gut, aber es war der falsche Zeitpunkt, weil es in der Kocherei an Arbeitskräften fehlte.«

»Wie wäre es, wenn wir es jetzt tun würden?«, stieß Anne hervor. »Die Bonbonkocherei unten im Haus steht leer. Es wäre der perfekte Ort für ein Ladengeschäft mit angrenzendem Café. Wir könnten dort unsere Bonbons verkaufen – und Torten und Kuchen zum Kaffee servieren.«

»An sich eine hervorragende Idee«, sagte Anton. »Zumal ich mir ohnehin schon Gedanken gemacht habe, wie wir die Räumlichkeiten unten im Haus nutzen könnten.«

»Es wäre der perfekte Ort für ein Café«, fuhr Anne eifrig fort. »Es liegt zentral mitten in unserem kleinen Städtchen. Unser Kind mit in das warme, gemütliche Café zu nehmen, wäre im Gegensatz zur Bonbonkocherei mit all den Maschinen, den Heizplatten und Feuerstellen kein Problem. Im Café wäre es auch viel ruhiger. Und deine Mutter …«

»… würde sicherlich auch gerne im Café arbeiten«, ergänzte Anton.

Anne nickte. »Sie hat mir erzählt, wie sie es immer geliebt hat, die Backwaren von eurem Vater zu verkaufen. Und immerhin befand sich dessen Bäckerei ja auch einmal hier. Wir würden also eine alte Tradition wiederaufleben lassen.«

»Ja«, bestätigte Anton. »Das stimmt. Aber wer soll die Backwaren denn herstellen?«

»Fritz«, sagte Anne.

»Hast du bereits mit ihm gesprochen?«, erkundigte sich Anton.

Sie schüttelte den Kopf. »Nein. Zumindest nicht direkt. Aber Marie hat ihn einmal gefragt, ob er die Patissierskunst vermisst und ob er in dieser Hinsicht gern einmal experimentieren würde.«

»Und?«

»Er war begeistert.«

»Er ist ja auch wirklich ein Meister seines Fachs«, bescheinigte Anton. »Die Karamelltorte, die er zu unserer Hochzeit gebacken hat, war köstlich. Und die Torte von heute Abend auch.«

»Und er träumt schon so lange davon, irgendwann Streuselkuchen à la Großmutter Maria zu verkaufen, zu Ehren unserer Oma.«

»Und die wunderbaren Streuselbonbons, mit denen du ihn davon überzeugen wolltest, dich bei uns arbeiten zu lassen, könnten wir dort auch anbieten. Die sind ja nichts für den Vertrieb, weil sie mit kalter Butter zubereitet werden und zu schnell verderben. Aber im Café …«

Anne nickte. »Und all unsere Bonbons könnten wir auch verkaufen. Bunte Bonbons in unzähligen Gläsern, in einem Regal zwischen den beiden Fenstern. Ich sehe es schon vor mir.«

Er gab ihr einen Kuss auf die Wange.

»Ich liebe deine Begeisterungsfähigkeit.«

»Und ich die deine.«

Sie lächelten einander an.

»Nun, wo wir uns einig sind, könnten wir gleich Fritz und Mutter fragen, was sie davon halten«, schlug Anton vor. Anne strahlte.

»Wir sind uns also einig? Du bist einverstanden?«

»Wenn Fritz es auch ist, ja.«

Mit einem kleinen Jubelschrei fiel Anne ihrem Mann um den Hals.

»Noch wissen wir ja nicht, ob er dabei ist«, wandte Anton ein.

»Oh, das wird er, da bin ich sicher«, sagte sie. »Marie gegenüber hat er sich ja schon entsprechend geäußert. Und sie und ich sind uns einig, dass sein Talent verschenkt ist, wenn er nur Bonbons kocht.«

»Na, hör mal«, tat Anton empört. »Bonbonkochen ist eine Kunst.«

»Natürlich ist es das«, sagte sie rasch. »So meine ich es ja auch nicht. Aber Fritz ist gut darin, neue Dinge auszuprobieren und zu perfektionieren. Wenn er das getan hat, können andere für ihn übernehmen.«

»Ich weiß doch, was du meinst«, versicherte ihr Gatte zärtlich. »Lass dich nicht ärgern. Und ich bin ganz und gar deiner Meinung. Komm, wir reden einmal mit Mutter darüber.«

»Deine Mutter würde ich gerade ungern stören«, versetzte Anne und deutete mit dem Kinn auf Rose, die in ein angeregtes Gespräch mit Hinner Tombroke vertieft war. Jetzt legte sie den Kopf in den Nacken und lachte über etwas, das er gesagt hatte.

»Na, endlich«, brummte Anton. »Darauf habe ich schon die ganze Zeit gewartet.«

Überrascht sah sie ihn an. »Hast du?«

Er nickte. »Die beiden haben sich immer gemocht und gut verstanden. Ich glaube, manchmal zu gut für Vaters Geschmack.«

»Er war eifersüchtig?«

»Das hat er nie gesagt und hätte es auch niemals zugegeben. Aber ich denke schon.«

»Altersmäßig passt sie auch viel besser zu ihm als diese Lotte.«

»Nicht nur altersmäßig.«

»Stimmt. Sie sehen gut zusammen aus – also nicht nur optisch. Sie harmonieren miteinander. Das spürt man. Aber dann lass uns jetzt mit Fritz reden«, schlug Anne vor.

Anton lachte. »Und ich dachte, ich wäre der Ungeduldige von uns beiden.«

»Dass du dich da getäuscht hast, solltest du nach eineinhalb Jahren Ehe wissen.« Sie gab ihm einen Kuss.

Er grinste. »Ich lerne eben langsam.«

Und dann erwiderte er ihren Kuss.

Kapitel 36

Werther, 1. Januar 1912

Fritz war wie erwartet begeistert. Wie Anne hatte auch er es kaum erwarten können, mit der Umsetzung ihrer Idee zu beginnen. Marie war ebenfalls gleich Feuer und Flamme gewesen, und Rose hatte nur gelächelt und gesagt: »Na, endlich. Das habe ich mir schon so lange gewünscht.«

Statt am Neujahrstag den traditionellen Spaziergang zu unternehmen, hatten sie gemeinsam beschlossen, reinezumachen, alles freizuräumen und zu überlegen, was sie benötigten und wie sie was einrichten könnten.

»Die Bäckerei deines Vaters ist ja noch in allerbestem Zustand«, hatte Fritz begeistert festgestellt, nachdem er die im hinteren Teil des Hauses liegende Backstube in Augenschein genommen hatte, die bis dato immer zugesperrt gewesen war. Auch der Brand hatte sie nicht erreichen können. »Es sind zwar nicht die neuesten Geräte, aber das macht überhaupt nichts. Damit kann ich auf jeden Fall arbeiten.«

»Und wenn es sich gut anlässt, können wir ja in neue

Geräte investieren«, ergänzte Anne. »Vielleicht auch in einen modernen Backofen.«

»Das wäre natürlich schön, aber das muss wirklich nicht sofort sein«, sagte Fritz mit leuchtenden Augen und sah sich um. »Ich bin so glücklich, dass ich *überhaupt* anfangen kann. Für mich wird gerade ein Traum wahr.«

Anne trat neben ihn und drückte verstohlen seine Hand. Sie hatte geahnt, dass ihr Bruder begeistert sein würde. Aber dass es ihm so viel bedeutete, dass er nun wirklich seine eigene Bäckerei bekam, das hätte sie nicht gedacht. Denn Fritz hatte auch in der Bonbonkocherei sehr glücklich und in seinem Element gewirkt – und das war er sicher auch gewesen, vor allem, wenn er experimentieren durfte. Aber nun, da er sein Meisterstück vollendet hatte, konnte er sich auch wieder der Patissierskunst zuwenden. Und außerdem, überlegte Anne, wer sagte denn, dass Fritz in der Patisserie nicht auch neue Bonbonkreationen entwerfen würde?

»Hier seid ihr«, rief Marie, die in diesem Moment zur Tür hereinkam. »Vorne sind wir fertig – alles geschrubbt und geputzt.«

»Ich finde die Idee großartig, den Verkaufsraum wieder in die ehemalige Bonbonkocherei zu verlegen, dahin, wo du angefangen hast mit deinen Kamellen«, sagte Käthe, die hinter Marie in die einstige Backstube gekommen war. »Außerdem war das, wenn ich mich recht erinnere, früher, zu Vaters Zeiten, auch schon so.«

»War es!«, bestätigte Anton. »Die Theke war ganz hinten am Fenster.«

»Das würde ich jetzt wieder so machen«, überlegte Anne.

»Davor könnte man Tische aufstellen. Und wir könnten das Café durch den ehemaligen Personalraum erweitern.«

»Findest du das nicht unpraktisch?«, wandte Marie ein. »Wenn die Leute keinen Kaffee bei uns trinken, sondern nur Kuchen kaufen und mit nach Hause nehmen wollen, müssen sie immer durch das Café und stören dann vielleicht die anderen Gäste.«

»Auch wieder wahr«, murmelte Anne.

»Norbert hat da bestimmt eine Idee«, war sich Käthe sicher. »Er müsste gleich da sein, er wollte nur noch eben die Kühe versorgen, weil alle Arbeiter heute freihaben.«

»Wirklich ein fürsorglicher Mann«, ließ sich Anton vernehmen. »Ich kenne viele, die gerade an solchen Tagen nicht so viel Rücksicht auf ihre Arbeiter nehmen würden.«

»Und ich kenne einen Mann, der allen nicht nur heute, sondern auch morgen freigegeben hat«, erwiderte Anne und gab ihm einen Kuss.

Als habe er das Gespräch vernommen, wurde in diesem Moment die Tür aufgerissen, und ein etwas atemloser, groß gewachsener, dunkelhaariger Mann wehte mit der kalten Winterluft herein. »Da bin ich«, sagte Norbert und rieb sich die Hände. »Zu allen Schandtaten bereit.«

»Wunderbar! Wir haben eben von dir gesprochen.« Käthe eilte ihrem Gatten entgegen, um ihn zur Begrüßung zu küssen. »Wir überlegen gerade, wie wir das Café am besten einrichten können.«

»Und, was stellt ihr euch vor?«, fragte Norbert.

»Anne hatte die Idee, dass wir die Theke wieder wie früher nach hinten ans Fenster machen und den Raum davor für das Café nutzen, ebenso wie den Nebenraum«, setzte Käthe an. »Aber ich frage mich, ob sich die Leute, die das Café besuchen, dann nicht gestört fühlen, wenn ständig jemand an ihnen vorbeigeht, der nur Kuchen oder Bonbons kaufen möchte.«

»Das Problem lässt sich doch recht leicht lösen«, sagte Norbert, nachdem er sich kurz im Raum umgesehen hatte. »Ich könnte hier neben der Tür eine halbhohe Trennwand einsetzen. Dadurch entsteht ein abgetrennter Café-Bereich, ohne dass wir dem Raum das Licht nehmen.«

»Das ist eine gute Idee«, stimmte Anton ihm zu. »In dem so entstehenden Raum bringen wir sicherlich vier bis sechs Tische unter.«

»Und die Nische ist herrlich gemütlich«, schwärmte Käthe.

»Was meinst du, Anne, du sagst ja gar nichts?«, fragte Anton.

»Ach, ich überlege nur gerade, ob man den oberen Teil vielleicht durch eine große Glasscheibe abtrennen könnte«, erklärte sie. »Dann würde man dem Raum auch kein Licht nehmen, aber der Café-Bereich wäre ein vollständig abgetrennter Raum.«

»Gute Idee«, sagte Norbert anerkennend. »Was sagst du, Fritz? Schließlich wird das hier dein Café.«

Doch der winkte ab. »Ich bin nur dafür zuständig, dass es hier leckere Torten und Kuchen gibt«, sagte er. »Das Café führt mein Schwesterherz, und da werde ich ihr auch nicht hineinreden.«

»Und ich habe auch schon eine Idee, wie wir den Raum

gemütlich gestalten könnten«, sagte Marie. »Wenn du erlaubst, Anne, werde ich Kissen, Vorhänge und Tischdecken nähen.«

»Und ich mache die Möbel«, freute sich Norbert.

Anton lachte.

»Was?«, hakten die anderen nach und sahen ihn fragend an. »Ach, ich dachte nur gerade, dass wir ja wirklich alle Voraussetzungen mitbringen, dass das Café ein Erfolg wird.« Er hob die Hand und zählte an den Fingern ab: »Wir haben einen hervorragenden Konditor, einen begnadeten Handwerker, der für die Inneneinrichtung sorgt, eine Schneiderin, die sich darum kümmert, dass hier alles gemütlich eingerichtet ist, eine Künstlerin, dank derer die Wände nicht leer bleiben, und vor allem eine charmante Inhaberin und Verkäuferin.« Er zog Anne an sich.

»Falsch«, tönte da eine energische Stimme von der Tür her.

Alle wandten sich um. Dort stand Rose und an ihrer Seite – Hinner Tombroke.

»Mutter«, sagte Anton und überlegte, weshalb die Wangen der beiden Neuankömmlinge so glühend rot waren. »Warum falsch?«

»Weil du nicht eine, sondern zwei charmante Verkäuferinnen hast. Anne und natürlich mich.«

Anton starrte seine Mutter verblüfft an. So strahlend hatte er Rose Leyen schon lange nicht mehr erlebt. Und dass sie sich selbst als charmant bezeichnete, zeugte von einem Selbstbewusstsein, das er ihr niemals zugetraut hätte. Hinner

Tombroke – in welchem Verhältnis sie auch immer zueinanderstanden – tat ihr ohne Frage gut.

Kapitel 37

Köln, Februar 1912

»Ich freue mich so, dass du mir deine alte Heimat zeigst. Und die vom Fritz«, sagte Marie, als sie hinter Anne aus dem Zug stieg, der soeben in den Kölner Bahnhof eingefahren war. Selbiger befand sich direkt neben dem Dom, war am 25. Mai 1894 eröffnet worden und ersetzte den 1859 an selbiger Stelle fertiggestellten alten Central-Personenbahnhof. Aus Platzgründen waren bei dem neuen Bahnhof die Gleise und Bahnsteige in die erste Etage gelegt worden, sodass Marie und Anne über Treppen nach unten steigen mussten. Beeindruckt sah sich Marie in der zweihundertfünfundzwanzig Meter langen und vierundzwanzig Meter hohen Hallenkonstruktion um, einer Mischung aus Neorenaissance und romanischen und gotischen Stilelementen, die sehr prachtvoll wirkte.

»Es ist wunderschön«, staunte sie. »Und so riesig.«

Anne nickte und war ein wenig stolz auf die Bedeutung ihrer Heimatstadt, als sie sagte: »Ja, das ist es. Die Eisenbahn spielt in Köln eine große Rolle, deshalb mussten sie auch den

Bahnhof erweitern.« Schon 1839 war die erste Strecke von Köln nach Müngersdorf fertiggestellt worden, rasch folgten weitere Strecken, 1844 nach Bonn, 1847 nach Minden.

»Und dann liegt der Bahnhof auch noch so zentral, direkt neben dem Dom«, staunte Marie, als sie das Gebäude verließen.

»Das fanden leider nicht alle gut«, hatte Anne noch von ihrem Vater erfahren. »Der Stadtbaumeister hat wohl deswegen auch vorgeschlagen, den neuen Bahnhof in die Neustadt zu verlegen. Das wollten aber die in der Innenstadt ansässigen Geschäftsleute nicht.«

»Das kann man ja verstehen«, erwiderte Marie. »Für die ist das ja wirklich ganz großartig. Wenn ich mir vorstelle, meine Schneiderei wäre direkt an einem derart riesigen Bahnhof gelegen …«

Anne nickte. »Oh ja«, sagte sie und sah sich ebenfalls um. »Es ist so schön, wieder hier zu sein. Und zugleich tut es auch etwas weh, wie ich gestehen muss.«

»Es ist das erste Mal, dass du nach dem Tod eurer Eltern zurückkehrst, nicht wahr?«, erkundigte sich Marie, und Anne nickte.

»Ja«, bestätigte sie. »Und natürlich schlummern an jeder Ecke Erinnerungen an meine Eltern.«

»Vielleicht ist es ja auch gar nicht verkehrt, die Orte, an denen du mit deinen Eltern glücklich warst, aufzusuchen. Gerade jetzt, wo du selbst Mutter wirst.«

»Ich weiß nur noch nicht so recht, ob ich mich das traue. Aber auf den Friedhof möchte ich auf jeden Fall«, flüsterte sie.

»Ich bin bei dir«, erwiderte Marie und drückte Annes Arm.

»Dafür bin ich dir auch unendlich dankbar. Und dass mein Bruder eine derart großartige Frau gefunden hat.«

Sie lächelten einander zu.

»Sollen wir gleich ins Kaffeehaus gehen?«, fragte Marie. »Ich platze vor Neugierde, und Hunger habe ich auch.«

»Gern«, sagte Anne, »schließlich ist das der Grund unserer Reise. Dass wir uns Stollwercks großartiges Kaffeehaus noch mal ansehen und uns für unser eigenes Vorhaben inspirieren lassen, aber dennoch würde ich mich gerne kurz im Hotel erfrischen. Es ist nicht weit und liegt ebenfalls zentral neben dem Dom. Wir können danach mit der Pferdebahn oder mit der Elektrischen fahren, wobei es auch nicht wirklich weit zu laufen ist.

»Oh ja«, rief Marie begeistert, »mit der Elektrischen würde ich sehr gerne einmal fahren.«

»Übrigens bin ich auf das Hotel mindestens ebenso gespannt wie auf das Kaffeehaus.«

»Willst du etwa auch noch ein Hotel eröffnen?«, fragte Marie kopfschüttelnd.

»Aber nein«, versicherte Anne. »Ich denke ja gar nicht daran.«

»Und warum bist du dann so gespannt auf das Hotel?«

»Es ist ein sehr berühmtes Hotel«, erklärte sie. »1880 war sogar Kaiser Wilhelm der Erste dort zu Gast und hat den Feierlichkeiten zur Eröffnung des Doms zugesehen.«

»Und deswegen findest du es so spannend? Ich wusste gar

nicht, dass der Kaiser dich so sehr fasziniert«, sagte Marie mit leisem Spott.

Anne musste lachen. »Tut er auch nicht«, sagte sie. »Aber kurz vor dem Tod unserer Eltern haben sie das Hotel geschlossen und abgerissen. Mein Vater und der neue Besitzer waren gut bekannt, und deshalb waren wir im Juni 1909 noch gemeinsam bei der Grundsteinlegung für das neue Hotel. Es war einer der letzten unbeschwerten Tage mit meinen Eltern hier in Köln.« Anne lächelte traurig. Marie nahm ihre Hand und drückte sie.

»Und in diesem Neubau wohnen wir nun? Ist er denn schon fertig?«

»Oh ja«, rief Anne. »Ich würde uns doch nicht in einer Baustelle einquartieren. Das Hotel wurde im September des darauffolgenden Jahres fertiggestellt – und heißt nun Excelsior Hotel Ernst.« Inzwischen waren sie am Kölner Dom angekommen, und während Marie noch das mächtige Gotteshaus bestaunte, sagte Anne: »Da ist es auch schon. Es ist wunderschön geworden.«

Sie deutete auf ein riesiges, prachtvoll verziertes Gebäude.

»Das ist ja sehr elegant«, murmelte Marie. »Da sieht man, dass du jetzt Frau Fabrikdirektorin bist.«

»Ein Glück hast du uns mit den passenden Kleidern ausstaffiert«, sagte Anne, als sie auf den an der Trankgasse gelegenen Haupteingang zusteuerte.

»Ja, so können wir uns sehen lassen«, bestätigte Marie und musterte zufrieden ihr eigenes und Annes Reisekleid, die sie mit ihren schmalen Schnitten beide hervorragend kleideten. »Übrigens hätten wir ohnehin gar nicht direkt zum Kaffeehaus gehen können«, sagte sie, als sie neben Anne das Hotel betrat.

»Weshalb denn?«, fragte Anne verwundert. »Unser Gepäck haben wir doch direkt herbringen lassen, es ist damit versorgt.«

»Das meine ich nicht«, erwiderte Marie. »Aber ich habe uns schließlich eigens für den Nachmittagstee wundervolle Roben gezaubert«, sagte sie absichtlich gestelzt. »Wir können uns in diesem prachtvollen Kaffeehaus doch nicht mit Reisekleidung sehen lassen.«

»Da hast du natürlich recht«, konnte Anne gerade noch antworten, als Marie einen leisen Schrei des Entzückens ausstieß und sich regelrecht ergriffen in der Hotelhalle umsah.

Auch Anne war beeindruckt: Zwar hatte ihr das Vestibül des Vorgänger-Hotels mit seinen Säulen, stuckverzierten Decken und der schmucken Portiersloge bereits sehr gut gefallen, und sie hatte sich, wenn sie es betreten hatte, stets wie in einem Märchen gefühlt. Aber das war nichts im Vergleich zu der Pracht der riesigen Eingangshalle, die sie jetzt betraten.

Die Decke war in mehrere stuckverzierte Kassetten unterteilt, in deren Mitte jeweils ein kleiner Kronleuchter hing. Gehalten wurde die Decke von dunklen mächtigen Marmorsäulen. Wertvolle Teppiche bedeckten den Boden, und im hinteren Teil des Raumes befanden sich mehrere gemütlich und zugleich elegant aussehende Sitzgelegenheiten. Die hohen Fenster erlaubten einen hervorragenden Blick in den liebevoll angelegten Innenhof.

Ein Hoteldiener eilte auf sie zu, hieß sie in formvollendeter Höflichkeit willkommen und geleitete sie in ihre Zimmer, die sie über einen Paternoster erreichten, den die für alles Neue und Moderne sehr offene Marie nur zu gerne bestieg. Ihre Zimmer waren nebeneinander gelegen und erlaubten einen wunderbaren Blick auf den Dom.

»Ich glaube, ich bin im Paradies!«, seufzte Marie, als sie kurz nach ihrer Ankunft schon wieder in Annes Zimmer stand. Sie hatte ihr Nachmittagskleid bereits angelegt und wollte Anne nun beim Ankleiden helfen.

»Wie immer siehst du umwerfend aus«, bescheinigte Anne ihrer Schwägerin. »Aber bist du sicher, dass das ein geeignetes Nachmittagskleid ist?« Marie war in ein goldschimmerndes Gewand gehüllt, dessen Rock vorne geschlitzt war. Darüber trug sie eine Tunika aus golddurchwirktem Schleierstoff.

»Oh ja, das kann man tragen«, versicherte Marie. »Das ist ein Tangokleid. Und ich habe das Dekolleté schon viel dezenter gearbeitet, als Poiret es tun würde.«

Sie stieß ein Kichern aus und ließ sich ungefragt auf Annes Bett nieder. »Was?«, fragte die. »Was ist so lustig?«

»Weil wir doch vorhin vom Kaiser gesprochen haben: Sein Sohn, also unser jetziger Kaiser, findet das Tangotanzen so ungehörig, dass er eine Verordnung erlassen hat, in der er all seinen Offizieren das Tanzen des Tangos untersagt.«

»Im Ernst?« Anne lachte.

Marie nickte.

»Willst du noch eine lustige Geschichte zur aktuellen Mode hören?«, fragte Marie, während sie Annes Kleid auspackte. Es war etwas dezenter als Maries: Über einem altgoldenen Unterkleid hatte es eine Tunika aus seegrünem Voile, die grünseiden soutachiert war. Das Oberteil war blusenartig geschnitten und hatte einen Stehkragen. Auch die Ärmelränder waren mit Soutachen verziert. Die Taille wurde von einer grünseidenen Poiretschnur bedeckt.

»Also«, setzte Marie zu ihrer Geschichte an, »wie du sicherlich bemerkt hast, ist die Silhouette der Kleider ja eher schmal. Die Hüte sind im Vergleich überdimensional groß. Sie halten nur mit einem Bügel. Oder mit einer Nadel. Und wegen dieser Nadeln sah sich der Berliner Polizeipräsident genötigt einzugreifen.«

»Der Polizeipräsident? Wegen einer Hutnadel?«, erkundigte sich Anne verwundert, während sie sich von Marie in ihr Kleid helfen ließ.

»Ja«, bestätigte Marie lachend. »Er erklärte, die Polizei habe schon seit einer ganzen Weile beobachtet, dass die Spitzen der Nadeln, mit denen die Damen ihre Hüte befestigen, oftmals über den Hutrand herausragen und deshalb im Straßenverkehr und besonders innerhalb der Straßenbahnwagen für all jene eine Gefahr darstellen, die in die Nähe einer solchen Hutträgerin kommen.«

Nun musste Anne ebenfalls lachen. »Ich wusste schon immer, dass Hutträgerinnen gefährlich sind.«

»Offenbar kam es im Vorfeld tatsächlich bereits mehrfach zu Verletzungen, und es wurde nicht selten Anzeige erstattet.«

»Dennoch ist es undenkbar, ohne Hut aus dem Haus zu gehen«, sagte Anne und griff nach dem ihren. »Aber ich werde darauf achten, dass durch mich niemand zu Schaden kommt.«

»Ja«, erwiderte Marie. »Das will ich ebenfalls versuchen.«

Kapitel 38

Werther, Februar 1912

»Schön, dass du mich in meinem Strohwitwer-Dasein nicht allein lässt«, scherzte Anton, als er Fritz am Abend die Tür der Leyen'schen Villa öffnete.

»Nun, das ist purer Eigennutz«, ließ sich Fritz gut gelaunt vernehmen. »Ich teile ja dein Schicksal.«

»Da Mutter heute ebenfalls ausgegangen ist, habe ich Frau Schnakenwinkel gebeten, uns Töttchen zu machen.«

»Fein«, freute sich Fritz und trat ein. »Das hat letztes Mal schon so hervorragend geschmeckt.« Dann erkundigte er sich: »Wohin ist deine Mutter denn heute Abend gegangen?«

»Kannst du dir das nicht denken?«, fragte Anton, während er seinen Schwager ins Speisezimmer führte.

»Hinner?«, riet Fritz.

»Hinner«, bestätigte Anton. »Die beiden sind wirklich hinreißend. Und ich gönne es ihnen so sehr, dass sie ihr Glück nun endlich gefunden zu haben scheinen. Zumal mir Hinner nach der Sache mit Lotte wirklich leidtat.«

»Mir auch«, bestätigte Fritz. »Wenn ich mir vorstelle, mir

wäre so etwas passiert – und dann auch noch vor aller Augen –, ich glaube, ich hätte mich in Grund und Boden geschämt.«

»Hat er auch«, bestätigte Anton. »Wobei es ja nicht vor aller Augen war, sondern nur vor meinen und Norberts.«

Frau Schnakenwinkel betrat den Raum, und die beiden Männer unterbrachen ihr Gespräch für einen kurzen Moment.

»Sieht das köstlich aus«, freute sich Fritz, nachdem er sich bedient hatte.

»Lass es dir schmecken«, ermunterte ihn Anton.

Nachdem Fritz den ersten Bissen hungrig hinuntergeschlungen hatte, sagte er gedankenverloren: »Ich glaube, auch wenn es nur du und Norbert waren – ich wäre dennoch im Boden versunken.« Dann hob er den Blick und lächelte seinen Schwager an. »Ich leide ohnehin unter schlimmer Schüchternheit, wenn ich Menschen noch nicht allzu gut kenne.«

»Ja«, sagte Anton. »Das habe ich bemerkt.«

Fritz wirkte erschrocken. »Ist das wirklich derart offensichtlich?«

Anton zögerte. Für einen kurzen Moment war er versucht, Fritz nun doch endlich zu erzählen, dass er diesen aufgrund seines merkwürdigen Verhaltens sogar kurzzeitig für den Täter gehalten hatte, doch dann entschied er sich dagegen. Vermutlich würde es seinen Schwager sehr verunsichern, wenn er hörte, dass sein Verhalten für derart verheerende Missverständnisse sorgte. Er war ja froh, dass Fritz sich ihm gegenüber inzwischen relativ normal verhielt.

Daher winkte er nur ab und sagte zwischen zwei Bissen:

»Iwo. Ich bin einfach ein guter Menschenkenner und habe mich für dich ganz besonders interessiert. Schließlich hatte ich in gewisser Weise Angst vor dir.«

»Du? Vor mir?«, rief Fritz und legte verblüfft seine Gabel ab.

»Ganz richtig. Immerhin warst du der Mann, der über Wohl und Wehe in Liebesdingen deiner Schwester und damit auch meiner zu entscheiden hatte.«

»Ach, das meinst du«, sagte Fritz und lachte. »Nun hat sich ja alles gefügt.«

»Wie es unseren beiden Liebsten in Köln wohl geht?«, fragte Anton und wirkte mit einem Mal besorgt. »Eigentlich war mir die Reise wegen Annes Schwangerschaft gar nicht recht.«

»Es ist gut, dass du dennoch nichts dagegen eingewendet hast«, sagte Fritz. »Ich glaube, es war für Anne wichtig, vor der Geburt eures Kindes noch einmal in die Stadt unserer Kindheit zurückzukehren.«

Anton nickte. »Das weiß ich ja. Und der Besuch des Deutschen Kaffeehauses zur Inspiration war da natürlich ein guter Vorwand – auch vor sich selbst.« Dann sah er seinen Schwager nachdenklich an. »Schon beeindruckend, was dieser Stollwerck alles geleistet hat.«

»Beneidest du ihn?«, fragte Fritz.

»Ich weiß nicht«, sagte Anton. »Ich glaube nicht, nein. Stollwerck ist ja schon lange keine Manufaktur mehr. Das ist Industrie mit Niederlassungen in der ganzen Welt. Aber ich hätte ihn unheimlich gerne einmal kennengelernt.«

»Ich auch«, sagte Fritz. »Das muss ein beeindruckender

Mann gewesen sein. Wobei ich vor Ehrfurcht sicherlich erstarrt wäre.« Die beiden lachten. Dann fügte Fritz hinzu: »Aber selbst wenn Franz Stollwerck schon lange tot war, als ich auf die Welt kam – irgendwie hat mich sein Leben trotzdem inspiriert. Nicht nur, weil ich unter allen Umständen bei Stollwerck lernen wollte, nein, auch die Wanderjahre, die ihn geprägt haben, wollte ich unbedingt ebenfalls erleben.«

»Ein sehr sinnvoller Brauch«, fand Anton.

»Ja«, bestätigte er. »Man kann die Dinge am besten dort lernen, wo sie ihren Ursprung haben.«

Inzwischen hatten sie aufgegessen, und Fritz bediente sich auf Antons Aufforderung hin erneut, auch ein weiteres Bier schenkte Anton dem Schwager nach.

»Auf Stollwerck, weil er der Sohn einer Brauerstochter war«, verkündete er und hob grinsend sein Glas.

»Na, dann passt das ja«, erwiderte Fritz und stieß mit Anton an. »Prost.«

»Ich finde übrigens, dass du auch gar keinen Grund hast, Franz Stollwerck zu beneiden«, griff Fritz das Thema noch einmal auf.

»Nun ja, 1839 hat er seine Mürbebäckerei eröffnet, drei Jahre später den Grundstein für seine Conditorei und Bonbonfabrik gelegt, und 1845 hatte er bereits vierundvierzig Verkaufsstellen in Deutschland. Das ist schon beeindruckend«, entgegnete Anton.

»Aber wir haben doch auch sehr viele Verkaufsstellen. Es ist unglaublich, wohin wir unsere Bonbons überall liefern«, versetzte Fritz.

»Und du hast mit Anne das Sahnekaramell erfunden«,

gab Anton zurück. »Wir haben binnen kürzester Zeit um den Hof samt Zuckeranbau erweitert, und nun eröffnen wir auch noch ein Café. Mein lieber Schwager, du hast vollkommen recht! Was wir in den letzten beiden Jahren geleistet haben, war fantastisch. Lass mich dir sagen, wir sind auf einem guten Weg, wirklich Bedeutung zu erlangen.«

»Das glaube ich auch«, bestätigte Fritz und hob sein Glas erneut. »Also trinken wir nicht auf Franz Stollwerck, den Sohn einer Bierbrauerin, sondern auf Anton Leyen, den Sohn eines Bäckermeisters.«

»Nein«, sagte Anton und lächelte seinen Schwager schelmisch an. »Wir beide, wir trinken auf unsere Frauen!«

Kapitel 39

Köln, Februar 1912

Untergehakt schlenderten Anne und Marie durch die Stadt. Beide waren zum Schutz gegen die Kälte in warme Mäntel mit geometrischen Mustern gehüllt, die Marie ebenfalls geschneidert hatte und die – natürlich – der allerneuesten Mode entsprachen.

»Ich wusste gar nicht, wie schön Köln ist«, rief Marie begeistert. »Findest du es in Werther nicht furchtbar einsam und langweilig im Vergleich zu Köln?«

»Findest *du* es in Werther denn einsam und langweilig im Vergleich zu Bielefeld?«, stellte Anne die Gegenfrage.

Marie dachte einen Moment nach. »Nein«, sagte sie dann. »Ich habe in Werther etwas gefunden, das ich in Bielefeld nie hatte. Ich glaube nicht, dass es ein Wort dafür gibt. Es ist mehr ein Gefühl. Eines, das das Leben absolut lebenswert macht, und damit meine ich nicht die Liebe.«

»Ja«, sagte Anne. »Ich weiß. Und damit hast du dir deine Frage eigentlich schon selbst beantwortet. Denn dieses Gefühl ist – neben der Liebe – der Grund, warum ich Werther niemals gegen Köln eintauschen würde. Obgleich ich sagen muss, dass ein Ausflug in die Großstadt schon sehr aufregend ist und ungeheuer Spaß macht. Und dass hier natürlich an allen Ecken Erinnerungen schlummern.«

»Was ist denn deine liebste Erinnerung?«, erkundigte sich Marie.

Anne dachte einen Moment nach. »Eine liebste Erinnerung in dem Sinne gibt es eigentlich nicht«, sagte sie dann. »Es sind so viele, und sie alle zusammen bilden diesen großen Schatz. Zum Beispiel hier.« Sie deutete auf den Dom. »Ich war von jeher ein Schleckermäulchen. Und mein Vater hat mir immer erzählt, das seien versteinerte Schokoladenstückchen.«

»Was meinst du?«, fragte Marie.

»Komm.« Anne winkte sie näher heran und deutete dann auf winzige eckige Steine, die aus dem restlichen Mauerwerk herausragten.

»Die sind tatsächlich so groß wie Schokoladenstückchen«, sagte Marie.

»Und als Kind habe ich das meinem Vater sogar geglaubt. Eines Tages habe ich mich hergeschlichen und heimlich probiert, davon abzubeißen.«

Marie lachte hell auf. »Da hast du dir vermutlich im wahrsten Sinne des Wortes die Zähne ausgebissen.«

»Allerdings«, schmunzelte Anne. »Stollwercks Schokolade ist auf jeden Fall leckerer.

»Aber diese Stein-Schokolade hier hat die Farbe von Karamell, wenn sie sich mit Sahne vermischt«, wusste Marie, die ihrem Mann schon oft bei seiner Arbeit zugesehen hatte.

»Das passt ja«, alberte Anne. »Karamell kann ja auch sehr hart sein.«

»Und warum sehen diese Steine wirklich so aus?«, erkundigte sich Marie. »So etwas habe ich noch nie gesehen.«

»Da fragst du mich was«, sagte Anne. »Mein Papa hat es mir damals zwar erklärt, aber offen gestanden habe ich es nicht begriffen, und es hat mich auch nicht wirklich interessiert. Die Vierecke sind wohl Kristalle, die härter sind als das Drumherum, weshalb sie im Lauf der Zeit immer deutlicher zum Vorschein kommen.«

»Das war doch gar nicht schlecht«, lobte Marie. »Ich habe es jedenfalls verstanden.«

»Keine Ahnung, ob es stimmt, was ich da soeben von mir gegeben habe«, gestand Anne.

Sie lachten und setzten ihren Weg fort. Wenig später kamen sie am Deutschen Kaffeehaus in der Schildergasse 49 an, das Franz Stollwerck im Dezember 1847 als Café Royal eröffnet und ein Jahr später unter dem Eindruck der Großdeutschen Bewegung in Deutsches Kaffeehaus umbenannt hatte. »Zeitweise hat es sogar ein Theater beheimatet«, erzählte Anne, als sie das prachtvolle Gebäude betraten.

»Wieder einmal weiß ich nicht, was ich sagen soll«, stieß Marie andächtig hervor.

»Wieder einmal?«, neckte Anne sie. »Das habe ich bei dir bisher offen gestanden noch nicht allzu häufig erlebt.«

»Seit wir in Köln sind, aber schon«, widersprach Marie. »Ich finde einfach keine Worte für all diese Pracht.«

»Ja, ganz so großartig wird unser Café in Werther natürlich nicht werden«, sagte Anne mit einem leichten Bedauern in der Stimme. »Schließlich verfügt dieses Café über sechs Säle. Schon bei seiner Eröffnung war es von Hunderten Gasflammen erleuchtet.« Sie deutete an die Decke, wo prachtvolle Kronleuchter ein behagliches Licht verströmten. »Und inzwischen ist natürlich alles elektrisch, auch da war Stollwerck immer Vorreiter.«

Seite an Seite gingen die beiden Frauen in Richtung des Damensalons, der neben dem Spielzimmer mit ausladenden Billardtischen und dem Lesekabinett zu einem der sechs Räume zählte.

Aufseufzend ließ sich Marie an einem der runden Tische nieder. Anne tat es ihr nach, und sogleich eilte – nein: schwebte ein livrierter Kellner herbei, der dienstbeflissen nach ihren Wünschen fragte.

Sie orderten jeweils eine heiße Schokolade und ein Stück Torte – Anne Nuss und Marie Vanille – und sahen einander dann zufrieden an. Bisher war ihr Besuch in Köln ausgesprochen abwechslungsreich verlaufen. »Lass uns auf dem Rückweg noch im Stollwerckhaus am Wallrafplatz vorbeigehen«, schlug Marie vor. »Dort können wir noch ein wenig Naschwerk kaufen und uns auch da die Verkaufsräume ansehen.«

»Eine hervorragende Idee«, stimmte Marie begeistert zu. »Das können wir dann auf dem Weg zurück nach Werther verspeisen.«

Wenig später betraten sie die prachtvolle Passage mit einem halbrunden gläsernen Dach, in deren Untergeschoss sich die Verkaufsräume befanden. Anne und Marie stöberten durch das unfassbar große Sortiment, als Marie plötzlich angeekelt aufstöhnte.

»Was ist denn?«, erkundigte sich Anne.

»Hier.« Marie zeigte auf ein Bonbonglas. »Schokobonbon mit Fleischgeschmack? Wer will denn so was?«

Anne schüttelte sich. »Wem es schmeckt… Aber ich würde das auch nicht mögen. Und das, obwohl Schwangere ja bekanntlich seltsame Gelüste haben.«

In der Nacht schlief Anne unruhig. Sie war es einfach nicht mehr gewohnt, allein im Bett zu liegen. Und dann auch noch in einem völlig fremden. Sie träumte von ihrer Mutter, die einen Kinderwagen durch die Straßen schob. In dem Wagen lag ein kleines Mädchen. War das sie, Anne, oder das Wesen, das sie unter ihrem Herzen trug und das niemals von ihrer Mutter durch Kölns Straßen geschoben werden würde?

Die Einsamkeit griff mit harter, kalter Hand nach ihr und ließ sie aufschrecken. Eine Zeit lang versuchte sie es, doch sie fand nicht wieder in den Schlaf. Stattdessen stand sie auf und trat ans Fenster.

Der Anblick des Doms, den sie auch von ihrem Fenster in der Wohnung ihrer Eltern hatte sehen können, hatte sie schon immer getröstet. Zumal sie sich diesem riesigen Gotteshaus auch aus anderem Grunde besonders verbunden fühlte. Schließlich war es am 15. Oktober 1880, exakt zehn Jahre vor ihrer Geburt, in Anwesenheit Kaiser Wilhelms des Ersten eröffnet worden. Ihre Eltern hatten ihr später berichtet, dass sie den Kaiser vom Fenster aus gesehen hatten und dass sie schon lange vor dessen Ankunft etliche Anfragen erhalten hatten von Leuten, die ihnen viel Geld dafür boten, wenn sie ihnen eines ihrer Fenster zur Verfügung stellten, damit sie von dort aus den Kaiser beobachten könnten. Es sei ein ungeheures Spektakel gewesen, und alle möglichen Fahnen hätten vom Turm herabgeweht. Kein Wunder, immerhin hatte der Bau des Doms sechshundert Jahre gedauert, und nach der Fertigstellung des Nordturms mit seinen hundertsiebenundfünfzig Metern war er nun das höchste Gebäude der Welt. Ein Monument, auf das man sich verlassen konnte. Denn solange sein Bau auch gedauert haben mochte: Seit Anne denken konnte, war der Dom immer da gewesen.

Heute Nacht allerdings fand sie selbst in ihm keinen Trost, im Gegenteil: Der Dom sah, wie sie fand, im hellen Mondlicht regelrecht bedrohlich aus. Sie fröstelte und stieg wieder ins Bett. Beim Abendessen war sie noch so unbeschwert gewesen und hatte zu Marie gesagt, dass sie die Rückkehr in die Stadt ihrer Kindheit überraschenderweise ganz und gar nicht belastete. Wahrscheinlich hatte ihr die Gegenwart ihrer Freundin einfach zu viel Ablenkung geboten und keinen Platz für schmerzvolle Erinnerungen gelassen. Stattdessen kamen sie nun bei Nacht und raubten ihr den Schlaf.

Bis zum Morgengrauen tat sie kein Auge mehr zu und war entsprechend übermüdet, als sie am nächsten Morgen an Maries Zimmertür klopfte, um sie zum Frühstück abzuholen.

»Liebes!«, rief Marie besorgt, als sie ihrer ansichtig wurde. »Ist dir nicht gut? Soll ich nach einem Arzt schicken?«

Doch Anne schüttelte den Kopf. »Es geht schon«, versicherte sie. »Ich habe nur die ganze Nacht wach gelegen.«

»Die Erinnerungen?«, vermutete Marie.

Anne nickte. »Bei Tag, als ich mit dir unterwegs war, ging alles wunderbar. Aber nachts habe ich von meiner Mutter geträumt, und dann …« Sie schluckte.

»Jetzt frühstücken wir erst einmal in Ruhe«, sagte Marie resolut. »Und dann sagst du mir, was dir guttun würde. Wir können auch schon heute wieder nach Werther zurückfahren.«

Doch Anne schüttelte entschlossen den Kopf. »Nein«, sagte sie. »Es ist Unsinn davonzulaufen. Außerdem habe ich mich so auf die Reise mit dir gefreut.«

Marie nickte. »Du entscheidest. Ich freue mich natürlich, wenn wir bleiben.«

»Dann bleiben wir«, sagte Anne entschlossen, nachdem sie im Restaurant Platz genommen hatten. »Nur auf den Friedhof – ich glaube, das schaffe ich noch nicht. Und auch nicht zu unserem einstigen Wohnhaus, wie ich es mir eigentlich vorgenommen hatte.«

»Das musst du ja auch nicht schaffen«, sagte Marie und griff über den Tisch nach ihrer Hand. »Du bist wieder nach Köln zurückgekehrt, zum ersten Mal nach dem Tod deiner Eltern. Das ist doch schon ein riesiger Schritt.«

»Ja«, sagte Anne. »Ja, das ist es wirklich. Und jetzt lass uns essen. Ich will dir noch so viel zeigen.«

Kapitel 40

Werther, Februar 1912

Das Gespräch mit Fritz ging Anton nicht aus dem Kopf. Ob er Herrn Stollwerck beneide und gern ein ebenso großes Imperium schaffen wolle wie er, hatte sein Schwager ihn gefragt. Auf der einen Seite fand er die Vorstellung durchaus verlockend, dass so viele Menschen seine Bonbons kaufen und essen würden. Menschen auf der ganzen Welt. Aber andererseits, wie er es schon gestern zu Fritz gesagt hatte: Stollwerck war keine Manufaktur mehr, es war eine riesige Fabrik. Und fehlte dann nicht genau das, was seine Arbeit so reizvoll machte? Der ständige Austausch mit den Menschen, die für ihn arbeiteten, sie persönlich zu kennen und tagtäglich mit den Materialien zu arbeiten, aus denen seine Bonbons hergestellt wurden; eben nicht nur im Büro zu sitzen, wie er das vor Käthes rettendem Eingreifen getan hatte, sondern zu erfinden, zu entdecken, weiterzuentwickeln, das war es, was er so liebte. Andererseits hatte Stollwerck ja trotz allem unfassbar viele Ideen gehabt und neue Produkte entwickelt.

Doch was hieß trotz alledem? Vielleicht hatte er ja gerade

deshalb so viele gute Einfälle gehabt, weil er sich nicht mehr um die Produktion hatte kümmern müssen, sondern seine Zeit ganz auf seine Erfindungen hatte konzentrieren können, während er, Anton, immer dort einsprang, wo es gerade nötig war.

Besonders bekannt war der Patriarch ja aber auch dafür geworden, dass er immer schon Maschinen eingesetzt hatte. Sehr früh und sehr produktiv. Und er hatte sie nicht nur eingesetzt. Er ließ sie in der hauseigenen Schlosserei auch selbst herstellen. Fritz hatte am Rande die Schokoladen-Automaten erwähnt, die Stollwercks Sohn Ludwig eingeführt hatte und die inzwischen an allen Bahnhöfen standen. Längst wurde in diesen Automaten nicht nur Schokolade angeboten, es gab dort auch Bonbons, Duftstoffe und sogar Bücher.

Erstmals kam Anton die Idee, seine Bonbons ebenfalls in derartigen Automaten anzubieten. Zwar ließen diese sich dann nicht so schön präsentieren wie in den Gläsern, aber wenn es ihm gelänge, seine Bonbons an frequentierten Orten in den Städten – oder auch nur in kleinen Automaten in den Dörfern – aufzubauen, würde seine Bekanntheit steigen.

Oder würde er damit den Ladeninhabern Konkurrenz machen, mit denen er seit langer Zeit gut zusammenarbeitete und die ihm eine solche Investition vielleicht verübeln würden? Und an den Bahnhöfen befanden sich ja schon die Stollwerck-Automaten, die dort vor allem deshalb stehen durften, weil die Stollwercks auch Fahrkartenautomaten etabliert hatten …

Wie könnte er eine solche Entwicklung schaffen?

»He, was machst du denn für ein Gesicht?«, riss ihn eine dunkle Stimme aus seinen Gedanken.

Anton schrak zusammen und sah sich seinem Schwager gegenüber. Norbert stand mit verschränkten Armen mitten im Weg und starrte ihn grinsend an.

»Wo bist du denn mit deinen Gedanken?«, fragte er.

»Ach«, murmelte Anton, »eigentlich in einer Welt, die eher die deine ist.«

»Nun bin ich aber gespannt.«

»Ich habe mich gestern lange mit Fritz über den Gründer des Stollwerck-Imperiums unterhalten.«

»Oh«, sagte Norbert. »Der hat mich schon oft am Bahnhof mit Schokolade versorgt.«

»Ach«, machte Anton. »Genau über diese Automaten habe ich gerade nachgedacht.«

»Sag bloß, du würdest unsere Bonbons auch in solchen Automaten verkaufen wollen?«, fragte Norbert.

»Ich habe mir überlegt, ob das möglich sein könnte.«

»Und?«

Anton zuckte die Achseln. »Sehr viel weiter bin ich nicht gekommen. Aber ich denke nicht, dass das zu uns passt.«

»Weshalb nicht?«

»An den Bahnhöfen stehen schon die Stollwerck-Automaten. Und ansonsten würden wir ja den Geschäften, die wir beliefern, Konkurrenz machen.«

»Da ist was Wahres dran«, fand Norbert. »Auch wenn es mich sehr reizen würde, eine solche Maschine zu bauen.«

»Gibt es eigentlich etwas, das du nicht kannst?«, fragte Anton beeindruckt.

»Ja«, erwiderte Norbert mit dem für ihn so typischen Grinsen. »Bonbons kochen.«

Anton lachte.

In diesem Moment kam eine wie immer elegant aussehende Käthe über den Hof geschwebt. »Gut, dass ich dich treffe«, sagte sie und küsste ihren Bruder zur Begrüßung auf die Wange. »Ich wollte dir etwas vorschlagen.«

»Nun bin ich aber mal gespannt.«

»Was«, setzte Käthe an, »wenn ich nicht nur meine Bilder in unserem künftigen Café ausstellen würde, sondern auch die anderer Künstler? Das würde vielleicht noch mehr Besucher bringen.«

»Das«, sagte Anton und erwiderte den Wangenkuss seiner Schwester, »halte ich für eine ganz hervorragende Idee.«

Kapitel 41

Köln & Werther, Februar 1912

»Wohin gehen wir zuerst?«, fragte Marie, nachdem sie ihr reichhaltiges Frühstück beendet hatten.

Anne lächelte geheimnisvoll. »Zu einem Modehaus!«, verkündete sie.

Marie schwankte ganz offensichtlich zwischen Begeisterung und Empörung. »Ich finde Modehäuser ja grundsätzlich immer sehr spannend«, sagte sie, »und ich hole mir auch gern einmal Inspirationen. Aber es ist ja nicht so, als seien wir hinsichtlich der Kleider nicht bestens versorgt.«

Anne musste ein Lachen unterdrücken. Ihre Schwägerin war offensichtlich in ihrer Ehre gekränkt.

»Aber liebste Marie«, beeilte sie sich zu sagen, während sie Anstalten machte, sich vom Frühstückstisch zu erheben – eilig hastete ein Diener herbei, um ihren Stuhl zurückzuziehen –, »ich würde doch niemals auf die Idee kommen, in einem Modehaus zu kaufen, jetzt, wo ich eine derart fantastische Modeschöpferin in der Familie habe.«

»Was willst du dann dort?«, fragte Marie einigermaßen besänftigt.

»Warte es ab«, versetzte Anne und führte sie durch die Stadt. Dann blieb sie stehen und deutete auf ein prachtvolles Gebäude mit Figurenschmuck, dessen Bau noch nicht ganz, aber doch schon zu großen Teilen abgeschlossen war. »Da«, sagte sie.

»Aha«, machte Marie verwirrt. »Das ist es also. Sieht aus, als würde das hier mal ein … Modehaus werden?«

»Sieh mal nach oben«, bat Anne sie. »Schau dir die Figuren ganz genau an. Als dir gestern meine Geschichte von der steinernen Schokolade so gut gefallen hat, hatte ich den Einfall, dir das hier zu zeigen. Ich habe davon in einer Zeitschrift gelesen und dachte mir, das musst du unbedingt sehen.«

Marie sah hinauf, war aber ganz offensichtlich nach wie vor ratlos.

»Kennst du das Märchen *Des Kaisers neue Kleider*?«, fragte Anne.

»Natürlich«, erwiderte Marie. »Wer kennt das nicht?«

Dann verstand sie. »Ist das etwa der Kaiser?«

Sie deutete hinauf zu einer Steinfigur, und Anne nickte vergnügt, froh, dass ihr die Überraschung gelungen war. »Ja«, sagte sie. »Die Inhaber des Ladengeschäfts wollten auf diese Weise wohl auf sich aufmerksam machen.«

Marie musste lachen. »Das ist dann aber eine ungeeignete Werbung für ein Modegeschäft«, prustete sie.

»Warum denn?«, erkundigte sich Anne.

»Nun«, sagte Marie. »Wer will denn schon Kleider kaufen, die man nicht sieht?«

»Da hast du auch wieder recht«, bekräftigte Anne und stimmte in ihr Lachen mit ein.

Während sie Seite an Seite in Richtung Rhein gingen, schweiften Annes Gedanken immer wieder zu den kleinen Schokoladensteinchen, die sie Marie gestern gezeigt hatte. »Sie haben die Farbe von Karamell«, hatte Marie gesagt. Wie würde wohl die Kombination aus Karamell und Schokolade schmecken?

»Du bist so still«, stellte Marie fest. »Geht dir deine unruhige Nacht noch immer nach?«

Anne schüttelte den Kopf. »Nein«, sagte sie. »Das ist es nicht. Aber ich musste gerade wieder an die Schokoladensteine im Dom denken, die ich dir gestern gezeigt habe.«

»Ja«, sagte Marie. »Und?«

»Du hast gesagt, dass es aussieht wie Karamell.«

»Tut es ja auch.«

»Ich frage mich nur ... was denkst du, wie eine Kombination aus Karamell und Schokolade schmecken würde?«

Marie sah sie überrascht an. »Vermutlich großartig«, sagte sie. »Aber eigentlich musst du das meinen Mann fragen.«

»Ja«, Anne nickte und schüttelte gleich darauf den Kopf. »Nein, ich glaub, das mache ich nicht. Wenn ich ehrlich bin, möchte ich es selbst herausfinden. Ich weiß ja, wie das Bonbonkochen funktioniert. Ich kann dir sagen, wann der Zucker zu hell und wann zu dunkel ist – da werde ich es doch auch hinbekommen, ein wenig Schokolade beizumischen. Bitte, verrate noch keinem von meiner Idee! Vielleicht wird es ja auch gar nichts, und wenn doch, dann möchte ich unsere Männer gerne damit überraschen.«

Schwärmerisch schloss sie für einen Moment die Augen. »Nun stell dir das doch nur mal vor«, sagte sie. »Man könnte eine Praline machen. Außen die harte Schokoladenschale und innen Karamell, das fast flüssig ist.«

»Und das dann regelrecht aus der Schokolade fließt, wenn man hineinbeißt?«

»Ganz genau«, bestätigte Anne mit leuchtenden Augen. »Vielleicht wird das ja unser nächstes Produkt. Nun kann ich es noch weniger erwarten, nach Hause zu kommen.«

Die beiden Frauen besichtigten noch die Königshalle von Franz Stollwerck, die dieser am Rheinufer der südlichen Altstadt hatte errichten lassen und die zeitweise als Theater-, Konzert- und Ballhaus gleichermaßen gedient hatte. Wie Anne von ihrem Vater wusste, war das Projekt für das Köln der damaligen Zeit jedoch »zu großartig« gewesen, und ein paar Jahre nach seiner Eröffnung hatte Stollwerck es wieder stilllegen müssen. Rückschläge, dachte Anne, hatte es also auch für ihn gegeben.

»Was für ein prachtvoller Arbeitsplatz«, stellte Marie beeindruckt fest, als sie einen Blick in das Gebäude warfen, in dem die Mitarbeiter an langen Tischen standen und ihrer Arbeit nachgingen.

»Wie ein Märchenschloss«, bekräftigte Anne. »Hier werden übrigens nicht nur Bonbons hergestellt, sondern auch Schokolade, Liköre und sogar das Kölnisch Wasser.«

»Stollwerck hat auch das Kölnisch Wasser erfunden?«

Anne schüttelte den Kopf. »Das nicht, aber er stellt es her.«

»Was stellt er eigentlich nicht her?«, fragte Marie beeindruckt.

»Ja, Stollwerck ist schon lange nicht mehr nur eine Bonbon- und Schokoladenfabrik«, sagte Anne. »Aber wie es dazu kam, dass Stollwerck auch Kölnisch Wasser verkaufte, das musst du Fritz fragen, der weiß das.«

»Mache ich«, sagte Marie. »Und ich würde zu gern ein Duftwasser kaufen.«

»Das machen wir dann aber nicht hier, sondern direkt in der Glockengasse, dem Stammhaus von 4711. Wenn wir Glück haben, ist meine Schulfreundin da. Sie heißt fast wie du, Maria.«

»Arbeitet sie dort?«

»Nein«, antwortete Anne schmunzelnd. »Besser. Sie hat den Erben von 4711 geheiratet.«

»Und das sagst du mir erst jetzt?«, rief Marie entzückt.

»Ehrlich gesagt habe ich auch nicht mehr daran gedacht«, gestand Anne. »Die beiden haben kurz nach dem Tod meiner Eltern geheiratet. Weshalb ich auch nicht zur Hochzeit gegangen bin.«

»Oh«, machte Marie. »Verstehe. Ist es für dich trotzdem in Ordnung, wenn wir sie besuchen?«

»Aber natürlich«, versicherte Anne. »Ich freue mich darauf.«

»Dann komm«, entschied Marie ungeduldig. »Ich kann es kaum erwarten. Und hier haben wir ja nun alles gesehen.«

• • •

Anton schäumte vor Wut, als er am späten Vormittag in die Bonbonkocherei stürzte. »Hinner«, schnauzte er seinen verdutzten Mitarbeiter an. »Holen Sie meine Schwester.«

Hinner legte sofort seine Arbeit zur Seite, doch Anton ging das nicht schnell genug. »Ach was«, rief er ungeduldig und stürzte wieder hinaus. »Ich hole sie selbst.«

Er fand Käthe wie erwartet im Kontor vor. »Anton«, sagte sie aufblickend. »Schau mal, ich …« Doch als sie die Miene ihres Bruders sah, fügte sie hastig hinzu: »Ich glaube, ich erkläre dir das ein andermal. Was ist denn passiert?«

»Etwas wirklich Dummes«, sagte er. »Alle unsere Überlegungen hinsichtlich neuer Automaten, die ich mit deinem Mann angestellt habe, können wir erst mal vergessen. Wir haben jetzt andere Sorgen.«

»Aber was ist denn los?«, fragte Käthe noch einmal, erhob sich besorgt, umrundete ihren Schreibtisch und steuerte auf Anton zu.

»Komm mit«, sagte er. »In die Bonbonküche. Ich will es allen auf einmal sagen.«

»Was um alles in der Welt ist denn passiert?«

»Das wirst du gleich erfahren. Wir gehen jetzt nach unten, und dann berichte ich.«

Mit diesen Worten stapfte der Fabrikdirektor, gefolgt von Hinner, zur Tür hinaus.

Kapitel 42

Köln & Werther, Februar 1912

Wenig später steuerten Anne und Marie auf das elegante Gebäude mit den hohen Arkaden in der Glockengasse zu. Sie wollten das Ladengeschäft gerade betreten, als sie beinahe mit einer dunkelhaarigen, zierlichen und sehr elegant gekleideten Dame zusammenstießen, die im Begriff war, das Gebäude zu verlassen.

»Entschuldigung«, setzte die Frau an, dann weiteten sich ihre Augen, und sie sah Anne verblüfft an, um sie im nächsten Moment begeistert in ihre Arme zu ziehen. »Anne Dunst, bist du es wirklich?«, jubelte sie.

»Ja und nein«, erwiderte die lachend. »So viel und so wenig, wie du Maria Stockhausen bist.«

»Du hast geheiratet?«, riet Maria.

»Ja, das habe ich«, bestätigte Anne.

»Und ein Kind bekommst du auch, wie ich sehe«, sagte Maria mit Blick auf den Bauch ihrer einstigen Schulfreundin. »Oh, Anne, ich freue mich, dass sich dann doch alles so gut für dich gefügt hat, nachdem …«

Sie stockte und biss sich auf die Lippen.

»Nachdem meine Eltern gestorben sind«, ergänzte Anne. »Ja, ich habe wieder ins Leben gefunden. Und Fritz auch.« Sie deutete auf Marie, die die Szene gespannt verfolgt hatte. »Darf ich dir meine Schwägerin vorstellen?«

»Fritz hat ebenfalls geheiratet?«, staunte die lebhafte Maria. »Nein, wie ich mich freue.« Begeistert schüttelte sie Marie die Hand.

Dann sah sie Anne fragend an. »Ist unsere Begegnung Zufall, oder wolltest du, was ich hoffe, zu mir?«

»Letzteres«, sagte Anne. »Und meine Schwägerin wollte auch gern ein Fläschchen Kölnisch Wasser erwerben.«

»Wie wundervoll!«, rief Maria und bestimmte: »Dann bleibt ihr zum Mittagessen. Ich gebe gleich der Köchin Bescheid. Das Mädchen wollte ohnehin gerade noch einholen gehen.«

»In die neue Markthalle?«, fragte Anne, die den Bau des prachtvollen Gebäudes am Heumarkt noch verfolgt hatte.

Doch Maria schüttelte ein wenig abfällig den Kopf. »Nein, unsereins geht nicht in die Markthalle. Wir Kölner kaufen lieber auf den alten und neuen Wochenmärkten.«

Anne nickte. »Aber wir wollen keine Umstände machen. Und außerdem … du wolltest doch ganz offensichtlich gerade einige Besorgungen machen?«

Fast schon ungeduldig winkte Maria ab. »Das ist jetzt wirklich nicht wichtig, wo ich doch meine liebe alte Freundin wiedersehe.«

•••

»Hier!«, schnaubte Anton, griff in seine Hosentaschen und schleuderte zwei Handvoll Bonbons auf den Packtisch. Sie waren in Goldpapier eingewickelt, auf dem stand: »Feinstes Sahnekaramell«.

»Das sind doch meine Bonbons«, rief Fritz erstaunt.

Anton schüttelte den Kopf. »Das«, sagte er und deutete auf die Bonbons wie auf ein seltenes und besonders widerliches Insekt, »sind nicht deine Bonbons. Und auch nicht meine.«

»Sie sehen aber aus wie unsere«, bemerkte Fritz.

»Sieh mal genauer hin«, schnauzte Anton.

Doch Hinner hatte den Unterschied bereits entdeckt: »Da steht *feinste*. Und auf unseren steht *feine*.«

»Ganz genau. Was impliziert, dass diese Bonbons hier noch besser sind als unsere. Und obendrein sind sie auch noch billiger. Nun ratet, wonach der Kunde greift, wenn er feinste statt feine Bonbons zu einem günstigeren Preis bekommen kann?«

Norbert stöhnte auf. »Uns hat jemand kopiert.«

»Allerdings.« Anton nickte finster. »Die Bonbons stehen in allen Geschäften, direkt neben unseren. Ich habe das heute Morgen entdeckt. Gestern Abend hat Käthe mich darauf aufmerksam gemacht, dass die Umsätze seit zwei Wochen rückläufig sind, und ich wollte mich erkundigen, woran das liegen könnte. Jetzt habe ich die Antwort.«

Empörtes Gemurmel wurde in der Bonbonkocherei laut.

»Was für eine bodenlose Unverschämtheit! Was für eine Frechheit«, ächzte Fritz, der kreidebleich geworden war.

»Haben Sie die Bonbons denn schon einmal probiert?«, mischte sich Barbara ins Gespräch.

»Wie?!« Anton fuhr herum. »Ich probiere doch dieses Zeug nicht!«, spie er ihr entgegen.

»Ent …entschuldigung«, stammelte die arme Barbara.

»Sie müssen sich nicht entschuldigen«, sagte Anton rasch. Er musste sich wirklich wieder unter Kontrolle bekommen. Es konnte nicht angehen, dass er alle um sich herum derart schlecht behandelte – zumal sie es ja alle gut mit ihm meinten und keiner etwas für diese unglückselige Angelegenheit konnte. »Ich bin es, der sich entschuldigen muss«, fuhr er an die betroffene Arbeiterin gewandt fort. »Ich hätte Sie nicht so angehen dürfen. Und Sie haben ja recht: Nur, wenn wir wissen, wie es schmeckt, wissen wir, womit wir es zu tun haben. Ich schlage vor: Wir nehmen uns jeder ein Bonbon. Und dann probieren wir es alle gleichzeitig.«

»So haben Anne und ich es auch immer gemacht«, sagte Fritz. »Immer gleichzeitig, auf drei.«

»Also dann.« Anton machte eine einladende Geste. Jeder der Mitarbeiter griff nach einem der Bonbons. Knistern war zu hören. Alle legten ihre Papierchen wieder auf den Tisch und hielten das ovale Bonbon, das wirklich genau so aussah wie jene, die Fritz herstellte, in der Hand.

»Auf drei«, sagte Anton und steckte sich das Bonbon in den Mund. Die anderen taten es ihm nach.

…

Anne staunte. »Was du für ein wundervolles Zuhause hast,

meine Liebe«, sagte sie und sah sich in der großzügigen und lichtdurchfluteten Wohnung ihrer Freundin um, die einen fantastischen Ausblick auf den Kölner Dom erlaubte. »So elegant.«

»Ja«, strahlte Maria. »Mein Mann hat mir völlig freie Hand gelassen. Wir haben uns ganz neu eingerichtet, als wir vor drei Jahren hier eingezogen sind.« Sie führte ihre Gäste in das Speisezimmer, dessen Wände mit einer zart gemusterten Tapete geschmückt waren. In der Mitte stand ein großer, ovaler Tisch mit geschwungenen Beinen, darum herum gruppierten sich passende Stühle, die mit dem Stoff bezogen waren, aus dem auch die Vorhänge gefertigt waren. Auf einem kunstvoll gearbeiteten Konsolentisch stand ein gewaltiges Blumenbouquet.

»Setzt euch«, bat Maria ihre Gäste. »Mein Mann müsste auch jeden Moment …«

Da wurde auch schon die Tür geöffnet, und ein stattlicher, großer Herr mit kräftigem dunklen Haar und gewaltigem zeitgemäßen Schnauzer betrat das Zimmer. Als er Anne erblickte, strahlte er. »Das ist ja eine Überraschung«, rief er und eilte auf sie zu, um sie zur Begrüßung rechts und links auf die Wange zu küssen. »Man sagte mir zwar, dass wir Besuch haben, aber dass du es bist … das hätte ich nie zu träumen gewagt. Du musst mir alles erzählen.«

Dann wandte er seine Aufmerksamkeit Marie zu, die nun von Anne eilends vorgestellt wurde. »Ich freue mich sehr, dass Fritz auch sein Glück gefunden hat«, versicherte Peter Paul Mülhens. »Das nächste Mal müsst ihr ihn mitbringen.«

Das Essen war köstlich und Anne im Glück. Es schmeckte nach Kindheit! Es gab, typisch für Köln, Gulaschzupp, Suurbrode met Ädäppelsklöös un rude Kappes – Sauerbraten mit Kartoffelklößen und Rotkohl – und zum Nachtisch Rievkoche – Reibekuchen. Während sie es sich schmecken ließen, berichtete Anne, die die Liebesgeschichte zwischen ihrer Freundin und deren jetzigem Mann von Anfang an miterlebt hatte, wie es ihr in all den Jahren ergangen war.

»Der Tod deiner Eltern und kurz darauf auch deiner Großmutter tut mir von Herzen leid«, sagte Peter.

»Danke«, erwiderte Anne. »Es war eine sehr schwere Zeit. Aber nun habe ich wieder Hoffnung gefasst, ein neues Zuhause und mein großes Glück gefunden.«

Peter nickte und schickte ihr ein aufmunterndes Lächeln. »Das freut mich. Sehr.«

»Annes Schwägerin möchte nachher noch einen Flakon erstehen«, sagte Maria in das kurze Schweigen hinein.

»Das kommt ja überhaupt nicht infrage«, polterte Peter. »Wir werden ihn ihr selbstverständlich schenken.«

»Das …«, wollte Marie gerade ablehnen, doch Peter drohte ihr scherzhaft mit dem Finger.

»Keine Widerrede! Wir können uns das leisten.«

»Vielen Dank«, erwiderte Marie etwas verlegen. »Ihr Geschäft scheint gut zu florieren.«

»Das will ich meinen«, bestätigte Peter zufrieden. »Und das alles haben wir meinem Urgroßvater Wilhelm und meiner Urgroßmutter Catharina zu verdanken. Alles begann damals, als Napoleon das Rheinland unterwarf und Köln plötzlich zu Frankreich gehörte.«

»Unglaublich, wenn man sich das vorstellt«, murmelte Anne. »Plötzlich ist alles französisch.«

»Ja, das muss auch sehr schwer gewesen sein. Aber mein Urgroßvater hat es zu nutzen gewusst.«

»Inwiefern?«, hakte Marie nach.

»Nun, mit den Eroberern kam auch der Code civil, das französische Recht, in die Stadt. Das brachte im wahrsten Sinne Freiheit, Gleichheit und Brüderlichkeit.«

»Und in der Zeit hat Ihr Urgroßvater dann das Kölnisch Wasser erfunden?«, erkundigte sich Marie.

»Nein«, erwiderte er und schüttelte den Kopf. »Sein Nachbar, Johann Maria Farina, hatte das Eau de Cologne erfunden und wurde damit sehr erfolgreich.«

Er kniff für einen Moment die Lippen zusammen, als würde ihn dieser Umstand unglaublich verärgern, und verfiel in Schweigen.

Hastig ergriff nun seine Frau das Wort: »Wenn man auf dieses Kapitel der Geschichte in unserer Familie auch nicht sehr stolz ist: Wilhelm und Catharina stellten ebenfalls ein Eau de Cologne her und bedienten sich dafür nicht nur Farinas Idee, sondern auch seines inzwischen berühmten Namens: Sie erwarben die Namensrechte von einem ahnungslosen Mönch, der ebenfalls Farina hieß.«

»Da haben sich die echten Farinas sicherlich sehr geärgert«, vermutete Marie.

»In der Tat«, bestätigte Maria. »Das war der Auftakt für einen Rechtsstreit zwischen beiden Familien, der Jahrzehnte andauern sollte.«

»Ach, du lieber Himmel«, sagte Anne, die die Geschichte

bislang ebenfalls noch nicht kannte. Da sie bemerkte, wie unangenehm Peter das Thema zu sein schien, fragte sie in dem Versuch, das Gespräch in eine andere Richtung zu lenken: »Und wann hat deine Familie dieses Haus erworben?«

Fast dankbar sah er sie an. »Schon von den ersten Gewinnen«, sagte er. »Und sie eröffneten hier auch gleich das Geschäft, durch das ihr vorhin gekommen seid.«

»Die Lage ist ja wirklich hervorragend, kein Wunder, dass Ihr Laden so gut besucht ist«, erkannte Marie.

»Ja – auch als meine Urgroßeltern es kauften, war es schon ideal gelegen: Damals befand sich die Pferdepost genau gegenüber, und immer wieder kamen erschöpfte Damen an. Meine Urgroßmutter war eine brillante Verkäuferin und erklärte den Damen, ihr Eau de Cologne sei der perfekte Reisebegleiter. Man könne den eigenen Körper damit erfrischen oder, wenn ein Mitreisender in der Kutsche unangenehm transpiriere, ein getränktes Tuch unter die Nase halten. Und sogar: Biete einem jemand ein Getränk an, von dessen Sauberkeit man nicht überzeugt ist, solle man einfach einen Schuss Kölnisch Wasser hineingeben, das desinfiziere alles. Von da an war der Siegeszug nicht mehr aufzuhalten. Selbst Größen wie Goethe und Wagner waren von unserem Eau de Cologne regelrecht betört.«

Peter war richtig in Fahrt gekommen, und ihm war deutlich anzumerken, wie stolz er auf das Vermächtnis und den Geschäftssinn seiner Urgroßeltern war, auch wenn diese sich dafür der Idee ihres Nachbarn bedient hatten.

»Und seither verkaufen Sie hier tagein, tagaus Ihr Parfüm?«, fragte Marie.

Peter nickte. »Wobei uns dieser Standort nicht mehr ausreicht, wir haben jüngst in Köln-Ehrenfeld neue Produktionshallen errichtet, halten unser Stammhaus aber natürlich trotzdem weiter.«

»Und wie entstand die Idee mit der Nummer? Warum heißt es 4711?«, erkundigte sich Anne neugierig.

»Auf die Idee kam mein Vater Ferdinand«, ließ Peter wissen. »Wir durften den Namen Farina nicht mehr weiterführen. Und da machte mein Vater aus der Not eine Tugend. Er benannte das Eau de Cologne nach der Hausnummer, die unser Gebäude in der Franzosenzeit trug: 4711.«

»Die Franzosen hatten die Häuser nicht Straßen zugeordnet, sondern sie einfach durchnummeriert«, warf Anne erklärend an Marie gewandt ein.

Marie nickte.

»Und damit nicht genug: Ferdinand erfand auch die Geschichte eines schneidigen französischen Offiziers, der nach Köln eingaloppiert ist und die 4711 an die Hauswand gepinselt hat. Diese Geschichte wurde zur Werbeikone und 4711 die erste Zahl, die jemals als Marke eingetragen wurde. Vor allem im Ausland sollte uns das große Vorteile bringen, schließlich muss eine Nummer nicht übersetzt werden. So gelang es uns, beinahe in die ganze Welt zu expandieren, sodass mein Vater das Zepter zur Jahrhundertwende guten Gewissens an mich weitergeben konnte«, fuhr Peter fort. Er nahm die Hand seiner Frau und drückte sie zärtlich. »Und mit Maria habe ich mein persönliches Glück gefunden, denn die liebe ich sogar noch mehr als das Kölnisch Wasser.«

»Und das will was heißen«, sagte Maria mit liebevollem

Spott. »Mein Mann hat sich ein dampfbetriebenes Auto gekauft und den Wassertank mit unserem Duftwasser füllen lassen.«

»Das ist doch die beste Werbung überhaupt«, lachte der. »Die ganze Stadt duftet nach Kölnisch Wasser, wenn ich vorbeifahre.«

Anne aber sah das Ehepaar nachdenklich an. Aus beruflicher Sicht hatte sich ihre Reise nach Köln gelohnt. Zum einen, weil sie auf die Idee mit dem Schokoladenkaramell gekommen war. Und zum anderen, weil sie begriffen hatte, wie wichtig Werbung und Marketing waren. Der Schachzug mit der Nummer 4711 in Verbindung mit der spannenden Geschichte der französischen Besetzung war genial. Und Peter Paul Mülhens' Idee, Duftwasser in den Tank zu füllen, war es auch.

Kapitel 43

Werther, Februar 1912

Angewidert sahen sich die Mitarbeiter der Zuckerwarenfabrik Werther an, verzogen die Gesichter, griffen nach den auf dem Tisch liegenden Bonbonpapierchen und spuckten ihre Sahnekaramells wieder hinein.

»Wir sind nun natürlich nicht objektiv«, ließ sich Anton pragmatisch vernehmen. »Aber ich denke, das merkt jeder, dass das hier kein Vergleich ist zu Fritz' Karamellbonbons.«

»Und das wird auch der Kunde erkennen«, war sich Hinner Tombroke sicher.

»Offenbar nicht, schließlich gehen die Umsätze ja zurück. Und zwar ordentlich«, wandte Käthe ein.

»Sie werden sich auch wieder steigern«, beharrte Hinner. »Das ist doch vollkommen klar, dass die Käufer nun erst mal nach dem neuen Produkt gegriffen haben. Zum einen eben deshalb, weil es neu ist, aber auch, weil es billiger und dem Namen nach hochwertiger ist als das unsere. Wenn sie aber merken, wie groß der Qualitätsunterschied ist …«

»Aber werden sie das wirklich merken?«, fragte Anton

bedrückt und sah seine inzwischen zwanzig Mitarbeiter, die da um den Tisch versammelt standen, der Reihe nach an. »Wir alle wollten doch gar nicht, dass uns das hier schmeckt«, sagte er. »Wie du schon sagtest, wir sind nicht objektiv. Außerdem haben wir alle feine und geschulte Geschmacksnerven. Ob die Käufer wirklich genauso wählerisch sind? Oder ist für sie einfach nur wichtig, dass es süß schmeckt?«

»Das glaube ich nicht, wirklich nicht!«, sagte Hinner, doch Anton hatte den Eindruck, dass er ihn nur trösten wollte. Auch die anderen Mitarbeiter beteuerten zwar, dass man den Unterschied wirklich schmecke – aber war das nicht nur Wunschdenken?

Der Einzige, der seine Sorgen zu teilen schien und auch keinen Versuch unternahm, sich die Situation schönzureden, war Fritz. Sein Schwager starrte betrübt auf den Boden. Erst jetzt fiel Anton auf, dass er, seit sie die Bonbons probiert hatten, keinen Ton gesagt hatte.

»Ich gehe jetzt zu Norbert auf den Hof, um ihm alles zu berichten«, sagte Anton kurz darauf. »Wir werden uns Gedanken darüber machen, wie es weitergeht und welche Konsequenzen wir aus den Ereignissen ziehen. Fritz, würdest du mich begleiten?«

Der schien wie aus einem Traum zu erwachen und fuhr zusammen. »Wie?«

»Ich glaube, eine kleine Pause könnte dir guttun, du scheinst regelrecht unter Schock zu stehen.«

»Ja«, sagte Fritz langsam und zog sich die Schürze aus, um

sie an den Haken zu hängen, den er jedoch immer wieder verfehlte. Erst beim dritten Versuch klappte es.

»Du bist ja vollkommen durcheinander«, sagte Anton, als sie sich Seite an Seite auf den Weg zum Wulfhorst-Hof machten.

»Ja«, stieß Fritz, die Hände tief in den Jackentaschen vergraben und auf seine Fußspitzen starrend, hervor. Anton kannte diese Körperhaltung von seinem Schwager schon. Anfangs hatte er sie ständig eingenommen, doch je mehr Selbstsicherheit er gewonnen hatte, desto besser war es geworden.

Plötzlich und unvermittelt blieb Fritz stehen, sah auf und sah Anton mit einem Blick an, der von derart glühender Leidenschaft war, wie Anton sie in dem sonst immer schüchternen und zurückhaltenden Fritz nie vermutet hätte.

»Mich kränkt das. Zutiefst. Es tut mir weh!«, stieß er hervor. »Dass jemand meine und Annes Idee einfach … einfach klaut, um sich daraus einen Vorteil zu verschaffen.«

Anton nickte langsam. »Ja«, sagte er. »Ich verstehe dich. Mich macht es eher wütend, als dass es mich schmerzt, aber dass es dich als Schöpfer und, ich möchte sagen, Künstler noch auf eine ganz andere Weise trifft, das kann ich mir vorstellen.«

Anteil nehmend, legte er dem anderen die Hand auf die Schulter. Mit zusammengekniffenen Lippen sah Fritz ihn an. An seiner Schläfe pochte eine Ader. »Glaub mir, Schwager«, sagte er. »Ich bin nicht nur verletzt. Ich bin auch wütend. So wütend wie noch nie in meinem Leben. Wir werden herausfinden, wer das getan hat. Und dann … und dann … und dann …« Er ballte die Hände zu Fäusten.

»Und dann werden wir sie zur Rechenschaft ziehen. Das verspreche ich dir«, sagte Anton und verstärkte den Druck auf Fritz' Schulter in der Hoffnung, das könne den anderen etwas beruhigen. Er war ja selbst außer sich vor Zorn, aber Fritz machte ihm wirklich Angst. Er durfte jetzt nichts Unüberlegtes tun! Hatte er nicht irgendwo einmal gelesen oder gehört, dass gerade sehr introvertierte Menschen wie Fritz umso heftigere Wutausbrüche haben konnten?

Es wurde wirklich Zeit, dass Marie zurückkam, der würde es gelingen, ihren Mann zu beruhigen. Und er selbst konnte etwas weiblichen Trost auch vertragen.

»Fritz«, sagte er eindringlich. »Bitte tu nun nichts Unüberlegtes. Wir werden gegen diese Sache vorgehen. Mit aller Härte. Aber so, dass wir uns dabei selbst nichts zuschulden kommen lassen.«

Fritz nickte, starrte dabei aber auf seine Schuhspitzen.

»Bitte, sieh mich an.«

Widerwillig hob Fritz seinen Blick. »In Ordnung«, sagte er dann leise. »Ich verspreche es dir.«

…

»Wann kommen sie denn endlich? Der Zug hat nun schon eine halbe Stunde Verspätung!« Ungeduldig trat Anton von einem Bein auf das andere. »Was diese Eisenbahngesellschaft sich nur denkt! Wir haben noch so viel zu erledigen.«

»Ich mache mir mehr Sorgen, wie Anne auf diese Sauerei reagiert«, sagte Fritz. »In ihrem Zustand.«

In diesem Moment trat ein Schaffner mit ernster Miene auf sie zu.

»Warten Sie auf den Zug aus Köln?«

»Ja!«, sagte Anton und spürte, dass sein Herz zu rasen begann. Weshalb blickte dieser Mann so seltsam drein? Hier stimmte doch etwas nicht!

Seine Vermutung sollte sich gleich darauf bestätigen: »Der Zug wird nicht kommen«, sagte der Schaffner. »Es gab einen Unfall. Der Zug ist entgleist und mit voller Geschwindigkeit in ein Waldstück gefahren.«

»Das kann nicht sein!«, rief Anton und packte den anderen an den Oberarmen. »Da sitzt doch meine Frau drin.«

»Und meine auch«, flüsterte Fritz. »Und seine Frau ist meine Schwester.«

Anton starrte ihn an. Auf der Stirn seines Schwagers hatten sich Schweißperlen gebildet. Dann wandte er sich wieder dem Schaffner zu, den er noch immer umklammert hielt.

»Es tut mir sehr leid, Herr Leyen«, sagte der Mann, der den bedeutenden Industriellen natürlich kannte.

»Gibt es … gibt es Tote?«, stieß Fritz hervor.

»Das weiß ich leider nicht«, sagte der Schaffner entschuldigend. »Ich weiß nur, dass der Zug entgleist ist.«

»Und wo?«, rief Anton. »Wo ist das passiert?«

»Bei Gütersloh«, erwiderte der Mann.

»Wir fahren hin!«, rief Anton und stürmte schon aus dem Gebäude. Fritz beeilte sich hinterherzukommen.

Anton fuhr wie der Teufel, und als sie eine halbe Stunde später in Gütersloh ankamen, mussten sie nicht lange suchen, um die Stelle zu finden, an der der Zug verunglückt war.

»Um Himmels willen!«, ächzte Fritz und starrte entsetzt auf die Unfallstelle. Rettungssanitäter versorgten Verletzte, Menschen weinten und schrien, andere lagen leblos auf dem Boden. All das vor der skurrilen Kulisse des zu zwei Dritteln entgleisten Zuges, dessen vordere Waggons vollkommen zerknautscht an den Bäumen klebten. Teilweise waren die anderen Wagen umgekippt, teilweise standen sie noch in den Gleisen, als sei nichts geschehen. Ein eigenartiges Flirren lag über dem Ganzen.

»Anne!«, brüllte Anton nach Leibeskräften. »Marie!«

Fritz stimmte in seine Rufe ein und beobachtete gleichzeitig mit einem Auge die Polizisten. Er rechnete damit, dass man sie zurechtweisen und zurückhalten würde, doch keiner schien von ihnen Notiz zu nehmen.

»Du gehst da lang«, wies Anton seinen Schwager an und deutete auf den hinteren Zugteil, der noch auf den Gleisen stand. »Und ich schaue hier vorne nach.«

»Willst du dir das wirklich antun?«, fragte Fritz in namenlosem Entsetzen. »Wenn sie tatsächlich da vorne drinsaßen …«

»Wenn sie da vorne drinsaßen, dann ist mein Leben ohnehin zu Ende«, murmelte Anton und machte sich auf den Weg.

In tiefster Verzweiflung ging er von Wagen zu Wagen, und bei jeder Frau mit rötlichem Haar fürchtete er, dass es Anne sein könnte. Was er sah, war entsetzlich. Die Toten blickten mit starren Augen gen Himmel, teilweise waren ihnen die Gliedmaßen abgerissen worden, die nun verstreut auf dem Waldboden lagen. Anton schluchzte auf. Die Tränen rannen ihm in wahren Sturzbächen über das Gesicht, ebenso wie den anderen Menschen, die hier halfen, bargen, nach Überlebenden suchten. Irgendwann hatte er den letzten Waggon erreicht. Und weder Anne noch Marie gefunden. Das konnte doch nur bedeuten, dass sie in den hinteren Wagen gesessen hatten, oder? Dann hatte Fritz sie sicher ausfindig gemacht. Dann ging es ihnen gut. Doch in diesem Moment sah er seinen Freund auf sich zukommen. Allein. Und dann riefen sie wie aus einem Mund: »Hast du sie gefunden?«

Sie blieben noch bis in die frühen Abendstunden am Unglücksort in der Hoffnung, ihre Frauen zu finden. Doch von Anne und Marie fehlte jede Spur. »Manche Reisende sind durch den Aufprall weit fortgeschleudert worden«, erklärte ihnen ein erschöpft aussehender Polizist, der sich ihrer inzwischen angenommen hatte. Dann empfahl er: »Fahren Sie nach Hause. Sie können hier nichts weiter tun.«

»Aber …«, begehrte Anton auf.

»Fahren Sie nach Hause«, wiederholte der Mann. »Vielleicht wartet dort bereits eine Nachricht auf Sie. Und sobald wir etwas Neues wissen, melden wir uns umgehend bei Ihnen.«

Kapitel 44

»Da sind sie!«, rief Anne aufgeregt und winkte ihre Schwägerin zu sich ans Fenster.

Auch Marie sah hinaus. Anton und Fritz stiegen gerade aus Antons Wagen, beide natürlich mit Hut und Anton obendrein mit einem modernen Gehstock, den er seit dem Feuer stets zur Unterstützung seines verletzten Beines mit sich führte, in ihre langen Mäntel gehüllt.

»Stattlich sind sie«, fand Marie, und Anne dachte, dass ihre Schwägerin recht hatte. Ja, ihr quirliger und sprudeliger Ehemann sah aus wie ein sehr bedeutsamer Herr, der es im Leben zu etwas gebracht hatte. Und der eigentlich so schüchterne Fritz wirkte sehr viel selbstsicherer – was nicht nur an dem feinen Zwirn lag, in den seine Frau ihn immer steckte.

Voller Liebe blickte Anne auf diese beiden wichtigsten Männer in ihrem Leben, die sie ihrerseits noch nicht entdeckt hatten und nebeneinander auf das Haus zusteuerten. Doch dann stutzte sie. »Was machen die denn für Gesichter?«

Auch Marie sah nun genauer hin. »Stimmt«, sagte sie. »Ich weiß nicht, ob ich einen von beiden je zuvor mit einer solchen Miene gesehen habe.«

Anne fühlte sich auf unheimliche Weise an den zweiten Teil ihrer Hochzeit erinnert, und ein Gefühl drohenden Unheils beschlich sie. »Hoffentlich ist nichts Schlimmes passiert.«

»Das werden wir gleich erfahren«, erwiderte Marie und öffnete die Tür zur Eingangshalle, die in diesem Moment auch Anton und Fritz betraten. Als sie die beiden Frauen erblickten, standen sie einen Moment lang wie erstarrt. Dann brüllte Anton »Anne!«, stürzte auf sie zu, riss sie in seine Arme und brach in Tränen aus. »Anne! Meine liebe, wundervolle Anne! Du lebst!«

Aus dem Augenwinkel beobachtete die vollkommen verdatterte Anne, dass auch Fritz seine Marie schluchzend in den Armen hielt, bevor er sich nun auch ihr zuwandte und sie an sich zog, obgleich Anton sie noch gar nicht losgelassen hatte.

»Aber natürlich lebe ich!«, sagte Anne. »Wieso sollte ich denn nicht leben?«

»Der Zug aus Köln, mit dem ihr fuhrt – oder fahren wolltet –, ist entgleist«, stammelte Anton.

»Wie bitte?« Erschrocken schlug Anne sich die Hand vor den Mund.

»Wir haben am Bahnhof auf euch gewartet, und als der Zug nicht kam, hat man uns von dem Unglück berichtet. Wir sind sofort aufgebrochen und zur Unfallstelle gefahren. Stundenlang haben wir nach euch gesucht … aber wir konnten euch nicht finden … ihr wart …!«, haspelte Anton.

»Natürlich nicht«, ließ sich nun Marie vernehmen. »Wir

saßen ja auch gar nicht in dem Zug. Habt ihr unsere Depesche nicht erhalten?«

Anton und Fritz wechselten einen verwunderten Blick. »Nein.«

»Meine alte Schulfreundin Maria hat uns mitgenommen«, erklärte sie. »Sie hatte hier in der Nähe zu tun und fährt ein sehr schickes Auto, in dem wir mitfahren durften.«

»Was für ein Glück. Was für ein unglaubliches Glück«, flüsterte Anton und zog seine Frau erneut in die Arme.

Wenig später saßen sich die beiden Paare auf den Sofas vor dem Kamin gegenüber. Anton und Fritz standen immer noch vollkommen neben sich. Und auch bei Anne und Marie hatte die Erkenntnis, was sie für ein unfassbares Glück gehabt hatten, langsam eingesetzt.

»Aber jetzt erzählt doch mal, wer diese Schulfreundin ist, die euch mit dem Auto hergebracht und euch damit das Leben gerettet hat«, forderte Anton.

»Ist es nicht unglaublich, dieser Zufall?«, fragte Anne. »Marie bat mich, dass wir ihr ein Fläschchen 4711 besorgen, bevor wir die Heimreise antreten. Da fiel mir wieder ein, dass Maria doch kurz nach dem Tod unserer Eltern den Besitzer der Fabrik 4711 geheiratet hat. Erinnerst du dich, Fritz, dass ich damals zu erschüttert und selbst noch zu schwach war, um an der Feier teilzunehmen? Seitdem hatte ich Maria nicht mehr gesehen, also entschieden wir, ihr einen Besuch abzustatten. Es war die beste Idee unserer Reise. Wir haben uns ganz famos unterhalten – es war wie früher. Und nächstes Mal sollen wir euch beide mitbringen.«

»Du hast Kontakte zum Fabrikanten von 4711? Das hast du mir ja gar nicht erzählt!«, rief Anton, der sich natürlich auch für andere Fabrikationen und deren Geschichte interessierte, während Fritz im gleichen Moment fragte: »Wie geht es ihr?«

»Gut! Und ich habe selbst so lange nicht an Maria und Peter gedacht, sonst hätte ich dir sicherlich von den beiden erzählt, mein liebster Anton. Aber nun lass uns von etwas anderem reden«, sagte Anne. »Erzählt uns, was sich während unserer Abwesenheit hier in Werther ereignet hat. Haben wir etwas verpasst?«

Anton und Fritz wechselten einen betretenen Blick und schwiegen, und sofort spürte Anne, dass sie mit ihrem Scherz ins Schwarze getroffen hatte.

»Anton Leyen!«, rief Anne empört. »Du sagst mir jetzt sofort, was los ist!«

»Also schön.« Fritz kramte umständlich in seiner Jackentasche und zog ein Bonbon hervor. »Eine neue Kreation?«, fragte Anne und steckte es erwartungsvoll in den Mund. Gleich darauf erstarrten ihre Gesichtszüge. Sie schluckte hastig, dann sagte sie: »Es tut mir leid, dir das sagen zu müssen, Fritz, aber es schmeckt scheußlich.«

»Das will ich meinen«, sagte ihr Bruder zufrieden. »Es ist auch nicht von mir.«

In knappen Worten schilderten Anton und Fritz ihren Frauen, was sich ereignet hatte, und Anton schloss mit den Worten: »Sosehr ich mich darüber echauffiert habe – seit der Sache mit dem Zugunglück ist mir das völlig egal.«

»Ja, auch ich will mir gar nicht vorstellen, was hätte passieren können, wenn wir nicht auf Maria getroffen wären. Aber wir sind sicher wieder hier, und es geht uns allen gut. Und jetzt müssen wir euch von den Erkenntnissen erzählen, die wir bei unserem Besuch in Köln erlangt haben.«

Fragend sahen die beiden anderen sie an, während Marie wissend nickte.

»Wusstet ihr, dass das Kölnisch Wasser eigentlich eine ganz andere Firma erfunden hat? Oder besser: ein Mann namens Farina. Er war der Nachbar der Familie Mülhens.«

»Ja, das wusste ich«, sagte Fritz stirnrunzelnd. »Oma Margarethe hat es mal erzählt und deshalb aus Protest kein Kölnisch Wasser dort gekauft.«

»Das ist die Mutter unseres Vaters«, merkte Anne erklärend an. »Sie starb schon, als wir noch Kinder waren.«

»Und heute spricht jeder von 4711, während Farina kaum noch jemand kennt«, sagte Anton grimmig. »Das darf uns nicht passieren.«

»Das wird es nicht«, erwiderte Anne bestimmt. »Denn 4711 war kein billiges Imitat – im Gegensatz zu diesen Bonbons.« Mit einer verächtlichen Geste deutete sie auf den Tisch. »Es hat durch Qualität überzeugt. Aber es gibt einen weiteren Grund, warum 4711 so bekannt geworden ist.«

Sie erzählte ihrem Mann und ihrem Bruder, wie Marias Schwiegervater auf die Nummer 4711 gekommen war und welche Geschichte er damit verbunden hatte. »Ich glaube, das ist ganz wichtig«, sagte sie. »Dass hinter dem Produkt eine Geschichte steht, die wir erzählen können und die sich in den Köpfen verankert. Eine Geschichte, die Emotionen aufbaut und den Menschen diese vermittelt. In unserem Fall müssen die Leute erfahren: Nur, wenn sie unsere Bonbons essen, werden sie glücklich.«

»Hm«, machte Anton nachdenklich. »Das ist wirklich gut. Aber unser Konkurrent weiß das auch.« Wieder deutete er auf die Bonbons. »Oder was glaubt ihr, warum er *feinste* auf die Verpackung hat drucken lassen? Das soll aussagen, er ist besser als wir.«

»Dann müssen wir klarmachen, dass unsere Bonbons und nicht die unserer Nachahmer die echten sind. Es muss deutlich sein, dass alles andere nur eine billige Kopie ist. Wir brauchen einen unverwechselbaren Namen, in dem all die Liebe und Leidenschaft zum Ausdruck kommt, die wir mit diesem Produkt verbinden«, sagte Anne.

Wie elektrisiert sah Anton sie an. Dann sprang er auf und fuhr sich durch die Haare, die sogleich wieder in alle Richtungen abstanden.

»Das ist es.«

»Was?«, fragte Anne verwirrt, und auch Marie und Fritz schienen nicht zu wissen, worauf er hinauswollte. »Du hast das Wort, auf das es ankommt, schon gesagt: Liebe! Unsere Bonbons sind *echt* und mit Liebe gemacht. Weil sie nach dem Originalrezept produziert werden, das wir selbst und mit größter Sorgfalt entwickelt haben, mit eigenen Zutaten, aus eigener Herstellung. Alles, was darinsteckt, ist gut und von höchster Qualität. Liebevoll zusammengestellt eben.«

»Das ist gut«, ließ sich jetzt auch Marie vernehmen. »Und andererseits auch nicht. Du kannst ein Bonbon ja nicht *liebevoll* nennen.«

»Nein«, stimmte Anton zu. »Das ist nur ein Zusatz.«

»Zu was?«, fragte Anne.

»Zum Sahnekaramell.«

»Geliebtes Sahnekaramell?«, fragte Fritz. »Das klingt nach einer Produktbeschreibung, nicht nach einem Namen.«

»Ich hab's!«, rief Anton da und starrte Anne an. »Was haltet ihr von *Annes Liebe*?«

Kapitel 45

Werther, Februar 1912

Anton erntete für seinen Vorschlag wahre Begeisterungsstürme. »*Annes Liebe*! Das ist es!«, rief Anne. »Bei einer unserer ersten Begegnungen hast du gesagt, dass du eines Tages ein Bonbon erfinden willst, das genau die Farbe meines Haars hat, wenn die Sonne daraufscheint.«

»Wie romantisch!«, rief Marie.

»Zwar habe nicht ich das Bonbon erfunden, sondern ihr beide«, Anton lächelte seiner Frau und seinem Schwager zu, »aber *Annes Liebe* passt trotzdem.«

»All das, was wir sagen wollen, steckt in diesem Namen«, fand nun auch Fritz.

»Wir sollten unbedingt mit Käthe sprechen«, überlegte Marie. »Als Künstlerin hat sie bestimmt Ideen für eine geeignete Gestaltung der Verpackungen.«

»Und auch der Reklame. Wir müssen viel mehr Reklame machen, das ist mir in Köln klar geworden. Die Menschen müssen sehen, dass es *das* eine originale Sahnekaramell gibt und wie es aussieht, sonst können sie es auch nicht von den Fälschungen unterscheiden.«

»Ja, das ist richtig«, bestätigte Anton. »Und in diesen Werbeanzeigen haben wir dann noch viel mehr Möglichkeiten zu transportieren, was wir sagen wollen. Mit Käthe können wir übrigens sehr bald sprechen, ich habe sie und Norbert für heute zum Abendessen eingeladen. Sie sind ja auch sehr neugierig auf das, was ihr in Köln erlebt habt.«

»Das ist ja wunderbar!«, rief Anne, während Marie fragte: »Was sagen die beiden denn überhaupt zu den Fälschungen?«

»Sie sind natürlich ebenso entsetzt und empört«, erwiderte Anton. »Und sie finden, dass wir das nicht auf uns sitzen lassen können.«

»Wollt ihr denn etwas dagegen unternehmen?«, fragte Marie und sah erst ihren Schwager und dann ihren Ehemann an. »Klage erheben?«

»Ich finde schon, dass wir das tun sollten«, sagte Fritz, und Anne warf ihrem Bruder einen überraschten Blick zu. Gut, sie hatten damals gestritten, als es darum ging, dass Anne ebenfalls in der Bonbonkocherei arbeiten wollte. Aber ansonsten war Fritz wirklich der friedliebendste Mensch, den sie kannte, und ging Konflikten eher zu häufig als zu selten aus dem Weg.

»Fritz ist ziemlich aufgebracht«, erklärte Anton an seiner statt. »Verständlicherweise. Schließlich ist es seine – oder besser *eure*«, er sandte seiner Frau einen liebevollen Blick, »Idee gewesen.«

Anne nickte. »Ja, ich finde es auch mehr als empörend«, bestätigte sie und sah ihren Bruder dann beinah entschuldigend an, bevor sie fortfuhr: »Aber dennoch glaube ich, dass eine Klage uns nur unnötig Energie kosten wird, die wir nicht zur Verfügung haben. Sollten wir uns nicht lieber darauf konzentrieren, unsere Vorzüge zu stärken und bekannt zu machen, den Menschen zu zeigen, dass es sich lohnt, das Original zu kaufen, und das Café zu eröffnen …«

»Und diesen … diesen Halunken einfach damit durchkommen lassen, dass er sich unserer Idee bedient und diese dann auch noch in ganz ähnliche Verpackungen steckt?«, fragte Fritz empört.

»Deine Schwester hat recht«, sprang Marie ihr bei. »So ein Rechtsstreit kann Jahre dauern, und wir wissen nicht, was dabei herauskommt.«

»Ich bin sicher, es wird nicht der Letzte sein, der versuchen will, uns auszustechen. Alles, was gut ist, wird kopiert. Man denke an das Kölnisch Wasser«, ließ sich Anton vernehmen.

»Ja, nur fürchte ich, wenn wir uns das einfach gefallen lassen, dann ist das geradezu eine Einladung an andere Fabrikanten, uns ebenfalls zu kopieren«, sagte Fritz. »Wir senden doch dann das Signal, dass es keine Konsequenzen hat, wenn man uns nachahmt.«

»Da hast du allerdings recht, so habe ich es noch gar nicht betrachtet«, sagte Anton. »Andererseits besteht die Gefahr, dass wir einen Prozess verlieren könnten, das würde für unsere Widersacher erst recht einen Freifahrtschein bedeuten.« Er seufzte schwer.

»Das stimmt«, sagte Anne nachdenklich.

»Ich glaube, dass wir uns da zu viele Sorgen machen. Vielleicht wäre es klug, es einfach als anderen Ansatz für die Sache zu sehen«, überlegte Marie.

Fragend sah Anne sie an. »Wie meinst du das?«

»Nun, wir ziehen nicht erbittert und wutschnaubend vor Gericht, das würde uns wirklich nur unnötig Energie kosten. Es darf uns nicht vorrangig um den Sieg gehen, sondern darum, Stellung zu beziehen, Stärke zu zeigen gegenüber unseren Nachahmern. Eine Klage würde nämlich auch bedeuten, dass wir eine gewisse Öffentlichkeit erlangen. Dadurch wird bekannt werden, dass man uns kopiert hat, weil unser Produkt so gut ist, dass andere versuchen, es nachzuahmen. Und das ist im Grunde kostenlose Reklame. Und schlecht für die anderen. Denn wir sind das Original. Wenn wir die Klage also als notwendige Maßnahme in Sachen Werbung sehen, dafür, ein Zeichen zu setzen, dass wir nicht klein beigeben und dass wir überzeugt sind, dass unser Produkt das bessere ist. Unsere Energien aber konzentrieren wir auf das Einrichten des Cafés. Außerdem könnten wir in der Anfangszeit eine Karamell-Verkostung anbieten und die Leute dieserart zusätzlich auf uns und das Café aufmerksam machen.«

»Das ist eine hervorragende Lösung«, fand Anton und schickte ein Lächeln hinterher. »Was wären wir nur ohne unsere Frauen.«

• • •

Am Abend saßen die beiden Paare wieder zusammen. Marie war zwischenzeitlich zu Hause gewesen, um ihre Koffer auszupacken und sich nach der langen Reise etwas frisch zu machen, und auch Anne hatte sich ausgeruht. Wie Anton es angekündigt hatte, kamen auch Käthe und Norbert zum Abendessen, und selbstverständlich war Rose ebenfalls dabei, die ihrerseits Hinner dazugebeten hatte. Natürlich wurde auch das Zugunglück angesprochen – auf Annes Bitte hin klammerten sie das Ereignis aber weitgehend aus. Sie wollte nicht darüber nachdenken, dass sie nur knapp mit dem Leben davongekommen war.

»Ich muss sagen, das klingt nach einer guten und vernünftigen Lösung«, sagte Norbert, als Anton erzählt hatte, was sie sich hinsichtlich eines Vorgehens gegen ihren Konkurrenten überlegt hatten.

»Weiß man denn schon, wer es ist?«, fragte Rose, die in ihrem zartgrünen Kleid ganz bezaubernd aussah. Ihre Schwiegermutter wurde immer jünger, dachte Anne nicht zum ersten Mal.

»Ja«, sagte Anton finster. »Ich habe es gerade erst erfahren – nachdem ihr nach Hause gefahren seid, um euch frisch zu machen. Und während du dich ausruhtest.«

»Was?«, rief Anne. »Aber warum hast du denn nichts gesagt?«

»Ich wollte warten, bis wir alle zusammen sind«, erklärte Anton. »Es handelt sich um einen sehr kleinen Betrieb, der sich letztes Jahr im Nachbardorf gegründet hat.«

»Davon habe ich gar nichts mitbekommen«, wunderte sich Rose. »Und das, wo ich doch nun wirklich alle und jeden hier kenne.«

»Es sollte wohl auch ganz bewusst geheim gehalten werden«, sagte Anton finster. »Diese Fabrik hat sich nur gegründet, um dieses eine Bonbon herzustellen.«

»Wie bitte?«, rief Anne fassungslos. »Aber was hat das für einen Sinn?«

»Nun, vermutlich haben sie im Nachbardorf mitbekommen, wie erfolgreich unsere Karamellbonbons sind, und sich gedacht, dass sich damit doch sicherlich gut Geld machen ließe«, überlegte Norbert.

»Was auch immer dahintersteckt«, sagte Anton. »Ich werde dieser Konkurrenz morgen einen Besuch abstatten.« Auffordernd sah er Norbert, Hinner und Fritz an. »Und ihr werdet mich begleiten.«

»Hältst du das wirklich für eine gute Idee?«, fragte Anne erschrocken. »Denk doch bitte daran, was wir uns vorhin überlegt haben. Es soll uns keine Energie kosten. Wir wollen zwar vor Gericht gehen, aber dennoch soll alles friedlich ablaufen.«

»Sie hat recht«, sprang Käthe ihr zur Seite. »Eine solche Konfrontation bringt doch nichts. Lasst uns lieber überlegen, wie die Werbeanzeigen aussehen könnten. Ich habe mir gedacht, ich male unsere Zutaten: einen Berg von Zucker, frische Milch, vielleicht sogar eine Kuh … oder Fritz, wie er den Zucker röstet.«

»Liebling, das klingt alles wirklich ganz wunderbar«, ließ sich ihr Ehemann vernehmen. »Aber dein Bruder hat recht. Wir sollten wenigstens wissen, mit wem wir es zu tun haben. Wir haben ja nicht vor, deren Fabrik in Brand zu setzen.«

Anne schauderte. Dieses Kapitel ihres Lebens würde sie nur zu gerne schnellstmöglich vergessen, und sie verspürte eine gewisse Unruhe: Was, wenn der morgige Besuch ein böses Ende nehmen würde?

• • •

Früh am nächsten Morgen trafen sich Anton, Fritz, Norbert und Hinner vor dem Leyen'schen Wohnhaus. Von dort aus würden sie mit dem Auto ins Nachbardorf zu der Adresse fahren, unter der die Bonbonkocherei gemeldet war.

»Wirkt es nicht etwas bedrohlich, wenn gleich vier Männer auftauchen?«, fragte Hinner. »Vielleicht wäre es klüger gewesen, wenn Sie und Ihre Frau …«

»Meine Frau erwartet ein Kind«, schnitt Anton ihm das Wort ab. »Sie sollte sich nicht aufregen. Außerdem ist es doch nur gut, wenn wir mit geballter Präsenz dort auftreten.«

»Da ist natürlich was dran«, sagte Hinner zustimmend. »Also los.«

Keine zehn Minuten später erreichten sie die konkurrierende Bonbonfabrik. Das Haus, in dem sie beheimatet war, wirkte schmuddelig und ärmlich. Anton rümpfte die Nase und parkte seinen Wagen an der gräulichen Mauer, die Männer stiegen aus. In diesem Moment kam eine Frau aus dem Haus gelaufen, und alle vier Männer erstarrten für einen Moment in der Bewegung. Jeder hatte seine leidvollen Erfahrungen mit dieser Frau mit den blonden Locken und den blauen Augen machen müssen.

»Lotte!«, stieß Anton hervor. »Hätte ich es mir doch denken können.«

Sekundenlang starrten sie einander an, die vier Männer

und Lotte. Dann machte sie auf dem Absatz kehrt und schoss regelrecht zurück ins Haus.

»He!«, rief Anton, der sich als Erster wieder gefangen hatte. Er eilte die wenigen Stufen hinauf zu der Haustür, die er jedoch nur verriegelt vorfand. »Lotte!«, brüllte er und hämmerte dagegen. Auch Fritz, der ebenfalls aus dem Auto gestiegen war, war wütend.

»Na, warte!«, zischte er. »Es reicht offenbar nicht, dass diese Person dir und mir beinahe das Leben genommen hat – nun steckt sie auch hinter dieser billigen Kopie.«

Er beteiligte sich an dem vehementen Klopfkonzert seines Schwagers, doch nichts regte sich.

»Lasst uns zurückfahren«, schlug Hinner vor. »Das hier hat keinen Sinn. Wenn wir Pech haben, ruft sie noch die Polizei und behauptet, wir würden sie bedrohen. Das würde unseren Stand in einem Prozess nicht unbedingt verbessern.«

»Zuzutrauen wäre es ihr«, bestätigte Anton finster. »Aber eines kann ich euch sagen: Jetzt hat sie den Bogen überspannt. Lotte wird ihres Lebens nicht mehr froh, das verspreche ich euch. Wir werden mit allen Mitteln, die das Gesetz uns bietet, gegen sie vorgehen.«

Die kurze Rückfahrt verlief schweigend, jeder hing seinen eigenen Gedanken nach. »Eigentlich war es ja klar, dass es wieder Probleme geben würde, sobald man sie aus dem Gefängnis entlässt«, sagte Anton finster. »Sie ist nicht der Typ Mensch, der eine Sache auf sich beruhen lässt, nur weil sie einen Rückschlag erlitten hat.«

»Und dass sie aus der Tatsache, dass sie unser Rezeptbuch

hat, irgendwann Kapital schlagen wird, war eigentlich auch zu erwarten«, murmelte Fritz.

»Sie hat das Originalrezept?«, rief Norbert entsetzt von der Rückbank aus, um gleich hinterherzuschieben: »Aber warum schmeckt das Karamell denn so schlecht?«

Fritz schüttelte den Kopf. »Nein«, sagte er. »Das Sahnekaramell haben wir erst erfunden, als sie das Rezeptbuch schon gestohlen hatte. Insofern ist es falsch, was ich gesagt habe.«

»Aber sie könnte es jederzeit tun?«, fragte Anton beunruhigt. »Ich habe dich das noch nie gefragt, weil sich die Ereignisse damals derart überschlagen haben. Wie viele Rezepte stehen denn in dem Buch?«

Doch Fritz winkte ab. »Sie hat unsere Aufzeichnungen zu den ersten Karamelltests. Die echten Rezepte habe ich erst entwickelt, nachdem das Buch bereits fort war. Es steht also eigentlich nichts Brauchbares darin. Was sie vermutlich selbst bereits gemerkt hat.«

»Deshalb hat sie versucht, unsere Karamellbonbons wenigstens optisch so gut wie möglich zu kopieren, weil sie wusste, dass wir damit am meisten Erfolg haben«, kombinierte Hinner.

»Das vermute ich auch«, bekräftigte Anton.

»Was ich allerdings nicht verstehe«, ließ sich nun Norbert vernehmen, »ist, wie sie das alles so schnell geschafft hat. Ihre Bonbons sehen aus wie unsere, das heißt, sie braucht eine Bonbonwalze. Sie musste die Verpackung entwerfen und die Papiere drucken lassen. Das ist viel Arbeit und kostet Geld.«

»Sie hat offenbar geheiratet«, murmelte Norbert. »Auf

dem Klingelschild stand ein anderer Name. Rosenhuber oder so.«

Anton trat so plötzlich auf die Bremse, dass seine Mitfahrer kräftig nach vorn gedrückt wurden.

»He!«, rief Norbert. »Bist du von Sinnen?«

Doch Anton beachtete ihn gar nicht. »Rosenhuber? Bist du dir sicher?«

»Ja.«

Anton nickte. »Nun wundert mich gar nichts mehr. Hans Rosenhuber war in der Schule bis über beide Ohren in Lotte verliebt. Und mich hat er gehasst, weil sie mich wollte und nicht ihn. Ihm wäre sicherlich jedes Mittel recht, um mir eins auszuwischen oder sich auf meine Kosten zu bereichern. Vermutlich steckten sie schon damals unter einer Decke, und er war es auch, der uns niedergeschlagen hat.«

»Ja«, murmelte Fritz. »Ich habe immer vermutet, dass es Lotte nicht allein gewesen sein kann.«

»Dann hat Lotte also nicht nur aus Eifersucht wegen dir und Anne so gehandelt«, kombinierte Norbert.

»Nein«, bestätigte Anton. »Wahrscheinlich hat das ihre Wut entfacht, aber schaden wollte sie mir schon vorher.«

»Aber was ist der Sinn und Zweck, warum man euch niedergeschlagen hat?«, fragte Hinner nun. »Das habe ich nie verstanden.«

Anton zuckte die Achseln. »Ich auch nicht, und Lotte hat sich ja ausgeschwiegen. Ich nehme an, sie wollten uns Angst einjagen und uns mürbe machen.«

»Unglaublich«, sagte Hinner kopfschüttelnd. »Und zu zweit gelingt so etwas auch besser als allein.«

»Eins ist jedenfalls sicher«, sagte Anton finster, als er seinen Wagen vor dem Leyen'schen Haus parkte. »Einen friedlichen Weg wird es nicht mehr geben. Ich werde Lotte und ihren Mann in Grund und Boden klagen.«

Kapitel 46

Werther, April 1912

»Ich hätte mir niemals träumen lassen, dass es so wunderschön werden wird«, flüsterte Anne ergriffen und ließ ihre Augen über das Café Caramel schweifen, das heute seine Eröffnung feiern würde. Erst in einer halben Stunde war es so weit, doch draußen warteten schon seit bestimmt einer weiteren halben Stunde die Menschen ungeduldig darauf, eingelassen zu werden. Doch sie wurden bei Laune gehalten: Antons Mutter stand dort draußen mit Marie und verteilte an die begeisterten Kunden *Annes Liebe.*

»Ja«, seufzte Käthe glücklich. »Da haben wir alle miteinander wirklich großartige Arbeit geleistet.« Und sie hatte recht. Das Café war ein wunderbares Gemeinschaftswerk, und jeder hatte das Beste, was er konnte, dazu beigetragen: Norbert hatte, unterstützt von Anton und Hinner, die Möbel und die Trennwand gebaut, Käthe hatte sich um die Farbgestaltung gekümmert – das Café war ganz in Gold und in den Tönen des Karamell gehalten, wodurch es sehr edel wirkte – und ein wundervoll eindrucksvolles Werbebanner entworfen, das hübsch gerahmt an einer Wand prangte. *Annes Liebe – natürlich mit Liebe zubereitet* stand in schwungvollen Lettern darauf. Marie hatte die Kissen genäht, Anne sich mit Rose der Inneneinrichtung angenommen und überlegt, wo sich welcher Stuhl am besten machte und welche Lampe wo platziert werden sollte. Gemeinsam mit Anne hatte Fritz schließlich ein Rezept nach dem anderen kreiert. Für die köstlichen Karamellpralinen, zu denen Anne durch ihre Reise nach Köln inspiriert worden war, hatte sie allerdings allein nächtelang heimlich mit Zucker, Sahne und Schokolade experimentiert, und das Ergebnis konnte sich sehen und vor allem schmecken lassen, wie alle fanden.

Der Prozess gegen Lotte und ihren Mann lief. Die Ermittlungen hatten ergeben, dass Anton mit seiner Vermutung recht behalten hatte. Nachdem Antons erster Zorn verflogen war, hatte er jedoch beschlossen, sich nicht weiter von Lotte sein Leben verderben zu lassen. Er hatte das Anliegen einem Advokaten überlassen, der sie nun vertrat und seine Sache gut machte.

Auch Fritz, der sehr unter der billigen Kopie seines Meisterwerks gelitten hatte, ging es inzwischen etwas besser. Unter dem beruhigenden Einfluss von Marie hatte er beschlossen, seine Energie lieber weiterhin in die Verfeinerung seiner kunstvollen Kreationen zu stecken. In einen wahren Schaffensrausch war er verfallen. Jetzt stand er neben Anne und betrachtete zufrieden seine Meisterwerke in der Vitrine und in den Gläsern.

»Weißt du noch, wie wir hier ankamen?«, fragte sie gerührt und holte gedankenverloren die kleine Kastanie aus ihrer Rocktasche, die sie nach wie vor stets bei sich trug.

»Ja«, sagte Fritz, griff ebenfalls in seine Hosentasche und holte seinerseits eine Kastanie heraus. »Hier.«

»Die hast du noch?«, rief sie erstaunt. »Ist es die, die ich dir damals gegeben habe, vor unserem ersten Gespräch mit Anton?«

»Ebenjene«, bestätigte er. »Mein Glücksbringer. Ich trage sie immer bei mir, so wie du die deine.«

»Oh, Fritz«, rief sie gerührt und schloss ihren großen Bruder in die Arme.

»Seid ihr so weit?«, fragte Anton, der leise zu ihnen getreten war. »Die Menschen dort draußen werden langsam ungeduldig.«

»Und ob wir so weit sind!«, sagte Anne vergnügt. »Wir können es kaum mehr erwarten.«

Der Eröffnungstag war ein voller Erfolg. Die Einwohner Werthers gaben sich die Klinke in die Hand, und am frühen Nachmittag war Antons Karamelltorte ausverkauft. Der schwankte zwischen Entsetzen darüber, dass er nicht alle, die seine Torte essen wollten, glücklich machen konnte, und Entzücken, weil alle so begeistert von ihr gewesen waren. Käthe, Anne, Marie und Rose waren ununterbrochen auf den Beinen, um die Gäste zu bedienen. Auch Barbara half mit, während Frau Schnakenwinkel in der Küche das Geschirr spülte. Anfangs hatten die anderen Frauen noch darauf bestanden, dass sich Anne schonte, doch als der Andrang immer größer geworden war, hatten sie schließlich aufgegeben.

Und Anne wurde es auch nicht zu viel! Im Gegenteil! Sie blühte regelrecht auf, als sie zwischen den Tischen entlangeilte und wieder und wieder so viel Lob für ihre köstlichen Backwaren und Bonbons und die Einrichtung des Cafés bekam.

Als Anton am Abend die Tür hinter dem letzten Gast abschloss, strahlte er. »Ich würde sagen, das Café Caramel hat schon an seinem ersten Tag Geschichte geschrieben.«

Dann wurde er ernst und blickte einen nach dem anderen, wie sie da so in den creme-braun-goldenen Räumen des neuen Cafés standen, der Reihe nach an. »Es ist nachgerade unglaublich«, sagte er, »wie wunderbar das alles funktioniert hat. Wie ihr alle an meiner Seite standet und wie wir gemeinsam unsere kleine Bonbonkocherei ganz groß und zukunftsfähig gemacht haben. Ich bin stolz auf euch.«

»Und wir auf dich«, sagte Anne und gab ihrem Mann einen Kuss. »Jetzt kann unser Kind ja geboren werden.«

Kapitel 47

Werther, April 1912

So glücklich Anne bei der Eröffnung des Cafés auch noch gewesen war – eine Woche später war alle gute Stimmung fortgeblasen. Beim Frühstück musterte Anton seine Frau mit besorgtem Gesichtsausdruck:

»Geht es dir nicht gut, Liebes?«, fragte er. »Ist dir die Arbeit doch zu viel? Vielleicht solltest du dir mehr Pausen gönnen.«

Auch wenn er es nicht zugeben wollte, passte es ihm eigentlich nicht, dass Anne in ihrem Zustand immer noch hinter der Theke stand. Weil er sich Sorgen um seine Frau und damit auch um sein ungeborenes Kind machte. Aber auch, weil es manch ein Kunde und manch eine Kundin durchaus ungehörig fanden, dass die Frau Fabrikdirektor arbeitete – und dann noch in ihrem Zustand!

Doch andererseits war er ja froh darüber, dass sie so unermüdlich war. Es gab immer unendlich viel zu tun, und er selbst war mehr das Mädchen für alles als der würdige Direktor einer Fabrik. Anton Leyen half überall da aus, wo es gerade nötig war. Fiel ein Arbeiter in der Bonbonkocherei aus, war er dort zur Stelle. Brauchten sie Unterstützung bei der Saat, säte er, und bestimmt würde er auch hinter der Theke stehen, wenn man ihn brauchte.

Im kommenden Jahr würde seine Fabrik zehn Jahre alt werden, und seitdem hatten sich die Probleme eigentlich nicht verändert: Das Unternehmen wuchs ständig, und er hatte in der Folge stets Arbeitermangel.

»Nein«, sagte Anne in seine Gedanken hinein. »Mir geht es gut, und es wird mir auch nicht zu viel. Ich habe nur gerade etwas Schreckliches in der Zeitung gelesen.« Sie teilten sich das Blatt morgens immer, jeder las eine Hälfte, dann tauschten sie. Anschließend wurde die Zeitung von Rose studiert, die immer ein wenig später nach unten kam und neben der Tageszeitung auch ausgesprochen gern die Wochenzeitschrift *Gartenlaube* las, vor allem die Fortsetzungsromane, die dort abgedruckt waren.

Alarmiert sah er auf. Insgeheim befürchtete er noch immer, dass es doch irgendwann zu einem Krieg kommen würde. Doch die folgenden Worte seiner Frau beruhigten ihn – bei aller Tragik, die sie zugleich beinhalteten.

»Dieses Schiff, über das du neulich noch mit Norbert gesprochen hast, ist wohl auf seiner Jungfernfahrt nach New York gesunken«, sagte sie und sah stirnrunzelnd auf das aufgeschlagene Blatt.

»Die Titanic?«, fragte Anton. »Unmöglich. Die gilt aufgrund ihrer Bauweise und der wasserdichten Schotten als unsinkbar.«

»Genau das war wohl das Problem«, sagte Anne, die noch immer auf die Zeitung starrte. »Kapitän John Edward Smith hat die Geschwindigkeit trotz Eiswarnungen vermutlich deshalb nicht gedrosselt, weil er das Schiff für unsinkbar hielt. Er dachte wohl, es wäre stärker als das Eis.«

»Zeig mal her.« Anton zog das Blatt zu sich heran. Und dann schnappte er erschrocken nach Luft. Hier war tatsächlich der berühmte Luxusdampfer abgebildet, und die Schlagzeile darüber schrie ihm entgegen: »Titanic gesunken. 1500 Tote.«

»Das Schiff ist mit einem Eisberg kollidiert«, berichtete Anne, was sie gelesen hatte.

Anton zog ein finsteres Gesicht. »Das ist tragisch – und unglaublich. Die Schiffsgesellschaft hat mit dem Leben der Passagiere gespielt.«

»Wohl eher der Kapitän«, korrigierte Anne.

»Natürlich, er war verantwortlich, aber Anne, es gibt einen großen Konkurrenzkampf zwischen den Schiffsgesellschaften. Das weiß ich von Norbert, der sich ja sehr dafür interessiert. Und hier ging es darum, dass die White Star Line, der die Titanic gehört, unbedingt das Blaue Band erringen will, das für die schnellste Überquerung des Atlantiks verliehen wird.«

»Und dafür mussten so viele Menschen ihr Leben lassen.« Eine Träne löste sich aus Annes Augenwinkel und tropfte auf die glatt polierte Tischplatte.

»Liebes.« Anton setzte sich neben sie. »Ich weiß, das ist unfassbar schrecklich, und in deinem Zustand reagierst du noch empfindlicher auf derartige Nachrichten. Vielleicht solltest du für eine Weile keine Zeitung mehr lesen, was hältst du davon?«

Doch Anne schüttelte den Kopf.

»Es sind nicht die schlechten Nachrichten allgemein. Es ist nur … jetzt, wo der Geburtstermin immer näher rückt, denke ich, wie schön es gewesen wäre, wenn es seine Großeltern noch gekannt hätte.«

»Ja«, sagte er und zog sie in seine Arme. Sie ließ ihren Kopf an seine Schulter sinken, er spielte mit ihrem Haar.

»Und wenn ich dann so etwas lese, dass Menschenleben geopfert werden, nur damit Wettrennen gewonnen werden …«

» … dann musst du daran denken, dass du deine Eltern bei eben einem solchen Wettrennen verloren hast?«, riet er, und sie nickte bestätigend.

»Ganz genau.«

Er zog sie enger an sich. »Ach, Liebling«, seufzte er. »Wenn es doch nur irgendetwas gäbe, das dich trösten könnte.«

»Dass du da bist, ist mir der größte Trost«, versicherte Anne, und er hörte, wie ihre Stimme bereits wieder fester wurde.

In diesem Moment öffnete sich die Wohnzimmertür, und Rose trat herein. Wieder einmal dachte Anton, wie viel frischer und agiler seine Mutter in der letzten Zeit wirkte – seit Hinner ihr, inzwischen ganz offiziell, den Hof machte. Wie jeden Morgen strahlte sie und schien vor guter Laune regelrecht überzusprudeln. Dass Marie sie begeistert mit neuen Kleidern versorgte, die der zierlichen Frau besonders gut zu Gesicht standen, tat ein Übriges.

Als sie ihren Sohn und ihre verweinte Schwiegertochter

am Tisch sitzen sah, wurde ihre Miene aber augenblicklich wieder ernst.

»Oje«, rief sie. »Was ist denn geschehen?«

»Die Titanic ist gesunken«, erwiderte Anton knapp. »Und das nimmt Anne sehr mit, zumal sie ja ihre eigenen Eltern bei einem Unglück verloren hat.«

»Ach, Kindchen! Das verstehe ich«, versicherte Rose und kam zum Frühstückstisch. Anteil nehmend, legte sie Anne eine Hand auf die Schulter und sagte tröstend: »Sie werden immer bei dir sein, solange du sie so sehr liebst. Und ich werde mein Bestes geben, eurem Goldschatz all jene zu ersetzen, die er nicht mehr das Glück haben wird kennenzulernen.« Dann hauchte sie ihrer Schwiegertochter einen sanften und des vertrauten Verhältnisses, das sich inzwischen zwischen ihnen entwickelt hatte, würdigen Kuss auf den Scheitel.

Während sie ihren Platz auf der anderen Tischseite einnahm, blickte sie nachdenklich drein und sagte dann, was auch Anton gesagt hatte: »Wegen des Schiffes – hast du dich nicht mit Norbert erst neulich darüber unterhalten, dass sie gar nicht sinken kann?«

»Ja, davon sind wohl alle ausgegangen«, erwiderte Anton. »Auch der Kapitän. Und alle haben sich getäuscht.«

Er griff nach der Zeitung und begann, laut zu lesen:

»Mit einer Geschwindigkeit von zweiundzwanzig Knoten glitt das Schiff durch das Wasser, als es mit dem etwa zwanzig Meter aus dem Wasser ragenden Eisberg zusammenstieß. Ein dumpfer Schlag drang durch das Schiff, die Maschinen wurden sofort auf volle Kraft zurück geschaltet.

Doch alle Bemühungen waren zu spät: Die Kollision mit dem Eisberg hat ein einhundertneunzig Meter langes Leck auf der Steuerbordseite geschlagen und sechs der wasserdichten Abteilungen aufgerissen«, las Anton. »Durch den klaffenden Riss, der vom Vorderschiff bis zur Mitte reichte, drangen Wassermassen ein, denen die Pumpen nicht mehr gewachsen waren.«

»Du solltest lieber aufhören«, mahnte Rose mit Blick auf Anne. »Das ist nichts, was deine Frau jetzt gebrauchen könnte.«

»Ich habe es doch eben selbst schon gelesen. Und ob ich es weiß oder nicht, ändert nichts an den Tatsachen«, sagte Anne und erhob sich aufschluchzend. »So viele Menschen sind gestorben. Eltern haben ihre Kinder verloren, und Kinder ihre Eltern. So viel Schmerz und so viel Leid.«

»Liebes!« Auch Anton war aufgestanden und versuchte, seine Frau in seine Arme zu ziehen, doch sie wehrte ihn ab. »Du hast deinen Vater verloren, und ich beide Eltern«, weinte sie. »Beinah hätte dieser schreckliche Brand mir auch noch dich und Fritz genommen. Es passieren jeden Tag derart entsetzliche Dinge auf der Welt. Was, wenn unserem Kind etwas zustößt? Wenn es Leid erfährt? Wenn wir es nicht beschützen können?«

»Das wird passieren«, sagte Anton ruhig, während seine Mutter vom Tisch her hilflos zu ihnen herübersah.

»Wie?«, fragte Anne, von seiner Antwort offensichtlich überrascht. »Wie meinst du das?«

»Genau so, wie ich es gesagt habe«, erwiderte er. »So gerne ich dir deine Angst nehmen würde, ich kann es nicht.

Denn so weh es auch tut, du hast ja recht in dem, was du sagst. Wir können unser Kind nicht vor allem Leid dieser Welt schützen. Aber wir können unser Bestmögliches tun, es auf alle Unwägbarkeiten vorzubereiten, ihm die Kraft, das Selbstbewusstsein und die Liebe geben, die es braucht, um stark und sicher durch die Wirren des Lebens zu gehen. Und das werden wir Tag für Tag immer wieder aufs Neue tun.«

»Genau das haben meine Eltern auch getan«, schluchzte Anne, »immer ihr Bestes gegeben. Und das hat nicht ausgereicht. Wir können unser Kind doch nicht einsperren.«

»Nein, das können wir nicht«, bestätigte er. »Und das wäre auch nicht gut. Unser Kind würde in einem Klima der Angst aufwachsen und könnte sich nicht zu einem selbstbewussten Wesen entwickeln, und es hätte keine glückliche Kindheit. Wir können das Beste hoffen, aber alles Weitere liegt in Gottes Hand.«

»Ja«, sagte Anne leise, »und wenn ich so etwas lese, überhaupt, wenn ich alles zusammennehme, was sich in den letzten Jahren ereignet hat, dann habe ich, offen gestanden, nicht allzu viel Vertrauen in den lieben Gott.«

»Liebes!«, rief Anton, doch Anne wehrte ab.

»Schon gut«, sagte sie. »Bitte verzeih mir meinen Ausbruch. Ich bin wohl wirklich ziemlich durcheinander zurzeit. Du hast ja in allem recht, was du sagst. Aber das Glück ist einfach so zerbrechlich.« Sie schluckte schwer, straffte die Schultern und verkündete: »Ich gehe mich jetzt etwas frisch machen, und dann gehen wir hinunter und öffnen den Laden. Fritz hat sicherlich schon etliche Leckereien gezaubert, es duftet jedenfalls durch das ganze Treppenhaus köstlich. Wie jeden Morgen.«

Mit diesen Worten wandte sie sich um und ging durch die Tür in Richtung der Treppe, die nach oben in ihre Privatgemächer führte.

Anton sah ihr ratlos nach. Dann wandte er sich zu seiner Mutter um, die immer noch am Tisch saß.

»Das Problem ist«, sagte er, »dass ich meine Frau verstehen kann. Auch ich habe Angst vor dem, was kommen wird. Glück ist so zerbrechlich, hat sie gesagt. Und da hat sie recht.«

»Ja«, erwiderte Rose Leyen nachdenklich. »Deshalb sollte man es in den Momenten genießen, in denen es uns beehrt.«

Kapitel 48

Werther, April 1912

»Na?«, fragte Fritz, als Anne wenig später neben ihm in die Backstube trat. Um dann gleich darauf, nach einem Blick in ihr Gesicht, hinterherzuschieben: »Was ist passiert?«

Er legte den Teigschaber beiseite, mit dem er gerade gearbeitet hatte, und sah seine Schwester besorgt an.

»Ist das so offensichtlich, dass mir etwas auf der Seele liegt?«

»Für mich schon«, erwiderte er. »Aber ich kenne dich auch schon dein ganzes Leben.«

Sie seufzte und blickte nachdenklich auf die Karamellverzierungen, die ihr Bruder auf etwas gefettetes Papier gegossen hatte und die später, wie sie wusste, seine inzwischen legendäre Karamelltorte zieren würden.

»Es hat eigentlich mit uns gar nichts zu tun«, sagte sie. »Ich habe vorhin in der Zeitung gelesen, dass die Titanic gesunken ist.«

Er seufzte. »Ja«, erwiderte er. »Das weiß ich. Als ich es heute Morgen, bevor ich in die Konditorei gekommen bin, gelesen habe, konnte ich es auch kaum glauben. Schließlich galt sie als unsinkbar. Und ich musste an unsere Eltern denken.«

»Genau«, sagte sie leise. »Ich auch. Zumal es wohl auch dieses Mal darum ging, ein Wettrennen zu gewinnen. Ach, Fritz, warum müssen alle unbedingt die Schnellsten und die Besten sein? Warum geht es immer um Wettkampf?«

»So ist unsere Welt nun mal«, sagte er. »Wir sind getrieben vom Ehrgeiz, jeder will besser sein als die Konkurrenz. Das ist bei uns ja nicht anders.«

»Das stimmt«, gab sie ihm recht. »Aber wir gefährden mit unserem Ehrgeiz keine Menschenleben.«

Lotte schon, dachte Anne, sagte aber nichts. Nachdenklich nahm sie eine der Karamellverzierungen in die Hand und hob sie gegen das Licht, das von draußen hereinfiel. »Wenn die Sonne durch das Karamell scheint, dann sieht es aus, als wäre es aus purem Gold«, murmelte sie. »Pures Gold, pures Glück. Vorhin habe ich zu Anton gesagt, wie zerbrechlich das Glück ist.«

Sie brach das Karamell in der Hand und ließ es zwischen den Fingern zerbröseln. Hastig formte Anton seine Hände zu einem Becher und hielt sie unter die seiner Schwester, sodass die Krümel in seine Hände rieselten.

»Ja«, sagte er ernst. »Glück ist zerbrechlich. Aber wenn es tatsächlich einmal in kleine Teilchen zerbrechen sollte, dann muss man es nicht gleich aufgeben und fortwerfen. Sondern man kann es auch auffangen und wieder zusammenfügen.«

»Wenn das nur immer so leicht ginge.«

»Das geht so leicht«, sagte Fritz, nahm eine Pfanne von

der Wand, stellte sie auf den Herd und gab die Karamellkrümel mit etwas Wasser hinein. Mit einem traurigen Lächeln sah Anne zu, wie sich die Krümel aufzulösen begannen. Sie wusste, gleich würden sie wieder zu einer einzigen Masse verschmelzen. »Nur ist das Leben eben nicht immer Zucker«, sagte sie. »Der Tod unserer Eltern zum Beispiel, der kann niemals zu etwas Gutem werden. Und all die Menschen, die dort draußen auf dem Meer ihr Leben lassen mussten, die kommen auch nie mehr zurück.«

»Natürlich nicht«, bestätigte Fritz. »Bitte entschuldige diesen profanen Vergleich.

Sie schüttelte rasch den Kopf. »Da gibt es nichts zu entschuldigen«, sagte sie. »Denn du hast ja vollkommen recht. Was du mir doch nur sagen willst: Das Leben geht weiter. Immer. Und es wird neues Glück geben, das wir uns nicht durch vergangenes Unglück zerstören lassen dürfen.«

Mit einem zaghaften Lächeln legte er eine Hand auf den Bauch seiner Schwester. »Und hier beginnt gerade ein ganz neues Leben. Ein Leben voller Hoffnungen und voller Liebe. Und wir werden alle unser Möglichstes tun, dass es ein glückliches wird.«

•••

In der Nacht fuhr Anne mit einem leisen Schrei hoch. Anton an ihrer Seite war sofort hellwach. »Liebling!«, rief er. »Was ist mit dir? Hast du Schmerzen? Kann ich etwas für dich tun?«

Keuchend presste Anne die Hand auf den Bauch, als sie ein schrecklicher Schmerz durchfuhr – vermutlich war sie davon auch aufgewacht. »Ich glaube, unser Kind will heute Nacht auf die Welt kommen«, sagte sie lächelnd, doch die Augen voller Tränen.

»Oh Gott!« Mit einem Satz war Anton aus dem Bett und zog sich in fliegender Hast an. »Ich schicke sofort nach der Hebamme. Und nach dem Arzt. Und ich sage Mutter Bescheid. Und deinem Bruder. Und Käthe. Und Norbert. Und Marie muss natürlich auch kommen. Ach, und Frau Schnakenwinkel. Sie kann schon einmal heißes Wasser vorbereiten und Handtücher zurechtlegen, das macht man doch so, wenn ein Kind auf die Welt kommt, Anne, oder?«

Anne, die die Wehe inzwischen überstanden hatte, musste lachen. Wenn Anton aufgeregt war, erinnerte er sie an jenen Tag, als sie sich das erste Mal begegnet waren und als sie sich Hals über Kopf in ihn verliebt hatte. Und so aufgeregt wie in diesem Moment war Anton noch nie gewesen.

Die Haare standen ihm in alle Richtungen zu Berge, sein Hemd hatte er schief zugeknöpft, und nun mühte er sich vergeblich damit ab, seine Hose zu schließen.

»Liebling«, sagte sie und machte Anstalten aufzustehen. Vollkommen entgeistert starrte Anton sie an.

»Was tust du da?«, rief er. »Bleib liegen. Du hast doch Schmerzen!«

»Wehen kommen und gehen, mein Schatz«, erklärte sie, griff nach ihrem Morgenmantel aus einem zarten Braunton – Anton hatte ihn für sie bei Marie anfertigen lassen, weil er fand, er habe die Farbe ihrer Augen und erinnere ihn außerdem stets an Karamell – und zog ihn sich über. »Zwischen den Wehen geht es den meisten Frauen sehr gut, den Männern jedoch oftmals nicht. Dafür bist du der beste Beweis.«

Sie ging zu ihm und strich ihm sacht über die Wange. »Das Kind kommt, aber nicht innerhalb der nächsten Minuten. Ich schlage vor, du knöpfst dir jetzt dein Hemd ordentlich zu«, sie deutete auf die schief sitzende Knopfleiste, »kämmst dir die Haare und gibst dann zuerst deiner Mutter Bescheid, damit sie nach mir sehen kann, während du den Arzt und die Hebamme informierst.«

»Ich musste Käthe versprechen, dass ich ihr sofort sage, wenn bei dir die Wehen einsetzen«, sagte er etwas verlegen.

Sie lachte. »Du hast sie ja vorhin schon aufgezählt bei deiner Liste von allen, denen du Bescheid geben musst«, sagte sie. »Da du auch meinen Bruder erwähnt hast, kann ich es mir sparen, dich zu bitten, ihn auch zu informieren.«

»Selbstverständlich«, versicherte Anton, der sich inzwischen wieder etwas gefangen und auch seine Knopfleiste in den Griff bekommen hatte. Vorsichtig zog er seine Frau in seine Arme. »Ich werde heute Nacht wirklich Vater«, flüsterte er. »Ich kann es gar nicht glauben.«

• • •

Annes und Antons Kind schien es eilig zu haben, auf die Welt zu kommen. Bereits eine Stunde später kamen die Wehen schon im Minutentakt, und im Hause Leyen herrschte helle Aufregung. Während Rose, Marie und Käthe an Annes Bett wachten und dann und wann von der Hebamme, einer energischen Mittsechzigerin, die schon Anton selbst auf die

Welt gebracht hatte, gebeten wurden, aus dem Weg zu gehen, rannte Frau Schnakenwinkel wie ein aufgescheuchtes Huhn zwischen dem Schlafzimmer und dem Wohnzimmer hin und her, um herauszufinden, ob irgendjemand irgendetwas benötigte.

Im Wohnzimmer saßen Fritz und Anton – einer nervöser als der andere – beisammen, während sich Norbert redlich bemühte, den beiden Männern Mut zuzusprechen.

»Wo bleibt denn der Arzt nur?«, rief Anton ein ums andere Mal. »Er hat doch gesagt, dass er gleich wiederkommt. Das war vor einer Stunde.«

»Da hat er aber auch gesagt, dass es mindestens noch zwei Stunden dauern wird«, beruhigte Norbert ihn und reichte ihm einen Schnaps. »Hier, trink das.«

»Ich will doch nicht betrunken sein, wenn ich mein Kind auf dieser Welt willkommen heiße.«

»Da wärst du nicht der erste Mann«, tröstete Norbert. »Und es beruhigt die Nerven.«

Doch Anton schüttelte den Kopf. »Nein.«

»Aber ich nehme ihn«, ächzte Fritz, der sonst nur ausgesprochen selten Alkohol zu sich nahm. »Ein betrunkener Onkel ist nicht so schlimm wie ein betrunkener Vater.«

In diesem Moment ertönte ein markerschütternder Schrei von oben. Anton stürzte zur Tür. »Das war Anne!«, rief er. »Ich muss zu ihr.«

Doch der so besonnene wie entschiedene Norbert hielt ihn zurück. »Natürlich war das Anne«, erklärte er. »Wenn eine andere der Damen dort oben so schreien würde, würde ich mir Sorgen machen. Bei Anne nicht. Das gehört zum Kinderkriegen dazu.«

In diesem Moment ertönte der nächste Schrei, und dann läutete es auch schon an der Tür.

»Na endlich, der Doktor«, rief Anton und hastete in Richtung Eingangstür und dann nach unten ins Treppenhaus, um zu öffnen.

»Beeilen Sie sich«, herrschte er den Mediziner an, nachdem er die Tür aufgerissen hatte. »Meine Frau schreit ganz schrecklich.«

»Ja, das ist so, wenn man in den Wehen liegt«, sagte der gemütlich und machte sich, für Antons Geschmack viel zu langsam, auf den Weg nach oben.

Anton musste alle Willenskraft aufbringen, um sich zu beherrschen. Noch nie war ein Mann so langsam die Treppe hinaufgegangen! Am liebsten hätte er den Mediziner geschoben. Oder noch besser: höchstpersönlich nach oben getragen.

Nach einer gefühlten Ewigkeit hatten sie die Wohnung endlich erreicht. Und schon wieder ertönte Annes markerschütternder Schrei.

• • •

Die kleine Magdalena Antone Leyen wurde im Morgengrauen geboren, gerade, als die Sonne dem Morgen des 20. April 1912 die ersten Strahlen schenkte. Und gerade als Anne das Gefühl hatte, keine Kraft mehr zu haben. Einfach nicht mehr zu können.

»Einmal noch ganz fest pressen«, rief die Hebamme ermutigend. »Dann haben Sie es geschafft. Das verspreche ich Ihnen.«

Anne glaubte ihr – was hatte sie auch für eine andere Wahl – und gab noch einmal alles. Im nächsten Moment ertönte ein hohes, empörtes Krähen. Ein kleines Menschenkind machte die ersten Laute auf dieser Welt.

»Es ist ein Mädchen«, hauchte Rose. »Du hast eine kleine Tochter, Anne. Und ich eine Enkelin. Sie ist so wunderschön.«

Augenblicke später legte die Hebamme der frischgebackenen Mutter ihre kleine Tochter in die Arme.

»Da bist du ja«, flüsterte Anne unter Tränen. »Da bist du ja endlich, mein kleines, wunderschönes Mädchen.«

Mit großen Augen und einem Blick, der von weit her zu kommen schien, sah ihre Tochter sie an. Jetzt rannen Anne Tränen des Glücks über die Wangen. Wie hatte sie noch am Morgen zu ihrem Mann und zu ihrem Bruder gesagt? Das Glück war so zerbrechlich. Zerbrechlich wie dieses hilflose kleine Bündel, das hier nun in ihren Armen lag. Und in diesem Moment wusste Anne: Sie würde ihr Leben geben, um ihre Tochter zu schützen.

Nur wie durch einen Schleier bemerkte sie, dass sich auch Käthe und Marie über sie beugten und ihr gratulierten, hörte, dass der Arzt sagte, er wolle später noch einmal kommen, und Rose erklärte, sie werde nun gehen, um die unten wartenden Männer aus ihrer Spannung zu erlösen.

Die Tür ging auf und wieder zu, und Anne saß und saß mit ihrer kleinen Tochter auf dem Arm, die sie gar nicht aufhören konnte anzusehen. Wie winzig ihr Näschen war! Und das kleine Mündchen! Sie war inzwischen wieder eingeschlafen und machte Nuckelbewegungen mit den Lippen.

»Bist du ganz erschöpft, du kleine Maus«, flüsterte sie, als die Tür aufgerissen wurde und Anton im Rahmen erschien. Er war völlig außer Atem und die Treppen offenbar hinaufgerast. Anne sah erstmals von ihrer Tochter auf in die Augen ihres Mannes, und mit einem Mal wurde er ganz still.

Leise durchschritt er das Zimmer, den Blick jetzt auf das Bündel in Annes Armen gerichtet. Er setzte sich auf den Bettrand und sah seine Tochter einfach nur an. Lange. Sehr lange. Dann hob er den Blick, und Anne erkannte die gleiche Liebe, die auch sie für dieses Kind spürte, in seinen Augen.

»Wie unendlich klein sie ist«, flüsterte er. »Und wie wunderschön.« Ganz zaghaft hob er die Hand, um ihr mit seinem Finger über die Wange zu streichen. »Ich wusste gar nicht, dass mein Finger so groß ist«, sagte er verwundert.

Anne lächelte. »Willst du sie einmal auf den Arm nehmen?«

»Und wenn ich sie fallen lasse? Wenn ich etwas kaputt mache? Sie ist doch so zart und zerbrechlich.«

»Genau deswegen musst du sie ja beschützen«, flüsterte Anne. »Und keine Angst, du wirst sie nicht fallen lassen. Du bist schließlich ihr Papa.«

Epilog

Oktober 1914

»Mami«, sagte das kleine Mädchen und schob seine Hand vertrauensvoll in die ihrer Mutter. »Tanie.«

Sie deutete auf eine der leuchtend roten Herbstfrüchte.

»Ja, meine Süße«, bestätigte Anne und beugte sich zu ihrer Tochter hinab. »Eine Kastanie. Die nimmst du jetzt ganz fest in dein Händchen. Und dann bringen wir sie dem Papa. Der Papa braucht jetzt einen Glücksbringer.«

Die Kleine nickte ernst und bückte sich, um diese ihre wichtige Aufgabe zu erfüllen.

»Papa Tanie«, sagte sie.

Anne lächelte. »Sehr gut. Und dann nimmst du dir gleich noch eine, die steckst du in dein Manteltäschchen. Wenn dir kalt ist, kannst du deine Händchen daran wärmen. Und wenn du traurig bist, dann drückst du sie ganz fest. Sie wird dich trösten.«

Die kleine Magdalena hatte eine weitere Kastanie gefunden und streckte sie ihrer Mutter triumphierend entgegen.

»Sehr gut, mein Schatz«, lobte die. »Und jetzt gibt die Mama den Kastanien einen Kuss. Das bringt noch mehr Glück.«

Sie schloss die Augen, und während sie ihre Lippen an die kühle, glatte Schale presste, sah sie das gütige Gesicht Maria Dunsts vor sich. Wie sie mit ihr, der einst kleinen Anne, auf genau diesem Hügel gestanden und ihr eine Kastanie geschenkt hatte.

Gib ihnen Kraft, Oma, flehte sie stumm. Bitte wache vom Himmel aus über sie.

Dabei war doch alles so schön und so gut gewesen. Endlich einmal. Sie hatten den Prozess gegen Lotte und ihren Ehemann gewonnen, der Abverkauf lief gut wie nie. Die Reklame, die sie gemacht hatten, hatte so viele Menschen erreicht und sie und ihre Bonbons noch berühmter werden lassen. Rose hatte ihren Hinner geheiratet, und das Café florierte bestens. Das Leben war von einer Leichtigkeit, wie Anne es noch nie zuvor erlebt hatte. Und das empfand nicht nur sie so: Im ganzen Kaiserreich herrschte regelrechte Aufbruchstimmung, die Löhne stiegen, durch alle Schichten hindurch konnte man sich mehr leisten, nie hatten sie so viele Bonbons verkauft. Als Anton und Fritz sich darüber ausgetauscht hatten, dass die dunklen Wolken, die schon seit Jahren am Horizont lauerten, nun immer dichter würden, hatte Anne sie nicht ernst genommen. Ausgerechnet jetzt ein Krieg? Das konnte sie sich ganz und gar nicht vorstellen! Zumal Moltke, der Generalfeldmarschall, im Sommer noch in Urlaub gefahren war und der Kaiser seine große Nordlandreise angetreten hatte. Das würde er doch niemals tun, wenn wirklich ein Krieg drohte!

Doch Anton und Fritz hatten recht behalten: Am 1. August hatte der Kaiser die Generalmobilmachung verfügt, seitdem befand sich Deutschland im Krieg. Anne hatte es nicht glauben können. Nicht glauben wollen. Und zu ihrem Entsetzen war ihr eigentlich so zurückhaltender Bruder Fritz einer der Ersten gewesen, die in den Krieg zogen. Das sei eine Ehrensache, hatte er erklärt. Zu Käthes Kummer hatte Norbert sich ihm angeschlossen. Anton war geblieben. Sein Betrieb galt als kriegswichtig. Doch Tag für Tag hatte er Anne in den Ohren gelegen, wie schlecht er sich dabei fühle. Dass er hier zu Hause bleibe, während die anderen für ihr Vaterland kämpften. Und nun war es so weit. Morgen würde auch Anton gehen. Die Fabrik sei bei seinem neuen Stiefvater in den besten Händen, hatte er erklärt – zumal dieser ohnehin zu alt war, um an die Front zu gehen. Heute würde es losgehen. Und wenn Gott es wollte, würden alle Lieben im Himmel ihn beschützen.

Anne warf einen Blick hinauf. Die Sonne bahnte sich ihren Weg durch die Wolken und brachte Magdalenas Haar zum Leuchten, das wie ihres die Farbe von dunklem Karamell hatte.

Beinahe andächtig schloss sie die kleinen Finger ihrer Tochter wieder um die Kastanien in ihren Händen. Jetzt war sie sich fast sicher, dass sie auch diese Zeiten überstehen würden.

Dann beugte sie sich vor. Und wie einst ihre Großmutter Maria Dunst es bei ihr getan hatte, war nun sie es, die ihrer kleinen Tochter Magdalena einen unendlich zärtlichen Kuss auf die Stirn drückte.

Danksagung

Mein allererster Dank geht an Sie, liebe Leserinnen und Leser, dass Sie diesem Buch so viel Aufmerksamkeit gewidmet haben – ich hoffe, es hat Ihnen gefallen und Sie haben sich bei der Lektüre auch das eine oder andere Bonbon gegönnt. Wie immer danke ich auch meiner Agentin Anna Mechler sehr für ihre unermüdliche und engagierte Arbeit und natürlich dem großartigen Team des Ullstein-Verlags, allen voran meiner lieben Lektorin Nicola Kammer, dafür, dass sie mir diese Idee anvertraut hat. Ein riesiger Dank geht auch an meine Lektorin Christiane Branscheid für ihr Adlerauge und ihr akribisches Arbeiten und Herrn Roth von der Bonbonfabrik Jung, der mir in großer Geduld die historischen Aspekte des Bonbonkochens auseinandersetzte. Und schließlich geht ein dickes Dankeschön noch an meine wunderbare Familie – die immer so geduldig mit mir ist, wenn ich schreibe. Und die gemeinsam mit mir während des Schreibprozesses unzählige Karamellbonbons verzehrt hat.

Es grüßt Sie herzlich Ihre Luise Bastin